KB024374

수수께끼 변주곡

수수께끼 변주곡

안드레 애치먼 지음
정지현 옮김

잔

수잔에게 바칩니다.

Amor che nella mente mi ragiona
내 마음에서 속삭이는 사랑이여

차례

첫사랑

FIRST LOVE

그 때문에 돌아왔다.

여객선 갑판에서 마침내 산지우스티니아노가 눈에 띄었을 때 노트에 적었다. 오로지 그 때문에 돌아왔다. 우리 집이나 섬, 아버지를 위해서도 아니고, 우리가 이곳에서 보낸 마지막 여름의 끝무렵에 버려진 노르만 양식의 예배당에 홀로 앉아 왜 내가 세상에서 가장 불행한 사람이어야 하는지 의아해하며 바라보던 본토의 풍경 때문도 아니다.

그해 여름 나는 혼자 여행 중이었는데 내 유년기의 모든 여름을 보낸 자리에 돌아가는 것으로 한 달간의 바닷가 여행을 시작한 터였다. 오랫동안 소원해 온 여행인 데다 이제 막 대학을 졸업했으니 그 섬에 잠시 들르기에는 더할 나위 없이 좋은 시점이었다. 우리 집은 오래전에 불타 버렸는데, 북쪽으로 이사한 후 가족 중 누구도 그 집을 찾아가거나 집을 팔거나 화재의 진짜 원인을 알아내는 데 관심을 보이지 않았다. 우리는 그냥 그 집을 버렸다. 화재 후 섬사람들이 쓸 만한 것들은 다 가져가고 나머지는 완전히 망가뜨렸다는 소식을 듣고는 더더욱 그랬다. 화재가 사고가 아니라고 생각하는 사람들도 있었다. 하지만 아버지는 단순한 추측일 뿐 직접 가 보지 않고는 알 길이 없다고 말했다. 그 말에 나는 여객선에서 내리자마자 오른쪽으로 돌아 익숙한 산책로를 따라 걷다가 해안가의 위풍당당한 그랜드 호텔과 민박집들을 지나 직진하여 우리 집에 닿으면 두 눈으로 피해 상황을 확인하겠노라 약속했다. 아버지에게 한 약속이었다. 아버지는 그 섬에 다시 발 들이고 싶은 마음이 없었다. 나도 이제 다 컸으니 어떤 조치가 필요한지 직접 알아볼 생각이었다.

하지만 내가 그곳으로 돌아가는 이유는 난니 때문만이 아닐 수도 있었다. 10년 전 열두 살 소년이던 나를 위해 돌아가는 것이다. 둘 다 그곳에 없으리라는 걸 알면서도. 이제 그 소년은 큰 키에 붉은색 수염이 덥수룩했고 난니는 영영 자취를 감춘 터라 소식을 몰랐다.

아직 섬을 기억했다. 마지막 날 마지막으로 본 모습이 떠올랐다. 개학까지 일주일도 남지 않은 날 아버지는 우리를 선착장으로 데려갔고, 닻줄이 덜컹거리면서 배가 끼익 소리와 함께 뒤로 움직일 때 부두에 서서 우리에게 손을 흔들었다. 아버지의 모습이 점점 작아져서 더 이상 보이지 않았다. 아버지는 매해 가을마다 우리를 먼저 배에 태워 본토로 보내고 일주일에서 열흘 정도 혼자 섬에 남아 문단속을 하고 전기와 수도, 가스를 끄고 가구에 천을 씌우고 도와준 섬사람들에게 수고비를 지불하곤 했다. 본토로 데려다 줄 여객선을 타고 떠나는 장모와 그 자매를 지켜보는 게 불쾌한 일은 아니었으리라.

하지만 낡은 트라게토가 땡그랑 소리와 함께 10년 전과 정확히 똑같은 장소에서 벗어난 뒤 내가 섬에 발을 내딛자마자 한 일은 오른쪽이 아닌 왼쪽으로 돌아 고대 언덕 마을 산지우스티니아노 알타까지 이어지는 돌길을 곧장 올라간 거였다. 나는 그 좁은 골목길과 움푹 들어간 배수로, 오래된 길을 좋아했다. 어머니와 함께 일을 보러 나갈 때나 그해 여름 그리스어와 라틴어 개인 교습이 끝나고 빙 도는 길로 집에 돌아갈 때와 다름없이 나를 반겨 주는 듯한 제분소의 시원한 커피 향이 좋았다. 산지우스티니아노 알타는 좀 더 현대적인 산지우스티니아노바사와 달리 보트 정박지를 따라 찌는 듯한 햇빛이 쏟아질 때조차도 항상 그늘에 자리했다. 종종 해안가의 열기와 습기가 참기 어려울 정도로 심해지는 저녁에는 아버지와 함께 오르막길을 올라 카페 델'울리보에서 아이스크림을 사 먹었다. 아버지는 나를 마주 보고 앉아서 와인 잔을 들고 마을 사람들과 담소를 나누었다. 모두가 아버지를 알고 좋아했으며 un uomo molto colto, 많이 배운 사람이라고 생각했다. 아버지의 어설픈 이탈리아어에는 이탈리아어처럼 들리려고 애쓰는 스페인어가 가미되었다. 하지만 다들 알아들었다. 사람들이 외래어가 혼용된 이상한 말에 웃으며 바로잡아 줘야만 하는 상황일 때는 아버지도 함께 웃음을 터뜨렸다. 사람들은 아버지를 도토레(Dottore), 닥터라고 불렀다. 아버지는 의사가 아니라는 걸 다들 알면서도 누군가 아프면 조언을 구하곤 했다. 마을의 닥터로 통하고 싶어 하는 약사 아그날도 씨보다 아버지를 더 신뢰했다. 카페 주인은 만성 기침을 앓았고 이발사는 습진으로 고생했으며 한밤중에 카페를 찾곤 하는 내 과외 선생 세르모네타 교수는 언젠가 쓸개를 떼어 버려야 할지도 모른다는 두려움에 사로잡혀 있었다. 빵집 주인까지 포함해서 모두가 아버지에게 건강 문제를 털어놓았다. 빵집 주인은 성질 고약한 아내 때문에 생긴 팔과 어깨의 멍을 흔쾌히 보여 주었는데, 그의 아내는 결혼식날부터 쭉 바람을 피웠다는 말도 있었다. 아버지는 조용히 의견을 전달하기 위해 누군가와 카페 밖으로 나가서 이야기할 때도 있었다. 이야기가 끝나면 구슬발을 올리며 가게 안으로 들어와 테이블에 양쪽 팔꿈치를 대고 앉았다. 양 팔꿈치 사이에는 빈 와인잔이 놓여 있었다. 그리고 나를 보며 말했다. 아이스크림을 그렇게 서둘러 먹지 않아도 된다고, 원한다면 버려진 성까지 올라가 보자고. 저 멀리 본토의 불빛이 내려다보이는 한밤의 성은 우리가 가장 좋아하는 장소였는데, 둘 다 아무 말 없이 무너진 성곽 옆에 앉아 별을 바라보곤 했다. 아버지는 그날을 위한 추억 만들기라고 말했다. 그러면 나는 장난치듯 물었다. 무슨 날이요? 때가 되면 알게 될 그날. 어머니는 아버지와 내가 같은 틀에서 찍혀 나왔다고 말하곤 했다. 내 생각이 곧 아버지 생각이고 아버지 생각이 곧 내 생각이었다. 아버지가 내 어깨를 만지는 것만으로 마음을 읽을 수 있을지도 모른다는 생각에 두려울 때도 있었다. 어머니는 우리가 한 사람이라고 했다. 우리 집에서 키우던 도베르만 두 마리 고그와 마고그는 아버지와 나만 좋아했다. 녀석들은 어머니나 몇 해 전부터 우리와 함께 여름을 보내지 않는 형은 좋아하지 않았다. 아버지와 나 두 사람만 빼고 누구든 가까이 가면 물러나서 으르렁거렸다. 섬사람들은 녀석들에게 거리를 두어야 한다는 걸 알고 있었지만 녀석들 또한 사람을 괴롭히면 안 된다는 훈련을 받았다. 카페 델'올리보의 노천 테이블 다리에 묶어 놓으면 우리가 보이는 한 암양처럼 온순하게 앉아 있었다.

성에 들렀다가 정박지로 내려가지 않고 다시 시내로 돌아가는 특별한 날들도 있었다. 생각이 같은 우리 부자가 아이스크림을 한 번 더 사 먹으러 가는 거였다.

"네 엄마가 널 너무 오냐오냐 한다고 할 거야."

"전 아이스크림 더 먹고 아버지는 와인 한 잔 더 하시는 거죠."

아버지는 부정해 봤자 소용없다는 것을 아는 터라 고개를 끄덕였다.

우리가 이름 지은 한밤의 산책은 아버지와 내가 함께 하는 유일한 시간이었다. 낮에는 아버지가 집에 없었다. 아버지는 새벽녘에 바다에서 수영을 하고 아침을 먹은 뒤엔 본토로 나갔다가 저녁에야 돌아왔다. 마지막 여객선을 타고 밤늦게 돌아올 때도 많았다. 나는 잠결에도 집으로 이어진 자갈길을 걷는 아버지의 발걸음 소리가 좋았다. 아버지가 집에 돌아옴으로써 세상이 다시 온전해진다는 걸 의미하는 소리였다.

그해 봄 라틴어와 그리스어 기말고사를 망치는 바람에 어머니와 험악한 분위기가 되어 버렸다. 산지우스티니아노행 여객선에 오르기 며칠 전인 5월 말 성적표가 도착했다. 배를 타고 가는 내내 크게 야단치는 소리가 끊이지 않았다. 뷔페 저리 가라 할 정도로 온갖 꾸지람이 다 나왔다. 그동안 아버지는 끼어들 타이밍을 재는 듯 난간에 조용히 기대어 있었다. 하지만 한번 시작된 어머니의 꾸지람은 누구도 말릴 수 없게 번지고 말았다. 소리를 지르면 지를수록 어머니는 시험 점수를 넘어 내 모든 걸 꼬투리 잡았다. 앉아서 책을 읽는 자세와 필체는 물론이고 질문에 제대로 대답하는 법이 없는 데다 항상 찔리는 구석이 있는 것처럼 행동한다는 것, 학교에도 섬에도 친구 하나 없고 그 무엇에도 그 누구에게도 관심이 없는 이유가 뭔지, 도대체 뭐가 잘못된 것인지. 어머니는 내 셔츠에 말라붙은 초콜릿 아이스크림을 떼어 내려고 하면서 말했다. 배에 타기 전 아버지와 아이스크림콘을 사 먹다가 셔츠에 흘린 거였다. 라틴어와 그리스어 시험 점수를 계기로 터졌을 뿐 어머니의 불만은 언제부터인지도 모를 오래전부터 쌓인 게 분명했다.

나는 어머니를 진정시키기 위해 여름 동안 고치겠다고 약속했다. 고쳐? 어머니는 머리부터 발끝까지 내 모든 것을 고쳐야 한다고 강조했다. 그날 어머니의 목소리는 노여움을 넘어 경멸에 가까울 정도였다. 마지막으로 비아냥거림까지 더해서 아버지에게 분노를 폭발할 때는 특히 그랬다. "애한테 펠리칸 만년필을 사 주겠다니!"

그날 함께 배에 탄 할머니와 이모할머니는 당연히 어머니 편을 들었다. 아버지는 한마디도 하지 않았다. 아버지는 두 분 다 싫어해서 왕뾰족뒤쥐와 뾰족뒤쥐라고 불렀다. 아버지는 어머니에게 목소리를 낮추라거나 너무 심하게 야단치지 말라고 말하는 순간

두 여인이 끼어들어 자신의 이성을 잃게 만듦으로써 그 두 명, 아니 세 명에게 화를 폭발할 가능성이 크다는 사실을 알고 있었다. 그 정도가 되면 두 분 할머니는 우리 집에서 여름을 보내느니 곧장 본토로 돌아가는 게 낫다는 뉘앙스를 조용히 풍길 터였다. 나는 아버지가 화를 폭발하는 모습을 한두 번밖에 본 적이 없었고, 아버지가 여행을 망치지 않기 위해 꾹 참는 걸 알 수 있었다. 아버지는 어머니가 우표 수집에 너무 시간을 낭비한다고 나를 비판할 때 형식적으로 몇 번 고개를 끄덕일 뿐이었다. 그런데 아버지가 화제도 바꾸고 내 기분도 풀어 줄 겸 마침내 입을 열자 어머니가 고개를 홱 돌려 아직 끝나지 않았다고 소리 질렀다. 아버지가 "사람들이 쳐다보잖아."라고 했지만 "실컷 쳐다보라고 해요. 끝낼 때가 되면 어련히 끝낼 테니까."라며 받아쳤다. 그 순간 어머니는 나를 향해 격렬히 쏟아 내고 있지만 사실은 아버지에게 억눌린 분노를 표출하는 거라는 생각이 들었다. 그리스 신화의 신들이 인간을 볼모로 잡아 끊임없이 갈등을 빚는 것처럼 어머니는 아버지를 공격하기 위해 나를 혼내는 거였다. 아버지도 그 사실을 알아차린 듯 어머니가 보지 않는 틈을 타서 '조금만 참아. 오늘 밤에 아이스크림도 사 먹고 성에 가서 추억도 쌓자꾸나'라고 말하는 듯한 미소를 보냈다.

그날 섬에 도착하자 어머니는 나에게 다정한 말을 건네며 배에서 혼낸 걸 만회하려고 필사적으로 애썼다. 곧 원만하게 화해했다. 하지만 그 일이 일으킨 실질적인 피해는 어머니 자신도 후회하고 나도 영원히 잊지 못할 가슴을 찌르는 말들이 아니었다. 어머니와 나의 사랑이 피해를 입었다. 우리의 사랑이 따뜻함과 자발성을 잃고 의도적이며 의식적이고 씁쓸한 사랑이 되어 버렸다. 어머니는 내가 여전히 자신을 사랑하는 데 만족해하고, 나는 어머니가 그렇게 선뜻 속는 모습에 만족했다. 둘 다 만족해한다는 사실을 알고 휴전이 굳어졌다. 하지만 그렇게 쉽게 안심하는 것은 우리의 사랑이 희석되었다는 데 불과하다는 사실을 어머니도 나도 느꼈으리라. 어머니는 나를 예전보다 자주 껴안아 주었고, 나도 어머니가 껴안아 주기를 바랐다. 하지만 나는 어머니를 향한 내 사랑을 믿지 않았다. 내가 보지 않는다고 생각할 때 짓는 어머니의 표정에서 어머니 또한 내 사랑을 믿지 않는다는 걸 알 수 있었다.

아버지하곤 달랐다. 우리는 기나긴 밤 산책을 하면서 온갖 이야기를 나누었다. 훌륭한 시인들, 부모와 자식의 관계가 마찰을 피할 수 없는 이유, 나에게 이름을 물려주었고 내가 태어나기 수 주일 전에 차 사고로 세상을 떠난 아버지의 아버지, 평생에 딱 한 번 찾아올 뿐 그 후에는 자연스럽지도 즉흥적이지도 않게 되어 버리는 사랑 그리고 라틴어도 그리스어도 어머니도 뾰족뒤쥐나 왕뾰족뒤쥐도 아무런 연관이 없기에 기적이라고 할 수 있는 베토벤의 〈디아벨리 변주곡〉에 대해. 〈디아벨리 변주곡〉은 아버지가 그해 봄에 막 알게 된 곡인데 나하고만 나누었다. 아버지가 매일 저녁 슈나벨의 음반을 틀어서 집 안에 슈나벨의 피아노 소리가 울려 퍼지며 그해의 음악이 되었다. 나는 제6변주를, 아버지는 제19변주를 좋아했다. 아버지는 제20변주는 마음에 관한 것이며 아마 제23변주는 베토벤의 곡 가운데 가장 활기 넘치고 유쾌할 거라고 말했다. 우리가 제23변주를 어찌나 자주 틀었는지 어머니가 그만 좀 틀라고 사정할 정도였다. 그럴수록 장난기가 발동하여 내가 어머니 앞에서 제23변주를 흥얼거리면 아버지와 나는 웃음을 터뜨렸지만 어머니는 아니었다. 우리는 여름날 카페로 가는 길에 1에서 33 중에 아무 숫자나 말한 다음 그 변주에 대해 어떻게 생각하는지, 〈디아벨리 변주곡〉의 주제를 포함해 자기 생각을 이야기했다. 성으로 올라가는 길엔 오페라 《돈 조반니》의 테마곡을 인용한 22번 변주곡의 멜로디에 오래전 아버지가 가르쳐준 가사를 붙여서 부르기도 했다. 하지만 꼭대기에 이르러 별을 바라볼 때면 가만히 서서 31번이 가장 아름답다고 입을 모았다.

골목길을 올라가는 동안 베토벤과 배에서 어머니가 소리 지른 일을 떠올렸다. 모두가 여전히 기억 속에 남아 있었다. 오래된 약국, 구두 수선 가게, 자물쇠 가게, 내가 태어나기 얼마나 오래전에 가죽 조각을 덧댔는지 모를 낡을 대로 낡은 안락의자 두 개가 놓인 이발소를 한눈에 알아보았다. 그날 아침 오르막길을 오르며 버려진 성의 일부가 눈에 들어오자 성에우세비오 골목의 모퉁이를 돌아야 나오는 목공의 작업실에 도착하기도 전에 벌써부터 레진 냄새가 강하게 풍겨 오는 느낌이었다. 그 느낌은 변하지 않았고 앞으로도 변하지 않을 것이다. 바로 위층에 살림집이 있는 목공의 작업실은 모퉁이 건물에서 튀어나온 둔탁한 연석에서 두 걸음 지난 곳에 있었다. 그 냄새의 기억이 두려움과 불편함의 흔적을 휘저었다. 예전과 다름없이 두근거렸지만 10년이 흐른 지금도 두려움과 수치심, 흥분의 색조가 서린 그 불안감에 정확한 이름을 붙일 수가 없었다. 변한 것은 없었다. 어쩌면 내가 변하지 않았는지도. 내가 이곳보다 커지지 않았다는 사실이 실망스러운지 기쁜지 알 수 없었다. 작업실의 폴딩 도어가 닫혀 있었다. 마지막으로 찾은 이후 얼마나 많은 것이 사라졌는지 선 채로 가늠해 보려 했지만 그 어떤 생각도 연결 지을 수 없었다. 화재 뒤에 들려온 온갖 소문만 떠오를 뿐이었다.

뒤돌아 이발소로 가서 구슬발 사이에 몸을 절반만 내밀고 두 이발사 중 한 명에게 옆 가게의 목공이 어떻게 되었는지 아느냐고 물었다. 커다란 의자 두 개 중 하나에 앉은 대머리 이발사가 읽던 신문을 내리고 단 한 마디를 내뱉더니 다시 신문에 집중했다. "*Sparito*, 사라졌어."

어디로, 어떻게, 왜 갔는지 아세요? 내가 물었다.

대답 대신 모른다, 관심 없다, 갑자기 나타나 질문 세례를 던지는 20대 애송이한테는 말해 줄 생각이 없다로 요약되는 어깨를 으쓱하는 제스처가 돌아왔다.

고맙다고 말한 뒤 돌아서서 계속 오르막길을 걸었다. 섬에서 보내는 여름마다 내 머리를 깎아 준 알레시 씨는 인사를 건네지도 나를 알아보지도 못했다. 그러니 더 긴말을 해 봤자 소용없을지도 모른다.

섬의 그 누구도 나를 알아보지 못하는 것 같다는 사실을 깨닫기까지는 시간이 좀 걸렸다. 내가 열두 살 이후로 많이 변했거나 긴 우비와 수염, 등에 멘 짙은 초록색 배낭이 그들이 기억하는 깔

끔한 소년과 전혀 다르기 때문인지도 모른다. 잡화점 주인, 교회 옆 작은 광장의 카페 두 곳 주인, 정육점 주인, 라틴어와 그리스어 개인 교습이 끝나고 집으로 돌아가는 배고픈 오후마다 가장자리 골목길에서 축복의 기도처럼 아른거리는 갓 구운 빵 냄새를 풍기던 빵집 주인도 나를 알아보지 못했고, 두 번 쳐다보지도 않았다. 전쟁 때 보트 사고로 한쪽 다리를 잃은 거지도 예전과 다름없이 광장의 가장 큰 분수대 옆에 자리 잡았지만, 적선하는 나를 알아보지 못했다. 고맙다는 말조차 하지 않은 것은 정말로 그답지 않은 일이었다. 산지우스티니아노와 이곳 사람들에게 경멸감이 치솟으면서도 이제는 아무래도 좋은 것이 되어 버렸다는 사실이 마냥 슬프지는 않았다. 어쩌면 나 역시 이곳의 일을 다 잊어버렸는데 미처 깨닫지 못하는 것뿐인지도 모른다. 나 역시 부모님이나 형하고 같은 입장이었는지도.

내리막길을 걸으면서 생각했다. 토대부터 다 무너진 우리 집에 가서 내가 할 수 있는 일을 알아본 뒤 어린 시절의 나를 아는 이웃들을 만나 보고 저녁 배로 떠나겠다고. 개인 교습 선생님한테 찾아가기로 마음먹었지만 계속 미루었다. 내 기억 속의 그는 누구에게도, 적어도 제자들에게는 상냥하게 말하는 법이 드문 시큰둥하고 까다로운 사내였다. 아버지는 섬에서 하룻밤 묵고 싶어질지도 모르니 부둣가의 작은 호텔을 예약하라고 제안했다. 하지만 섬을 오르내리는 빠른 걸음만으로 내 방문이 두어 시간을 넘지 않으리라는 걸 감지할 수 있었다. 문제는 배에 오르기 전까지 남은 시간을 어디에서 보내느냐였다.

나는 언제나 이곳을 사랑했다. 아침에 눈을 뜨면 맞이해 주는, 고대 그리스인들이 처음 자리 잡은 이후로 한결같이 맑고 고요한 하늘부터 아무런 예고도 없이 본토에서 돌아와 우리 가슴에 축제 같은 기분을 샘솟게 하던 아버지의 발자국 소리까지. 마음에 심란한 기운이 조금도 없던 시절이었다. 내 침대에서는 언덕이 보이고, 거실에서는 바다가 보이고, 선선한 날 주방 덧문이 활짝 열려 있는 테라스로 나가면 계곡이 보이고, 계곡 너머로 바다 건너 본토의 흐릿한 언덕 실루엣이 보였다.

낡은 시내를 벗어날 때면 들판부터 휘몰아쳐 산책로에서 저 너머 반짝이는 바다까지 이어지는 햇살이 나를 맞이했다. 나는 그 침묵이 좋았고 이곳에 돌아오기를 오랫동안 꿈꾸었다. 모든 것이 익숙할 뿐 변한 건 아무것도 없었다. 그러면서도 모든 것이 멀고, 닳고, 닿을 수 없는 것처럼 느껴졌다. 내가 이 모든 현실을, 이 모든 것이 한때 내 일부였음을 받아들이지 못하는 것처럼. 어린 시절 내가 '발명한' 지름길을 포함하여 우리 집으로 가는 길은 마지막에 본 모습과 똑같아서 아무리 세월이 흘러도 착각하려야 착각할 수가 없었다. 이곳 사람들은 루미에라고 부르는 인적 없는 향기로운 라임숲을 따라 걸으면 양귀비 들판이 나오고, 마침내 세상의 그 어떤 장소보다 내가 많이 깃들어 있는 뼈대밖에 남지 않은 조용한 고대 노르만 양식의 예배당이 나오는 것도 기억났다. 예전 그대로 바짝 마른 엉겅퀴와 울창한 수풀 사이에 거대한 기둥이 쓰러져 있고 들개와 비둘기의 말라빠진 배설물이 보였다. 내가 속상한 것은 이제 우리 집이 없고 그 안의 살아 있던 것들도 사라졌으며 이곳에서 보내는 초여름이 결코 예전 같을 수 없다는 사실이었다. 마을 지리에 바삭하지만 더 이상 보고 싶어 하지도 않고 관심도 없는 소심한 유령이 된 기분이었다. 기다리는 부모님도 없고 수영 후 배가 고파서 헐레벌떡 돌아온 나에게 간식을 챙겨 줄 사람도 없었다. 우리의 모든 의식이 해체되고 무효가 되어 버렸다. 이곳의 여름에는 더 이상 내가 없었다.

집이 가까워질수록 어떤 지경이 되었을지 더욱 두려워지기 시작했다. 화재와 사람들의 약탈, 특히 약탈은 섬사람들뿐만 아니라 우리 가족에 대한 분노와 슬픔도 부추겼다. 친구와 이웃이라고 착각했던 사람들의 약탈과 기물 파손을 막지 못한 게 그들보다 우리의 양심에 더욱 거리끼는 일인 것처럼. "속단하지 마라." "무엇보다 언쟁하지 마라." 아버지는 분명히 경고했다. 하지만 아버지의 방식일 뿐 나는 그러고 싶은 마음이 추호도 없었다. 부자, 가난뱅이, 고아, 미망인, 불구자, 상이군인 할 것 없이 전부 다 법정에 세워 죗값을 물을 터였다.

이 섬에서 내가 보고 싶어 하는 단 한 사람은 사라지고 없었다. sparito, 이미 알면서 굳이 왜 물어봤을까? 사람들의 반응을 보려고? 내가 상상으로 만들어 낸 존재가 아니라 한때 정말로 여기에 살았던 사람임을 증명하려고? 이발소에서 그에 대해 물어보고 산지우스티니아노알타의 좁은 자갈길을 오르락내리락하며 사람들에게 물어보면, 그렇게 그의 이름이 사람들 입길에 오르내리면, 그가 마침내 눈앞에 나타날 거라서?

그가 나를 기억하리라는 보장도 없지 않은가? 그가 알던 나는 열두 살이고 지금은 수염을 기른 스물두 살이다. 하지만 오랜 시간마저도 해변이나 마을에서 그와 우연히 마주치는 걸 두려워하는 동시에 소망할 때마다 엄습하던 불안감을 잊게 하지는 못했다. 오늘 아침 그의 작업실을 향해 올라가면서 내가 정말로 느끼고 싶었던 감정이 아닐까? 견디지 못할 만큼 오랫동안 그의 시선이 나를 향하면 흐느낌이 터져서 걷잡을 수 없을 정도로 커질 것만 같은 두려움과 당혹감, 목이 꽉 조이는 느낌. 그의 시선이 닿는 순간 감정이 북받쳐 올랐다. 빨리 혼자뿐인 조용한 곳으로 가서 울고 싶을 뿐이었다. 망친 라틴어와 그리스어 시험도, 심한 꾸지람도 그 정도의 패배감과 열패감을 주지는 못했다.

전부 다 기억했다. 특히 울고 싶어지던 기분, 기다림과 희망을 도저히 견딜 수 없어 그를 보려고 기다리던 것, 단 한 번의 짧은 시선으로 마음이 심란해져 웃지도 못하고 무엇 하나 즐겁지도 않아서 차라리 그의 모든 걸 미워하고 싶어지던 마음.

그를 처음 만났을 때 나는 어머니와 함께 있었다. 그는 소개받을 때까지 기다리지 않고 "네가 파올로구나." 하면서 내 머리를 헝클어뜨렸다. 나를 어떻게 아는지 깜짝 놀라는 표정을 짓자 경쾌하게 "다들 알아." 하고는 기억났다는 듯이 덧붙였다. "해변에서 봤을 거야."

나는 그의 이름이 조반니이며 다들 난니라고 부른다는 걸 알고 있었다. 해변에서, 교회 옆 야외 상영관에서, 밤중에 카페 델'울리보 근처에서 여러 번 보기도 했다. 내 존재 따위에 아무 관심도 없을 남자가 내 이름을 아는 데다 우리 집 지붕 아래에 서 있다는 사실이 얼마나 흥분되는지 애써 감추려고 했다.

그와 달리 나는 그를 안다는 사실을 내비치지 않았다. 어머니는 *너도 조반니 씨를 알고 있잖니,* 하는 듯한 약간 비꼬는 목소리로 그를 소개해 주었다.

나는 고개를 저으며 그의 이름을 모른다는 사실에 당혹감마저 느끼는 척했다.

어머니는 무례하게 굴지 말라고 재촉하듯 "하지만 조반니 씨를 모르는 사람은 없는걸." 하고 말했다. 그래도 나는 태도를 바꾸지 않았다.

그가 내민 손을 잡아 악수했다. 20대 후반의 훤칠한 남자. 그는 내가 생각한 것보다 젊어 보이고 피부도 구릿빛이 덜했다. 사실 이렇듯 가까이에서 보는 건 처음이었다. 눈, 입술, 뺨, 턱. 그 이목구비의 무엇이 그렇게 강렬하게 다가왔는지 오랜 세월이 지나서야 알게 되었다.

아버지의 제안에 따라 어머니가 접이식 앤티크 책상과 사진 액자 두 개의 복원을 부탁하기 위해 그를 우리 집으로 부른 터였다.

그가 온 것은 6월 어느 날 아침이었다. 그는 다른 사람들과 달리 어머니가 권한 레모네이드를 마시겠다고 했다. 재봉사, 배달부, 소파 덮개 씌우는 사람 등 그동안 우리 집을 찾은 이들은 항상 물을 원했다. 우리에게 그 무엇도 빚지지 않았으며 푹푹 찌는 여름날 시원한 물 한 잔 말고는 아무것도 요구하지 않음을 보여 줌으로써 수고비에 더해지는 팁을 버는 그들의 방식이었다.

그날 아침 우리 집에서 그는 너무 가까이 서 있었다. 그 얼굴의 확실하지 않은 무언가가 전교생과 선생님, 부모님, 먼 친척, 가족의 지인, 고위 관리 손님들 그리고 온 세상 앞에서 시를 암송할 때처럼 떨리고 허둥지둥하게 만들었다. 그를 쳐다볼 수도 없었다. 시선을 다른 데로 돌리지 않으면 안 되었다. 그의 눈이 너무 맑았다. 그 눈을 만지고 싶은 건지, 그 안에서 헤엄치고 싶은 건지 알 수 없었다.

그가 어머니와 이야기를 나누면서 내 의견을 구하려는 듯 간혹 내 쪽을 쳐다볼 때면 나도 그를 보려고 노력했다. 그의 눈을 바라보면 가파른 바위 절벽에서 출렁이는 초록색 바다를 내려다보는 것처럼 저절로 끌어당겨지는 듯했다. 저항하지도 쳐다보지도 말라는 경고 때문에 왜 쳐다보고 싶은지 깨달을 만큼 오래 쳐다볼 수 없는 느낌이었다. 그의 시선이 두렵기만 한 건 아니었다. 그의 눈을 바라보면 그를 불쾌하게 만들 뿐만 아니라 사악하고 수치스러운 비밀이 탄로 나는 것만 같아서 곤혹스러웠다. 그렇게 위협적인 존재가 아니라고 나 자신을 안심시키기 위해 그가 쳐다볼 때면 나도 마주 보려고 노력했지만 결국 시선을 돌려야 했다. 그 누구보다 아름다운 그 얼굴을 오랫동안 바라볼 용기가 없었다.

하지만 그는 어머니한테서 고개를 돌려 내 쪽을 쳐다볼 때마다 이렇게 말하고 있었다. 자신이 나보다 훨씬 나이도 많고 나를 꿰뚫어 볼 수 있지만 그래도 그와 나는 동등한 존재라고, 자신은 나를 판단하지도 업신여기지도 않으며, 비록 내가 자신이 무가치하게 느껴지는 걸 숨기려고 가만히 서 있지만, 가구에 대한 내 생각이 궁금하다고.

그래서 다른 곳을 보려고 했다.

하지만 그것조차 할 수가 없었다.

어딘가 수상해 보이기는 절대로 싫었다. 어머니가 옆에 있어서 더더욱.

그의 얼굴은 건강함 그 자체였는데 막 수영을 하고 온 것처럼 살짝 상기되어 있었다. 책상에 대한 생각이나 의문을 표현할 때면 가볍게 떨리는, 배려하는 듯 침착한 미소는 훗날 나도 저런 사람이 되고 싶다 생각하게 만들었다. 그의 얼굴을 보며 그렇게 생각하는 건 너무도 즐거운 일이었다. 그가 내 친구가 되어 가르침을 줄 수 있다면 얼마나 좋을까. 그때만 해도 그것 말고는 다른 욕망이 없었다.

어머니가 거실로 안내하려고 했지만 그는 이미 거실을 찾아서 곧바로 책상을 발견하곤 서랍을 열었다. 허락도 구하지 않고 서둘러 얇고 삐걱거리는, 대단히 긴 서랍 두 개를 빼냈다. 이어서 불룩하게 돌출된 앤티크 책상의 서랍을 빼낸 자리 뒤쪽을 이리저리 더듬더니 구석의 숨겨진 공간을 발견하곤 모서리가 책상의 둥그런 디자인에 딱 맞게끔 조각된 작은 상자를 꺼내는 것이었다. 어머니는 깜짝 놀라며 책상 안에 그런 상자가 있는 걸 어떻게 알았는지 물었다. 그는 북쪽, 아마도 프랑스의 훌륭한 목공들은 도저히 불가능해 보이는 곳에 숨은 공간을 만들어 내는 걸 좋아한다고 대답했다. 작은 가구일수록 불가사의하고 기발한 방법으로 비밀 공간을 만든다고. 그가 어머니한테 보여 줄 게 또 있었다. 역시 어머니가 전혀 알지 못하는 거였다.

"그게 뭔가요, 조반니 씨?"

그는 책상을 살짝 들어 숨은 경첩을 보여 주었다.

"무슨 용도죠?" 어머니가 물었다.

그는 책상을 옮기기 쉽도록 완전히 접을 수 있게 만든 거라고 설명하면서 나무 상태를 믿을 수 없으니 지금은 경첩에 힘을 주지 않겠다고 덧붙였다. 그리고 어머니에게 작은 상자를 건넸다.

"남편 집안에서 적어도 150년 가까이 내려오는 책상인데 이 상자는 아무도 몰랐어요." 어머니가 설명했다.

"그렇다면 부인께선 감춰진 보석이나 증조부 혹은 증조모가 숨겨 둔 편지를 발견하실 겁니다." 그는 그날 아침에 몇 번이나 보았으며 나도 배우고 싶었던 짓궂은 웃음을 억누르며 말했다.

상자는 잠겨 있었다.

"열쇠가 없는데." 어머니가 난처한 표정으로 말했다.

"*Mi lasci fare, Signora*, 제가 해 드리죠, 부인." 그가 쓰는 단어 하나하나에 존중하는 마음과 권위가 묻어 있었다. 그는 재킷에서 송곳과 둥근끌, 스크루드라이버라기보다 다양한 크기의 정어리 통조림 따개처럼 보이는 작은 도구가 가득한 고리를 꺼냈다. 그러고는 가슴 주머니에서 안경을 꺼내 다리를 펼치고 조심스레 귀에 걸었다. 유치원 때부터 안경을 쓰기 시작했는데도 안경을 쓸 때마다 여전히 어색해 보이던 남자애가 생각났다. 그는 가운뎃손가락을 펴서 브리지를 우아하게 밀었다. 명품 크레모나산 바이올린을 살펴보는 거라고 해도 믿을 만했다. 동작 하나하나가 얼마나 매끄러운지 신뢰를 넘어 존경심까지 일었다.

내가 놀란 건 그의 손이었다. 굳은살도 없고 노동으로 거칠어지지도 않은 음악가의 손이었다. 만져 보고 싶었다. 분홍색 손바닥이 보이는 것처럼 부드러울지 알고 싶기도 했지만, 갑자기 내 손바닥이 그 손의 보살핌을 받도록 올려놓고 싶은 마음이 들어서였다. 그의 손은 눈과 달리 나를 겁먹게 하지 않고 오히려 환영했다. 긴 관절과 아몬드 같은 손톱이 내 손가락 사이로 미끄러져 들어와 따뜻하고 영원한 우정의 표시로 잡아 주기를 바랐다. 그 동작만으로 나도 언젠가, 어쩌면 생각보다 빨리 그런 손에 그런 안경을 쓴, 이목구비에서 퍼져 나오는 반짝이는 웃음과 짓궂음이 내가 내 분야의 전문가이며 매우 좋은 사람이라고 온 세상에 말해 주는, 그런 어른이 될 수 있다고 장담해 줄 것 같았다.

그는 상자를 열려고 하는 자신을 쳐다보는 나와 어머니를 보았지만 굳이 어느 쪽도 바라보지 않은 채 우리의 긴장감을 의식하며 계속 미소를 지었다. 자신이 의식하고 있다는 사실을 드러내지 않으면서 미소를 떨쳐 버리려 했다. 그리고 내내 열쇠구멍을 쳐다보며 많이 해 봐서 잘 안다고 안심시켰다.

"조반니 씨." 어머니가 그의 집중력을 흐트러뜨리지 않으려고 애쓰며 자물쇠를 만지작거리는 그에게 말을 건넸다.

"예, 부인." 그가 올려다보지 않고 대답했다.

"목소리가 아름답네요."

그는 자물쇠에 정신이 팔려 듣지 못한 듯 가만히 있다가 잠시 후에 입을 열었다. "속지 마세요, 부인. 음정도 못 잡는답니다."

"그 목소리가요?"

"제가 노래하면 다들 웃음을 터뜨려요."

"질투 나서 그러는 거예요."

"생일 축하 노래도 못한다니까요."

우리 셋은 모두 웃음을 터뜨렸다. 그리고 침묵이 흘렀다.

그는 서두르거나 억지로 힘을 가하거나 오래된 자물쇠 주변의 청동 상감 장식을 긁거나 하지 않고 좀 더 만지작거리더니 기분 좋게 외쳤다. "Eccoci, 됐네요." 항복을 위해 지속적이고 부드러운 회유만이 필요했던 듯 자물쇠의 숨길 수 없는 찰깍 소리가 나면서 상자가 열렸다. 나는 그의 손에 입을 맞추고 싶었다. 그가 상자를 열자 순금 회중시계, 순금 커프스단추 한 쌍, 두툼한 녹청색 펠트천에 싸인 만년필 한 자루가 나왔다. 펜에는 금색 글씨로 나와 똑같은 할아버지 이름이 새겨져 있었다.

"누가 상상이나 했겠어요!" 어머니가 외쳤다. 어머니 시아버지의 머리글자를 새겨 넣은 커프스단추는 할아버지가 파리에서 공부하던 시절에 쓰던 것일 터였다. 할아버지는 그 단추에 애착이 컸다. 어머니는 오래전이지만 회중시계를 본 기억이 난다고 말했다. 할아버지는 세 가지 물건을 상자에 넣어 두었지만 불의의 사고로 돌아오지 못했기에 그 물건들이 사라진 걸 아무도 알아차리지 못했을 거라고 설명했다. "이것들은 갑자기 나타났는데 아버님은 안 계시네요." 어머니는 깊은 생각에 잠긴 듯했다. "난 아버님을 무척 좋아했답니다. 아버님도 나를 아꼈고요."

목공은 아랫입술을 깨물며 말없이 고개를 끄덕였다.

"이렇게 보면 죽은 사람들은 참 잔인해요. 항상 어느 날 갑자기 산 사람들 앞에 나타나니까요, 그렇지 않나요, 조반니 씨?"

"예." 그가 동의했다. "죽은 사람에게 그가 살아 있을 때 중요했던 뭔가에 대해 말하거나 그가 알던 사람과 장소에 대해 물어보고 싶을 때마다 실감하죠. 그들은 우리가 하는 말을 들을 수도 없으며 대답하지도 않고 상관하지도 않는다는 걸요. 하지만 죽은 사람이 더 끔찍할지도 모르겠네요. 그들이 소리쳐 부르는데 우리가 듣지도 못하고 관심도 없는 것처럼 보일 수 있으니까요."

난니는 슬픔을 겪어 본 사람이 분명했다. 몇 초 전까지만 해도 내내 미소 짓던 얼굴이 엄숙하고 조용해진 걸 보면 알 수 있었다. 그의 엄숙한 표정도 마음에 들었다.

"철학자시네요, 조반니 씨." 어머니가 열린 상자를 두 손으로 든 채 순한 미소를 지으며 말했다.

"철학자는 아니랍니다, 부인. 몇 해 전 어머니가 계단에서 넘어져 돌아가셨는데 몇 달 후 아버지도 돌아가셨어요. 두 분 다 그렇게 건강하실 수가 없었는데. 저는 순식간에 고아이자 가장이며 남동생의 부모가 되었죠. 두 분께 여쭤보고 싶은 것, 아버지에게 배워야 하는 일이 많았는데. 아버지가 남기신 건 흔적뿐이네요."

어색한 침묵이 흘렀다. 난니는 다시 책상에 집중하여 경첩을 살펴보더니 전에 누군가 책상을 손본 것이 분명하다고 말했다. 그래서 아직도 광택이 살아 있는 거라며 "아마 우리 할아버지일 겁니다."라고 넘겨짚었다. 그러다 어머니가 할아버지 시계의 태엽을 감기 위해 용두 부분을 비틀려고 하자 깜짝 놀라서 말렸다.

"용수철 장치가 망가질 거예요. 누군가에게 먼저 보이는 게 나을 겁니다."

"시계공한테요?" 어머니가 순진하게 물었다.

"여기 시계공은 멍청이예요. 본토에 가져가 보는 게 좋겠네요."

어머니는 아는 사람이 있는지 물었다.

그는 있다고 대답했다.

다음에 여객선을 탈 때 자신이 직접 가져가 줄 수 있다고 말했다.

어머니는 잠시 생각하더니 아버지에게 부탁하겠다고 결정했다.

"Capisco, 이해합니다." 그는 자기도 모르게 선을 넘은 사실에 죄책감을 느끼는 듯하면서도 자신의 의도를 불신하는 사람들이 내비치는 의심을 받아들일 만큼 품위 있게 물러서는 몸짓으로 말했다.

나는 어머니의 그런 점이 마음에 들지 않았다. 하지만 어머니의 잘못을 탓하지 않으면서 상황을 바로잡기 위해 내가 할 수 있는 일은 없었다.

사실 목공은 그 한마디로 도움이 될 수 있어 기쁘다고 말한 거였다. 어머니는 계속 상자에 든 물건들을 생각하느라 말이 없었다. 조반니 씨는 어머니의 침묵을 침범하지 않았다. 어쩌면 뭐라고 말해야 할지 몰랐는지도 모르지만. 그는 잠시 방 안을 둘러보더니 이 집을 찾아온 목적을 떠올리며 책상을 가져다가 처음 상태로 복원하겠다고 말했다. 책상의 스타일로 보아 누구 작품인지 짐작이 가지만 아래쪽 서명이 세월의 흔적으로 얼룩진 탓에 과연 그 사람이 만든 것인지는 아직 확신할 수 없다고 덧붙였다. 책상을 들어 어깨에 걸치면서 경첩 말고는 못을 사용하지 않은 게 특히 존경스럽다는 말도 했다. 하지만 그것도 자세하지는 않으니 나중에 알려 주겠다고, 액자는 다음 날 다시 들러서 가져가겠다고 약속하며 집 밖으로 나갔다. 어머니와 나는 문가에 서 있었다.

"자, 받아라. 이제 네 거야." 어머니가 만년필을 내밀며 말했다. 우연히도 펠리칸이었다. 학교 밖 문방구에서 파는 것과 똑같이 생겼지만 전혀 기쁘지 않았다. 선물이 아니라 어쩌다 받은 것, 우연한 양도로 내게 들어온 것이니까. 하지만 내 이름이 새겨져 있다는 사실은 기뻤다. 어머니는 조반니 씨가 떠나는 모습을 지켜보면서 시아버지에게 들은 이상한 이야기를 들려주었다. 할아버지가 파리에 머물던 어느 날 글을 쓰다가 만년필을 책상에서 떨어뜨렸는데 급하게 잡으려다 펜촉에 찔려 상처가 나고 말았다.

"그래서요?" 나는 그 이야기의 핵심이 뭔지 이해되지 않았다.

"손바닥에 작은 문신이 남았지. 아버님은 그걸 자랑스러워하셨어. 그 일에 대해 얘기하는 걸 좋아하셨지."

이 이야기를 왜 하는 걸까?

"이유는 없어. 아버님이 널 보셨으면 얼마나 좋았을까 하는 마음 때문이겠지. 네 아버지는 세상 그 누구보다 할아버지를 사랑했거든. 어쨌든 아버님은 만년필이 너에게 가길 바라셨을 거야. 곧 있을 시험에 도움이 될지도 모르겠구나."

좀 더 시간이 흘러 그해 가을 라틴어와 그리스어 시험을 다시 볼 때 정말로 그 만년필 덕을 보았다.

며칠 후 난니는 액자를 가지러 다시 왔다. 아버지는 이른 여객선을 타고 집에 와 있었다.

아버지는 초인종 소리에 일어나 직접 문을 열었다. 고그와 마고그도 늘 그렇듯 일어나 아버지를 따라갔다.

"*Stai bene*, 잘 지내나?" 아버지가 밖에 서 있는 난니를 보자마자 말했다.

"*Benone. e tu*, 좋습니다. 선생님은요?"

난니는 액자를 가지러 왔으며 바로 돌아가야 한다고 설명했다. 그리고 개들의 머리를 쓰다듬었다.

"팔꿈치는 좀 어떤가?"

"훨씬 좋아졌어요."

"내가 알려 준 대로 했어?"

"늘 선생님 말을 듣는걸요. 아시다시피."

"그렇지. 한 번에 30초씩 했나?"

"그럼요!"

"한번 보여 주게."

난니는 아버지가 추천해 준 팔 스트레칭을 해 보이려다 문가의 나를 보고 불쑥 내뱉었다. "Ciao, Paolo, 안녕, 파올로." 내가 이 집에 있다거나 산다는 것을 잊어버린 듯 나를 보고 깜짝 놀란 모습이었다.

그는 팔을 내리고 곧장 거실로 걸어와 벽에 기대어 놓은 액자 두 개를 들었다. 소파에 앉아 소설책을 읽는 어머니와도 몇 마디 인사를 주고받았다. 시계에 무슨 수를 내셨어요?

안타깝게도 아직요. 어머니는 짜증난 듯한 목소리였다. 어머니는 자신이 지나쳐 버린 일을 누군가 상기시켜 주는 걸 좋아하지 않았다.

네 사람 모두 말없이 서 있는 어색한 순간이 찾아왔다.

"이 친구가 산지우스티니아노에서 가장 빠른 수영선수라는 거 알아?" 아버지가 어머니에게 말했다.

"*Ma che cosa stai a dire*, 무슨 말씀이세요?" 난니가 말도 안 되는 소리라는 듯 끼어들었다.

나는 아버지가 매일 아침 본토행 여객선을 타러 가기 전에 수영을 하고 온다는 걸 당연히 알았지만 난니도 수영한다는 사실은 몰랐다.

"우린 타잔이라고 부르지."

"타잔이라, 예쁜 이름이군요." 어머니는 처음 들어 보는 단어인 듯, 시골 마을의 목공과 세계적인 학자의 정신 나간 농담에는 끼어들지 않겠다고 결심한 듯 살짝 비꼬는 말투였다. 아버지와 난니의 동지애에 짜증이 났다는 걸 알 수 있었다.

"이 친구가 타잔 소리 흉내 내는 걸 봐야 한다니까." 아버지가 난니를 돌아보며 말했다. "한번 보여 주게."

"싫습니다."

"꼭 타잔 소리를 낸 다음에 수영을 시작하거든. 며칠 전에는 4분 30초 만에 만을 건넜어. 난 8분이나 걸리는데."

"포기하지 않으실 때는 그렇겠죠." 난니가 코웃음을 쳤다. "사실은 10~11분이 맞죠." 그는 주변에 흐르는 긴장감을 감지하고는 재빨리 돌아서서 평상시처럼 편안하게 말했다. "*Alla prossima*, 그럼 다음에 뵙겠습니다."

"*Si.*" 아버지는 순순히 보내 주었다.

나는 두 사람의 유대와 서로를 놀리는 모습이 마음에 들었다. 그렇게 활기 넘치고 장난스럽고 소년 같은 아버지의 모습은 좀처럼 본 적이 없었다.

"저 친구 어떤 것 같아?" 아버지가 어머니에게 물었다.

"좋은 사람 같네요." 어머니의 목소리는 다정하지만 무관심하게 말하려 애쓰는 것처럼 들렸다. 완벽하게 순수하지 않을 수도 있는 목공을 향한 억눌린 적개심도 풍겼다. 사실은 어머니가 자신이 소개하지 않은 사람이나 물건에 거부권을 드러내는 전형적인 방식이었다. 어머니는 아버지가 그래도 가엾은 친구에 대해 좋은 말 한마디 정도는 할 수 있지 않느냐고, 화난 듯 어깨를 으쓱하는 걸 알아차렸는지 난니의 속눈썹이 정말 예쁘다고 덧붙였다. "여자들한텐 그런 게 보이거든요."

나는 그의 속눈썹을 의식하지 못했다. 어쩌면 그래서 내가 그를 계속 바라볼 수 없었는지도 모른다. 그의 속눈썹은 그 누구보다 아름다웠고 내가 누군가의 속눈썹을 눈여겨본 것도 그때가 처음이었다.

"하지만 사람이 너무 대담하고 스스럼없는 것 같네요. 자기 처지를 몰라요, 안 그래요?"

나는 어머니가 짜증난 이유, 난니가 집으로 들어와서 스스럼없이 액자가 있는 곳으로 가자마자 어머니의 기분이 확 변한 이유는 그가 자신을 고용한 아버지와 친근하게 말을 나눴기 때문이라고 확신했다.

일주일 후 어머니는 목공을 찾아가기로 했다. 너도 같이 갈래? "그러죠 뭐." 아무렇지 않게 "상관없어요."라고 이어 말했다. 어머니는 세심하게 계획된 '그러죠 뭐'라는 태평한 말에서 뭔가를 의식했는지, 잠시 후 갑자기 내가 평범한 것들에도 관심을 보이니 기쁘다고 말했다. 어떤 것들요? 나는 어머니가 성급한 내 대답에서 무엇을 추론해 냈는지 가늠하려고 애쓰며 물었다. "글쎄, 모르겠구나. 예를 들면 가구 같은 거 말이야." 평상시 무뚝뚝한 내 말을 받아들이는 어머니의 방식이 재미있으면서도 의심스러웠던 터라 어머니가 곧 "친구, 사랑, 인생."이라고 덧붙이는 모습이 상상되었다. 어쩌면 어머니는 아무것도 의식하지 못했을지도 모른다. 태평한 내 대답이 너무 의도적이라고 느끼지만 평상시의 나와 다름없다고 생각한 것뿐인지도.

하지만 그날 이른 오후 오래된 시내를 걸어 조반니 씨의 작업실로 향할 때 어머니의 아리송한 침묵은 왠지 모르게 한 해 전쯤 똑같이 걷고 있을 때 어머니가 한 말을 떠올리게 했다. 그때 어머니는 성인 남자나 다 큰 남자애는 그곳을 만지게 놔두면 안 된다고 충고했다. 나는 갑작스러운 말에 너무 당황한 나머지 누가 왜 내 그곳을 만지려 하겠느냐고 되묻지도 못했다. 하지만 그날 산지우스티니아노알타로 가는 언덕길을 오르는데 왠지 어머니의 그 경고가 떠올랐다.

난니의 작업실은 지독한 테레빈유 냄새가 났다. 미술 시간에 맡아 본 냄새였다. 하지만 이곳에서 맡은 그 냄새는 점심식사 후 몇몇 상점 말고는 다들 문을 닫은 조용한 오후임을 알려 주었다. 이발소와 잡화점, 커피 제분소, 빵집 모두 닫혀 있었다. 조반니 씨는 냄새가 빠지게 문을 활짝 열어 놓고 나무 장식처럼 보이는 것을 조각하는 중이었다. 그는 우리를 보고도 아무런 동요 없이 조용히 일어나 왼손으로 앞치마 자락을 들어 이마의 땀을 훔쳤다. 잠시 실례한다면서 다른 방으로 책상을 가지러 갔다.

조용한 오후에 단둘이 남겨진 어머니와 나는 무척 어색했다. 주위를 둘러보았다. 공구와 잡동사니가 너무 많고 사방이 나무 부스러기였다. 벽돌 벽에는 올이 굵은 갈색 스웨터가 걸려 있었다. 분명히 따가울 것 같았는데 직접 만져 보니 울이라기보다는 삼베와 까칠한 수염의 중간 촉감이었다. 어머니는 표정으로 내게 경고하고 있었다. *만지지 마라.*

마침내 그가 우리 앞에 내려놓은 책상은 산 채로 가죽을 벗긴 것처럼 보였다.

"아직 작업 중입니다." 그는 절제된 우려처럼 보이려고 애쓰는 어머니의 경악스러운 표정을 누그러뜨리려고 말했다. 어머니의 심중을 알아채고는 몇 주 후에는 촛불 아래에서 잘 닦은 대리석보다 선명하고 투명하게 빛나는 책상을 보고 깜짝 놀랄 거라는 사실을 상기시켜 주었다. 나는 어머니를 안심시키려는 그의 어색하고 어쩌면 헛된 시도로부터 관심을 돌리기 위해 숨은 상자가 있는 걸 어떻게 알았는지 물었다. "이 일을 하다 보면 *저절로*

알게 되지." 그는 스스로 숙고하는 듯 '저절로 알게 되지'를 한 번 더 말했다. 오랜 세월 힘들게 일하며 쌓은 노력과 경험을 스스로 인정하는 건 쉽지 않지만 한숨과 함께라면 정당화될 수 있는 법. 갑자기 그가 나이보다 늙고 일에 지치고 조용하며 슬퍼 보이기까지 했다. 그는 어머니에게 진행 중인 책상 작업을 보여 주었다. 책상은 매끄럽게 사포질한 곡선이 돋보이는 걸작이었다. 하지만 다리 부분은 보호용으로 애벌칠을 한 상태라 회색으로 변해 있었다. 그는 과장되게 둥그런 책상 모서리를 만지더니 유순한 조랑말의 엉덩이라도 되는 듯 손을 그대로 두었다. 나머지 한 손은 할아버지의 상자가 너무도 오랫동안 숨어 있던 구멍을 들여다보는 척하는 내 등에 올렸다. 나는 어머니가 입을 열어 그가 화제를 바꾸거나 손을 치우는 일이 없도록 책상 안을 계속 들여다보면서 나무며 디자인, 우리 집 한쪽 구석에 놓여 있던 낡은 물건의 때를 벗기고 새 생명을 불어넣는 데 사용된 제품 등 줄줄이 질문을 던졌다. 사포를 굵은 것에서 얇은 것으로 바꿔야 하는 기준을 어떻게 아는지, 테레빈유가 나무에 나쁘다는 걸 어떻게 아는지, 어떤 제품을 사용했는지, 그런 것들은 다 어디에서 배웠고 왜 그렇게 오래 걸렸는지, 그의 설명을 듣는 게 좋았다. 특히 내가 손을 들어 뭔가를 가리키면 설명해 주려고 내 쪽으로 몸을 숙이는 것이. 어머니 말이 맞았다. 그는 목소리가 좋았다. 무척 가까이에서 나에게 입김을 불어넣으며 귓속말을 하는 느낌이었다. 그는 아는 것이 많았지만 대답하기 전 한숨을 쉴 때는 약해 보였고, 가끔씩 일어나는 예상치 못한 변수가 걱정스러운 목소리였다. 협

조적이지 않은 것들도 있었어. 그의 말에 내가 물었다. 어떤 것들이죠? 그는 재미있어하는 듯했다. 그러더니 어머니 쪽으로 고개를 돌려 말했다. "구부러지는 걸 거부하는 것이 인생일 수도 있고 나무 조각일 수도 있지요."

그가 처음 우리 집에 왔을 때 책상을 다 살피고 나서 어떻게 했는지 기억났다. 열리거나 떨어질 수도 있는 움직이는 부분들을 잘 묶은 뒤 한꺼번에 들어 올려 어깨에 짊어지고 집을 나섰다. 어깨에 나이 든 아버지를 앉히고 한 손으로 어린 아들 아스카니오스를 잡고서 트로이를 도망친 아이네이아스가 떠오르는 모습이었다. 나는 아스카니오스가 되고 싶었다. 그가 내 아버지여서 그와 함께 떠나고 싶었다. 그의 작은 작업실이 우리의 집이기를. 먼지, 나무 부스러기, 테레빈유, 작업실에 딸린 터. 우리 아버지는 훌륭한 사람이었지만 조반니 씨는 더 나은 아버지, 아버지 이상의 존재가 될 터였다.

조반니 씨의 작업실을 나와서 어머니는 빵집에 들러 작은 페이스트리를 샀다. 우리는 먹으면서 걷기 시작했다. 둘 다 말이 없었다.

나는 작업실에서 느낀 감정이 흔치 않은 것이고 은밀하며 어쩌면 불건전하다는 걸 알았다. 그 후 개인 교습이 끝나고 지름길 대신 돌아가는 길로 접어들어 시내를 두 번쯤 빙빙 돌다가 그의 작업실 유리문을 두드린 날 그 감정을 더욱 강하게 느꼈다. 그는 나보다 몇 살 많은 조수에게 뭔가를 설명하고 있었다. 조수가 남동생 루지에로라는 건 나중에 알았다.

그는 나를 보고 짧게 고갯짓을 한 뒤 인사하면서 헝겊으로 손의 기름 자국을 계속 닦았다. 나중에 보니 헝겊에 도료희석제가 묻어 있었다. "아직 안 끝났다고 어머니께 말씀드렸는데." 예고 없는 방문에 짜증난 기색이 묻어났다. 어머니가 그새를 못 참고 다 되었는지 가 보라고 해서 찾아온 교활한 침입자쯤으로 생각했을 것이다. 나는 개인 교습이 끝나고 지나가는 길에 인사하고 싶어서 들렀다고 말하면서도 그의 얼굴을 오래 쳐다보지 못하고 힐끔힐끔거릴 뿐이었다.

"그렇구나. 어쨌든 들어와." 그가 한층 반기는 표정을 지었다. 그가 기쁘게 맞이해 주자 나도 갑자기 찾아온 부모님의 지인들에게 하듯 그를 껴안았다. 피고용인이 일을 제대로 하는지 불시에 방문한 고용인의 아들이 되기는 절대 싫었다. 하지만 나는 그를 방해하고 있었다. 어쨌건 나는 고용인의 아들이기에 그가 하던 일을 멈추고 나를 상대해 주었으니까. 그가 앉으라며 곧 무너질 듯한 작은 의자를 내어 주는 순간 참을 수 없는 어색함이 느껴져 괜히 왔다 싶었다. 그냥 집으로 돌아가서 정원사를 도와 가지치기나 할걸. 다행히 그가 침묵을 깨뜨렸다. 레모네이드 마실래? 따져 보지도 않고 고개를 끄덕였다. 그는 도구들이 널브러져 있는 축 늘어진 두툼한 작업용 테이블로 걸어가더니 빛바랜 도일리로 덮어 둔 도자기 물병을 들어 유리잔에 따랐다. 시원하지는 않다고, 너희 집에서 내오는 레모네이드 같지는 않지만 갈증을 달래 줄 거라고 했다. 그는 유리잔을 건넨 뒤 환자가 끝까지 약을 잘 삼키나 지켜보는 간호사처럼 옆에 서 있었다. 레모네이드에서는 강한 레몬 향 혹은 금방이라도 침대에 쓰러질 것처럼 뜨거운 열기로 지쳐 버렸을 때 누군가 레모네이드라는 걸 만들어 낸 사실에 감사하게 되는 한여름 오후의 향기가 났다. 그의 손에 묻은 테레빈유 냄새도 났다. 그의 손 냄새가 나서 좋았다. 나는 그의 작업실 냄새도 사랑하기 시작했다. 나무와 축 늘어진 테이블, 해진 스웨터, 라임과 아마인유의 압도적으로 톡 쏘는 달콤한 냄새에 온몸이 취하는 타는 듯 무더운 오후에 앉을 수 있는 쓰러질 듯한 의자가 있는 그의 조그만 잡동사니 세상의 냄새를.

  며칠 후 그에게 다시 들르기로 했다. 그 후에는 개인 교습이 끝나자마자 들렀다. 가는 길이면 너무 배가 고파서 빵집이 오후에 다시 문을 열자마자 지난번하고 똑같은 페이스트리를 사는 습관이 생겼다. 그와 동생을 위해 두 개 더 샀다. 5분을 기다렸다가 그의 우중충한 작업실에서 같이 앉아 먹었다. 내가 조금만 더 컸더라면 그를 방해한다는 사실을 이내 알아차렸을 것이다. 하지만 나는 그가 나를 만나는 걸 좋아하고 우리 사이에 우정이 싹텄다고 확신했다. 그는 나에게 레모네이드를 권하고 의자를 잡아당겨 옆에 앉았으며 페이스트리를 먹는 동안 어른이 어른에게 하듯 말했다. 나는 그게 좋았다. 그는 역시 목공이던 아버지와 할아버지에 대해 이야기했다. 한 손을 어깨 뒤쪽으로 내던져 시간의 흐름을 흉내 내며 대대로 내려오는 가업이라고 말했다. 그의 아들도 목공이 되는 걸까? 그는 아이가 없다고 대답했다. 자식을 원하지 않으세요? 어른들의 대화라고 느끼며 물었다. 모르는 일이라고, 아직 제대로 된 아내감을 찾지 못했다고 했다. 나는 이렇게 말하고 싶었다. 그의 아들이 대신할 때까지 내가 기꺼이 그의 아들과 여름 견습생이 되어 모든 기술을 익히고 싶다고. "같이 일하고 싶어요." 그는 미소를 지으며 자리에서 일어나 자기 몫의 레모네이드를 따랐다. "너 친구 없니?" 보통 *네 또래 아이들은 이런 일에 관심 없지 않니?* 라는 뜻일 터였다.

"섬에는 친구가 없어요. 물론 집에 가도 많진 않아요."

그럼 요즘은 하루 종일 무얼 하느냐고 물었다.

해변에 가거나 책을 읽거나 그리스어와 라틴어 선생님이 매일 내주는 숙제를 하거나.

그가 《아이네이스》의 첫 구절을 읊었다.

"라틴어 공부했어요?" 내가 흥분해서 물었다.

"Poco, 별로 안 했지. 결국은 그만둬야 했고."

장난삼아 첫 구절을 다시 읊어 달라고 했다.

그는 다시 읊다가 중간에 웃음을 터뜨렸다. 나도 웃었다.

"파올로, 네가 지금 나한테 뭘 읊으라고 하는지 봐봐. Arma virumque cano, 전쟁과 한 남자에 대해서 나는 노래한다, 라니!"

그는 자신을 놀리고 있었다. 나는 그럴 때가 좋았다. 우리를 더욱 가깝게 만들어 주었으니까.

"근데 파올로, 넌 왜 친구가 없니?" 다시 진지한 분위기로 돌아가는 건가? 어머니 같은 소리를 하기 시작했지만 상대가 그라면 상관없었다.

"몰라요. 친구가 있으면 좋겠지만 모두가 나를 좋아하는 건 아니니까요."

"그건 네 생각일지도 모르지. 모두가 친구를 사귀는걸."

"모두는 아니에요."

"하지만 넌 여기서 친구를 사귀었잖아."

"그건 내가 여기 오는 걸 좋아하니까요."

"네 또래 아이들은 싫어?"

나는 어깨를 움츠렸다. "몰라요."

그에게 말하다가 구두점이라도 찍듯 작은 한숨 같은 걸 내쉬는 나 자신을 발견했다. 그가 어려서부터 목공으로 살아온 얘기를 하면서 내뱉은 지친 한숨의 어린아이 버전이었다. 내가 가진 패를 전부 내놓으며 매우 사적인 부분을 드러낸 것뿐만 아니라 난생처음으로 세상에서 오로지 나만 이상하다고 여겨 온 일들을 누군가에게 말했다는 사실이 좋았다. 그런 이야기가 좋았다.

아버지나 친척들이 친구가 없는 까닭을 물으면 화제를 돌릴 방법을 찾거나 학교에 친한 친구들이 있다고 우겼다. 학교에서는 반 아이들하고 친하지 않지만 산지우스티니아노에는 친구가 많다고 말하기도 했다. 하지만 친구가 없다는 이야기를 나눌 수 있는 친구는 없었다. 그런데 그와는 그런 이야기가 쉽게만 느껴졌고 그가 지루해할까 봐 너무 많은 것을 드러내지 않도록 자제해야 했다.

"난 조반니 씨에게 전부 다 배우고 싶어요."

그가 애석한 미소를 지었다. "나무는 빨리 배우는 게 불가능해." 그렇게 말하며 선반으로 가서 담요처럼 생긴 것에 싸인 기다란 물건을 꺼냈다. "이건." 포장을 조심스럽게 풀어 보였다. "아주 오래된 바이올린이야." 줄이 하나도 없었다. "우리 할아버지가 만드신 거야. 난 바이올린을 만들어 본 적도 없고 감히 엄두도 못 낼거야. 하지만 난 나무를 알고 나무와 함께 자랐으니 소리를 살리려면 어떻게 해야 하는지 알지." 그러곤 나더러 바이올린의 맨 아랫부분을 쓸어 보라고 했다. "나무는 관대하지 않아. 화가는 중간에 마음을 바꾸거나 중대한 실수를 할 경우 덧칠하면 되지. 하지만 나무에 한 실수는 되돌릴 수가 없어. 나무가 생각하고 말하는 것을 이해하고 내는 소리마다 무슨 뜻인지 알아야 해. 게다가 살아 있는 것 중에서 매우 드물게도 나무는 절대로 죽지 않아."

미켈란젤로가 대리석에 대해 말하는 것 같았다.

"그래도 이 냄새 나는 작업실에서 일하고 싶어?" 배움이 얼마나 오래 걸리든 상관없다는 내 말에 그가 확인하듯 물었다.

나는 더욱 그렇다고 대답하고 싶었다. 당신과 함께 있고 싶다고, 당신의 아들이 되고 싶다고, 당신이 오기 전에 작업실 문을 열어 놓고 당신이 돌아간 후에 닫고 싶다고, 아침에 커피와 따뜻한 빵을 가져다주고 레몬을 짜고 바닥에 빗질과 대걸레질을 하고 싶다고, 부모님과 집과 모든 것을 포기시키라고, 나는 당신이 되고 싶다고. 이렇게 대답한다면 그가 웃을 터였다. 결국 열정을 억누르기 위해 아니라고, 냄새 나는 작업실에서 일하고 싶지 않다고 말했다. 그 표현은 우리 두 사람을 모두 웃게 만들었다.

일주일에 두 번씩 들르다가 더 자주 갔다.

한번은 세 사람을 위한 페이스트리를 들고 가다가 그 자리에 얼어붙고 말았다. 어머니가 그의 작업실에서 나오고 있었다. 커다란 밀짚모자에 선글라스 차림이었다. 어머니를 보자마자 이발소 안으로 뛰어 들어가 어머니가 이발소를 지나 성에우세비오 골목길로 내려갈 때까지 구슬발 뒤에서 지켜보았다. 어머니는 나를 보지 못했다. 하지만 충격이었다. 어머니가 들를지 여부가 확실하지 않을 때는 절대로 가지 말아야겠다고 다짐했다. 두 사람은 분명히 내 이야기를 했을 것이다. 하지만 나는 어머니를 보자마자 숨어 버린 까닭을 자문하지 않았다. 어쩌면 개인 교습이 끝난 후 하릴없이 시내를 돌아다니는 것처럼 보이는 게 싫어서였는지도 모른다. 하지만 그래서가 아님을 나는 알고 있었다.

작업실에 갈 때마다 난니는 항상 일하는 중이었다. 작업실이 너무 더워서 셔츠를 입지 않을 때도 있었다. 아버지 말이 맞았다. 놀랍게도 그는 운동선수의 몸을 가지고 있었다.

"Che sorpresa, 이렇게 놀라울 수가, 이틀 연속으로 오다니!" 내가 간격을 두지 않고 매일 방문하기 시작했을 때 그가 말했다. "오늘은 돕게 해 주지."

그는 커다란 그림 액자를 가져왔다. 전에도 본 적이 있건만 우리 액자라는 사실을 알아채지 못했다. 굉장히 깨끗하고 탈색된 것처럼 보이는 액자는 온몸이 구릿빛으로 탔지만 엉덩이는 땀띠 파우더처럼 하얀 남자를 떠올리게 했다.

그는 액자가 완성되려면 멀었다고, 꽃 모양으로 조각된 몰딩과 모서리의 솟은 부분에 쌓인 때를 벗겨 내야 한다고 했다.

"어떻게 하는 거죠?"

"시범을 보여 줄게. 하라는 대로 하면 돼."

"안 그러면요?"

"그럼 넌 해고되는 거지."

우리는 서로 웃어 보였다.

그는 내가 가져온 페이스트리를 한 입 베어 물고 축 늘어진 테이블에 활짝 펴 놓은 그 날짜 신문에 액자를 올려놓았다. 동생과 점심 먹을 때 임시 테이블보 역할을 한 신문지가 분명했다.

그는 처음 보는 단순한 둥근끌을 건네며 자기가 하는 대로 똑같이 따라 해야 한다고 말했다. 의자 두 개를 좀 더 시원한 인도로 내놓고 앞치마를 주었다.

"옷이 더러워지면 안 되니까."

"조심할게요."

"앞치마를 해라."

나는 명령인 척하는 그의 말에 미소를 지었다. 그도 웃고 있었다.

둘이 앞치마를 하고 마주 앉자 그는 우리 무릎에 액자를 받쳐 놓고 묵은 때를 벗기는 시범을 보여 주었다. 너무 세게 닦으면 묵은 때만 벗겨지는 게 아니라 나무까지 벗겨질 수 있으므로 힘 조절을 잘해야 했다. 그는 이미 사포질을 해 놓았고 그날 아침에는 아주 약하게 산성 처리를 하여 일부 얼룩을 제거했다고 설명했다. 손상되거나 썩은 곳은 젯소로 복원했다면서 내가 둥근끌을 대면 안 되는 부분이 어딘지도 알려 주었다.

젯소보다 산을 먼저 쓰는 게 더 현명하지 않았을까요?

그가 나를 보았다. "*Ma senti quello*, 내 말 들어. 내가 잘 모른다고 생각하지 말고 시키는 대로 해."

그는 나를 놀리고 있었다. 좋았다.

나는 그가 하라는 대로 했다. 그날 오후 우리는 두 시간 가까이 골목길 한가운데 나 있는 배수로에서 한 걸음 떨어진 곳에 앉아 액자에 끌질을 하며 틈새의 먼지를 떼어 냈다. 내일은 투명한 오일을 바를 거라고 했다. 착색제가 아니라 그냥 오일을 바르는 것이라고. "그게 끝나면 나무가 얼마나 아름다울 수 있는지 알 거야. 예술 작품이란 걸. 며칠 안으로 네 부모님께 보여 드릴 거다."

"빨리 보고 싶어요, 난니."

다음 날도 와서 오늘처럼 그와 마주 앉아 일하며 가끔씩 서로가 좀 더 가까워질 때 훅 끼치는, 나와 비슷하지만 훨씬 강한 그의 겨드랑이 냄새를 맡고 싶었다. 그가 셔츠를 입지 않고 앞치마만 둘러서 가슴이 드러나는 게 좋았다. 이제는 그의 눈빛이 걱정되지도 않고 계속 마주 볼 수 없지도 않아서 마음껏 바라보았다. 다만 그가 내 시선을 모르길 바랐다.

그날 어둑해질 때까지 멈추지 않고 일했다. 그는 눈이 피곤하다고, 둘 다 정말 열심히 했다고 말했다. 손 좀 보자. 내가 주저하며 손바닥이 위로 향하게 두 손을 내밀었다. 그가 내 손을 잡더니 눈을 가늘게 뜨고 살폈다. 데었니? 얇은 산성 코팅이 손에 닿았는지 의아해하며 물었다. "아닌 것 같아요." 몇 주 전에 원한 대로 내 두 손이 그의 두 손에 놓여 있다는 사실에 거의 숨 막힐 지경으로 대답했다. 여기 덴 것 같기도 하고요. 왼쪽 손가락 두 개를 가리켰지만 거짓말임을 스스로 잘 알고 있었다. 그가 작업실의 조악한 조명에 내 손가락을 비추어 살피더니 먼지가 묻은 거라며 도료희석제에 담근 천을 주었다. 천을 보면서 어떻게 해야 하는지, 도료희석제가 묻은 천을 가지고 뭘 해야 하는지 전혀 모르겠다는 동작을 취해 보였다.

"그걸로 얼룩을 닦으면 되는 거잖아. 맙소사, 귀족들은 다 똑같다니까! 자, 봐봐." 그는 오른손으로 천을 가져가서 어른이 아이에게 하듯 왼손으로 내 두 손을 붙잡고 깨끗하게 닦아 주었다. 그 냄새가 좋았다. 이제 나에게도 내 친구의 작업실, 그의 세상, 그의 몸, 그의 삶의 냄새가 날 터였다.

"이제 집에 가라."

서둘러 내리막길을 걸으며 일몰 이후의 시내가 점점 어두워지는 것을 보았다. 행복했다. 아버지 없이 처음 보는 저녁 풍경이었다. 풍경 자체도 좋고 늦은 시간에 혼자 있다는 사실도 좋았다. 버려진 노르만 양식 예배당과 라임숲 옆에 있는 '지름길'을 발견한 초저녁이었다. 예배당은 지붕도 제단도 아무것도 없고 그저 무성한 누런색 풀숲에 주추 하나가 놓여 있을 뿐이었다. 매일 저녁 그 자리에 앉아 난니와 나에 대해 생각하기로 마음먹었다.

집에 도착해서 어머니에게 어디 있다 왔는지 말하지 않았고 어머니도 묻지 않았다. 옷을 벗고 테레빈유 냄새를 없애기 위해, 기껏해야 가리기 위해 어머니의 향기 나는 비누로 손과 팔을 씻었다.

하지만 부모님이 물어볼 경우를 대비해 핑곗거리도 이미 연습해 놓았다. 개인 교습 선생님 집에서 만난 아이와 같이 있었어요. 그리고 지루한 표정을 지으며 덧붙이는 거다. 아뇨, 전혀 똑똑한

애가 아니에요. 공통점이라곤 라틴어와 그리스어 시험에서 낙제했다는 것뿐이에요. 만일 부모님이 책상과 액자, 거실, 섬사람들 혹은 난니 이야기를 꺼내면 난니에 대해 엉뚱한 말을 해서 따돌릴 생각이었다.

"어떤데?" 실제로 셋이 저녁을 먹다가 난니의 책상 작업으로 화제가 흘러갔을 때 아버지가 물었다.

"난니가 악수할 때 어떻게 하는지 아세요?" 요점을 확실히 보여 주려고 처음 만났을 때 그가 떨리는 검지로 열쇠구멍을 가리킨 걸 흉내 내면서 손을 가볍게 떨었다. "커피를 너무 많이 마시거나 담배를 너무 많이 피우나 봐요. 술을 많이 마시는 걸 수도 있고요. 그런 부류의 사람이 뭘 할지 모르죠."

"타잔 말이니? 절대 아니야." 아버지가 끼어들었다.

"술 안 마셔요?"

"물론 마시지만 중독은 아니야."

부모님에게 난니가 커피를 마시거나 담배에 손대는 건 본 적도 없다고 말할 수 있었지만, 그랬다가는 어떻게 아는지 물을 거고 결국 모든 걸 이실직고해야 할 터였다. 아이러니하게도 난니는 전혀 손을 떨지 않았다. 내가 만들어 낸 이야기였다. 내가 난니의 손 이야기를 꺼낸 것은 어머니가 그에 대해 좋게 말해 주길 바라서였는지도 모른다. 나는 그에 대해 생각할 거리가 이미 떨어져 버렸다.

이틀 후 다시 그의 작업실을 찾았다. 그가 시킬 때까지 기다리지 않고 책을 테이블 아래에 놓고 앞치마를 하고 레모네이드도 마셨다. 그는 며칠 전 함께 묵은 때를 벗긴 액자를 잘 보라고 했다. 그가 액자를 벽에서 떼어 햇빛에 비추었을 때 내가 본 것은 한 편의 걸작이었다.

"난니!" 숨이 막혔다.

"아직 끝난 게 아니야." 너무 흥분할 필요가 없다는 뜻이었다.

그는 오일을 한 번 더 바를 거라고 했다. 붓으로 바르냐고 묻자 고개를 저으며 원한다면 도와줘도 된다고 허락했다. 내가 원하는 일임을 그도 알고 있었다. 그는 천을 꺼내 두툼한 뭉치를 만든 다음 투명하고 걸쭉한 액체를 묻혀서 액자에 가볍게 찍더니 길고 매끄럽게 바르기 시작했다. 해 봐. 그가 천뭉치를 건넸다. 하지만 내 동작은 너무 성급하고 거칠었다. "잘 봐봐." 그는 느리지만 자신 있게 팔을 뻗어 온 마음을 담아 문질렀다. 기다란 활로 바이올린을 느리게 켜는 것이나 들것에 누워 있는 부상병의 등을 부드럽게 닦아 주고 문질러 주는 것과 다르지 않았다. 그의 손은 나뭇결을 따라갔고 작업실과 겨드랑이에서 향처럼 경건하고 선한 냄새가 풍겼다. 그는 일할 때는 이기심을 버리고 너그러워야 한다고 말했다. 그의 몸짓에서 신성한 기운이 느껴졌다. 그의 모든 것이 그가 정직하고 겸손하고 선한 사람임을 말해 주었다.

앉아서는 오일을 바르기 힘들어 둘 다 액자 옆에 서서 일했다. 천 한쪽 끝은 내가 잡고 다른 한쪽은 그가 잡아서 액자를 문질렀다. 내가 너무 급하게 하자 그가 천천히 하라고 일렀다. *Con calma*, 차분하게. 작업실이 더워서 둘 다 땀을 흘렸다. 행복했다.

"이제 마르게 놔두자." 잠시 후 그가 말했다.

그는 나중에 책상 작업도 알려 주겠다고 약속했다. 그 전에는 상자 작업을 할 거라고 말해 주었다. Tutto da solo, 나 혼자서.

파리 한 마리가 내 뺨을 기어 다녔다. 가려워서 긁고 싶었지만 손으로 튕겨 버리다 아마인유가 묻은 천이 뺨에 닿고 말았다. 그는 걱정할 것 없다고 말하며 다른 천에 도료희석제를 살짝 떨어뜨려 내 얼굴로 가져왔다. 손가락 하나로 천을 누르고 주저하듯 조심스럽게 뺨을 톡톡 두드렸다. 화상을 입지 않게 하려는 거였다. 그가 내 얼굴을 만지고 신경 써 주는 게 좋았다. 이 남자의 작은 손놀림에는 나와 피로 연결된 사람보다 큰 우정과 친절이 묻어 있었다. 따끔거림이 사라지도록 그가 손바닥으로 내 얼굴을 만져 주면 좋겠다는 생각이 들었다.

"움직이지 마." 그가 다시 천으로 톡톡 두드리며 말했다. "움직이지 말라니까."

나는 움직이지 않았다. 그의 숨결이 느껴졌다. 나에게 키스할 것이다. 그는 손가락 하나를 입으로 가져가 손끝에 침을 살짝 묻혀서 내 뺨을 문질렀다. 그 순간 그가 시키는 것은 뭐든지 했으리라.

"한 번 더. 좀만 참아. 데지 않을 거야." 그가 말했고 나는 믿었다. 그를 믿는 것이 좋았다.

어머니의 경고는 중요하지 않았다. 바로 그 순간, 그가 천으로 부드럽게 문지르는 것이 내 뺨이 아니라 성기였으면, 전날 그가 내 손을 잡았을 때처럼 손으로 성기를 꽉 쥔다면 데건 말건 상관없다는 생각이 머릿속을 흐르고 있었으니까. 화끈거리고 따가운

느낌이 뺨에 퍼지면서 더 심해지고 아팠지만 상관없었다. 그가 아프지 않을 거라고 했으니까. 그를 믿는다는 걸 보여 주고 싶었다. 얼굴에 침을 발라도 괜찮다고, 상관없으니까 상관없다고, 화 끈거린다면 내 잘못이지 그의 잘못이 아니라고. 그가 손바닥으로 뺨을 쓰다듬을 때 나도 모르게 얼굴을 옆으로 기울였다. 그의 손에 밀착되도록, 아주 조심스럽게. 그는 눈치 채지 못했다.

"그렇게 아프지 않았지?" 그가 다시 내 뺨을 톡톡 두드리며 미소 지었다. 주석 얼룩이 곰보 자국처럼 찍힌 오래된 거울에서 내 뺨의 붉은 반점이 보였다. "다시 일하자."

해 질 무렵이 가까워지자 그가 손 닦을 천을 던졌다. 수영 선생님이 학생들이 풀장에서 나오자마자 수건을 던지듯.

개인 교습이 끝나고 그와 보내는 오후는 평화와 안녕의 시간이었다. 페이스트리, 레모네이드, 그가 뒤에서 지켜보는 가운데 나만의 작업이 된 작은 상자. 그의 조상들이 그랬듯이 계속할 수 있는 일이었다. 매일, 매시간, 매해. 사람들은 자기도 모르게 삶이 어떻게 펼쳐져 나갈지 추측하곤 한다. 그것이 추측의 묘미다. 추측은 우리를 닻처럼 잡아둔다. 아무것도 변하지 않을 거라는 믿음이라는 작은 힌트조차 주지 않고서. 사람들은 자신이 사는 동네가 언제까지나 그대로이고 영원히 그 이름을 간직할 거라 믿는다. 친구들과 영원히 친구일 것이고 사랑하는 사람들을 영원히 사랑할 거라고 믿는다. 우리는 믿는다. 그리고 믿음으로써 믿어 온 것을 잊어버린다.

며칠 후 성에우세비오를 내려가는 어머니와 마주칠 뻔했다. 곧바로 몸을 수그려 작은 서점으로 들어갔다. 어머니가 서점에 들어온다면 소설책 고르는 모습을 보여 줘야겠다고 생각하면서. 어머니가 내리막길을 더 멀리 내려간 것을 확인하자마자 곧바로 난니에게 달려갔다. 그는 우리 집 책상의 모서리 작업을 하느라 분주했다. 어머니가 또 불시에 검열 차 들른 거였다.

난니는 나를 보자마자 들어오라고 했다. "Oggi non si scherza, 오늘은 정신 똑바로 차려야 해."

습관처럼 지저분한 앞치마를 두르고 지시를 기다렸다. 그런데 전적으로 내 담당인 줄 알았던 작은 상자의 사포질이 다시 되어 있는 게 보였다. 짐작하건대 그의 동생이 한 거였다. 내가 한 밑칠 작업이 마음에 들지 않아 동생에게 사포질을 시킨 것이 분명했다. 하지만 내 생각이 틀렸다.

"오늘 넌 내가 책상 작업을 하는 걸 지켜볼 거다. 그러고 나서 상자에 똑같이 하는 거야. 우선 얼룩을 찾아야 해. 난 모서리부터 하는 걸 좋아하니까 너도 모서리부터 할 거야."

나는 그가 시키는 대로 다 했다. 그가 책상에 하는 대로 똑같은 제품을 사용해서 전부 똑같이 따라 했다.

그가 보여 준 대로 천천히, 부드럽게, 공들여 착색을 하고 또 했다. 가끔 축구팀 이야기를 하곤 했지만 우리 둘 다 일할 땐 좀처럼 말을 하지 않았다. 생각도 하지 않았던 것 같다. 그냥 일만 했다. 하루의 작업이 끝나면 그는 나를 마주 세워 놓고 한 손을 어깨에 올린 채 얼굴을 살폈다. 괜찮았다. 붉은 반점이 하나도 없었다.

"잘했어."

"난니도 잘했어요." 하루의 힘든 작업을 끝낸 뒤 노동자들끼리 하는 말임을 감지하고 나도 같은 말을 해 주었다.

그가 고개를 끄덕였다. 순간 침묵이 흘렀다. "참, 오늘도 내 손이 떨렸어?"

무슨 말인지 모르겠다는 멍하고 어리둥절한 얼굴로 쳐다보았지만 분명히 극도로 겁에 질린 표정이었을 것이다. 그도 분명히 알아차렸으리라.

"파올로, scherzavo, 농담이야."

내 충격을 달래 주려는 것이 분명했다. 나는 그의 말을 믿었다. 하지만 밟고 선 땅이 흔들렸다.

집으로 가는 길에 노르만 예배당에 들러 나만의 주추에 앉아 본토의 불빛이 보이는 바다를 바라보았다. 일이 끝나고 땅거미가 지기 직전의 이런 의식이 좋았다. 하지만 그날은 해부학 교실의 낄낄거리는 젊은 의대생들 앞에서 내장 기관이 까발려진 기분이었다. 여전히 심장이 뛰고 폐가 호흡하는데 말이다.

그날 난니의 작업실에서 축축한 천조각을 슬쩍해 빵집 종이봉투에 넣어 가지고 왔다. 봉투를 꺼내고 반바지의 단추를 풀어 내렸다. 알몸으로 노출된 것이 좋았다. 몇 시간 전부터 알몸으로 있을 계획을 세우기라도 한 것처럼. 그에게 내 알몸을 보여 주고 싶었다. 한 손으로 천을 들고 성기를 한 번 눌렀다. 약간 따끔거리는 것 말고 아무런 느낌이 없어서 다시 눌렀다. 이번에는 느낌이 왔다. 처음에는 뜨거웠는데 내 손 말고 다른 무언가가 나를 만지는 것 같아 황홀했다. 그런데 화끈거림이 조금도 수그러들지 않고 점점 심해졌다. 겁에 질려 허둥대기 시작했다. 통증이 느껴졌던 것이다. 아프기를 바랐고, 또 아파서 좋은 마음도 있었지만 화끈거림이 사라지지 않을까 봐, 잘 때도 목욕할 때도 부모님과 식사할 때도 난니의 작업실에 들를 때도 항상 성기가 화끈거릴까 봐 두려웠다. 내가 무슨 짓을 한 건지 몸서리를 쳤다. *Perche, perche, 왜, 도대체 왜.* 나는 이렇게 말하며 신음했다. 나에게 말하는 그의 목소리라고, 내가 방금 내 몸에 한 짓을 안다면 그가 작은 예배당으로 달려와 두 손으로 감싸며 화끈거림을 없애 줄 거라 생각하면서. 화끈거림을 진정시켜 준 그의 침도 떠올렸다. 나는 화끈거림을 달래는 다른 방법을 알지 못했기에 그대로 허물어져 *Ma che cosa ti sei fatto, 도대체 무슨 짓을 한 거야?* 라고 말할 수밖에 없었다. 내가 소리 내어 하는 말을 그의 목소리라고 생각하며 들으니 목이 메어 숨을 쉴 수가 없었다. 그러다 흐느끼기 시작했다. 나 자신이 이렇듯 애처롭게 느껴지기는 처음이었다.

통증 때문에, 아니면 공황 상태에 빠져서 우는 거라고 생각했다. 하지만 다른 이유가 있음을 알았다. 하지만 그것이 무엇인지, 왜 눈물이 나는지는 헤아릴 수 없었다. 예배당에, 내 마음에, 본토가 보이는 바다 너머에 슬픔이 있고 내 몸에는 더 많은 슬픔이 자리했다. 내 몸을, 그 순간 나에게 필요한 간단한 것을 알지 못했기 때문이다. 앞으로 시간이 흘러도 이 일이 잊어지지 않을 것이고, 화끈거림이 가라앉아 차츰 사라지더라도 수치심은 절대로 씻겨지지 않으며, 이런 행동을 하게 만든 나나 그를 용서하지도 못할 것임을 알았다. 시간이 흘러 이 자리에 앉으면 스스로 자기 몸을 만지게 되는 외로움도 있다는 걸 알지 못했다는 사실이 기억날 테니까. 천을 땅바닥에 던지고 집 안으로 들어가기 전에 정원의 수돗물을 틀어서 흙 묻은 비누로 손과 팔, 무릎을 씻었다.

며칠 후 개인 교습이 끝나고 그의 작업실로 갔는데 처음으로 문이 닫혀 있었다. 문을 두드렸지만 유리가 오래된 나무에 부딪혀 덜커덕거리는 소리만 들렸다. 그가 작업실을 비운 적은 없으니 분명히 안에 있을 거라고 생각하여 초인종을 잡아당겼다. 헛된 종소리가 당겨 봤자 소용없음을 말해 주었지만 계속 당겨서 시끄러운 소리를 냈다. 이웃 사람들이 뭐라고 할지는 생각 못 하고 언젠가는 그가 나올 거라 확신했다.

마침내 나타난 사람은 이발사 알레시 씨였다. 그가 이발소에서 뛰쳐나와 소리쳤다. "사람 없는 거 모르겠어?"

화가 났고 상처를 받았고 창피했다. 집으로 가기 위해 자갈길을 성큼성큼 내려갈 때도 머릿속에서 종소리가 울려 퍼지는 듯했다. 그는 왜 나를 실망시켰을까, 나는 왜 그를 믿었을까, 애초에 왜 그를 찾아갔을까? 그에게 무슨 일이 생겼는지, 어디 있는지, 왜 문을 열어 주지 않는지 도무지 알 수가 없었다. 그의 우정을 당연하게 받아들여선 안 되는 거였다. 과연 그게 우정이었을까?

나는 그해 학부모 상담일에 선생님들이 좋은 소리를 하지 않을 걸 알았을 때처럼 온몸이 마비되는 듯한 공포감에 사로잡혔다. 그렇듯 맹목적으로 그를 믿는 게 아니었다. 그는 내 친구가 아니었고 앞으로도 절대 그럴 일은 없었다. 진작 알았어야 했는데, 또래 친구를 찾았어야 했는데.

설상가상으로 비까지 내리기 시작했다. 저 멀리 우리 집 불빛이 보일 때 빗줄기가 쏟아졌으니 현관에 도착할 즈음이면 흠뻑 젖을 터였다. 오늘은 노르만 예배당에 가지 않아. 그래도 싸다. 그 누구도 믿으면 안 돼. 다시는 누구도 찾으려 하지 않을 것이다. 세상에 친구라고는 아버지 단 한 명뿐인데 아버지에게 뭐라고 해야 할지도 알 수 없었다. 무슨 말을 한단 말인가? 너무도 곤란하고 상처받았다고, 난니를 미워하고 싶다고, 다시는 그 사람한테 일을 주지 말라고, 난니가 카페 델'올리보 밖에서 어슬렁거리며 여자들이 지나갈 때마다 추잡한 말을 던지거나 음란한 소리를 내는 건달들보다 나을 것이 없다고?

하지만 문을 완전히 열기도 전에 입구에 놓인 앤티크 책상과 그 옆으로 벽에 기대어 놓은 반쯤 포장된 그림 액자 두 개가 보였다. 그리고 난니의 목소리가 들렸다. 천국에 온 기분이었다. 그는 어머니와 함께 서서 책상 놓을 자리를 찾고 있었다. 불을 밝혀서 실제보다 훨씬 늦은 시간처럼 보였다. 난니는 햇빛에 가구가 상할 수 있다며 책상을 커다란 발코니 창문에서 떨어진 자리에 둬야 한다고 말하는 중이었다. 어머니는 만져야만 믿어진다는 듯이, 한편으로는 흠집이 날까 봐 걱정되는 듯이 나무를 부드럽게 쓰다듬고 있었다. 책상의 훌륭한 변신에 나도 깜짝 놀랐다. 내가 작업실 초인종을 미친 듯 잡아당길 때 그는 다름 아닌 우리 집 거실에 서서 우리 부모님과 이야기를 나누며 작품을 보여 주고 있었다는 사실이 더욱 행복했다.

나는 옷을 갈아입겠다며 2층으로 올라갔다. 젖은 옷을 전부 벗어던지고 목욕가운 차림으로 아래층에 내려가 문가에 서서 생각했다. 난 이 남자를 숭배해.

"광택을 살리려고 청동에는 새로운 제품을 사용해 봤습니다." 그가 설명했다. 나에게는 알려 주지 않은 사실이었다. 어머니는 청동인지 알아보지 못했다고 말했다. 그의 말대로 그가 처음에 만지작거린 청동 열쇠구멍까지 확실하게 반짝거렸다. 서랍 하나는 열쇠구멍을 교체했다는 설명도 덧붙였다. 언제인지 모르겠지만 중간에 책상 디자인과 맞지 않는 열쇠구멍으로 교체했기 때문이었다. 열쇠구멍을 바꾸느라 당연히 열쇠도 바꿔야 했다. "우리 페데리코 큰할아버지가 그랬는지도 모르겠네요." 그는 열쇠구멍의 디자인에 대해 설명한 후 네잎클로버 모양 패턴을 가리켰다. 몇 주 전 같은 자리에서 처음 보았을 때처럼 그의 손을 보았다. 그때 본 그대로였다. 사포질을 하고 몇 년인지도 모를 세월 동안 레진, 도료희석제, 래커, 산을 만졌어도 그의 손은 친절하고 부드러웠다. 그가 뺨의 얼룩을 지워 줄 때나 앞치마가 필요 없다는 말에 손바닥으로 머리를 문질렀을 때, 한 손으로 내 두 손을 잡고 닦아 주었을 때 느낀 것처럼. 앞치마를 두른 그의 맨 가슴도 떠올랐다.

그때 어머니가 물었다. "작은 상자는요?"

"작은 상자요." 그가 똑같이 말하며 갑자기 시간을 끌었다. "그게 진짜 보석이죠." 그러곤 첫날처럼 서랍을 뺐는데 이번에는 마찰이나 삐걱거리는 소리 없이 매끄럽게 빠졌다. 책상 안으로 손을 넣어 작은 상자도 꺼냈다. 나는 그 상자를 며칠간 못 본 터라 그렇게나 완성된 느낌으로 빛날 줄은 상상도 못 했다.

"아름답죠?" 그가 물었다.

"당신은 기적을 행하는군요."

어머니는 상자의 열쇠와 자물쇠를 살폈다. 나는 새 열쇠도 새 자물쇠도 본 적이 없었다. 내가 작업실에서 일할 때는 난니가 이미 자물쇠를 제거해 둔 상태였다.

어머니는 또다시 그를 칭찬할 수밖에 없었다. 그는 어머니의 칭찬을 받아들이면서도 대수로운 일이 아니라는 듯 고개를 끄덕였다. 그러곤 얼굴을 들어 내 쪽을 보며 공범의 미소 같은 웃음을 스치듯 짓더니 다시 손에 든 상자를 내려다보고 책상에 아무 말 없이 올려놓았다. *우리만의 비밀로 하자.* 그런 뜻이었다.

우리에게 비밀이 생겼다.

하지만 진짜 비밀은 내가 거의 매일 그를 만나러 갔고, 그 사실을 부모님에게 숨긴다는 걸 그가 알아차렸다는 거였다. 그것이 비밀이었다.

그가 왜 내가 찾아간 이야기를 하지 않았는지, 상자를 광택 낸 건 나라는 사실을 왜 밝히지 않았는지 전혀 의아하지 않았다.

그날 저녁 라틴어 숙제를 하는 내내 나의 비밀이 떠올랐다. 한 시간 후쯤 아래층으로 내려가 보니 진작 돌아갔으리라 생각한 난니가 아직 있어서 깜짝 놀랐다. 부모님을 도와 그림 두 점을 액자에 다시 넣고 있었다. 그가 말을 걸어 줬으면 했지만 그런 일은 없었다. 주방에서 물을 마시려고 자리를 떴는데 그가 액자에 무슨 작업을 했는지 부모님에게 설명하는 소리가 들렸다. 사람들이 속 마음을 털어놓고 싶어지게 만드는 걸 좋아하는 아버지가 작업실에 또 어떤 일이 기다리고 있는지 물었다. 잠시 침묵이 흘렀다. 난니는 작업실을 본토로 옮기고 싶다고 대답했다. 목공의 기술과 작업실, 위층의 집을 물려받았지만 목공 이상이 되고 싶다고. 자신은 *falegname*, 목수가 아니라 창작자이고 예술가라고.

나는 그의 마지막 표현이 마음에 들었다. 더 이상 단순화할 수 없는 진실을 시인하는 것 같았다. 그는 축복과 우정을 구하기라도 하듯 더없는 겸허함으로, 그리고 양해 비슷한 것으로 아버지에게 털어놓았다. 그리고 덧붙였다. "아버지처럼 생각하고 말씀드리는 겁니다."

나는 왜 지금 난니가 아버지에게 하는 것처럼 난니에게 속마음을 보이지 않았을까? 예배당에서 한 짓과 그가 지나가다 구해 주기를 바란 것을 그에게 말할 수나 있을까? 10년 후, 아니 평생 불가능하리라. 하지만 말하고 싶었다. 말하는 상상이 나를 흥분시켰다.

난니는 아버지에게 남동생 문제도 있다고 말했다. "아버지에게 동생을 보살피고 이곳에 가게를 차려 주겠노라 약속했어요. 그래서 동생이 다 클 때까지 기다려야 합니다. 하지만 제 꿈은 항상 프랑스에 남아 있는, 여행하면서 배우는 장인인 콤파뇽이 되는 거였죠. 그 대신 아버지, 할아버지와 일했고 충분히 좋았지만 그래도 전 떠나고 싶습니다."

그가 다른 산지우스티니아노 사람들처럼 아버지에게 편히 이야기하는 모습이 좋았다. 나는 그 누구에게도, 아버지에게조차 그렇게 솔직한 마음을 드러낸 적이 한 번도 없었다. 그처럼 타인에게 영혼을 드러내는 일이 우정의 본질이라는 걸 알 것 같았다. 내가 전혀 알지 못하는 것이자 난니에게 갈망하는 것이기도 했다. 그의 얼굴과 손, 냄새로 갈망하는 것이었지만. 어쩌면 나는 누군가를 신뢰할 수도 없고 누군가에게 신뢰받을 수도 없을지 모른다. 게다가 어린아이에 불과하다는 걸 스스로도 알고 있었다. 남들도 나만큼 우정에 대해 생각할까, 아니면 그냥 상대방을 믿고 자연스럽게 친구가 되는 걸까? 나에게 자연스러운 것이 무엇 하나 있었던가?

"왜 산지우스티니아노를 떠나려고 해요?" 어머니가 물었다.

"여기선 계속 살 수가 없어요. 전 여기서 자랐고 여기 사람들을 전부 압니다. 그리고 이 동네는 말이 너무 많아요. 벗어나고 싶어요."

한 걸음만 내디뎌도 대화를 방해할까 두려워 거실로 들어가지 않고 문 앞에 서서 들었다. 모르는 사람인 것 같은 그가 나를 매료시켰다. 그가 계속 말하기를 바랐다. 왜 나와 있을 때는 저런 말을 하지 않는 걸까? 그는 부모님과 함께 뭔가를 마시고 있었는데 안락의자에 앉아 양쪽 팔꿈치를 허벅지에 올려놓고 아버지 쪽으로 몸을 기울인 자세였다. 아직 털어놓지 않은 이야기가 더 있으니 자신의 말을 들어 달라고 부모님에게 간청하는 듯했다. 그가 안경을 벗었을 때 나는 그가 손을 내밀어 아버지 손을 잡을 거라는 느낌을 받았다.

"난 조언해 줄 만한 사람이 못 된다네." 마침내 아버지가 입을 열었다. "내 말이 옳은지도 알 수 없고. 하지만 자네가 꼭 떠나야겠다면 유럽은 적절하지 않을지도 몰라. 이를테면 캐나다가 있지. 뉴질랜드나 오스트레일리아, 물론 미국도 있고. 하지만 이 세상은 사기꾼과 훌리건으로 가득하다네."

"아, 사기꾼과 훌리건이라면 생각 이상으로 우리 주변에도 많죠. 집에 찾아와 문을 두드리지 않는다고 없다는 뜻은 아니니까요." 그가 아버지를 보며 말했다. 그리고 어머니에게 시선을 돌렸다. "이곳은 제게 쉽지 않습니다, 부인."

"한순간 그가 돈을 빌려 달라고 말할 거라는 확신이 들었어요." 난니가 돌아간 후 어머니가 고백했다. "그럴 사람 같잖아요."

"하지만 그러지 않았잖소. 절대 그럴 사람이 아니야."

"다음에 오면 분명히 그럴걸요. 두고 봐요. 그런 사람들은 뻔하다니까."

실제로 저녁에 찾아와서 결국 돈 빌려 달라는 이야기를 꺼내는 사람이 많았다. 그럴 때면 나는 자리를 떠야만 했다. 하지만 사람들이 부탁을 꺼내기 전에 공들여 하는 감언이설을 엿듣는 게 좋았다.

하지만 난니하고는 그런 일이 생기지 않았다.

"유럽에 있어요, 난니. 그냥 여기 있어요." 어머니가 충고했다. "매해 첫 여객선에 올라 세상을 뒤로하고 바다를 건너와서 마침내 산책로를 걸으며 정박된 어선 냄새를 맡을 때 내가 어떤 기분이 드는지 모를 거예요. 여긴 천국이에요."

어머니는 왜 그런 말을 했을까? 그해 여름에 처음 탄 여객선이 지옥 같은 시간이었다는 사실을 아직 모두가 기억하고 있는데.

"캐나다 대사관에 친구들이 있는데 도와줄 수 있을 걸세." 아버지가 진지하게 말했다.

"남편과 나는 생각이 다르답니다. 놀라운 일은 아니죠. 당신이 있을 곳은 여기예요, 조반니 씨." 어머니는 이 집안에 중대한 균열이 있는 것은 아니라는 걸 보여 주기 위해 아버지의 안락의자로 가서 팔걸이에 앉아 아버지 어깨에 한 손을 올렸다. 따뜻함과 젊음, 결속을 나타내는 몸짓이었다. 나에게는 너무 보여 주기 식의 자연스럽지 못한 스킨십처럼 보였지만 말이다. 아버지에게도 그렇게 보였음이 분명했다. 딱딱하고 불편한 표정으로 어머니의 말을 들으면서 어머니가 지칠 때까지 그 손을 그냥 내버려 두었기 때문이다. "아이러니하지만." 어머니가 웃으며 말했다. "우리도 이사를 생각하고 있어요. 특히 파올로의 교육 때문에요."

난니가 고개를 돌려 나를 보았다. "예, 파올로를 생각하면 더욱 그래야죠."

그의 말에 가슴이 아팠다. 하지만 교육 이야기는 내 라틴어와 그리스어 점수, 개인 교습 선생님, 결국 그를 찾아간 일로 이어지기 쉬워 공황 상태에 빠지고 말았다. 다행히 그가 내 마음을 눈치챈 듯 그 주제에 가까이 가지 않았다.

"부모는 자식을 위해 뭐든 한다네, 난니. 하지만 어느 날 자식은 부모를 떠나고 부모는 자식을 잃어버리지." 아버지였다. 갑작스러운 말이었다.

"난 아버지를 떠나지 않을 거예요."

순간 아버지는 골똘히 생각에 잠겼다가 마침내 "알아, 알아."라고 대답했다. 하지만 나는 아버지의 마음을 읽을 수 있었다. 수심 어린 목소리에 담긴 진짜 의미는 지금은 떠나고 싶지 않겠지만 언젠가는 떠날 거다, 라는 뜻임을. 아버지는 난니가 고개를 끄덕이며 동의해 주기를 바라는 듯 그를 쳐다보았는데 거의 매일 저녁 그렇듯 갑자기 전기가 나갔다. 우리는 어둠 속에서 기다렸다. 아버지가 거실 피아노에 놓인 촛대의 기다란 초 세 개에 불을 붙이고 방 한가운데 있는 책상으로 다가갔다. 다른 불빛 아래에서도 보고 싶었던 것이다. 촛불에 비친 책상은 더욱 멋져 보였다. 박물관에 있을 법했다.

"자네는 예술가야." 아버지가 윤기 나는 스트라디바리 바이올린처럼 빛나는 책상의 불룩 튀어나온 부분을 보자마자 말했다.

"Anzi, 아니, 훌륭한 예술가죠." 엄마가 덧붙였다.

너무 행복한 나머지 우리 네 사람이 촛불 밝힌 거실에서 영원히 함께 했으면 좋겠다는 생각이 들었다. 다시 캄캄해지기를 바랐다. 어둠 속에서 그를 껴안고 싶었다.

불이 들어오자 난니가 시계를 보았다. "이제 그만 가 봐야겠어요."

아버지는 그와 함께 문으로 걸어갔고 어머니는 거실에 남아 책상을 바라보았다. 나는 아버지가 난니에게 비용을 지불하기 위해 따로 나간 거라고 생각하여 따라가지 않았다. 아버지는 모두에게 그러듯이 난니와 정원 끄트머리까지 걸어가 대문을 열어 주었고,

그 자리에 서서 손님이 정박지 쪽으로 걸어가는 모습을 정중하게 바라보았다. 난니는 뒤돌아 두 번 손을 흔들었다. 아직 촛불을 끄지 않아 난니가 여전히 거실에 함께 있는 것처럼 느껴졌다.

"난니라는 청년, 재능은 뛰어나지만 좀 이상해요. 약간 오싹하다고 할까, 그렇지 않아요?" 어머니가 현관문을 닫고 들어온 아버지에게 물었다.

"그래, 재능이 아주 뛰어나지." 아버지는 남에 대해 이러쿵저러쿵 재단할 마음이 없었다.

"그래도 어딘가 의심스러운 구석이 있어요. 지금 사는 셋방이 얼마나 지저분하겠어요? 그냥 산지우스티니아노에서 좋은 여자 만나 자리 잡고 사는 게 최고지. 그 사람에게 어울리는 곳은 여기라고요."

"그럴지도. 하지만 우람하고 털도 덥수룩한 이 동네 아가씨들하고 정착해 살기엔 너무 복잡한 사내야. 그 아가씨들에 비하면 너무 세련되고 잘생겼지. 그 친구한테는 작은 어촌 마을이 아니라 파리나 로마, 런던 같은 넓은 세상이 어울려."

난니를 향한 아버지의 동경심은 나와 다르게 얼버무림이 전혀 없었다. 아버지의 말에 연막과 애매모호함이 없어서 부러웠다. 한 남자가 다른 남자에 대한 동경심을 표현하면서도 은밀함이나 위장이 전혀 없었다. 난니를 칭찬하는 데 워낙 거침이 없어서 나는 저런 말을 한 적도 없고 절대로 할 수도 없으리라는 사실을 깨달았다. 나는 용기 내어 그의 눈을 바라볼 때마다 느끼는 감정이 무심코 드러날까 봐 애써 무신경한 말을 만들어 내고 그의 타고 난 결함과 떨림을 지적할 뿐이었다.

그날 밤 잠결에 어머니에게 엿들은 말이 떠올랐다. 골똘히 생각하기 전까지는 집중하고 싶지 않았는데. 어머니가 그의 작업실 위층을 지저분한 집이라고 부른 것이 생각났다. 아니, 꿈이었을까? 2층으로 올라가는 계단이 있다는 건 알았지만 그가 사는 곳이나 사는 모습은 본 적이 없었다. 그의 방, 물건, 신발, 옷을 보고 그의 침대와 목욕가운, 수건을 만지고 싶었다. 어느 겨울 아침 학교에 가는 대신 본토에서 여객선을 타고 그를 만나러 오면 어떨까? 그가 나를 하룻밤 재워 줄까? 그날 비가 온다면 발을 말리게 도와주고 젖은 옷이 마를 때까지 입을 옷을 빌려 줄까? 그와 일하고 점심도 먹을 것이다. 그가 느껴지고 그의 냄새가 나고 거칠고 성스러운 사물의 혀로 그에 대해 이야기하는 지저분한 갈색 스웨터를 입고 그의 침대에서 긴 낮잠을 잘 것이다.

그가 복원한 액자와 책상을 가져왔으니 더 이상 오후에 찾아갈 명분이 사라졌다는 사실을 깨닫지 못했다. 다음 날 작업실에서 평상시처럼 레모네이드를 마시며 다른 할 일이 있는지 묻자 그는 고개를 저으며 부모님 가구는 작업이 끝났다고 대답했다. 어색하고 긴장한 것처럼 보였다. 무슨 말을 해야 좋을지 애써 찾는 것처럼 느껴지기도 했다.

"부모님 책상이 완성되었으니 이제 너도 육체노동을 그만 해야 할 것 같다." 마침내 그가 할 말을 찾았다. 유머와 충격을 완화해 주는 양해가 모두 담긴 제대로 된 어조였다. 그의 동생 루지에로는 서랍에 사포질을 하느라 바빴다. 고개를 돌리지 않았지만 한 마디도 놓치지 않고 듣는 걸 알 수 있었다.

"부모님 일을 하는 동안만 여기에서 일할 수 있었던 거예요?" 그의 말에 너무 충격을 받아서 실망감을 섬세하게 표현하지 못했다.

"네가 큰 도움이 됐어." 그가 질문을 피하며 다른 대답을 했다. "일도 정말 잘했고. 부모님도 그렇게 말했는걸."

내 놀란 표정은 어머니에게 이야기하지 말았어야 한다고 외쳤을 것이다. 우리의 비밀은 처음부터 없었다. 얼마나 당황했는지 드러내지 않으려고 애썼다. 더욱 충격받은 것은 그의 작업실에 찾아가는 걸 알면서도 어머니가 한마디도 하지 않았다는 사실이었다. 내가 그의 작업실을 찾아갔다는 사실은 어머니의 침묵으로 갑자기 어두운 그늘이 드리워졌다. 내가 그의 작업실에서 한 일이 처음부터 문제가 되는 은밀한 일이었기에 어머니의 침묵이 정당화되었음을 확인해 주었다. 부모님에게 식탁과 식탁의자도 너무 낡아서 복원이 필요한 것 같으니 난니를 부르자고 말할 생각이었다. 하지만 그의 작업실에 계속 가려는 술책일 뿐임을 어머니는 꿰뚫어 볼 것이다.

집에 돌아갔을 때 어머니는 말을 건네지도, 쳐다보지도 않았다. 나는 저녁 식탁에서 아버지를 힐끔 쳐다보았다. 아버지도 이상할 정도로 조용했다. 뭔가가 터질 것이 분명했다. 시간의 문제일 뿐.

두 분 모두 내가 작업실을 찾아간 일에 대해 언급하지 않은 채 며칠이 더 흘렀다. 집에서 그의 이름을 꺼내기가 더욱 어려워졌다. 어머니가 한 번 입에 올리기는 했다. 아직도 자리를 찾지 못한 책상을 거실 한쪽 구석에서 다른 구석으로 옮기자고 부탁할 때였다. 듣지 못한 척했다. 하지만 온몸이 떨리고 있었다. 그의 이름을 말하면 온몸이 얼어붙었다. '난니'라고 말하는 순간 내가 그 이름 주위에 쌓은 방어벽이 와르르 무너져 내렸다. 도시로 돌아간 겨울에 그의 이름을 말하면 갑자기 천 개의 바늘이 정수리를 간질이는 느낌이었다. 그의 이름이 좋았다. 그 누구보다 나에게 의미 있는 이름이었다. 그 이름이 어째서 나를 은밀한 쾌락과 괴로움, 수치심으로 가득 채우는지 아무도 이해하기는커녕 설명할 수도 없으리라.

산지우스티니아노에서 머무른 시간의 끝 무렵, 어느 날 오후 개인 교습이 끝나고 난니의 작업실에 들렀다. 그는 셔츠를 벗은 채 루지에로와 골목 자갈길에 쪼그려 앉아 커다란 서랍을 작업하고 있었다. 그의 평화, 열기, 일, 고대부터 전해지는 영원한 그 의식이 부러웠다. 무언가 폐를 찢고 나와서 말하지 않으면 안 되는 듯이, 마침내 그가 혼자 있을 때 말할 기회를 찾았다. "난 친구가 한 명도 없었어요. 당신이 내 유일한 친구였어요." 말했다는 사실도 깨닫지 못한 채 말했다. 내가 정말로 하려던 말은 *난 당신의 친구였어요, 계속 내 것으로 남아 주세요,* 였다. 대신 우리는 언제나처럼 포옹을 했다. 다만 그가 "Scusa il sudore, 땀은 이해해 줘."라고 말했다는 게 달랐다. 하지만 나는 그의 땀이 내 얼굴에 묻기를 바랐다.

부모님에게는 말할 생각이 없었다. 이해하지 못할 테니까. 이 세상 그 누구도.

내가 무언가를 이해하기 시작한 건 시간이 한참 흐른 그해 겨울, 주방에 들어갔다가 같은 건물의 어느 집 주방에서 퍼져 나오는 테레빈유 냄새를 맡으면서였다. 이웃집에서 주방에 페인트칠을 하고 있었다. 테레빈유 냄새를 맡는 순간, 나도 모르게 타는 듯 무더운 7월 말 오후에 산지우스티니아노의 자갈길을 오르고 있었다. 구두 수선 가게, 자물쇠 가게, 이발소를 지나치는 한 걸음 한 걸음마다 테레빈유 냄새가 말해 주었다. 골목길의 방향이 바뀌면서 좀 더 올라가 카페로 그리고 성으로 이어지는 커다란 자갈길을 지나는 순간 무엇이 나타나는지. 그날 깨달았다. 테레빈유는 가림막이자 은폐 장치였다는 것을. 내가 정말로 원한 것은 그의 땀과 미소, 나에게 말하는 모습, 숨 막히는 여름날 일하면서 풍기는 겨드랑이 냄새였다. 그렇게 주방에 서 있는데 영원히 사라지지 않을 수치심과 함께 노르만 예배당의 테레빈유 사건 다음 날 우리 사이에 정확히 무슨 일이 있었는지 기억났다.

그날 우리는 또 액자 작업을 할 예정이었다. 의자 두 개를 골목길에 내다 놓고 마주 앉았다. 액자는 서로 맞닿은 무릎에 올려놓았다. 도구는 바닥에 놓여 있었다. 화려한 장식 패턴을 뒤덮은 묵은 때를 파낼 큰 둥근끌, 작은 둥근끌, 아주 작은 송곳. 가끔씩 그가 팔에 힘을 줄 때면 그의 무릎이 내 무릎에 부딪혔는데 손힘을 풀고 다른 곳으로 옮겨 작업할 때까지 그대로 있었다. 나도 처음엔 무릎을 뗐지만 곧 그대로 두고 떼지 않을 수 있었다. 우리의 무릎이 너무 가까워 함께 자랐고 서로 닿아야만 행복한 쌍둥이처럼 느껴지기도 했다. 한번은 내 무릎이 그의 무릎에 닿아 힘주어 눌렀더니 그가 무릎을 뗐다. 머릿속으로 그를 벌주고 품위를 떨어뜨리기 위해 그가 앞치마만 두른 채 벌거벗었다고 생각하기 시작했다. 그가 알몸이라고 생각하는 게 좋았다. 그릇된 일이고 잔인했지만 멈출 수 없었다. 그의 사타구니 쪽을 보는 게 좋았다.

그렇게 짓궂은 모습을 떠올리다가 갑자기 그가 나를 빤히 쳐다보고 있음을 알아차렸다. 일어날 때 온몸을 훑는 내 시선을 본 것일까? 엿봤다고 언짢아할까?

그는 한동안 말이 없었다. 이유가 궁금해지기 시작했다. 그런데 여전히 나를 쳐다보고 있었다. 그의 눈이 매우 아름다웠다. 난생처음 그 눈이 완벽한 초록색임을 깨닫고 좀 더 오래 바라보지 않을 수 없었다. 항상 그의 눈을 피해 시선을 돌렸지만 결국 그 눈이 나를 잡았고 잡히고 싶었다. 이번에는 피하지 말라고 명령했기에, 어른들이 서로 눈을 쳐다보는 이유가 이것이기에, 눈을 쳐다보면 도망쳐 숨을 수 없으니까, 같이 쳐다봐도 된다는 초대의 의미니까, 쳐다봐도 위반이 아니고 오히려 쳐다보지 않는 게 위반이니까. 지금까지 내가 갈망해 온 것은 그의 손도 목소리도 무릎도 우정도 아니고 그의 눈이었음을 그때 깨달았다. 그저 그의 눈이었음을. 바로 지금처럼 그의 눈이 영원히 내 눈에 머무르기를 원했기에, 눈썹과 이마를 지나 얼굴 전체를 차례로 만지는 성스러운 남자의 손처럼 그의 눈이 내 얼굴을 맴돌다 마침내 눈으로 내려앉는 것이 좋았기에, 그의 눈이 내가 세상에서 가장 사랑스러운 존재라고 맹세했기에, 그의 시선에 담긴 경건함과 품위, 은혜가 아름다움을 베풀어 주고 내 눈에도 경건함과 품위, 아름다움이 있다고 말해 주었기에. 그것은 행복과 희망, 우정의 샘이었다. 작업실에서 보낸 마지막 나날들에, 저 먼 세상의 한편에서. 더 바랄 것이 없었다. 하지만 그의 말이 그 순간을 깨뜨렸다. "사람을 그렇게 쳐다보는 거 아니야."

그 말이 상처로 다가왔다. 우리가 주고받은 섬세한 시선이 갑자기 공공연하게 드러나 내동댕이쳐져 부서지며 절대로 완전히 알아채서는 안 되는 사람에게 노출되고 말았다.

"무슨 말이에요?"

"알 만한 나이잖아." 그가 꾸짖었다. "아닌가?" 나를 외면하는 그 짧은 말은 방금 전의 품위와 아름다움은 온데간데없이 차갑고 퉁명스럽고 고약했다. 전부 내가 만들어 낸 것이었을까?

곧바로 눈을 피해 계속 딴 데를 보았다. 그가 틀렸다는 걸 증명하는 것처럼, 왼쪽의 뭔가를 쳐다봄으로써 그와는 상관없다고 말하는 것처럼. 하지만 몸이 떨리기 시작했다. 내가 뭔가를 어겼다. 도대체 무엇을? 내가 아는 것은 그가 나를 내 자리에 놓았고 그 과정에서 완전히 망연자실하게 만들었다는 사실이다. 지금까지 살면서 나를 야단친 사람의 목소리에 화가 묻지 않은 적도, 적대적이거나 가혹하지 않은 말로 부드럽게 펼쳐진 적도 없었다. 그만큼 그의 말이 아팠다. 나를 배려한 말일 수도 있기에, 그의 말이 맞는다는 걸 알기에, 그는 나를 꿰뚫어 볼 수 있기에, 그게 너무 싫으면서도 너무 좋았기에. 그를 쳐다봄으로써 선을 넘었지만 그가 알아채지 못하거나 야단치지 않고 넘어갈 수 있기를 바랐다. 학교에서 선생님한테 혼나는 거나 거짓말 혹은 도둑질보다 더 나빴다. 노점에서 과일을 파는 노인에게 불경스러운 손짓을 하고 Svergognato, 파렴치한 녀석, 이라는 말을 들은 것보다 나빴다. 난니도 Svergognato라고 말했을 것이다. 내가 어떤 사람인지 보았고 내 마음의 추잡한 구석구석과 더러운 생각들을 다 읽었을 것이다. 그는 전부 다 알았다. 그가 사포를 가지러 가려고 일어나는 순간 내가 무엇을 쳐다보았는지, 그의 무릎에 닿았을 때 어떤 속셈이었는지도 알았다. 그의 조용한 목소리에 담긴 질책에 완파당한 이상 제발 부모님에게 말하지 말아 달라고 애원할 참이었다.

"나 때문에 불쾌했어요, 난니?" 마침내 용기를 내어 말했다. 어쩌면 그의 반응을 누그러뜨리기 위한 방법이었을 것이다. 둘 사이의 갑작스러운 냉기를 견딜 수 없어서 물었다. "나한테 화났어요?" 목소리가 따라 주지 않음을 알 수 있었다. 그에게도 보였다.

그는 가볍게 대여섯 번 고개를 끄덕였다. 한 번도 본 적 없는 수심에 잠긴 모습이었다. 그러고는 윗사람인 척하는 미소를 보냈다. "*Sta' buono*, 얌전하게 굴어, 파올로. 이제 그만 *e va' a casa*, 집에 가라. 며칠 후에 보자." 하지만 뭔가를 억누르는 것처럼 여전히 어둡고 흔들림 없이 쏘아보는 눈이었다.

"아직 가고 싶지 않은데." 나도 모르게 중얼거렸지만 체념하고 돌아갈 생각이었다. 그래서 평상시처럼 작별의 포옹을 하기 위해 좀 더 가까이 다가갔다.

"*Devi*, 그래야만 해."

그는 조금의 꾸짖음도 없는 목소리로 말했다. 간청으로 오해되기 쉬운 묵살이었다. 그리고 뒷걸음으로 물러나 나에게서 멀어졌다.

나는 그날 devi의 의미를 이해하지 못했다. 하지만 그 한마디와 그 말을 하던 그의 어조를 떠올려 보면 나도 분명히 감지했으리라. 누군가 나를 부모님 허락도 안 받고 친구들과 늦게까지 노는 어린애가 아니라 해맑은 소년이 욕망을 지닌 청년으로 성장하는 과정에서 길을 잃은 존재, 자신보다 훨씬 나이 많은 사람을 유혹하고 어쩌면 위협까지 한 존재로 받아 준 건 그때가 처음이었음을. 그날 나는 아무것도 모른 채 누군가의 삶으로 들어갔고, 그를 내 인생으로 잡아당겼다. 그가 발버둥 쳤을지도 모른다는 생각을 하기까지 꽤 오랜 시간이 걸렸다.

1년 전 기차역에서 아버지가 형하고 작별하는 모습을 보았다. 두 사람은 포옹을 했고, 아버지는 아들을 안은 팔을 먼저 풀면서 모두를 위해 얼른 가 보는 게 좋겠다고 했다.

나는 난니를 다시 포옹하지 않았다. 하루 이틀 후에 다시 와야지, 하면서 작업실을 나갔다. 그 후에는 겨울쯤에 다시 와야지. 하지만 그날 돌아가는 길에 처음으로 이런 생각도 들었다. 믿어지지 않고 생각도 할 수 없는 일이지만 이것이 그의 작업실에서 보내는 마지막 날일지도 모른다고.

그 후 몇 년 동안 그의 devi에 담긴 의미는 기분에 따라 색이 달라지는 인조 보석처럼 계속 변했다. 때로는 꾸지람과 경고 같았고 때로는 친구가 어깨를 으쓱하며 작은 실수를 눈감아 주는 것 같았으며 때로는 무언의 위태로운 동의처럼 내 몸을 태웠다. 악마에게 꺼져 버리라고 말하지만, 악마가 이미 안에 들어왔다면 어떨까. 돌아가는 나를 바라보는 그의 눈빛은 *네가 지금 가지 않아도 굳이 싸우지 않겠다*, 라는 의미였다.

그날 작업실을 떠나면서 화가 치밀었다. 나만의 지름길로 쿵쿵거리며 걷다가 중간에 노르만 예배당에 들러 본토 쪽 바다를 바라보려고 주추에 앉았지만 생각이 가다듬어지지 않았다. 머릿속에 떠오르는 거라곤 질책당한 뒤 집에 보내졌다는 것뿐이었다. 몹시 화가 났다. 그가 옳다는 걸 알기 때문이었다. 그는 나보다도 나를 잘 알았고, 나는 그의 말로부터 숨을 데가 없음을 알고 있었다. *얌전하게 굴어, 파올로. 이제 그만 집에 가라.* 주추에 앉아 있다가 무엇에 사로잡혔는지 옷을 전부 다 벗어 버리고 샌들까지 벗은 채 알몸으로 예배당에 앉아서, 난니가 옷을 벗고 자기가 올 때까지 기다리라고 한 거라 생각하려 애썼다. 둘 다 알몸으로 깨진 석회석에 앉아 이야기하는 상상을 했다. 그가 가르침을 주는 대신 웃는 얼굴로 내 몸을 내려다보면서 불이라도 끄듯 허벅지와 사타구니, 발기된 성기, 가슴에 침을 뱉는 게 보였다. 그의 침이 내 몸에 흘러내리는 장면이 떠올라서 좋았다. 나한테 그렇게까지 했으니 그가 반드시 올 거라고 생각한 것이다. 알몸의 흥분 상태로 와야만 하니까 그가 오기를 바라며 계속 기다렸다. 그것 말고는 달리 어찌할 줄을 몰랐다.

집에 갔을 때는 밤이었다. 목욕하기 전 거울에 비친 내 몰골은 끔찍했다. 왜 그렇게 늦었는지, 혹은 무슨 일이 있었기에 그렇게 수척하고 헝클어진 모습인지 묻는 사람은 아무도 없었다. 하지만 그날 나는 알 수 있었다. 성인이 되어 섬에 돌아온다면 그 예배당에 내 집을 짓기 위해서임을. 그렇게 괴로워하며 엉엉 우는 나를 처음 본 장소이기 때문이었다. 비바람에 노출된 석조, 구석구석의 생김새, 풀포기 하나하나, 기어 다니는 도마뱀, 맨발에 닿은 깨진 돌멩이와 자갈까지 나는 그 예배당의 모든 걸 알고 있었다. 지구와 지구에 사는 사람들에게 속한 것처럼 나는 그곳에 속했다. 하지만 단 하나, 언제까지나 혼자라는 조건으로.

언젠가 내 집으로 재건하리라 맹세한 버려진 예배당에 서 있으면서 또 하나 깨달았다. 난니를 다시 만나기까지 10년을 기다려야 한다면 지금 죽는 게 낫다는 것을. 지금 나를 가지라고, 그냥 지금 날 가지라고 빌었다. 10년을 기다릴 수는 없다고. 하지만 그날 해가 저문 뒤에 느껴지기 시작했다. 그 낡은 성소에서 화끈거리는 알몸으로 서 있던 저녁에 이미 느낀 사실이었다. 내가 확실히 거짓말을 하고 있다는 것, 사실은 기다릴 것이며 계속 기다릴 거라는 것. 과거의 잘못을 속죄하기 위해 삶을 끝내려는 사람들이 기다리라는 말을 듣는 것과 같았다. 진정한 벌은 앞으로 용서와 은혜가 주어질 것인지, 기다린 구원이 이미 오래전 자신도 모르는 사이에 주어졌는지 더 이상 알 수 없어진 거니까. 온전히 자기 몫이었던 것을 갖지 못한 채 주어진 삶을 다 살아 버리는 일. 나는 그렇게 시간과 첫 대면을 했다. 나는 그날 저녁 한 인간이 되었다. 그가 고마우면서 원망스럽게도.

수년이 흘러 노르만 예배당과 라임숲을 지나는 지름길에 다시 선 지금, 괜히 왔다는 생각이 들었다. 와 봤자 헛일이었다. 우리 집에 남은 거라곤 기억보다 훨씬 작게 느껴지는 검게 그을린 주추뿐이었다. 처음에는 누군가 집의 배치에 손을 댄 것 같았지만 벽을 보니 실제로 저만한 크기였음을 알 수 있었다. 창문, 문, 지붕은 전부 사라지고 없었다. 한때 거실이었던 자리에 들어서자 텅 비어 버려 하늘과 땅 사이에 서 있는 것이라곤 가운데 뼈대만 남은 몸통과 풀포기뿐인 고딕 수도원이 생각났다. 하지만 여기엔 풀이 없었다. 사방에 금속 조각뿐이었다. 잊고 있었던 거실 짙은 라임그린색 벽지의 벗겨진 조각들, 한가운데의 구더기가 들끓는 고양이 사체. 이것이 시체가 된 우리 집이었다. 생각나는 것은 커틀러리뿐이었다. 날붙이는 타지도 않고 녹지도 않으니까. 그중에는 할아버지 이름, 즉 내 머리글자를 새긴 것들도 있었다. 커틀러리들은 어디 있지? 당연히 집과 함께 사라져 버렸을 가능성이 컸다. 전부 다 사라졌다고, *Sparito*, 이 한마디로 모든 것이 설명되어야 했다. 명예와 우정, 충성심에 대해 달리 뭐라고 말할 수 있을까. 시간이 그것들을 무효로 만들고 빚을 지워 버리고 약탈을 용서하고 도둑질과 배신을 눈감아 준다는 말 외에. 이곳에서는 절대로 문명이 시작될 수 없었다. 모든 것을 하얗게 칠해서 잊지 않는 한. 내 방이 있던 2층은 흔적조차 남지 않았다. 내 안의 무언가가 여기에서 죽었다. 정전이 되어 계속 어둠 속에 있고 싶었던 그날 밤도 흔적조차 남지 않았다.

책상을 들고 나가는 그의 모습을 보고 아이네이아스를 떠올리며 그의 아들이 되고 싶다 생각했던 날. 거실 문지방에 서서 내가 왜 내가 아닌 그가 될 수 없는지 고심했던 늦은 오후. 신 앞에 알몸으로 앉아 내가 무엇을 원하는지조차 알 수 없었던 저녁. 그 마지막 여름 이후로 너무도 많은 일이 있었다. 학교, 연인들, 어머니의 죽음, 여행, 다시 만나 사랑할 수도 있었지만 연락이 끊겨 다시는 보지 못한 사람들.

주변에 집터를 둘러보는 나를 주시하는 눈은 많은데 인사하러 오는 사람은 한 명도 없다는 의심이 들기 시작했다. 섬사람들에게 생각이 미치자 한때 우리 집이었던 곳에서 계속 미적거리게 되었다. 알아볼 만한 흔적이 있는지 찾으려는 게 아니라 레이스 커튼 뒤에 숨어서 엿보는 사람들에게 내가 전적으로 권리 있는 행동을 하고 있음을 보여 주기 위해 잔해를 만지고 더듬었다. 하지만 내가 이 터의 주인이며 지금 내 소유물을 만지고 있음을 증명하고 싶어질수록 도둑으로 오해받지 않게끔 뭔가를 집어 들지는 말아야 한다는 생각이 들어 점점 불편해졌다. 내 집에 무단 침입한 죄로 체포당하게 생긴 것이다.

갑자기 우리 집뿐만 아니라 언젠가 내 것이 될 소유물에 대한 권리까지 잃었음을 깨달았다. 이곳에 내 소유는 아무것도 없었다. 할아버지의 만년필이 떠올랐다. 찾아봐야 할까? 그것도 불에 녹았을까?

멀리서 나를 지켜보던 떠돌이 개가 코를 땅에 비비며 다가왔다. 나도 녀석을, 녀석도 나를 몰랐다. 하지만 이곳의 그 무엇에도 속하지 않는다는 공통점이 있었다. 지금 서 있는 곳에서 보면 집을 다시 세우는 건 의미가 없어 보였다. 다시 이곳에 돌아오고 싶지 않았다. 집을 다시 짓기 위해 건축가와 건축업자, 석공, 목공, 배관공, 전기기사, 도장공을 고용하고 비 오는 겨울의 일몰 후 반짝이는 텅 빈 길을 오르내릴 생각만으로도 끔찍했다.

하지만 이곳은 내 삶이 시작되고 멈춘 곳이었다. 더 이상 존재하지 않는 이 집에서 오래전 여름, 너무도 빨리 지나가 버린 10년 전에 모든 걸 바꿔 놓았지만 아무 데도 가지 못한, 사랑이라고 할 수 없는 것이 내 삶을 시작하고 멈추었다. 당신이 지금의 나를 만든 거예요, 난니. 어디를 가든, 누구를 보고 갈망하든, 결국은 당신의 반짝이는 빛을 잣대로 재게 되죠. 내 삶이 배라면, 당신은 배에 올라 야간 항행등을 켜 놓고 영영 사라져 버린 사람이죠. 모두 내 생각뿐일지도, 내 머릿속에만 머무는 것일지도 몰라요. 하지만 나는 당신의 빛으로만 살아왔고 사랑을 했어요. 버스에서, 북적거리는 거리에서, 수업 시간에, 복잡한 콘서트장에서, 1년에 한두 번 당신과 비슷한 남자나 여자를 보면 내 심장은 여전히 요동치죠. 아버지가 그러는데 사람은 살면서 딱 한 번 사랑을 한대요. 때로는 너무 일찍 혹은 너무 늦게 찾아올 수 있으며 나머지는 전부 의도적인 거래요.

몇 해 전 대학에서 수업을 같이 듣는 친구가 산지우스티니아노에 관한 기사를 보여 주며 내가 전에 말한 그 산지우스티니아노인지 물었다. 잘 모르겠다고, 만의 사진을 보고도 확실히 모르겠다고 대답했다. 나 없이도 그곳이 계속 존재할 수 있다는 사실을 믿고 싶지 않는 것처럼. 섬 사진을 지면으로 본 건 그때가 처음이자 유일했다. 특정한 인물이나 사건을 다룬 게 아니라 경찰의 존재감이 큰 이탈리아 어촌에 관한 기사였다. 이 한적한 마을은 살인 사건이 한 건도 없었다. 조직폭력단이 젊은 청년들을 모아 옷을 벗기고 심문하며 구타한 뒤 풀어 준 사건이 몇 번 있었을 뿐이다. 그 기사는 섬의 조직폭력단에 관한 것이었다. 알몸의 청년들이 양손으로 중요 부위를 가린 사진이 있었다. 난니가 알몸으로 서 있는 모습을 다시 상상한 건 그때가 유일했다. 왠지 금기처럼 느껴졌다. 내가 상상한 것은 난니가 공황 상태에 빠진 남동생을 달래 주는 모습뿐이었다. 다 풍문일 뿐이라고 판단했다.

그날 학교에서 산지우스티니아노의 정박지가 담긴 오래된 스톡 사진이 나온 잡지를 손에 들기 전까지, 그의 알몸에 생각이 머무는 걸 허락한 적은 없었다. 내가 숭배한, 우리 집 거실로 들어와 부모님에게 진솔한 속마음을 털어놓던 청년을 향한 경의와 관습에 가로막혔던 것이다. 하지만 잡지가 그 이미지를 휘저어 버리자 더 이상 억누를 수가 없었다. 더욱 충격적인 것은 경찰이 극도로 불쾌한 행동을 저질렀다는 사실이 모호하게 암시된 거였다. 나는 그 불쾌한 행동에서 오랫동안 마음속에 자리한 것을 읽었다. 경찰이 그에게 무슨 짓을 했는지 상상하면서 오래 지속되는 음흉한 기쁨을 느끼고 있음을 알았다. 그들의 범죄가 내 상상력을 풀어 줌으로써 그동안 조심스럽게 잠가 두고 열쇠를 잃어버린 비밀의 방으로 들어가게 허락해 준 것처럼. 내가 산지우스티니아노에 계속 남았다면 그 옆에 알몸으로 선 청년이 될 수도 있었으리라.

집터에서 좀 더 미적거리다 이웃집에 가 보기로 했다. 아버지가 전해 들기론 주변의 집들은 우리 집 화재에 아무런 피해도 입지 않았다. 문을 두드렸지만 안에 아무도 없었다. 현관문 두드리는 소리가 들리지 않았을까 봐 뒤쪽으로 가서 뒷문을 두드렸다. 역시 아무런 대답이 없었다. 기다렸다가 한 번 더 두드렸다. 정원의 호스를 켜 놓았으니 분명 누군가 집에 있을 터였다. "*C'è nessuno*, 계세요?" 안에서 문이 쾅 닫히는 소리가 들렸다. 누군가 문을 열러 나오는 것이다. 그런데 이어서 문 닫히는 소리가 들렸다. 서둘러 타닥타닥 걷는 발소리까지 들려왔다. 문을 열러 오는 게 아니라 집 안의 다른 곳으로 재빨리 움직이는 소리였다. 모르는 사람에겐 절대 문을 열어 주지 말라고 배운 어린아이거나 아이들이 장난치는 것일 수도 있고, 낯선 사람을 피하려는 어른일 수도 있었다.

다음 집에서도 운이 없기는 마찬가지였다.

우리 집이 위치한 구역의 네 번째이자 마지막 집으로 걸어가다 마침내 안면이 있는 듯한 사람을 마주쳤다. 절룩이는 걸음걸이로 알아보았다. 예전의 우리 정원사였다. 알고 보니 지금은 같은 길 훨씬 아래쪽에 있는 집을 소유하고 있었다. 내가 아니라 그가 먼저 나를 보았다면 다른 사람들처럼 재빨리 피했을 것이다. 그는 아버지를 기억한다고 했다. 형도 어머니도 기억한다고, 매우 좋은 사람으로 기억한다고 덧붙였다. 어디를 가나 아버지와 함께 한 도베르만 두 마리도. 하지만 나는 전혀 기억하지 못하는 것 같았다. 나는 그에게 형은 다른 지역에 자리 잡고 살지만 우리 가족 모두가 여전히 산지우스티니아노를 그리워한다고 말했다. 대화를 이어 가려는, 혹은 그를 잡아두려는, 아니면 단지 우리가 주민들에게 악감정을 품지 않았다는 걸 보여 주려는 거짓말이었다. 아버지는 점점 늙어 가고 여름에도 이곳을 찾을 수 없다는 사실을 슬퍼한다는 말을 전하자 정원사도 이해한다고 대답했다. 어머니는? *È mancata*, 돌아가셨어요.

"불이 크게 났지." 그가 잠시 후 말을 이었다. "다들 보러 나왔는데 불이 전부 삼켜 버렸어. 옆마을에서 소방차가 왔지만 무능력한 *sciagurati*, 인간들이었지. 불이 기다려 줄 거라고 생각했는지 도착했을 땐 모든 게 타 버린 후였어. 너무도 잔혹하고 순식간에 번져 버린 불이었어." 그는 한동안 말이 없었다. "그래서 보러 왔구나."

"그래서 보러 왔어요." 내가 그대로 따라 말했다. "항상 조용하고 평화로웠는데." 아무런 속셈이 없다는 것을 보여 주려고 덧붙였다. 그리고 시시콜콜한 잡담을 나누다가 도저히 참을 수 없는 지경이 되었다. "뭐라도 건진 게 없나요, 아무것도?"

"*Purtroppo*, 아니, 안타깝게도 없어. 이렇게 말하는 것도 가슴 아프군. 여기서 가장 아름다운 집이었는데 말이지. 그 훌륭한 가구들 하며, 아직도 기억나네. 그나마 그 광경을 보지 않은 게 다행이지. *Indimenticabile*, 잊지 못할 광경이야."

그의 서사에 신나는 사건을 이야기하는 듯한 느낌이 묻어났다. 그 자신도 감지한 듯 분위기를 차분하게 가라앉히려고 화제를 바꾸었다. "저 고양이 좀 봐. 쌀 것을 가져와서 묻어 줘야겠군."

"난니 얘기를 해 주세요."

"목수 난니 말인가?"

그는 또 다른 난니가 있기라도 한 것처럼 물었다.

"예."

"Quello è stato veramente sfortunato, 그 친구는 정말로 운이 없었지. 이 집을 안다는 이유를 들어 경찰이 그를 범인으로 의심했거든. 그 친구의 동생도 의심받았어."

"왜죠?" 닦달하는 느낌이 들지 않도록 주변 풍경과 나무를 올려다보며 피로와 무관심에 가까운 태연한 호기심을 가장했다.

"왜라니, 이유가 있겠나? 그 친구가 가구 때문에 드나들었다는 걸 다들 알았거든. 그 친구는 항상 뭔가를 수리하고 있었지. 자네 아버지는 그를 신뢰했고."

"아저씨 생각은 어떤데요?"

"자네 집 열쇠를 가진 사람은 난니뿐이었지. 나도 열쇠가 없었으니까. 그러니 난니가 의심받는 건 당연했어. 하지만 화재뿐 아니라 다른 일로도 많은 사람이 체포됐어. 도둑들이 이 집을 장물 밀수와 그 창고로 이용했거든. 경찰은 붙잡은 사람들을 구타했지. 옷을 벗겨서 수색하고 폭행했어. 그런데 역겨운 경찰 하나가 미친 생각을 떠올린 거야. 개중에서 젊은이 둘을 지목했어. 그 둘한테 뭘 시켰는지는 말하지 않아도 되겠지. 난 현장에서 모든 걸 목격했어. 난니는 거부했지. 할 수 없다고. 경찰이 "왜 못 해?"라고 소리치면서 얼굴을 두 대 때리더니 아예 벨트로 때렸어. "내 동생이니까요."라고 말하는 걸 그 친구 입으로 직접 듣는데 마음이 찢어지더군. 부모님이 돌아가시고 형제가 얼마나 각별했는지 모르는 사람이 없었으니까. 다른 경찰이 나서서 동생을 보냈어. 그 어린아이는 가엾게도 얼른 문을 열고 알몸으로 밤길을 냅다 달렸지. 형의 이름을 부르면서 말이야. 당연히 난니는 경찰에게 더 맞았어. 더 신문할 예정이었는데 루지에로가 똑똑한 녀석이었지. 그날 밤 짐을 챙겨서 난니가 갇힌 경찰서에 몰래 들어가 둘이 같이 도망쳤어."

"그러고요?"

"형제가 언덕에 며칠 동안 숨어 있다가 한밤중에 배를 저어서 본토로 갔어. 본토에서 캐나다, 오스트레일리아, 남아메리카, chissà dove, 어디로 갔는지 아무도 모르지."

또다시 고개를 돌려 옛 집터를 바라보았다.

"진짜로 불을 낸 게 누구죠?"

"절대 알 수가 없지. 너희 집을 주시하는 사람이 많았지만 왜 불을 내려고 하겠어? 사고일 수도 있고 조직폭력단의 짓일 수도 있고."

"난니는요? 난니가 관계있다고 생각하세요?"

"난니는 아니야. 네 아버지는 그 친구한테 아버지 같은 존재였어. 그해 너희 집에 밀수품이 있다는 걸 다들 알았지만 감히 아무 말도 못 했지. 난니는 가장 만만한 상대였어. 경찰은 조직폭력단 짓인 걸 알면서 난니를 몰아붙였지."

정원사는 고양이를 집으려고 쭈그려 앉았다. 고양이 사체를 한 팔에 들고서 다른 팔로는 나를 껴안았다.

작별 인사를 할 시점에 이르렀을 때 마지막 질문을 했다. "사람들이 왜 저를 피하죠?"

그가 빙그레 웃었다. "네가 땅을 되찾으러 왔을까 봐 걱정돼서 그러지. 요즘은 다들 버려진 땅을 주시하고 있거든."

나도 미소 지었다. "아저씨도 요즘 버려진 땅을 주시하고 있나요?"

"아니라면 사람이 아니겠지."

그의 반응이 보고 싶어서 집을 다시 지을 수도 있다고 말했다. 한편으로는 거짓말이 아니라고 맹세할 준비도 되어 있었다.

"그럼 내가 다시 너희 집 정원사가 되겠구나."

"그럼 아저씨가 다시 우리 집 정원사가 되시는 거죠."

그는 또다시 나를 꺼안았다. 나 역시 그를 안았다.

그의 얼굴을 다시 보고 싶지 않았다. 정원사가 될 마음이 없다는 건 그 자신도 알고 있었다. 언젠가 다시 돌아와 보면 우리 집을 포함한 주변 땅이 전부 그의 소유가 되어 있으리라.

부두로 돌아가는 길에 작은 광장을 건넜다. 열려 있는 시장의 원룸 사무실 문을 두드려 보기로 했다. 부서질 듯 어수선한 사무실에서는 나이 든 여자가 책상 서랍을 뒤적이며 뭔가를 열심히 찾고 있었다. 시장이 언제 돌아오는지 묻자 아들은 사무실에 없다면서 내일 다시 오라고 위압적으로 대답했다. 오후에 섬을 떠나야 한다며 내 소개를 했다. 그녀는 서랍을 뒤지던 손길을 멈추었고, 내 성을 알아보는 듯하더니 집이 불탔다는 사실을 기억해

냈다. 오래되었지? 그렇게 묻고는 갑자기 다정하고 공손하고 조심스러운 태도를 보였다. 1년 후쯤 다시 집을 지으려 한다고 말했다. 기정사실을 전달하려는 것도, 소유권이나 권위를 드러내려는 것도 아니고 그녀의 반응을 알아보려는 거였다. 그녀는 얼굴 가득 이루 말할 수 없이 실망한 표정이었다. "Mi dica allora, 말해 보렴." 더 나쁜 소식을 기대하는 듯한 말투였다. 하지만 할 말이 없었다. 그저 시장에게 우리가 본토의 건축업자를 고용할 것임을 알리고 싶었다. 그녀는 당연히 섬의 일꾼들을 고용하는 쪽을 선호할 터였다. 내 안에는 악의가 자리했고 그녀의 얼굴이 불만으로 일그러지는 게 좋았다. "제가 오늘 들렀다고 아드님께 전해 주세요." 문을 열고 뒤돌아 영화에서 형사들이 맨 나중에 덧붙이는 대사처럼 보이기를 바라며 물었다. 혹시 목공 조반니에게 연락할 방법을 아시나요?

노부인은 잠시 생각에 잠겼다. 아니, 몰라.

"Quello è sparito tempo fa, 오래전에 사라졌지!"

"어디로 갔는지 아세요?"

그녀가 어깨를 구부렸다. "네 아버지는 알지도 몰라." 아버지가 어떻게 알겠어요? 하지만 그녀는 내 말을 듣지 못했거나 못 들은 척하며 다시 활짝 열린 서랍을 뒤지기 시작했다. 마침내 그녀는 경멸하는 표정을 간신히 숨기고 말했다. "그럼 건축업자 잘 찾아라."

태양이 이글거리는 밖으로 나가 카페를 찾았다. 자리에 앉아서 다시 돌아온 소감을 글로 적고 싶었다. 노르만 예배당에 갈까 했지만 집터로 가는 길에 이미 보았는데 이상하게도 그곳이 나를 부르지 않았다.

그 무엇도 나를 부르지 않았다. 노트에 생각을 적는 것도 아무런 의미가 없었다. 뭔가를 원했지만 그게 무엇인지 감조차 잡히지 않았다. 마지막으로 적은 것은 *그 때문에 돌아왔다*, 였다. 그것도 몇 시간 전에 쓴 거였다. 노트를 닫고 주위를 둘러보았다. 섬에 도착해서 처음이자 마지막으로 보는 광경이었다. 카페가 부두를 향하고 있어 마을의 오르막길 전망이 펼쳐졌는데 어부들이 배의 밧줄과 그물을 들고 일하는 모습이 보였다. 아직 오전이라 내가 유일한 손님이었다. 노천의 파라솔도 펴지 않은 상태라 직사광선을 받고 앉아 있으면 당연히 머리가 아플 터, 커피를 다 마신 후 다시 시내로 올라가 그늘진 곳을 걷기로 했다. 서점에 들러 여객선이 부두에 들어올 때까지 책도 사고 시간도 때울 수 있기를 바랐다. 하지만 개인 교습 선생님을 찾아가 개인적인 볼일을 빨리 처리해 버려야겠다는 생각도 했다.

전부 다 기억나서 선생님이 사는 건물을 곧바로 찾을 수 있었다. 입구 포르티코 옆의 다 허물어져 가는 비스듬한 우편함도 10년 전 그대로였다. 대문자로 적힌 그의 이름은 나이 든 사람의 손 떨림과 자신의 이름을 분명히 보여 주려는 의지를 함께 드러냈다. 우편함 명패에 맞춰 접은 사각형 모눈종이에 한 번은 자주색으로, 두 번은 파란색으로 글자마다 세 번씩 적어 놓았다. 세르모네타 교수 34호. 이것도 기억났다.

나선형 계단을 올라 4층에서 멈추고 선생님 댁 초인종을 울렸다. 아무런 느낌도 없었다. 안에서 접시와 커틀러리가 어설프게 달그락거리는 소리가 들리더니 느리게 끄는 발소리와 떨리는 손을 신경질적으로 갑작스럽게 홱 움직여 자물쇠를 여는 소리가 들렸다. 여전히 자물쇠가 세 개나 되었고 어느 열쇠가 어느 자물쇠에 맞는지 더듬거리느라 손님에게 문을 열어 주기도 전에 짜증스러워하는 것도 여전했다. 역시나 조심스럽게 들어가 굳이 라틴어와 그리스어를 배우러 와서 미안하다, 사과하고 싶어지게 만들었다.

선생님은 평상시와 마찬가지로 실내화를 신고 있었다. *Chi è,* 누구? 문이 닫힌 채로 물었다. 나를 뭐라고 소개해야 할지 결정하기도 전에 문이 분노에 가깝게 홱 열렸다. "Ah, sei tu, 오, 너니?" 그가 나를 보고 맞아 주었다. "들어와라." 안으로 들어섰다. 예전과 똑같은 냄새가 났다. 관절염에 쓰는 장뇌 냄새, 토스카나산 미니 시가 냄새. 항상 내 옷에 냄새가 뱄는데. "설거지를 하고 있었다. 어서 들어와." 선생님은 주방으로 안내하며 성급하게 말했다. "좀 도와주려무나." 그는 나에게 행주와 찻잔을 건네더니 곧바로 찻잔받침과 접시도 주었다. "물기를 잘 닦아라." 이것도 그대로였다. 그의 견습생, 제자, 하인이 되어야 한다는 것. "그래, 수업받으러 왔니?" 정말로 나를 기억하는 걸까, 아니면 전혀 모르겠다는 사실을 감추는 것일까?

"아뇨, 오늘은 아니에요." 아침에 빈속으로 독한 그라파를 마시지 않겠다고 거절하는 것처럼 말하는 자신을 발견했다.

"왜? 라틴어 공부는 절대로 해가 되는 법이 없는데." 그가 계속 고집을 부렸다. 그라파에 대해 논쟁하는 기분이었다. "공부했니?"

이상한 질문이었다. 10년 만에 처음 보는데 어제 본 것처럼 대화를 이어 가다니.

"공부를 왜 안 했어? 어디가 아픈 거야?" 선생님이 물었다.

"건강하게 지냈어요." 10년 전 라틴어와 그리스어 시험에 낙제했지만 대학에서 고전문학을 전공했다고 말하려다 마음을 바꾸었다. 선생님 덕분에 그리스 문학에 관심이 생겼다는 말도 하려고 했다. 하지만 그는 단지 내가 또 수업에 늦었고 평상시처럼 동네 아이들과 구슬치기를 하다 달려왔다고 생각하는 듯했다.

"Allora, 그래서?"

"Allora, 아무것도요. 아버지가 안부 전해 달라고 하셨어요." 거짓말이었다. 어머니는 언급하지 않을 참이었다.

"내 안부도 전해 드려라. 약속하지?"

약속했다.

"요즘도 하루에 한 곡씩 읽으세요?" 대화의 압박감을 없애려고 물었지만 오히려 더욱 비튼 셈이 되어 버렸다.

"여전히 하루에 한 곡씩 읽지."

또다시 침묵이 흘렀다.

"아직 가르치시고요?"

"아직 먹기도 하느냐고?" 그가 내 질문을 흉내 내며 곧바로 응수했다. 질문에 답해야 한다는 표정으로 나를 쳐다보았다. 하지만 이상한 대화에서 내가 더 할 수 있는 것은 없었다. 이렇게 괴상한 잡담은 예상하지 못했다.

"당연히 가르치지." 내가 주어진 시간에 답을 제시하지 못하자 그가 말을 이었다. "예전만큼은 아니야. 잠을 더 자야 하거든. 하지만 재능 있는 학생들이 있지."

"저처럼요?" 대화에 활기를 불어넣으려고 장난스럽게 물었다.

"네가 그렇게 생각하고 싶다면야. 그래, 너처럼."

그가 시가에 불을 붙일 때 참지 못하고 물었다. "저를 기억하세요?"

"널 기억하느냐고? 무슨 그런 질문이 있어?"

"저는 전부 다 기억하니까요." 내가 나아가려고 했던 방향을 감추려고 가장 먼저 떠오르는 말을 던졌다.

"전부 다 기억하는 게 어때서? 오늘은 어형 변화 문제를 내지 않겠지만 자극하지 마라."

문에서 나를 보자마자 깜짝 놀라는 표정을 기대했다. 심지어 포옹을 하고 퀴퀴한 냄새가 나는 낡은 서재에 앉아 다시 한번 환영해 줄지도 모른다고. 이렇게 갑작스럽고 당황스러운 반응이 아니라.

"그동안 순탄치 않았어."

"어째서요?"

"어째서라니? 넌 정말 얼빠진 질문만 하는구나. 요즘은 사방에 도적들뿐인 데다 다들 부자가 되고 있지. 선생들만 빼고. 70대 후반의 무일푼 개인 교습 선생들은 말할 것도 없지. 겨울 외투도 못 살 만큼 형편들이 어려워. 더 들어야겠니? 아니."

나는 조용히 사과했다.

"거기에 다른 문제들도 있고."

"다른 문제들이라니요? 무슨 문제인데요?"

"노년이라는 문제지. 신이 너에게는 그 힘난한 심연을 겪지 않게 해 주시기를."

고개를 끄덕이는 수밖에 없었다.

"고개를 끄덕이는구나. 그렇게 노년에 대해 잘 안단 말이냐?"

"아버지가 계시니까요."

"네 아버지?" 선생님이 심호흡을 했다. "네 아버지는 천재였지."

"아버지가 천재라고요?"

"그래, 천재. 무례하게 굴지 마라! 네 아버지는 이곳은 물론 본토의 그 어떤 의사보다도 지식이 뛰어났지. 이 섬이 어떤 방향으로 흘러가는지도 훤히 보였기 때문에 여길 떠나기로 한 거야. 누구나 그렇게 prévoyant하진 않지(선견지명이 있진 않지)." 선생님은 지적 능력이 그대로임을 증명하기 위해 프랑스어를 쓰며 설명했다. "그래서 이 섬엔 생전 책 한 권 읽어 본 사람이 한 명도 없는 거야. 약사가 있긴 하지만 그 가엾고 멍청한 영혼이 통증과 전립선 비대증에 대해 뭘 안단 말이냐?"

농담으로 이발사 알레시 씨가 있다고 하려다가 참았다. 하지만 그 재미있는 생각에 입가에 미소가 흐르는 것을 감추지 못했다.

"웃을 일이 아니다. 파올로, 넌 옛날부터 돌대가리 같은 면이 있었지, 그렇지 않으냐?"

선생님이 나를 이름으로 부른 건 처음이었다. 어쨌든 정말로 나를 기억했다.

"설명해 주세요."

"돌대가리는 꼭 자세히 설명해 줘야 알지. 내가 진짜 의사를 만나려면 여객선을 타고 나가야 해. 한겨울에 여객선을 타는 건 즐거운 일이 아니지. 웃을 만한 이유가 없는 것 같구나."

다시 사과했다.

이곳이 내가 찾으러 온 잃어버린 세계일까? 선생님의 작은 아파트에 가득한 분노, 밖에서 벌어지는 악탈이? 한때 해적과 사라센인의 근거지였던 중세부터 내려오는 이 시궁창을 난니가 한시라도 빨리 벗어나고 싶어 한 건 놀라운 일이 아니었다.

"그래, 아버지는 건강하시냐?"

"아버지는 건강하세요."

"잘됐구나." 늘 그렇듯 독에 담근 친절 같은 신랄함과 인간미. 나는 그에게서 가능한 한 멀어지고 싶었다. 집터에 다녀왔다는 이야기를 했다.

"그 집은 불이 난 게 아니야. 태운 거지. 짐승들이. 다들 보러 갔다. 나도 보러 갔어." 그가 두 팔과 두 손을 움직여 커다란 화재를 흉내 냈다. "그들은 젊은 목공을 지목했지. 하지만 너희 집을 장물 은닉처로 쓰는 일당을 잡은 게 그라는 걸 다들 안다. 잘나신 경찰들도 분명 연관되었을 거다. 경찰이 그를 붙잡아 폭행하고 집을 불태웠어."

"왜죠?"

"이 끔찍한 마을에 사는 사람들의 영혼에는 방화와 배신이 새겨져 있거든. 시장부터 경찰, 매일 코앞에서 전리품을 싣고 내리는 깡패들까지 말이야."

긴 침묵이 흘렀다.

"산책을 나가자꾸나. 산책을 안 하면 나른해지는데 아직은 낮잠을 자고 싶지 않거든. 네가 커피를 사다오. 요즘 연금도 수입도 변변치 못하니⋯⋯."

세르모네타 교수와 카페까지 산책하기로 했다. 그는 아주 천천히 한참 만에 계단을 내려왔다.

"배가 언제 출발하냐?"

"오늘 오후에요."

"그렇담 시간이 있구나." 그리고는 목소리의 높낮이를 바꿔 말했다. "그들은 네 아버지까지 지목하려 들었지."

"아버지를요?"

우리는 좁은 길을 함께 걸었다. 선생님과 함께 걸어 보기는 처음이었다. 그는 친절한 성격이 아니었다. 부모님은 엄격함이 학생들을 지도하는 그만의 방법이라고 했지만, 그가 나를 꼭 집어 다루기 힘든 테리어 다루듯 심하게 대하는 느낌을 지울 수 없었다. 그에게 다정한 면도 있다는 이야기를 듣기는 했지만 어떻게 해야 다정하게 대해 줄지는 감도 잡을 수 없었다.

그는 지팡이를 잡고 한 걸음씩 집중하며 자갈길을 내려갔다. 어쩌면 대답을 회피하는 그만의 방식인지도 모른다.

우리가 다름 아닌 성에우세비오 골목길로 향하고 있다는 사실을 깨달았다. 지금은 닫혀 버린 난니의 작업실을 지나면서 선생님의 수업이 끝나면 매일 이곳에 왔다고, 내가 아는 한 내 인생이 시작된 곳이라고, 말하고 싶은 걸 애써 참았다.

"목공이 사라졌다고 들었어요." 잠깐의 침묵 후에 말했다.

"그를 알았니?" 선생님이 물었다.

알다마다요! 전 그를 사랑했어요. 지금도. 여기 온 것도 그래서예요. "알았어요." 마침내 대답했다.

"다들 그를 알았지. 나는 잘 몰랐는데, 그 친구는 밤에 카페에서 술이 몇 잔 들어가면 항상 그 목소리로 노래를 불렀지."

"그 목소리라니요?"

"그 멋진 목소리. 항상 《돈 조반니》에 나오는 똑같은 아리아를 불렀지. 다른 곡은 몰랐어. 너도 알 거다.

Notte e giorno faticar

per chi nulla sa gradir;

……

mangiar male e mal dormir……

"나머지는 기억나지 않는구나. 그는 항상 아리아를 온전히 다 불렀는데."

너무도 잘 아는 아리아였기에 빠진 가사를 읊었다. 아버지도 즐겨 부르던 곡이며 제22변주라고 설명하자 세르모네타 교수가 웃음을 터뜨렸다.

"그런데 어느 날 밤에 사라졌어." 그가 말을 이었다. "절대로 돌아오지 않을 거다. 캐나다에 있다는 소문을 들었어."

"캐나다에는 왜요?"

"모른다, 파올로, 난 몰라." 선생님은 짜증이 난 듯 보였다. 곧 또 나를 돌대가리라고 부를 것 같았다.

우리는 성에우세비오를 지나 성이 보이는 카페 쪽을 향해 좀 더 올라갔다.

"카페를 기억하니?" 선생님이 물었다.

"어떻게 잊겠어요? 아버지하고 저녁에 자주 왔거든요."

그도 우리를 자주 봤다고 기억하며 카페의 커튼을 벌리고 안으로 고개를 내밀었다. 하루 중 이맘때면 어둡고 텅 비어 있었다. 우람한 주인이 늘 그렇듯 카운터를 닦고 있었다.

"*Salve, Professore*, 안녕하세요, 교수님?" 그가 안으로 들어오는 우리를 보자마자 인사를 건넸다.

"*Salve*, 안녕한가?" 선생님이 말을 받았고, 우리는 커피 두 잔을 주문했다.

"*Subito*, 바로 내오죠." 주인이 대답했다.

내가 돈을 냈다.

"이 청년을 알아보겠는가?" 선생님이 물었다.

카페 주인은 눈을 가늘게 뜨고 나를 자세히 보았다. "아뇨. 제가 아는 사람인가요?"

"닥터의 아들이야."

뚱뚱한 주인은 골똘히 생각에 잠겼다. "닥터, 기억해요. 그 무시무시한 개들도." 그가 목을 흔들며 몸서리치는 시늉을 했다. 그러고는 나에게 물었다. "아버지는 잘 계시냐?"

"잘 계세요."

"아, 네 아버지는 정말 좋은 분이셨지. 이곳 모두가 사랑하고 그리워해. Un vero nobiluomo, 진정한 귀족이지. 집은 정말 아쉽게 됐어." 그의 얼굴에 비꼬는 듯한 미소가 번지더니 마치 어른이 아이의 엉덩이를 살짝 때리려는 것처럼 손바닥으로 허공을 서너 번 내리쳤다. "Tuo padre, però, 하지만 네 아버지는…… un po'briccone era, 약간 악동이었지……." 그가 말끝을 흐려서 그냥 농담인 줄 알았다.

카페 주인은 대리석 조리대에서 앞으로 몸을 숙였다. 주변에 아무도 없는데 목소리를 낮춰 소곤소곤 말하려는 것이었다. 하지만 마음을 바꾼 듯 소리 내어 말했다. "Acqua passata, 이미 지나간 일이니까." 조리대에서 몸을 떨어뜨리고 약간 찡그린 표정으로 천천히 허리를 세웠다. "이 마을은 chiacchiere, 뒷말이 많아. 그래서 난 항상 생각하지. 아르날도, 한쪽만 보지 말고 다른 쪽도 보면서 남의 인생에 대한 소문은 퍼뜨리지 말자. 소문이 사실이라도 말이야. 이건 남자 대 남자로 말하는 거야. 너도 다 커서 이해할 테니까."

하지만 카페 주인은 도저히 참을 수 없는지 선생님 쪽을 쳐다보았다. 오래된 비밀 농담을 나누기라도 하듯 함께 낄낄거리기 전에 양쪽 집게손가락을 내밀어 문질렀다. 공모, 비밀 엄수를 뜻하는 손동작이었다.

"아르날도, Acqua passata." 선생님이 반복해서 말했다.

다시는 볼일이 없다는 걸 감지하고 선생님을 아파트까지 바래다주면서 문득 깨닫기 시작했다. 방금 들은 이야기가 나에게는 전혀 새로울 게 없는 일이라고. 사실 정보도 없고 의심도 안 했지만 나도 모르게 항상 알고 있었다고. 어쩌면 수년 동안 여름의 끝자락에 어머니와 형, 할머니, 이모할머니와 내가 먼저 섬을 떠나고, 아버지는 문단속도 하고 다음 해를 위한 준비도 하느라 혼자 남을 때부터 알고 있었는지도 모른다. 섬에서 우리 집을 모르는 사람은 없었다.

카페 주인의 손동작이 모든 걸 말해 주었다. 그는 "둘이 아침 일찍 수영하러 가서, 밤에는 카페에서, 그리고 겨울에도. 겨울은 당연히 아닐 거라고 생각하겠지만 말이야."라고 말했다.

"얼마나 오래 그랬죠?" 그의 말이 조금도 놀랍지 않은 척하면서 물었다. 한 계절, 몇 달이라고 추측하는 중이었다.

"난니의 부모가 살아 있을 때였으니까 그 친구가 열여덟, 열아홉 때인가? 난니가 왜 겨울이면 한 달에 최소한 두 번씩 본토에 갔겠어? 도료희석제를 사러 갔을까?"

아버지는 해마다 일주일에서 열흘 동안 혼자 섬에 남았는데, 지금 생각해 보니 문단속은 반나절이면 충분했다. 그렇다면 직감을 믿는 어머니가 정확한 이유도 없이 사악하고 기분 나쁜 사람이라며 난니를 싫어하는 것도 무리는 아니었다. 사실은 어머니가 나처럼 난니를 좋아한다는 사실을 감추기 위해 적대심을 과장하는 줄 알았다. 그의 단점을 과장해 말함으로써 아버지와 내가 펄쩍 뛰며 어머니 스스로 이름 붙일 용기가 없는 난니의 좋은 모습들을 늘어놓게 만든 것이라고. 내가 난니의 손떨림에 대해 한 말을 퍼뜨린 것도 어머니라고 생각했다. 난니가 우리 집 구조를 잘 아는 건 당연했다. 아마도 그는 우리 집에 와서 어머니와 이야기를 나누기 훨씬 전에 책상을 살펴보았을 것이다. 마치 자기 집인 듯 거침없이 거실에 들어온 것, 책상 안의 숨은 상자에 대해 아는 것, 아버지에게 친구처럼 스스럼없이 말한 것, 사냥개들마저 그를 좋아한 것, 만을 가로지르는 수영에 대한 두 사람의 대화……. 사실은 그 모든 것에 진실이 숨어 있었다. 그리고 아버지와 함께한 밤 산책. 아버지는 나처럼 난니와 마주치기를 바란 거였다. 산책 시간을 늘리고 집으로 돌아가는 시간을 늦출 핑계를 만든 것도 카페에서 그와 마주칠지도 모른다는 희망 때문이었다. 갑자기모든 사실이 꿰어 맞자 몇 주, 몇 달 혹은 몇 년 동안 속은 연인이된 기분이었다.

하지만 질투가 나지는 않았다. 오히려 행복했다. 두 사람의 관계 때문에 기쁜 것만은 아니었다. 어린 나이에도 내 관심이 제대로 된 사람에게 향했고 나뿐만 아니라 그의 진실을 읽었음이 보였다. 나는 그를 원했고 열두 살의 내가 아니라 좀 더 컸다면 그도나를 원했을 것이다. 내 열정이 물려받은 것이고, 따라서 운명이라는 사실이 즐겁기까지 했다. 운명은 언제나 표시를 남긴다. 정말로 운이 좋은 사람은 그 표시를 알아보고 읽을 줄 안다. 그는 나에게 모든 것을 가르쳐 주고 전부를 주었을 것이다. 하지만 세월이 흐른 후 나는 잘못된 사람들을 찾았고 잘못된 스승들에게 배웠으며 줄 것도 별로 없으면서 항상 내가 원치 않는 걸 주는 사람들에게 받았다.

이른 오후 선생님을 집에 바래다주고, 가족들이 본토로 떠난 날 저녁 우리 집 주방에서 간단하게 식사하는 두 사람을 떠올렸다. 남은 음식으로 즐기는 만찬. 식사가 끝나고 아버지는 집안일을 도와주는 사람들을 전부 보냈을 것이다. 난니와 둘만 집 안에 남아 모기와 엿보기 좋아하는 사람들을 피해 양초도 석유 램프도 없이 베란다에 앉아 베토벤을 들었을지도. 두 사람의 나날, 시간이 정해져 있다는 건 그들도 알았다. 산지우스티니아노가 오래도록 자신들을 참아 주지 않으리라는 것을. 분명히 그런 신호, 위협 같은 것이 있었으리라.

두 사람이 와인잔과 함께 저녁 식탁에 마주 앉은 모습을 그려 보았다. 아버지는 나와 있을 때처럼 테이블에 양쪽 팔꿈치를 뻗고 와인을 마시는 청년을 쳐다본다. 식사 후 난니가 말한다. "그릇은 내가 치울게요." 당연히 아버지가 일어나 "아니야, 내가 할게. 앉아 있어."라고 한다.

아침에 해변에서, 혹은 밤에 카페에서 함께 하는 순간을 통해 아버지는 내가 액자와 작은 상자 작업을 도왔다는 사실도 알았으리라.

"아이가 일을 잘해요."

"관심을 보이는 게 있으니 다행이야."

"매일 열심히 하고 있어요. 그런데 애가 나한테 반한 것 같아요."

팔꿈치를 벌리고 앉아 와인을 마시는 청년을 바라보는 남자는 그 말에 충격을 받지도 않고 개의치도 않았으리라. 어쩌면 그 아버지에 그 아들이라고 조금은 재미있어했을지도 모른다.

"아이가 몇 주 동안 구애를 하고 있는데 이상한 건 자기도 그걸 전혀 모른다는 사실이에요. 아무것도 모르는 것 같아요."

난니가 일어나 아버지 옆에서 설거지를 돕는다. "언젠가 그 애도 알게 될 거예요."

"너 같은 사람을 만나서. 난니 너와 똑같은 사람을 만나서."

난니가 하나는 맞았다. 나는 정말 아무것도 몰랐다.

하지만 훗날 뒷말과 풍문, 상스러운 말을 통해 몸으로 하는 사랑의 방식을 배우지 않았다면 누군가를 만지고 싶은 충동에 사로잡혀 내가 무엇을 만들어 냈을지는 신만이 알 것이다.

여객선을 놓치는 바람에 다음 배가 들어올 때까지 한 시간 반을 때워야 했다. 성에 올라갔다 와서 아버지에게 수년 전 약속한 것처럼 추억을 만들었다고 말해야지 생각했다. 하지만 성에우세비오 골목길로 올라가 난니의 작업실에서 마지막으로 걸음을 멈췄다. 내가 무엇을 하는지, 왜 하는지 확실히 알 수 없었지만 그가 원할 거라는 생각이 들었다. 그도 나를 위해, 혹은 아버지를 위해 그렇게 했을 테니까. 누구인지는 상관없었다. 아무것도 변하지 않았다. 빵집이 떠올라 그쪽으로 걷기 시작했다. 아버지와 나를 웃게 한 그의 팔에 든 멍이 기억났다. 마치 이곳의 사운드트랙이라도 되듯 베토벤의 제31번주도 떠올랐다. 난니는 지금 어디 있을까? 페이스트리를 두 개 샀다. 하나는 내 것, 하나는…….

한편으로는 오후 내내 시내를 걷다가 마침내 그의 작업실이 열려 있는 걸 발견한 척하고 싶었다. 그 무엇도 잊어버리지 않았으니 10년 전으로 돌아간 척하는 건 간단할 터였다. 어머니가 살아 있고 나는 클로이를, 라울을 만나지 않았으며 대학 졸업반 겨울에 짧게 마주친, 목소리도 기억나지 않는 화학과 남학생과 굳이 이름도 묻지 않고 어둠 속에서 말없이 서로의 몸만 탐했던 일도 일어나지 않았으리라.

하지만 시간이 없었다. 벌써 트라게토의 나팔 소리가 울렸다. 운이 좋으면 내일은 로마에 있을 것이다.

아버지에게 난니에 대해 말할 수 있는 용기가 과연 생길까? 그의 난니뿐 아니라 나의 난니에 대해.

좋아하는 카페의 작은 테이블에 먼저 와 앉아 있는 아버지를 보고 싶었다. 언제나처럼 늦게 도착한 내가 자리에 앉아 주문하기 전에 말할 것이다. "그가 살아 있는 것 같아요."

"누구?"

"아버지와 내가 사랑한 남자요. 캐나다에 산대요."

불현듯 스치는 생각이 있었다. 아버지는 난니가 어떻게 되었는지 분명히 알 테니 궁금하면 직접 물어보면 된다. 나는 정말 돌대가리였다. 선생님 말에 웃음이 나올 뻔했다.

하지만 아버지는 한 번도 난니를 입에 올리지 않았다. 나 역시 감히 꺼내지 못했다. 난니가 무슨 일을 하면서 사는지, 결혼은 했는지, 파트너를 만났는지, 어떤 삶을 사는지 알지 못했다. 하지만 캐나다에서 편지가 왔다는 사실은 안다. 아버지를 만나러 갔을 때 식탁에서 캐나다 소인이 찍힌 봉투를 보았다. 하지만 샌드위치를 만든 뒤에 다시 보니 봉투가 사라지고 없었다. 아버지는 그와 연락한다는 사실을 내가 아는 걸 원치 않았다. 하지만 두 사람이 연락한다는 게 기뻤다.

수년 후 부모님의 집을 정리하다 아버지 앞으로 온 신발 상자만 한 크기의 밀봉된 소포를 발견했다. 소인을 보니 아버지가 돌아가신 후 산더미처럼 쌓인 우편물과 함께 3년간 한자리에 놓여 있었던 것이다. 소포를 풀자 "Sciusciù"라고 적힌 메모지가 나왔다. "당신이 산지우스티니아노를 떠난 후 이걸 간직하고 있었어요. 보내 주겠다고 했죠. 제발 아무 말 하지 않고 받아 주세요. 난 평생 딱 한 번 사랑을 알았고 그게 당신이었어요."

Sciusciù라는 이름은 한 번 들어 본 적이 있지만 전혀 주의를 기울이지 않았다. 난니가 우리 집을 나서기 전에 그 말을 중얼거렸다. 책상을 배달하러 온 저녁이었을 것이다. 아버지가 프랑스에서 공부하던 시절에 배워 애정 표현으로 모두에게 사용한 chouchou(슈슈, 반려동물, 가장 좋아하는 것-옮긴이)라는 프랑스어였다. 두 사람은 서로에게 그 단어를 사용한 모양이었다.

2년 후 답장을 보냈다.

"난니, 당신이 보낸 소포는 5년 전에 도착했어요. 이제야 답장을 보냅니다. 왜 그렇게 오래 걸렸는지 나도 모르겠어요. 아버지는 6년 전에 돌아가셨어요. 우린 당신을 입에 올리지 않았지만 난 알고 있었어요. 당신은 전혀 몰랐을 수도 있지만 당신에 대해 나는 아버지와 많이 닮았죠. 어쩌면 당신도 알았는지 모르겠네요. 그래요, 당신은 분명 알았을 거예요. 내 평생에 당신이 있었어요."

답장은 기대하지 않았다.

몇 주 후 봉투가 도착했다. "넌 이 사진을 마음에 들어 할 거야. 네가 가지고 있었으면 해서 복사했어."

사진에서 수영복 차림의 난니와 아버지가 바다를 등지고 서 있었다. 난니는 오른팔을 아버지 오른쪽 어깨에 대고 왼팔로는 아버지의 왼쪽 어깨를 잡았으며, 아버지는 팔짱을 낀 채 환하게 웃고 있었다. 난니도 웃는 얼굴이었다. 둘 다 날씬하고 탄탄해 보였다. 그제야 나는 아버지가 난니보다 적어도 스무 살은 많았다는 사실을 깨달았다. 사진 속의 두 사람은 형제라고 해도 될 만큼 닮았다. 한 번도 아버지를 미남이라고 생각해 본 적이 없는데 이렇게 보니 단순히 잘생긴 것 이상이었다. 오랜 세월이 흘러서야 두 사람이 얼마나 닮았는지 알 수 있었다.

봄날의 열병

SPRING FEVER

레스토랑에 있는 그들을 보는 순간 시선을 돌리고 입구에 붙은 메뉴를 보는 척한다. 그들이 나를 본다면 방금 들어와 오늘의 메뉴를 훑어본 뒤 곧바로 나가는 줄 알 것이다. 달아나는 모습을 들키지 않으려고 메뉴를 두 번 보는 척하며 찰나의 시간이나마 좀 더 그대로 머문다. 안경을 쓰고 문가의 작은 초등학교 석판에 전형적인 프랑스어 글씨체로 적힌 오늘의 특선 메뉴에 얼굴을 가까이 가져간다. 완전히 몰입하는 척하지만 단어는 전혀 머리에 들어오지 않는다. 보일 듯 말 듯 고개를 흔든다. 그녀라면 평상시 내가 부정의 의미로 하는 행동임을 알겠지. 안경을 벗어 가슴 주머니에 넣고 뒤돌아 레스토랑을 나간다. 이 블록에서, 이 대로에서, 이 도시 자체에서 최대한 빨리 사라져야겠다고 다짐하며. 모든 행동에 5초도 채 걸리지 않았을 것이다.

렌조&루치아 레스토랑에서 최대한 멀어지려고 서둘러 매디슨 애비뉴를 걸을 때에야 비로소 떨고 있는 자신을 발견한다. 충격 때문이다. 아니, 질투 때문이다. 혹은 분노나. 정정한다. 두려움 때문이다. 사실은 수치심 때문이다.

부당한 취급을 받은 쪽인 나는 들킬까 봐 수치심을 느끼고, 잘 못을 저지른 그들은 신경 쓰지 않는다. 아드레날린이 솟구치지도, 그녀의 얼굴이 난처함으로 찡그려지지도 않는다. 그녀는 레스토랑 한가운데 앉은 자리에서 나를 내려다보았을 것이다. *이제 잘 알았지*, 하며.

그녀가 나에게 들킬 것 같은 스트레스와 불안감을 느끼지 않도록 재빨리 레스토랑을 빠져나온 거라 생각해 본다. 하지만 그녀를 위한 일이라고 하기에는 내 심장이 너무 빨리 뛴다. 당황하고 처량하고 수치스럽게 도망친 게 싫다. 눈에 보일 정도로 떨고 있는 것도 싫다. 아는 사람을 마주친다면 급하게 훑어보고 물을 것이다. *무슨 일이야? 얼굴이 사색이 됐어.* 지금 내 얼굴이 사색이 되었나? 아버지가 길을 건너다 넘어져 의식을 잃고 응급실에 누워 있다는 연락을 받자마자 열쇠와 지갑, 아버지와 성이 똑같은 사람이라는 사실을 증명해 줄 사진이 들어간 신분증을 깜빡하고 달려갔을 때처럼 사색이 되었을까? 사색이 되었어도 상관없다.

사실은 상관 있다.

하지만 레스토랑에서 나오기 전에 그들이 자기들을 보자마자 도망친다고 생각하지 않도록 조금 꾸물거렸다. 그건 똑똑하게 잘한 일이다.

그 생각을 하니 기분이 좋아지고 발걸음도 활기찬 전력질주로 변한다. 모드는 내가 기분이 좋아서 오후 일과를 접고 1년 전 우리가 처음 만난 그 테니스 코트로 가는 중이라고 생각할 것이다.

나는 아침 8시 이후에 테니스를 치는 일이 드물지만, 즐거운 금요일에 일을 쉬고 테니스를 치러 간다는 것이 너무도 근사하게 느껴진다. 특히나 아직 늦겨울인 이런 가짜 봄날에 말이다. 아침에 테니스를 같이 치는 파트너 할란에게 전화를 건다. 그는 학교 선생인데 퇴근 후 다시 테니스 코트를 찾는다. 언제나처럼 음성 메시지가 전화를 받는다. 메시지를 남긴다. 그러는 와중에 67번가와 매디슨에서 시내 횡단 버스를 보고 버스 문이 닫히기 직전 서쪽에 가기로 마음먹는다. 테니스 코트까지는 꽤 멀지만 이른 오후에 센트럴파크 웨스트를 걷는 게 좋다. 20분 후 웨스트사이드에서 그녀의 휴대전화로 연락해 어떻게 나오나 보자. 분명 그녀는 *지금 무지 바빠, 나중에 전화할게,* 라고 말할 것이다. 그 말에 담긴 차가운 유쾌함을 난 가슴에 새기리라.

버스에서 몇 가지를 떠올려 본다. 직장 동료들과 점심을 먹는 중이라 통화가 불가능하지만 내 전화 목소리를 듣고 좋아하는 모드의 목소리. 북적거리는 레스토랑의 소음에 둘러싸인 산만한 목소리. 그러면서도 자신을 향해 말하는 그에게 완전히 집중하면서 그의 환한 보조개 미소에 담긴 모든 음조의 변화를 살피고 귀 기울이며 바라보는 얼굴. 그를 향해 기울인 그녀의 머리, 그녀에게 거의 닿을 듯한 그의 머리, 바로 뒤쪽에 놓인 큰 거울에 거의 닿을 듯한 두 사람의 머리. 미술을 전공하는 학생이라면 카노바 작품의 한 장면 같다고 말할 순간. 물론 전화해도 그녀는 받지 않을 것이다. 그는 얼마나 행운인가. 함께 있는 그녀가 한마디도 놓치지 않고 귀 기울이며 더 말해 달라고, *제발* 말하는 것을 멈추지 말아요, 난 당신이 나에게 말하는 게 좋아요, 라면서 긴 의자에 비스듬히 왼팔을 기댄 채 그의 목을 만지고 목 위의 곱슬머리를 쓸어 준다. 그녀는 노골적으로 쳐다보고 가만히 응시하고 숭배한다. 눈빛이 뭐든 할게요, 라고 말한다.

그녀의 오른손은 테이블에서 소금통을 만지작거리며 가만히 기다린다. 내가 아는 손짓이다. 그가 손을 잡아 주기를 바라는 것이다.

그들은 말하고 있지만 서로를 쳐다본다. 사랑을 나누고 있다. 젠장.

여자가 그렇게 남자의 뒷목을 한손으로 매만지는 건 확실히 플라토닉한 행동이 아니다. 함께 알몸이 되어 보지 않은 사이일 때 여자는 그렇게 만지면서 은밀한 행동을 하지 않는다. 그녀는 그에게 목말라 있다. 주저하는 단계와 어색한 인정 단계를 지났고, 서로에게 거부할 수 없는 끌림을 느끼지만 아직 육체적인 사랑은 나누지 않은 사람들의 초조함과 불편함의 단계를 넘었다. 막 같이 자기 시작했고 서로에게 손을 떼지 못하는, 모든 것이 스킨십으로 이어지는 사이다. 두 사람은 구애가 제 목적을 달성한 지 오랜 후에 장난삼아 남은 추파를 던지는 중이다. 하지만 여전히 소금통을 만지작거리면서 너무도 애절하고 솔직하게 테이블에 놓인 손. 그는 그녀가 기다리고 있음을, 손을 마주 잡아 주기를 기다린다는 것을 모르는 걸까?

둘은 언제부터 함께 자기 시작했을까? 최근에? 지난주? 지난달? 계속될까? 남자는 누구지? 그녀는 그를 어떻게 만난 거지?

다른 사람들도 있었나? 그녀가 다리 건너 반대편으로 가겠다고 결심한 분명하고도 결정적인 순간이 있었을까? 아니면 흔히 말하듯 어쩌다 보니 그렇게 되었을까? 어느 날 일 때문에 함께 점심을 먹었고 그가 쳐다보았고 그녀도 그를 바라보았고 와인 몇 잔이 들어간 상태에서 숨을 고르고 자신도 모르게 말해 버린 거다. 자신이 했다고 믿을 수 없는 말을. 그런데 이상하게도 그 역시 그녀만큼이나 상황에 몰입한다. 그러다 둘 중 한 명이 우리가 정말 이래도 되는지 묻는다. 상대방도 그런 것 같다, 고 한다. 그들의 목소리가 들리는 듯하다. *렌조&루치아의 일은 렌조&루치아에만 남는 거예요.*

그들이 부럽다. 그들은 함께 잔다. 하지만 질투 나지 않는다. 사랑을 잃는 것보다 질투가 더 무섭기 때문이다.

그녀에게 이런 일이 벌어지고 있다는 걸 왜 알지 못했을까? 그동안 쭉 의심스러웠다는 사실조차 자각하지 못하는 경우가 대부분이다. 그래서 매일, 매시간 눈앞에 떨어지는 증거의 조각들을 굳이 추려 낼 생각도 하지 않는다. 의심스러운 증거들을 홱 가로채 조사하고 상처와 분함과 속임수의 장부에 기록하지 않은 게 지금은 후회스럽다. 평일 저녁마다 하는 요가, 나인 줄 알면서도 사무실에서는 절대로 받지 않는 전화, 퇴근 후 술 한잔이 어느샌가 저녁식사로 바뀌어 버리는 일들, 절대로 한 장소에서 모이는 일이 없는 독서 클럽, 막판에 생기는 회의, 내가 들어오면 다급하게 닫아 버리는 노트북, 웨스트체스터에서 밤늦게 걸려온 전화에 직장 상사라며 예, 아니오로만 아리송하게 받는 행동.

그녀는 저녁에 담배를 피우면서 하늘을 바라보고 음악을 들으면서 하늘을 바라본다. 내가 아니라 그를 생각하기 위해 하늘을 바라본다. 그녀는 1940년대 영화를 생각나게 한다. 배를 타고 여행하다 혼자 갑판에서 휴식을 취하지만 책도 눈에 들어오지 않고, 한밤중에 여기저기 돌아다니다 갑자기 나타나 담뱃불을 붙여 주겠다는 남자와 사랑에 빠지는 여자들.

함께 앉아 TV를 볼 때, 발이 아프다고 해서 내가 발가락 마사지를 해 줄 때, 주방에서 서로의 몸을 비비다가 내가 뒤에서 껴안으며 사랑을 나누고 싶어 할 때, 그녀는 그를 생각했을까? 머릿속에 새로운 의심이 스친다. 하지만 붙잡기도 전에 쉬익 사라진다. 이 편이 낫다. 세상에는 알고 싶지 않거나 생각하고 싶지 않은 게 있는 법이다. 친구들은 알고 있을까? 두 사람은 나에게 밝히려고 했지만 전혀 눈치 채지 못하는 것 같아서 관뒀을까?

그녀가 그의 아파트 엘리베이터에서 넥타이를 고쳐 준다. 함께 지인의 집을 방문했을 때 초인종을 누르기 직전 내 옷깃을 매만져 준 것처럼. 문을 닫자마자 그녀는 그의 넥타이를 풀어 버리고 셔츠의 단추와 벨트를 풀고 옷을 다 벗긴다. 그녀가 커프스단추를 푸는 그를 도와주는 상상이 마음에 든다. 그녀는 세상 모든 남자가 커프스단추를 착용하고 뺄 때 도움을 필요로 한다고 생각하기 때문이다. 그가 익숙한 손길로 커프스단추를 빼는 그녀를 보면서 혹 다른 남자를 생각하진 않을까 걱정했으면 좋겠다.

센트럴파크 웨스트에 있다. 환한 햇살이 내리쬐는 너무도 맑은 날씨다. 운이 좋으면 할란이 학교에서 퇴근하자마자 함께 테니스를 칠 수 있을 것이다. 땀 흘리며 잊어버릴 것이다. 할란은 백핸드와 포핸드를 좋아한다. 그가 즐겨 쓰는 표현대로 우리는 야만인처럼 테니스를 칠 것이다. 우리는 죄 없는 노란 공에 화풀이하는 걸 좋아하니까. 백핸드와 포핸드, 크로스코트 대 크로스코트, 상대방의 허를 찌르는 다운 더 라인 공격으로 마지막 찝찝한 기분까지 전부 떨쳐 버릴 것이다.

오늘 같은 초여름 날씨에 그런다면 천국이 따로 없으리라. 93번가까지 택시를 타고 갈 수도 있지만 햇살을 받으며 걷고 싶다. 67번가에 있는 공원 입구에서 핫도그 노점을 발견한다. 바로 이게 먹고 싶었다. 프랑크푸르트 소시지. 사우어크라우트를 많이 넣어 달라 주문하고 양파 소스도 부탁한다. *큰 충격을 받았으니까 너한테 잘해 줄 필요가 있어,* 라고 마음속 목소리가 말한다. 이제 새로운 현실을 받아들이고 익숙해지는 법을 배워야 한다. 수많은 사람이 이미 상처받았고 앞으로 수많은 사람이 더 상처받을 것이다. 누군가 말할 사람이 필요하다는 생각을 하다가 화들짝 놀란다. 깜빡하고 그 생각을 잘라 버리지 않았다. 지금의 내 심정을 이해해 줄 유일한 사람은 내가 한바탕 쏘아대고 싶은 사람인데. 자신에게 함부로 하는 사람에게 위안을, 아니 조언을 얻으려는 꼴이다.

핫도그 노점상이 쳐다본다. *마실 건 필요 없어요?* 라고 묻는 표정으로.

다이어트 콜라를 달라고 한다. 빨대도 부탁한다. 남자가 하늘을 올려다보더니 날씨 이야기를 꺼낸다. "해변에 딱 어울리는 날씨네. 해변에 딱 어울리는 날씨야. 내 나라처럼." 자기 나라가 어딘지 물어봐 주기를 원하는 게 분명하다. 하지만 그의 자음 발음으로도 추측이 가능하다. 그가 어떻게 알았는지 묻는다. 악센트 덕분에요. 그 악센트는 어떻게 알아요? 예전에 사귄 여자 친구가 그리스인이었어요. 여자 친구가 어디 출신이었어요? 181번가요. 그 전에는? 키오스섬. 키오스에 가 봤어요? 아뇨. 아저씨는요? 나도 없고 가 보고 싶지도 않아요. 이유를 물어 주기 바라며 그가 조소를 띤다. 나는 묻지 않기로 한다. 쓸데없는 말을 주거니 받거니 하다가 어느새 핫도그를 다 먹었다. 제대로 맛을 느끼지도 못하고. 그래서 하나 더 주문한다. 똑같이 드려요? 똑같이 주세요. 그가 이미 불룩해진 핫도그 빵에 머스터드를 바르며 올해가 이 나라에서 보내는 마지막 해라고 말한다. 그가 떠나는 이유는 듣고 싶지 않다. 하지만 말없이 계속 내 앞에 서서 핫도그를 건네는 그를 보고 있자니 이유를 물어보지 않을 수가 없다. 아내가 안 좋아서요. 향수병, 우울증, 어쩌면 갱년기라고 추측하면서 어디가 안 좋은데요, 묻는다. 암이란다.

"아내는 돌아가고 싶어 하지 않지만 난 아내가 없으면 미국에 살 수 없어요."

나는 그의 어깨에 손을 올리고 쉬운 영어에 지중해식 정을 흉내 내며 말한다. "힘들죠, 당연히."

체육 시간이 끝나고 교복을 후딱 걸친 듯 뺨이 불그레한 10대 둘이 핫도그 노점으로 걸어와 주인에게 그리스어로 인사한 후 핫

도그를 주문한다. 노점상은 어려서부터 그들을 봐 왔고 그리스어
도 몇 마디 알려 준 모양이다. 한 명이 더 합류한다. 세 명은 모두
넥타이를 헐렁하게 맸고 여과되지 않은 담배를 피우고 있다. 지
금이야말로 슬그머니 빠져나갈 기회다. 인사를 하자 핫도그 노
점상이 저 애들은 아내와 암, 고향 이야기를 이해하기에 너무 어
리다고 말하는 듯 시무룩한 표정으로 고개를 끄덕인다. 핫도그와
서류 가방, 다이어트 콜라를 들고 힘겹게 걸어가는데, 왜 그런지
모르겠지만 걸음을 멈추고 저 그리스인과 벤치에 앉아 나도 누군
가를 잃어 가는 중이라는 걸 말하고 싶다는 생각이 든다. 그는 분
명 이해할 텐데.

하지만 테니스 코트를 향해 계속 걷다가 문득 나는 그처럼 절
망스럽지 않다는 사실을 깨닫는다. 모드와 그의 연인이 도심에
있는 그의 고층 아파트로 함께 올라가는 모습을 상상해도 불안해
지지 않는다. 두 사람이 긴 복도를 함께 걸어가다 마침내 그의 아
파트에 이르러 약간 어색하면서 머뭇거리는 분위기에서도 두툼
한 카펫 바닥에 발소리가 묻힌다는 사실을 다행스러워하는 모습
이 상상된다. 커프스단추, 넥타이, 벌거벗은 그의 허리를 감싼 그
녀의 다리에도 불안해지지 않는다. 나는 테니스 놀이를 하고 그
들은 사랑 놀이를 할 것이다. 누가 더 행복한지, 누가 알까?

72번가 공원 입구에 자전거 타는 사람들이 모여 공원으로 들어
가는 신호 같은 걸 기다리고 있다. 입구의 벤치에 엄청 많은 이가
앉아 있는데 롤러블레이드를 벗거나 신는 사람들도 있다. 평상시
처럼 스케이트보드도 눈에 띈다. 그런 사람들은 대부분 벤치에

앉아 쉬고 관광객처럼 보이지 않는다. 하지만 학생도 아니다. *일하는 사람은?* 아까 그리스인뿐이다.

하루 종일 핫도그를 파는 가엾은 남자를 떠올린다. 챙기거나 버리거나 기억하거나 내려놓아야 할 물건과 장소, 사람, 인생에 대해 생각하고 있을. 나 역시 정리가 필요할지도 모르겠다. 뭔가를 정리한다고 생각해도 당황스럽지 않다. 레스토랑에서 모드가 다른 남자와 행복을 찾았다는 두려움보다 연인들을 쳐다보다 들킬 수도 있다는 생각이 더 불안했다. 그녀는 말도 잘하고 적극적이고 완전히 푹 빠진 듯 보였다. 그런 모습은 정말 오랜만에 보았다. 한쪽 팔꿈치를 뒤쪽의 큰 거울을 받친 얇은 선반에 무심히 올린 채 그의 머리카락을 만지는, 모브생 팔찌 모델처럼 환하게 빛나는 그녀를 보고 행복함까지 느꼈다. 그녀는 아름답다. 그런데 왜 질투가 나지 않았을까?

아직 일러서일까? 충격도 아니고 충격이 시작된 것도 아니라서? 스스로 허용하지 않으면, 밀어붙이지 않으면, 그녀에게는 물론 나 자신에게도 말을 꺼내지만 않으면 우주가 흔들리지 않을 거라서? 생각하지 않는 게 정말로 가능하기 때문에? 모드가 바람을 피운다. 나의 모드가 다른 남자와 침대에서 나와는 하지 않고 할 수도 없고 하지도 않을 일을 한다. 그가 그녀를 리드하는 법을 알기 때문에. 모드는 다리를 벌리고 나를 감싼 채 눈을 감고 있다. 그런 그녀를 바라보며 그녀 안으로 깊숙이 들어간다. 하지만 그것은 내가 아니다. 다른 남자다.

머지않아 나는 그녀가 자기 물건을 넣어 두는 내 방 서랍을 살살이 뒤질 것이다. 다른 사람과 이미 해 보았고 앞으로도 할 일. 하지만 원칙에서 벗어난다는 것을 알고 있다. 알아야 하거나 신경 쓰이기 때문이 아니다. 아마도 나는 결국 의무감으로 질투할 것이다.

그리스인이 맞았다. 벌써 해변을 찾는 계절이다. 기온이 20도를 넘어가고 있다. 곧 우리는 주말 여행을 계획할 것이다. 그 생각을 하니 기분이 들뜬다. 곧 여름이 다가온다는 사실에 흥분되어 재킷을 벗고 넥타이를 느슨하게 당긴다. 낮이 길어지고 봄이 다가오는 기미가 보일 때면 복장 규정이 느슨해지고 내 마음은 산지우스티니아노의 해변으로 흘러가던 학창 시절이 떠오른다. 바다를 즐기는 계절의 유혹이 항상 기말고사와 그 성적표를 앞둔 두려움과 겹친 것도 여전히 기억나지만 말이다. 그녀에게 전화해서 믿기 어려울 정도로 아름다운 날씨라고 말하고 싶다. 회의를 잘 끝냈고 지금은 테니스 코트로 가는 중이라고도 말하고 싶다. 하지만 생각을 멈춘다. 이제는 상황이 바뀌었다. 이제 그녀가 내 전화 목소리를 듣는 순간 우리의 따분한 낮과 밤을 떠올리게끔 바뀌었을 것이다. 나는 입을 다무는 법을 배워야만 한다. 암시도 하지 말고, *오늘 점심 먹은 레스토랑에서 본 게 너였어?* 같은 교활한 아는 척도 하지 말아야 한다. 그냥 입을 다물고 전화도 하지 말아야 한다.

갑자기 그녀를 향한 부드러운 마음이 커진다. 이게 사랑일까, 아니면 나를 비롯한 세상 모든 사람이 살면서 빛나는 로맨스를 갈망하듯이 로맨스를 쫓는 사람을 위한 연민일 뿐일까?

거짓말하는 그녀를 보며 거짓말인 줄 알면서도 내가 무심코 깔아 놓은 작은 덫을 그녀가 피해 갈 수 있도록 도와주고는 스스로 도량 넓고 영리하다고 생각하는 일이야말로 최악의 상황일 것이다. 내가 알고 있다는 사실을 절대로 알려서는 안 된다.

'점심식사'라는 말을 들을 때마다 움찔하는 그녀를 보는 것보다 마음 아픈 일은 없으리라. 렌조&루치아 레스토랑을 언급하지도 말고 한낮의 매디슨 애비뉴나 고층 아파트, 남녀가 일등칸 무도장을 나가 헤매다가 별빛 비치는 다리에서 처음 만나 잔잔한 바다에 아른거리는 달빛을 바라보는, 1940년대 초반 할리우드 B급 영화에 나오는 유람선과 조금이라도 관련된 것 역시 피해야 한다. 폴 헌레이드가 하나는 자신을 위해, 또 하나는 베티 데이비스를 위해 담배 두 개비를 입으로 가져가 동시에 불을 붙이는 모습을 떠올린다.

로맨스의 아름다움.

이런 일이 있고도 나는 그녀와 함께 살 수 있을까?

아니, 진짜 질문은 이것이다. 그녀가 나와 살 수 있을까?

진실은 이렇다. 나는 살 수 있다.

오늘 저녁 그녀가 요가 수업을 마치고 내 집으로 와서 주방에 가방을 내려놓은 뒤 저녁을 먹으러 브루클린의 플럼 부부 집에 가기 위해 옷을 갈아입으려 하는 모습을 상상해 본다. 그녀가 내 얼굴을 보고 말한다. 오늘 얼굴이 좀 탔네, 그치?

오늘 하루 어땠냐는 그녀의 물음에는 어린 인턴들과 시간을 보내지 않았냐는 장난스러운 주장이 들어 있다. 보통은 그런 장난에 맞장구를 쳐 준다. 오늘은 아니다. *오후에 할란하고 테니스를 쳤어.*

그녀가 주방에서 침실로 향하다 말고 뒤돌아 나를 마주 본다.

안 좋은 소식이 있어.

진심 어리면서도 깜짝 놀라진 않은 것처럼 보이기를 바라며 힐끗 그녀를 쳐다본다.

우리에 관한 얘기구나. '그에 대한 얘기'보다는 안전하다.

그런 것 같아.

점심 이야기는 한마디도 꺼내지 않겠지만 모르쇠로 일관하지도 않으리라.

나도 알아.

어?

제대로 된 방향으로 들어선 게 맞는지 잠시 가늠해 본다.

심각한 거야? 내가 묻는다.

그녀는 나를 보면서 이런 식으로는 생각해 본 적 없다는 듯이 입술을 오므린다.

모르겠어. 그럴 수도, 아닐 수도. 아직 일러. 그냥 자기가 알아야 할 것 같아서. 그녀는 복도의 불을 켜려던 참인데 여전히 움직이지 않는다. *쉽지 않네.*

8개월을 함께 하면서 늘 존경스러운 점은 그녀가 어려운 일을 인정할 때마다 항상 정중했다는 것이다.

알아. 나한테도 쉬운 일이 아니야. 저녁 모임 갈 수 있겠어? 내

가 묻는다.

그녀가 고개를 흔든다. 하지만 옷을 갈아입으러 가기 직전에 뒤돌아 나를 보고 심호흡을 하겠지. *고마워.*

천만에.

신호는 어디에나 있다고들 한다. 바로 눈앞에. 하지만 밤하늘의 별처럼 셀 수도 없고 읽기는 더더욱 힘들다. 게다가 신호라는 게 신탁보다 나을 것이 없다. 주의를 기울이지 않기에 주어지는 것이다. 일주일 전쯤 함께 잘 때 발과 다리, 허벅지가 차례로 닿았고 우리는 완전히 잠이 깨기도 전에 사랑을 나누기 시작했다. 너무 일찍, 너무 빠르게. 그때 그녀는 평상시와 다르게 손가락을 내 머리카락에 파묻고서 기괴한 방종으로 두피를 쓰다듬었고, 우리는 키스를 하면서 참거나 고민하지 않고 둘이 동시에 절정에 다다랐다. 얼마나 오랫동안 사랑을 나누었는지, 어떻게 시작된 것인지, 하기 전이나 하는 도중에 한마디라도 말을 나누었는지조차 모르겠다. 전희도 여운도 흔적도 얼룩도 없고 그저 진공뿐이었다. 둘 다 눈도 뜨지 않았다. 칠흑 같은 어둠 속에서 옥신각신하다 볼일이 끝나자마자 슬그머니 가 버린 길고양이 두 마리. 인사 불성 상태로 다시 침대에 누워 잠에 빠졌고 그녀도 그랬다. 등을 보이고 누운 그녀에게 늘 그렇듯 한 발을 올려놓았다. 그녀는 그게 좋다고 말하곤 신음 소리를 내며 잠들었다. 그날 아침 둘 다 직장에 지각했다. 두 사람 다 그 섹스에 대해 지나가는 말로도 언급하지 않았다. 전부 내가 상상으로 지어낸 일인지도.

하지만 우리가 서로 몸을 대고 비비는 완강한 흉포함이 나를 놀라게 했다. 그녀는 잡아당기기라도 할 듯이 계속 내 머리카락을 쥐었다. 잠이 깨지 않은 채로 나눈 억제되지 않은 야만적인 섹스여서 그렇다고 생각했다. 그런데 면도를 하다 문득 깨달았다. 그녀는 다른 사람과 섹스를 한 것이다. 내가 아니라 다른 남자와의 리듬에 맞춰서 한 섹스였다.

이런 일도 있었다. 최근 그녀는 발사믹 식초가 아닌 일반 식초 몇 방울에 레몬 잔뜩, 오일 한 스푼을 넣은 샐러드드레싱에 푹 빠졌더랬다. 그런데 시칠리아산 레몬과 시칠리아 서부 트라파니의 염전에서 생산된 소금만 고집했다. 나는 갑자기 시칠리아산 제품을 어떻게 그렇게 잘 알게 되었는지, 이탈리아 라치네토 케일과 앤초비, 파르메산 치즈, 레몬즙 섞는 법을 누가 가르쳐 주었는지 물어볼 생각조차 하지 않았다. 그런 것을 책이나 렌조&루치아 레스토랑에서 배웠을 리 없다. 남자의 고층 아파트에서 점심이나 저녁을 먹으며 배웠을 터다. 설마 유부남은 아니겠지.

시칠리아 여행 이야기도 나누었다. 그녀는 너도나도 가는 북적거리는 해변이나 섬 대신 시칠리아를 전부 돌고 싶다고 했다. 에리체와 아그리젠토, 라구사, 노토, 시라쿠사에 가고 호엔슈타우펜 왕조의 황제 프리드리히 2세가 별궁을 지었다는 구릉 지대에 자리 잡은 엔나에 가고 싶어 했다. 그녀가 시라쿠사의 인형 극장이나 그리스어로 메추라기를 뜻하는 단어에서 유래했다는 작은 오르티지아 지방에 대해 어떻게 그렇게 잘 아는지 모르겠다. 반여신이 물에 몸을 던져 메추라기가 되었고 그것이 섬이 되어……. 갑자기 시칠리아를 동경하는 이유를 굳이 물어보지 않았다. 본토를 벗어나 섬에서 몇 주 보낼 수 있다면 나도 좋겠다고 생각했을 뿐이다.

내가 아는 것은 재미없을 수도 있는 삶을 사는 모드가 스릴을 원한다는 것뿐이다. 날씬한 팔과 아름답게 조각된 팔꿈치를 커다란 거울을 받친 뒤쪽 선반에 우아하고도 엉뚱하게 올려놓은 여자가 로맨스를, 신선하고 새로운 바람을 원한다. 분명 처음에는 거부했을 것이다. 그녀가 마침내 수그러들 때까지 그가 끈질기게 접근하는 모습이 상상된다.

주위를 봐. 그가 레스토랑에서 말한다.

왜?

봤어?

응.

지금 이 레스토랑에서 가장 예쁘고 똑똑하고 위협적인 여자가 누구지? 아니, 가장 으스스한 여자.

저기 앉은 여자. 그녀가 성형 수술을 하고 보석을 잔뜩 걸친 여자를 가리키며 말한다.

아니.

그럼 누구야? 모드가 묻는다. 재미있어하는 게 틀림없다.

큰 거울 옆에 앉은 여자야. 그 여자는 옆에 앉은 남자가 두 손을 테이블에 계속 올려놓으려 애쓴다는 사실을 알고 있지.

말을 참 잘한다니까.

난 그저 당신을 안고 싶어.

내가 그녀에게 이런 식으로 말한 적이 있던가? 그녀는 항상 그 자리에 있었기에 그녀의 마음을 사로잡으려고 벽을 타고 발코니에 오르거나 투쟁하거나 연극조의 근사한 행동을 할 필요가 없었다. 처음 테니스를 함께 치고 그녀의 침실에 들어간 이후 프라고나르의 그림에 나올 것처럼 방문을 쾅쾅 두드리거나 쾅 닫는 일도 없었다. 그녀의 문은 언제나 열려 있었으며 모든 것이 자연스럽고 쉬웠다. 그날 잠결에 나눈 섹스처럼. 우리는 다리를 건넜지만 그 아래 물살은 보지 않았다.

오늘 금요일 오후의 기분이 마음에 든다. 생각해 보니 내가 목격한 일은 그리 끔찍하지도 나쁘지도, 심지어 대수롭지도 않다. 내가 진지하게 질투할까? 그녀의 이메일을 몰래 확인하고, 샤워하는 동안 휴대전화에서 두 사람이 무슨 내용의 문자를 주고받는지 뒤지고, 늪과 같은 사사로운 정보들을 걸러 두 사람이 언제 어디서 어떻게 만나는지 알아내려고 할까? 이·얼마나 상투적인가!

소매를 걷어 올리고 넥타이를 빼고 공원으로 들어가서 말이 지나는 길을 지나 테니스 코트로 향한다. 할란이 없을 경우 운 좋으면 다른 파트너를 찾을 수 있을 것이다. 누가 테니스를 치는지 살펴보고 추수감사절 주말 이후 보지 못한 단골들과 수다도 떨고 탄산음료도 사 먹고 한두 시간 테니스를 치고 잔디밭에 누워 있다가 집으로 돌아가 샤워하고 저녁 모임에 갈 것이다.

이성적으로 생각하자. 핫도그 파는 그리스인이 나보다 훨씬 나쁜 상황임을 기억하자. 세상이 끝난 게 아니다.

다행히 할란이 벌써 코트를 맡아 놓은 뒤 테니스 하우스에서 기다리고 있다. "가서 옷 갈아입어." 할란의 자신만만한 말투가 마음에 든다. 모드 말고 지금 신경 써야 할 다른 급한 일이 있음을 상기해 준다. 시계를 풀며 생각한다. 지금은 괜찮아. 상처받지도, 관계가 망가지지도 않았어. 아주 조금 멍든 것뿐 매타작당하는 건 아니야. 물론 자존심이 살짝 긁혔지만 심장은 무사하다. 종아리와 손목, 자존심에 붕대를 감듯 라켓에 테이프를 감으면서 생각한다. 우린 괜찮아.

코트로 향하기 전에 마지막으로 생각한다. 점심때 본 장면에 대해 한마디도 하지 말자. 애매하게 암시하지도 말자. 제2차 세계대전 당시 영국이 독일의 이니그마 암호를 풀었을 때처럼 행동할 것이다. 독일이 언제 어디에서 폭격을 계획하는지 알면서도 암호를 해독했다는 사실이 알려질까 봐 공습경보를 내리지 않았지. 부적절한 말, 의심스럽게 힐끗거리는 시선, 비꼬는 듯한 기색을 보이면 그녀가 눈치 챌 것이다.

라켓에 테이프를 다 감고 그녀에게 전화해서 테니스를 칠 거라고 말한다. "어쩐지, 사무실 전화 안 받더라. 질투 나." 그녀가 말한다. 나에게 전화를 했단 말인가. 왜? "그냥 인사나 하려고." 언제? "한 시간도 안 됐어. 점심 먹은 후에." 점심식사가 어땠는지 묻는다.

점심 이야기를 꺼내지 않겠다고 방금 결심해 놓고서? 그녀는 전혀 개의치 않는 듯 질문을 자연스럽게 받아들인다. 렌조에서 평상시대로 먹었다고. 사실 오늘은 맛이 별로였다고. 또 기자를 만났다고.

레스토랑에서 나를 봤고 나 역시 자신을 봤다는 걸 알기에 이렇게 말하는 것일까?

모드는 오후에 미팅이 있다며 사무실에서 플럼 부부의 집으로 곧장 가겠다고 말한다. 만나서 같이 가겠는지 묻는다. "아니, 플럼 부부 집에서 만나. 늦지 마. 난 두 사람이 끔찍한 네드 이야기만 계속하면서 합심하여 날 괴롭히는 게 정말 싫으니까." 그녀의 말에 내가 웃음을 터뜨린다. 그 부부의 아들을 싫어하도록 가르친 건 난데 이제는 그녀가 나보다 더 네드를 싫어한다. "내가 선물 사 갈게." 그녀가 말을 잇는다. "아무것도 사 오지 마. 플럼 부부는 저녁식사를 처음부터 끝까지 계획하잖아. 내일 꽃을 보내자." 끊기 전에 인사를 한다. 그녀도 나도 사랑한다고 말한다.

이쯤 되어 점심 따위는 완전히 잊어버린다. 나를 달래려는 것이 그녀의 계획이었다면 성공한 셈이다. 애초에 내가 그녀에게 전화한 이유인지도 모른다. 오늘은 음식이 맛없다는 말만으로 기분이 한층 좋아지고 이상하게도 모든 근심과 의심이 사라진다. 갑자기 테니스가 뜻밖의 축복처럼 느껴진다. 테니스공 케이스를 꺼내서 연다. 할란과 계단을 내려가 14번 코트로 향한다. 햇빛에 완전히 노출된 곳이다. 땀 흘리고 뛰고 열심히 치며 테니스만 생각할 것이다. 테니스와 하나가 되고 싶을 뿐이다. 대상이 무엇이든 무언가와 하나가 될 수 있다면 괜찮은 거니까. 계단을 내려가 코트에 발을 디디자 온몸에 즐거움이 퍼져 완벽한 만족감이 마구 샘솟는다. 그녀, 일, 여름, 여행, 그 무엇도 신경 쓰지 않고 평생 테니스를 칠 수 있을 것만 같다. 행복하다.

그녀와는 지난여름 어느 금요일에 바로 이곳에서 만났다. 그녀는 함께 테니스를 칠 파트너를 찾고 있었다. 내가 같이 치자고 제안했다. 그녀가 잘은 못 친다고 했지만 상관없다고 했다. 그날 우린 네 시간 동안 쳤다. 7월의 독일기념일 주말이라 둘 다 일찍 퇴근한 터였다. 그리고 둘 다 주말에 계획이 없었다. 그날 저녁 우린 펍으로 저녁을 먹으러 갔다. 바 자리에서 먹었는데 둘 다 바 자리를 좋아한다고 했다. 바 자리는 누군가와 함께 있지만 혼자인 것 같다고 둘 중 한 명이 말했다. 다음 날 약속도 하지 않았는데 둘 다 아침 일찍 테니스 코트에 나타났다. 다섯 시간을 넘게 쳤다. 그날은 타는 듯이 더웠고 대부분의 코트가 줄곧 비어 있었다. 우리는 옷을 갈아입고 자전거로 집에 갔다가 돌아와 해 질 무렵까지 또 쳤다. 샤워하고 술을 마시고 영화도 봤다. 바로 저녁을 먹으러 가겠는지 물었다. 그녀는 전날 바에서 저녁을 먹은 게 좋았다고 말했다. 공기는 훈훈하고 내 손과 그녀의 어깨, 우리의 얼굴은 축축했다. 브로드웨이 한가운데 교통섬에서 도미니카인 셋이 벤치에 앉아 노래하고 있었다. 그중 한 명은 기타를 연주했다. 우리도 같은 벤치에 앉아 노래를 들었다. 내가 그녀에게 키스했다. 우리는 브라질 음악 CD를 계속 틀어 놓고 밤새 사랑을 나누었다. 나중에는 그 음악을 틀어 놓지 않으면 사랑을 나눌 수 없었다. 그해 여름 이탈리아에 갈 때도 그 음악과 함께였다.

　　다른 라켓 커버의 지퍼를 내리고 그녀가 크리스마스 선물로 사 준 라켓을 꺼낸다.

　　테니스 실력이 출중한 20대 후반의 만프레드가 오더니 같이 쳐도 되는지 묻는다. 2 대 2로 치려고 네 번째 선수를 구한다. 테니스 코트 붙박이라고 할 수 있는 나이 지긋한 신사. 그는 나와 한 팀이 되고 싶어 했지만 만프레드가 먼저 부탁했고 할란은 노신사와 한팀이 되어도 상관없다고 한다. 한팀이든 서로 겨루든 만프레드와 쳐 본 적은 없지만 이곳을 찾은 지 2년째이다 보니 아침 일찍 마주치는 데 익숙했다. 그의 실력과 품위, 몸매가 존경스럽다. 가끔 탄산음료 자판기나 로커에서 몇 마디 주고받을 때도 있지만 같이 치자고 말할 용기가 나지 않았다. 내가 부탁해 올까 봐 그가 거리를 두는 것처럼 느껴지기도 했다. 신중한 냉기가 감도는 사이였다. 하지만 오늘 그가 발을 헛디딜 뻔하면서까지 초조한 얼굴로 같이 치자고 부탁하는 모습을 보니, 고등학교 운동부 챔피언이 흐느적거리며 모범생에게 다가가 숙제를 도와달라고 부탁하는 것만 같다. 만프레드의 목소리가 떨렸다. 그도 알아차리고 어색한 웃음으로 감추려 했다. 갑자기 강해진 것 같고 뿌듯해진다.

게임이 끝나자 다시 감도는 냉기가 느껴진다. 형식적으로 고개를 끄덕이는 거리감 있는 사이로 돌아갈 것이다. 그래서 분위기가 가라앉기 전에 맥주 한잔 하자고, 다음에도 같이 치자고 제안한다.

"괜찮으면 내일 아침에 치죠."

"내일 쳐요." 그가 마음을 바꿀까 봐 재빨리 대답하며 토요일에는 할란과 선약이 있는데 다른 사람에게 넘기겠다고 말한다.

"그러세요."

신이 난다. 우리는 공원을 나와 맥주 한잔 하러 카페로 간다. 내가 반했다는 것을 그도 분명히 알 것이다.

저녁에 플럼 부부의 집으로 들어가는 순간 눈앞에서 오늘 점심 때 본 모습이 다시 재생된다. 모드가 테라스에 말굽 모양으로 놓인 커다란 소파 한가운데 그와 나란히 앉아 있다. 다리가 겹치고 무릎이 서로를 향한 상태로 둘 사이에 은밀하고 꼭 맞물린 공간을 만들면서. 그녀는 렌조&루치아에서 하듯이 소파 뒤쪽으로 무심하게 팔을 쭉 뻗은 채 그의 머리를 만진다. 그녀의 입술에 그 느릿느릿하고 엉뚱한 모브생의 미소가 펄럭이고 팔꿈치, 민소매 옷을 입은 팔, 팔찌도 똑같다. 두 사람 옆 바닥에 놓인 양초 네 개가 그녀의 살결을 비춰 아른하게 빛난다. 만프레드와 맥주를 한 잔만 마신 건 잘한 결정이었다. 테니스 하우스에서 통화할 때 상황을 흐트러뜨릴 뻔했으니 혀를 완전히 통제할 수 있어야 한다. 술을 더 마셨더라면 두 사람을 향해 불쾌함을 간신히 위장한 언짢게 찌푸린 시선을 보냈을지도 모른다.

그녀가 소개하려는 찰나, 그가 빨리 나를 만나고 싶다는 열성적인 태도로 막는다. "가비입니다." 그가 술잔을 내려놓고 일어나 악수를 한다. 적극적인 얼굴로 나를 똑바로 응시한다. 솔직하고 기운차고 야성에 가까운, 절대 다른 곳으로 피하지 않는 시선이다. 날렵한 몸에 미남이고 살짝 붉은 양볼이 운동선수의 정력과 유쾌한 생기를 내뿜는다. 나는 기가 죽지만 할 말을 잃지는 않는다.

오늘 자리에는 플럼 부부와 또 다른 부부, 아마도 나자를 위해 초대되었을 마크 그리고 클레어가 있다. 조용하고 차분한 클레어는 내가 무슨 말을 하든 웃는 법이 없는데, 나를 겉멋만 든 사내라고 생각할 것이다.

파멜라가 주방에서 나오며 남편 던컨에게 나자는 마크 같은 사람을 만날 준비가 안 되었다고 말한다. "나자는 아직 실연의 상처를 이겨 내지 못했어요."

"우리의 새로 태어난 독신녀는 분명히 지금쯤 다 극복했을 거야. 솔직히 그녀는 잠자는 숲속의 공주가 아니잖아."

"쉬잇!" 파멜라가 던컨에게 주의를 주며 클레어와 나에게 부탁한다. "귤로 피라미드 만드는 거나 도와줘."

클레어는 평생 과일과 채소로 피라미드를 만들어 온 사람처럼 곧바로 착수하는 반면 나는 그런 피라미드를 어떻게 만들어야 하는지 몰라 웃음을 터뜨린다. 클레어는 분명 이렇게 생각할 것이다. *참 아무짝에도 쓸모없는 사람이라니까.*

파멜라는 전화를 끊고 발코니로 나와서 손님들에게 디에고와 타마르가 베이비시터 문제로 역시나 늦을 거라고 알린다. "그리고……." 이번엔 피라미드가 어떻게 되어 가는지 살피곤 입술을 깨물며 덧붙인다. "아무래도 디에고와 타마르 부부가 위기인 것 같아."

파멜라의 남편이 끼어든다. "그 부부는 항상 위기였는걸."

나이가 가장 많은 던컨과 파멜라 부부는 젊은 사람들을 즐겨 초대한다. 나는 그 부부의 아들 네드가 저녁을 같이 먹겠다고 할까 봐 두렵다. 그는 항상 대화를 독차지하며 막 알게 된 무명의 예술가가 있는데 홍보해 주고 싶다는 이야기를 반복한다. 다행히 오늘은 감정 평가 때문에 중요한 고객을 만나야 해서 칵테일만 마시고 일어설 예정이란다.

"우리 소더비의 떠오르는 스타." 파멜라가 자랑스러운 듯 말한다.

나는 모드를 쳐다본다. 그녀는 파멜라의 말에 조소하는 내 시선을 가로막으며 암묵적이고 은밀한 히죽거림으로 화답한다. 지금 우리는 한팀이다. 말없이 주고받는 표정이 우리의 연대를 확인해 준다. 그녀는 내 가장 가까운 친구이고 우리는 서로의 마음을 읽을 수 있다.

"테니스는 어땠어요?" 가비가 묻는다.

"그래, 테니스 얘기를 좀 해 줘." 모드가 평상시처럼 테니스가 새로운 대학생 인턴과의 불장난을 뜻하는 암호라도 되는 듯 덧붙인다.

그녀에게 냉담한 시선을 보내고 싶은 유혹을 또 느낀다. 그녀는 내가 농담할 기분이 아님을 직감하고 화제를 바꾼다. "오늘 아침에 이 사람, 아주 좋은 미팅이 있었어요. 굉장히 의미 있는 거예요."

"무슨 미팅인데요?" 가비가 묻는다.

"계속 적자를 면치 못하는 작은 출판사를 인수하려고 합니다." 나는 그와의 대화로 이어지는 걸 피하려고 좀 다급하게 대답한다.

"적자인 곳을 왜 인수하려고요?" 가비가 불쑥 묻는다. 한눈에 보기에도 매력적이지만 돌려 말하는 법이 없는 완강하고 냉소적인 성격이 틀림없다.

그의 질문에 내가 분명 찌푸린 표정을 지은 듯하다. "나는 이탈리아에서 산 이스라엘인입니다. 내 모든 면이 벨벳처럼 부드럽진 않아요." 그가 설명한다.

"이탈리아 어디요?" 나는 대화하고 싶은 마음이 별로 없으면 질문을 피해야 한다는 사실을 잊고 묻는다. 질문이 튀어나와 버렸는데 문득 대답이 두려워진다.

"토리노요."

"작가 프리모 레비의 고향이군요." 시칠리아가 아니라는 사실에 안도하며 말을 받는다.

"맞아요. 프리모 레비, 카를로 레비, 나탈리아 레비 등 세상 모든 유대인이 토리노 출신이죠. 토리노에서 가장 큰 건물까지 유대계니까요. 내가 태어난 텔아비브보다도 유대인이 많죠. 토리노 출신인 우리 할머니의 성이 뭐였을까요? 레비랍니다."

우리는 웃음을 터뜨린다.

"가비는 해외 특파원이야."

그는 군인 출신이 틀림없다. 전부 다 가졌군.

"어느 신문사요?"

그가 몇몇 신문사를 줄줄 읊고 나서 덧붙였다. "이탈리아, 프랑스, 독일, 이스라엘, 미국……."

"없는 나라가 없군요." 나는 그의 인상적인 경력이 별것 아닌 듯 보이게 하려고 끼어든다.

"가비가 쓰는 기사는 전국으로 나가거든." 모드가 유머를 살짝 덧붙여 말한다. 저널리스트로 성공한 그의 커리어를 칭찬하는 동시에 내 말에 함축된 냉소주의를 완화해서 우리가 천성적으로 항상 유쾌하다는 사실을 알리려는 것이다.

그녀는 여전히 나와 한팀이지만 그도 받쳐 주고 있다.

몇 시간이고 계속될 수 있을 것이다. 우리는 정정당당하게 코트 대각선으로 맞받아치기를 하고 있지만 정작 공을 회전시키는 것은 그녀다.

"작은 출판사를 인수하는 이유가 뭐라고요?"

"이스라엘인으로서 묻는 건가요, 이탈리아인으로서 묻는 건가요?" 내 어조에는 여전히 비아냥거림이 들어 있다.

"묵직한 군화 속에 머서화 가공을 한 이탈리아산 갈로 양말을 신은 이스라엘인으로서."

"요령 있는 대답인걸요." 모드가 끼어든다.

"요령이 있건 없건 난 오늘 밤이 지나기 전에 저 친구가 인수건에 대해 전부 털어놓고 싶어 하리라는 걸 알지. 벌써 얘기하고 싶어 죽겠다는 표정인 게 안 보여요?"

우리는 한바탕 웃음을 터뜨린다.

"탄탄한 백리스트가 있는 출판사라 인수하는 겁니다. 우린 그걸 노리는 거죠. 올해가 가기 전에 문을 닫는다면 그쪽은 다 잃어버리는 수익이지만."

"우리라니 당신을 말하나 보군요." 가비가 모드를 본다.

"다른 사람들도요." 모드가 짧게 대답한다.

"몇 명이나?"

"군단이죠." 내가 농담을 한다.

"능력이 좋은가 보군요."

대답하지 않기로 한다. 그의 칭찬이 거슬리는 건 아니다. 무슨 속셈인지 안다. 우린 서로 무차별 사격을 가했다. 그는 조준하고 나는 피하려 하고 있다. 하지만 그는 전혀 적대적이지 않다. 추파를 주고받는 거나 마찬가지다.

플럼 부부의 천재 아들 네드가 꼼꼼하게 세팅된 테이블에 잔을 탁 내려놓더니 가 봐야 한다고 말한다. 테이블에 얼룩이 생긴다.

대화를 이어 가던 우리 셋이 고개를 든다. "편안히 가 버리길." 내가 모드에게 중얼거린다. 모드가 그 말을 가비에게 전하지만 그는 반응하지 않는다. 네드를 싫어하지 않는 모양이다. 그와 농담을 주고받지만 한팀이 아니라는 사실을 잊으면 안 된다.

그 순간 가비가 나에게 들리지 않는 말을 한다. 모드가 그에게 전적으로 틀렸다고 대답한다. "내가 틀린 게 처음은 아니지." 그의 대답에 두 사람은 웃음을 터뜨린다. 네드에 대한 이야기거나 내 어시스턴트 중 한 명 혹은 내 이야기일 것이다.

얼마 후 내가 무슨 말이라도 하기 위해 자연스러우면서도 계속 궁금했던 질문을 한다. 미국에는 무슨 일로 왔어요?

"유전자 분열과 암 연구를 전문으로 하는 생명공학 기업에 관한 기사를 쓰고 있습니다." 긴 설명 끝에 잠시 말을 멈춘다. "모드와도 그렇게 알게 된 사이고요."

나를 달래 주려는 의도로 한 말이라면 성공이다. 이제 두 사람이 점심식사를 함께 한 공식적인 이유를 알아냈다.

모드가 점심식사에 대해 이야기하지 않은 이유도 알겠다. 일반적인 PR 업무니까.

하지만 나는 쉽게 속아 넘어가는 사람이 아니다.

파멜라가 저녁식사 시간임을 알린다. 모두 도심이 내려다보이는 커다란 소파에 편안하게 앉았다. 일어선 사람은 한 명도 없다. 그녀는 테이블에 앉아 격식 차린 식사를 하기에는 모두가 스스럼없는 사이니까 아무 데나 앉으라고 말한다. 여전히 아무도 움직이지 않는다. 파멜라가 다가와 앉아 있는 나를 두 손으로 끌어내더니 저항에 대한 벌로 테이블 상석에 앉히겠다고 말한다. 역시나 파멜라의 테이블은 만찬을 위해 꼼꼼하게 세팅되어 있다. 빳빳하게 풀 먹인 리넨 냅킨이 스테로이드를 맞고 과하게 자란 꽃처럼 와인잔에서 멋들어지게 튀어나왔다. 파멜라는 깔끔하게 다림질한 테이블보에 네드의 와인잔이 남긴 붉은 얼룩을 본다. 얼룩을 살피더니 웨이터에게 잔을 건네고 중얼거린다. "내 언젠가는…… 언젠가는 이 녀석을……."

저녁식사 테이블로 향하는 도중에 모드가 자기 같으면 네드의 목을 졸랐을 거라고 말한다. 그녀를 옆으로 데려가 키스하고 늦어서 미안하다고 사과한다. 언제 도착했는지 문자 자신이 첫 번째 손님이며 끔찍한 네드와 엘리베이터를 같이 타고 올라왔단다. "자기밖에 몰라. 상상도 못 할 정도라니까. 나중에 말해 줄게. 예전보다 혐오스럽다는 것만 알아 둬."

그녀는 네드 이야기로 내 주의를 돌리려고 한다. 익히 아는 속임수다.

가비는 언제 왔어?

"훨씬 나중에." 같이 오지는 않은 것이다.

물론 간단하게 계획할 수 있는 일이다. *당신이 먼저 가 있어. 아니, 당신이.*

손님들은 즉석에서 자리 배치를 하고 파멜라가 내 오른쪽에 앉는다. 왼쪽은 말을 걸지 않으면 입을 열지 않는 나자, 그 옆은 자기 이야기라면 상대가 누구라도 대화를 나누는 마크다. 나자와 마크가 친해지지 않는다면 저녁 내내 나와 나자 사이의 정중하고 가능성 없는 대화만 이어질 것이다. 가비가 마크 옆자리라 다행이다. 하지만 자리 배치를 기뻐하기도 전에 모드가 가비와 던컨 사이에 앉은 것이 보인다. 던컨은 반대편의 상석이다. 마음에 안 든다. 파멜라 옆에는 클레어가 앉고 위기라는 부부의 자리는 여전히 비어 있다.

모드와 가비는 앉자마자 하던 이야기를 계속한다. 뭔가에 완전히 집중하고 있다. 점심때처럼 보이는데 말소리가 들리지는 않는다.

다들 자리를 잡고 앉자 파멜라가 잠시 기다리다 스푼으로 와인 잔을 두드린다. 모두가 조용해진다. 나는 그녀가 아까 말한 것처럼 스스럼없는 사람들끼리 저녁식사 전에 형식적으로 격식 차린 연설을 하는 게 싫다. 아들 네드는 아직 거친 초벌 상태이고 파멜라는 그 세련된 버전인지도 모른다는 의구심이 든다. 저녁식사가 두려워지기 시작한다. 파멜라는 환영 인사부터 한다. 복도가 엉망이라 미안하지만 모두가 자주 모이는 사람들이고 몇몇에게는 제2의 집이나 마찬가지라고. 오늘 저녁식사는 이 모임이 처음인 가비를 환영하기 위한 자리라고. 먼 타지에서 중요한 일을 하는 그에게 이곳이 새 집이 되기를 바란다고.

샤샤뉴몽라셰 와인으로 건배한 뒤 모두 파멜라의 관자 요리를 먹기 시작한다. 테이블에 침묵이 맴돈다.

"무슨 일을 하는데요?" 나자가 침묵을 깨고 묻는다.

나와 대학 때부터 아는 사이고 수업에도 적극적으로 참여했던 마크가 주의 깊게 들었다는 걸 보여 주려는 듯 가비의 일을 충실하게 설명해 준다. "대부분은 암 연구에 대해 잘 모르고 유전자 분열은 더욱 모르잖아요. 그 분야의 최신 정보를 알려 주는 사람이 있으면 좋죠." 마크는 학창 시절과 조금도 변하지 않았다. 선생님의 질문에 가장 먼저 손들고 수업이 끝나면 가장 먼저 선생님에게 달려가고 시험 볼 때 가장 먼저 답안지를 내는 학생. 우리가 암 연구에 대해 잘 모른다는 사실을 이야기하지만 가비는 듣지 않는다. 마크가 모드의 관심을 끌려고 하지만 그녀에게는 그의 말이 잘 들리지 않는다. 그가 유전자 치료의 최신 정보에 대해 길게 설명하지만 내가 알아들을 수 있는 건 두 사람이 엔나라는 작은 도시에 대해 이야기한다는 사실뿐이다.

"엔나가 어디예요?" 마크보다는 가비에게 관심 가는 게 분명한 듯 나자가 묻는다.

"엔나는 시칠리아 한복판 언덕에 있어요." 가비가 설명을 덧붙인다. "마사다처럼 엔나에서도 대학살이 있었어요. 로마인들의 짓이었죠. 하지만 마사다의 대학살이 더 큰 비극이었어요."

"어째서 그렇죠?" 나자가 더 이상 마크의 말을 듣지 않으며 묻는다.

"마사다 대학살은 마사다 사람들이 로마인의 손에 넘어가지 않으려고 스스로 선택한 집단 자살이었거든요. 고문하거나 죽이거나 노예로 팔아 버릴 게 분명했으니까요. 엔나는 프리드리히 때 전성기였어요. 그는 이탈리아에 세계 최초의 대학을 세웠고 노르만인, 그리스인, 아랍인, 유대인, 프랑스인을 수용하는 문화를 만들었죠. 그나저나 많은 사람의 생각과 달리 이탈리아 시는 피렌체가 아니라 시칠리아에서 탄생했어요. 엔나의 원래 이름을 되찾은 건 다름 아닌 무솔리니였죠."

"그 전에는 이름이 뭐였는데요?" 나자가 묻는다.

"로마인들은 엔나 성(城)이라는 뜻의 카스트룸헨나에(Castrum Hennae)라고 불렀죠. 비잔틴제국 때 그 이름이 변질되어 요한의 성을 뜻하는 카스트로얀니스(Castro Yannis)가 되었고요. 한때 시칠리아를 점령한 사라센이 아랍어로 얀나의 성을 뜻하는 카스르이안니(Qa'sr Ianni)로 바꿨죠. 이탈리아어로는 무솔리니 전까지 카스트로조반니라고 했는데 고대의 장엄함이 마음에 들었던 무솔리니가 수천 년의 먼지를 털어 버리고 진짜 이름을 되찾아 주었죠." 그는 다들 진지하게 경청하는 걸 보더니 미소 지으며 설명을 중단하고 말한다. "사실 우리도 약간 비슷하지 않습니까? 시칠리아와 말이에요."

"어째서죠?" 클레어가 묻는다. 그녀는 오늘 처음으로 그에게 말하는 것이다. 나에게는 뭔가를 설명해 달라고 한 적이 한 번도 없었다.

"우리는 여러 개의 삶을 살고, 인정하는 것보다 많은 정체성을 가꾸고, 온갖 이름을 부여받으니까요. 딱 하나만으로 충분한데 말이에요."

"어떤 정체성이죠?" 마크는 점수를 따려고 묻는 게 분명하다.

"설명하려면 너무 길 것 같네요." 가비가 난처한 듯이 대답한다. "게다가 우리는 아직 서로를 잘 모르고요."

하지만 시칠리아가 나온 게 거슬린다. 가비가 프리드리히 2세 이야기를 계속할 때 나는 모드를 쳐다보지 않을 수 없다. 눈을 마주치려 하지만 그녀는 내가 왜 쳐다보는지 알기에 시선을 돌려 음식 접시를 내려다본다. 자신이 시칠리아 열병을 앓게 된 이유가 가비 때문이라는 것을 내가 알아차렸음을 그녀도 아는 게 아닐까? 이렇듯 투명하고 수월하게 단서가 손에 들어온 적은 없었다. 보통은 몇 주 혹은 몇 달을 기다려야 조각을 연결할 수 있는데. 하지만 이 퍼즐은 아무리 멍청한 네드라도 풀 수 있을 것이다.

두 사람은 이런 상황을 제대로 리허설할 수 없었을까? 남자는 세상에서 가장 수준 높은 육군 소속 군인이고, 여자는 조용하고 부드러운 성격이지만 사기꾼들의 황제보다 한수 앞서는 명석한 두뇌가 있다. 그런데도 계획조차 세우지 않았단 말인가?

모드가 엔나에 대해 더 말해 달라고 부탁하자 가비는 곧바로 장광설을 시작한다. 프리드리히 2세의 삶, 23년 동안 볼로냐 감옥에서 생을 마감한 아들 엔조, 베네벤토 전투에서 목숨을 잃었으며 단테의 〈지옥 편〉에도 나오듯 'biondo era e bello e di gentile aspetto(금발에 훤칠한 용모)'였던 또 다른 아들 만프레디에 대해. 또다시 모브생 광고에 나오는 포즈처럼 한 손으로 턱을 받치고 열중하는 모드의 모습이 나를 매혹시킨다. 그녀는 아름답다. 그의 말을 한마디도 놓치지 않는다. 사랑에 푹 빠졌다. 아이러니하게도 그녀는 자신이 얼마나 대책 없이 푹 빠져 버렸는지 모를 수도 있다. 나로서는 마땅히 화를 내야 하지만 전혀 화나지 않는다는 게 또 다른 아이러니다. 다른 남자라면 손님들 앞에서 소리 지르거나 테이블을 손바닥으로 탁 치고, 용납할 수 없어서 문을 잠그고 열어 주지 않는 그녀의 침실을 주먹으로 쾅쾅 두드릴 텐데. 상처를 받았지만 모르거나 알고 싶지 않을 수도 있다. 만프레디라는 이름을 듣자 오늘 저녁 이곳에서 온전히 내 소유이며 내일 아침 7시에 테니스 코트에서 나를 기다리는 황홀감으로 생각이 흘러간다. 챔피언과 테니스를 친다. 나의 만프레드가 샤워하려고 옷을 다 벗으면 얼마나 잘생겼는지, 털 하나 없는 가슴이 대리석처럼 단단해서 그 대리석이 정말로 살갗이 맞는지 만져 보지 않으려고 안간힘을 써야 한다는 사실을 모두에게 말하고 싶다. 오늘 우리는 처음으로 로커룸의 진부한 대화를 넘어서는 대화를 나누었다. 보통은 내가 짧게 말을 걸면 그가 나중에 생각나서 덧붙이듯 단편적으로 응답하는 터라 대화라고 하기가 어렵다. 그런데 오늘은 뭔가 달랐다. 내가 멍하고 연약하고 화난 것처럼 보였을 것이다. 의지할 데가 전혀 없는 것처럼. 그래서 그가 쉽게 말을 걸 수 있었던 걸까? 내가 허둥지둥하고 어딘가 헝클어지고 인간적으로 보여서? 오늘 아침의 성공적인 미팅에 힘입은 자신만만한 표정이 매력적으로 느껴져서? 복식 경기를 하자고 부탁하던, 약간 떨리는 희미한 독일 악센트를 기억해 내고 싶다. 오늘 이 자리에서 나도 만프레드의 이름을 꺼내면 누군가 그에 대해 더 말해 달라고 하면서 그의 목소리를 기억해 내도록 도와줄까?

나는 시칠리아의 배꼽에 앉아 매 사냥에 대한 책을 쓴 신성로마제국의 황제에 대해 계속 이야기하는 가비를 바라보는 그녀를 바라본다. 가장 좋아하는 체위를 하는 그녀를 떠올린다. 그녀는 눈을 감고 무릎을 한 쪽씩 차례로 내 어깨에 올려놓는 걸 좋아한다. 이제는 내 어깨가 아니라 그의 어깨이고 그녀의 질은 그를 간절히 원한다. 지금 그의 왼손은 그녀의 질을 만지며 흥분시키고 있을 것이다. *나는 보석이에요, 다 듣고 있어요, 난 당신 거예요,* 라고 말하는 모델의 꿈꾸는 듯한 표정이 변하지 않도록 평정을 유지하느라 애쓰는 그녀를.

오늘 밤 어떻게 그녀와 잘 수 있을까? 이런 일이 생겼는데 그녀를 만질 수 있을까? 지난번처럼 그녀가 나를 덮쳐 오면? 엉망이 된 사랑으로 반응할까, 아니면 사실은 내가 아니라 다른 남자와 사랑을 나누는 그녀를 분노와 원한으로 거칠게 다룰까? 그가 마지막으로 손댄 걸 내가 이어받는 것이다. 중간에 여자가 있는 남자 대 남자의 일.

그녀를 바라본다. 모르는 사람 같다. 그녀의 길고 날씬한 팔과 오늘 아침부터 줄곧 완전히 드러낸 어깨, 오랜만에 보는 묘한 매력을 더해 주는 저 목걸이가 좋다.

초인종이 울리고 디에고와 타마르의 목소리가 들린다. "알아요, 알아. 터무니없이 늦었죠. 그래도 꼭 오고 싶었어요." 타마르가 복도에서부터 소리치며 다이닝룸으로 들어온다.

"아직 식사 전인걸." 파멜라가 두 사람을 환영하며 말한다.

지각을 감춰 줄 타마르의 속사포처럼 뿜어대는 날카롭고 발작적인 웃음소리가 모두에게 들린다. 타마르는 테이블을 돌아 자기 자리로 걸어가면서 휴대전화가 켜졌는지 꺼졌는지 잊어버릴 때마다 투박하게 네모난 고야드 가방을 휙 움직여 열었다 닫는다. 큰 키와 풍성한 금발에 짙은 색 재킷에다 알록달록한 행커치프를 꽂은 디에고는 멋쩍어하면서 아내를 따라가 클레어의 오른쪽 옆자리에 앉는다. 그는 불만스러운 표정이다. 저녁 무렵이라거뭇거뭇 자란 트렌디한 수염이 아내의 잔소리 때문에 디너 재킷을 입은 조직폭력배 같은 인상을 주었다. 위기라는 부부. 문득모드와 나도 위기라는 사실을 깨닫는다. 아무도 의심할 생각조차못 하지만.

이제 나는 너무도 고통스러운 상태가 되어 버렸다. 모드와 가비는 분명히 스킨십을 하고 있으며 서로를 만질 수밖에 없는 상태다. 지중해 출신의 마초남은 한술 더 떠서 의자를 모드에게 가까이 가져가더니 왼팔을 그녀의 의자 등받이 가로대 장식에 올려놓는다. 그녀는 손을 테이블로 가져가 아무 일도 없음을 드러낸다. 하지만 마음이 바뀐 듯 손이 테이블보 아래로 숨는다.

아, 기만에 가득 찬 사악한 여인이여. 올겨울에 함께 본 오페라《팔리아치》가 떠오른다. 남자는 연인, 그녀는 매춘부, 나는 당연히 광대다.

이상한 생각이 떠오른다. 냅킨을 떨어뜨린 뒤 줍는 척하며 두 사람이 앉은 테이블 아래에서 무슨 일이 벌어지는지 슬쩍 보면 어떨까? 무엇을 보게 될까? 완전히 노출된 채 더 큰 쾌락을 원하며 우뚝 솟은 이스라엘인의 거무스름한 성기를 부드럽고 불편하게 어루만지는 그녀의 하얀 손?

정액은 어떻게 할 작정이지?

대답은 간단하다. 그녀는 플럼의 P를 금사로 큼지막하게 수놓은 풀 먹인 리넨 냅킨을 사용할 것이다. 모든 손님이 자리에 앉자마자 와인잔에서 뽑아낸 냅킨 말이다.

그들은 또 웃는다.

아니면 웃는 척하거나.

분명 그녀는 웃으면서 그의 성기를 더욱 세게 만질 것이다.

그래서 웃는 것이다.

또다시 시칠리아의 젊은 만프레디와 매일 아침 반짝이는 모습으로 샤워실을 나오는 나의 만프레드를 떠올린다. 내가 커다란 물건 때문에 쳐다본다는 것을 그도 알고 있다.

왼쪽에 앉은 나자에게 뭐라 할 말이 떠오르지 않는다. 차라리 대각선으로 맞은편에 앉은 클레어와 말하는 편이 낫다. 클레어는 저녁 모임에서 항상 조용하다. 매우 조심스러워서 접근할 수 없는 데다 으스스하면서도 순수하게 느껴지는 라파엘전파의 모호성 같은 걸 내뿜는다. 이전 모임에서도 그런 것처럼 나는 또다시 클레어를 보면서 어떤 남자가 그녀를 열정적으로 키스하게 만들

수 있을지 상상한다. 그녀는 계속 유순하고 우유부단할까, 아니면 격렬해질까? 그녀 안의 야수를 이끌어 내고 싶다. 텅 빈 복도를 지나는 그녀를 붙잡고 한 손으로 그녀의 얼굴을 감싼 채 입술을 가져가는 모습까지 상상한다. 그녀는 시선을 들지 않으려 애쓴다. 하지만 내가 보고 있다는 걸 알고, 내가 무슨 생각을 하는지도 알고 있다. 하지만 그녀는 나를 보지 않는다.

모두가 말하는 이탈리아 영화에 대해 디에고가 불평한다. 연기도 형편없는 데다 줄거리도 전혀 이해되지 않는다고. 그의 아내는 영화도 좋고 연기도 훌륭하다고 한다. 할리우드의 평가도 마찬가지였으며 당연히 아카데미상까지 받았다고.

"하지만 난 납득할 수 없어." 디에고가 단호하게 말한다.

"당신이 언제는 납득했어?" 타마르가 반박한다.

"왜 납득이 안 되는데?" 던컨이 끼어든다.

"왜 납득이 안 되느냐고요?" 디에고가 과장되게 되묻는다. "남자가 사랑하는 여자에게 원하는 건 열정과 믿음, 짓궂은 장난, 슬픔, 예측된 후회의 그림자죠."

"말도 안 되는 소리예요! Sois belle, Et sois triste, 아름다워라, 입을 다물어라!" 타마르가 보들레르의 시를 인용한다. "남자가 여자에게 정말로 원하는 건 항복이야."

디에고는 체념하고 달관한 미소를 지으며 고개를 흔든다. "우리 남자가…… 남자가 여자에게 원하는 건 샌드위치와 외설이야."

"뭐라고?" 그녀가 쏘아붙인다.

"아무것도 아니야."

"난 둘 다 안 줄 거야."

디에고가 마지막으로 웃으며 눈알을 부라린다. "아주 픽이나 놀랍네!"

던컨이 화제를 바꾸려고 다시 영화 이야기로 돌아간다. 하지만 영화 이야기가 또 흐지부지되자 아무리 노력한들 오늘 저녁의 대화는 방향도 잡히지 않고 재미나 활기, 자연스러움도 없을 수밖에 없는 운명임이 분명해진다.

나자까지 나에게 대화를 시도한다. 다음은 이스라엘인에게, 파멜라에게, 또다시 이스라엘인에게 말을 걸지만 대화의 불꽃은 좀처럼 붙지 않고 대화가 기나긴 고역이 되었음이 모두에게 자명해진다.

자기들만의 횟대에서 재잘거리는 사랑에 빠진 두 남녀만은 예외다. 클레어와 눈이 마주친 순간이 있었다. 하지만 그녀가 혹은 내가 시선을 돌렸다. 다시는 마주치지 않았다.

내 머릿속에는 사랑에 빠진 남녀, 둘의 스킨십, 테이블 끄트머리에서 끊임없이 들려오는 웃음소리뿐이다. 두 사람은 남들은 마른 유목과 깨진 조개껍데기로 가득한 소리도 햇빛도 없는 잿빛 황무지를 끊임없이 느릿느릿 걷고 있을 때, 지중해 외딴 해변에서 새벽녘에 알몸으로 수영하는 외설적인 10대 커플처럼 행동한다. 앞으로 절대 그녀를 믿지 않을 것이다. 나의 완전한 착각이라도 오늘 머릿속으로 그렇게 역겨운 생각들을 해 놓고 어떻게 그녀를 믿는단 말인가. 살살 달래는 듯한 즐거운 비웃음, 성기를 잡은 손, 그녀의 손에서 몰래 닦아 낸 정액, 오늘 밤 그 손을 씻지 않고 침대에 들어올 그녀. 두 사람의 얼굴이 상기된 것 같지 않나? 저 둘이 커플이다. 나와 그녀가 아니라. 머릿속으로 끝없는 생각을 펼치며 나자에게 할 말을 찾으려 애쓴다.

저녁식사 후 발코니에 늘어선 소파에서 커피와 디저트, 코디얼을 대접받는다.

던컨은 여전히 분위기를 살려 보려고 스카이라인을 가리키며 말한다. "이맘때에 봄 날씨라니 믿어져?"

디에고가 "봄이다." 라고 노래 부르려는 찰나 타마르가 쏘아붙인다. "뉴욕이잖아요. 언제 겨울 날씨로 돌변할지 몰라요."

"전망이 참 좋아." 던컨이 긴장감을 가라앉히려 애쓰며 말한다. "5년 전 여기로 이사 오길 정말 잘했지. 로어이스트사이드는 정말 싫었거든. 저길 한번 보라고." 그가 다리를 가리킨다.

다들 점점 약해지는 검푸른 빛이 맨해튼 빌딩숲에 반사되면서 펼쳐진 아름다운 야경에 푹 빠진다.

"이 야경을 보면 상트페테르부르크가 떠올라." 던컨이 입을 연다. "상트페테르부르크 사람들은 여름에 잠을 자지 않아. 밤새 도시가 깨어 있어. 아직 낮이기 때문이지."

나자가 말을 받는다. "오늘 밤 상트페테르부르크에 있는 거라면 얼마나 좋을까. 네바의 다리를 개방하고 사람들이 강둑으로 몰려든대요."

"네바가 뭐예요?" 디에고가 묻는다.

"강이잖아. 맙소사." 그의 아내가 한심스럽다는 표정으로 대답한다.

파멜라가 *저 두 사람 오늘 밤은 유난히 위기인 것 같군*, 이라고 말하는 듯 은밀한 표정으로 나를 쳐다본다.

"좀 찾아봐!" 타마르가 쏘아붙인다.

"이런 밤에는 기묘한 일이 일어나죠." 내가 변명하듯 말한다.

"기묘한 일은 나 말고 남들에게만 일어나네요." 나자가 끼어든다.

"나도 아니야." 타마르도 나자 편에 붙는다.

슬쩍 쳐다보는 클레어의 표정이 '나도 아니야'라는 말을 들었음을 알려 준다. 그녀와 둘만 아는 메시지를 교환한 유일한 순간이다. 다가가서 재미있고 신나고 재치 있는 말을 하고 싶지만 떠오르지 않는다. 우리 두 사람은 이제 난간에 기대 시내를 마주 보고 있다. 옆에 놓인 그녀의 손이 닿았다. 그녀가 먼저 뺄 거라 생각해서 손을 그대로 둔다. 그런데 그녀는 손을 빼지 않는다. 손이 닿았다는 것도 의식하지 못하는 게 분명하다. '저 어딘가에 분명 이것보다 나은 삶이 있겠죠.'라고 말하고 싶다. 하지만 그녀가 나를 보며 미쳤다고 생각할 게 분명해서 말하지 않는다.

던컨은 스카이라인을 바라보다 고개를 올리더니 자기 집 테라스 바로 위에 서 있는 물탱크를 가리킨다. "물탱크가 거슬리지 않았으면 좋겠는데. 벌써 몇 주째 작업 중인데 끝이 안 보여."

발코니 바닥을 훑어보니 소파에서 멀지 않은 구석에 어질러진 공구들과 끼워 넣은 공구 상자가 보인다.

"요즘 물탱크를 다시 만들고 있어. 아주 오래됐거든!" 던컨이 설명하듯 덧붙인다.

"사람들이 그러는데 호퍼가 강 건너 집에서 이 물탱크를 그렸대." 파멜라가 자랑처럼 말한다.

모드가 호퍼에 대해 뭔가 말하려다 마음을 바꾼다. 마크가 끼어들었기 때문이다.

"호퍼가 강 건너에 살았어요?" 마크는 못 믿겠다는 듯이 묻는다.

"네드는 그렇게 확신하고 있어. 그림도 보여 주었고."

"난 별로 납득되지 않았지만." 던컨은 생각이 다른 모양이다.

"난 납득됐어요. 난 네드의 엄마니까."

"아주 좋은 이야기네요." 마크가 끼어든 것을 사과하려는 듯이 모드 쪽으로 고개를 돌린다.

"호퍼가 그린 발코니에 앉아 있다니 정말 영광이네요." 가비가 혼잣말처럼 말한다.

하지만 던컨은 호퍼에게 관심이 없다. "트루로의 똑같은 집, 똑같은 물탱크, 닦지 않은 창문을 내다보는 암울하고 얼빠진 사람들이 지켜봤지." 그는 난간에 기대어 조명이 환한 도시를 바라본다. 그리고 뒤돌아 소파에 앉은 사람들에게 묻는다. "여기 브루클린에서 맨해튼의 고층 빌딩을 바라보는 것과 맨해튼에서 브루클린의 물탱크를 바라보는 것 중 뭐가 나을까?"

절반은 농담이고 또 절반은 그의 테라스에서만 볼 수 있는 풍경을 제공하는 이스트강에 어른거리는 마법 같은 불빛을 강조하는 선언문 같은 말이었다.

"한 곳에만 있으면서 새로운 곳에 가고 싶어 하는 글만 쓰는 성가신 작가 같은데요." 클레어가 불쑥 내뱉는다. "게다가 그 질문은 작년에 똑같은 질문을 했을 때 해결된 거 아니었나요?"

그녀가 맞다. 정확히 1년 전 진한 자줏빛으로 변하는 하늘을 바라보면서 나눈 대화였다. 지금 있는 곳과 있기를 희망하는 곳에 대한 이야기는 병원에 도착했을 때 이미 사망한 환자와 다름없었다. 우리는 답을 끌어내지 못했다. 하지만 클레어의 용감한 발언이 마음에 들었다. 그녀가 거침없이 주장하는 건 매우 드문 일이다.

"항상 낮인 곳을 찾고 싶어요." 타마르가 상트페테르부르크를 떠올리며 말한다. "난 삶을 너무 사랑해서."

"그런 태도로?" 디에고가 혼잣말처럼 중얼거린다.

"그래, 이런 태도로." 그녀가 똑같이 따라 말하고 그는 아무 말도 하지 않는다.

"상트페테르부르크는 하나의 관념일 뿐이지요." 가비가 두 사람의 언쟁을 막으려는 듯 말한다. "진창에 만들어진 도시죠. 대부분의 사람들에게는 존재하지 않는 도시, 책을 위해 만든 도시와 다를 게 없어요. 그곳에 있어도 실제로 존재한다고 믿지 않죠. 황혼과 새벽을 구분할 수 없는 곳. 사람들은 항상 고골리나 스트라빈스키, 에이젠슈테인과 마주쳐서 라스콜리니코프, 미시킨 공작, 안나에 대한 얘길 나누죠. 종잡을 수 없고 말로 다 할 수 없는 욕망의 도시." 가비는 맨해튼 쪽을 향해 일어나 와인잔을 마이크처럼 들고서 상트페테르부르크의 네프스키대로(大路)에 관한 노래의 첫 소절을 부르기 시작한다. 홍위병들이 늑대를 쫓아버리려고 추위 속에서 불을 피우고 러시아 발레단 발레뤼스의 디아길레프가 사랑에 빠져 어쩔 줄 몰랐던 니진스키를 볼 수 있다는 내용이다.

즉석에서 노래를 부르는 그의 목소리는 저녁 테이블에서 모드하고 이야기를 나눈 남자와 전혀 어울리지 않는다. 훨씬 젊은 목소리와 훨씬 젊고 감정이 풍부해진 모습으로 생판 다른 사람이 자리를 박차고 일어났다. 그녀가 좋아할 만하다. 나도 마음에 든다. 디에고마저 그를 좋아한다. 두 사람은 이탈리아어로 담소를 나누기 시작했다. 끼고 싶어 하는 나를 발견한다.

나는 혼자 남아 양팔을 난간에 올려놓은 채 몸을 숙이고 만프레드가 지금 같이 있다는 상상을 한다. 그와 나, 우리의 팔꿈치가 닿자마자 그가 한 팔을 움직여 내 어깨를 감싼다. 오, 만프레드.

"전혀 먹지 않던데." 모드가 다가와 커피잔을 들고 소파의 내 옆자리에 앉는다.

"접시에 담긴 음식을 요리조리 움직이면서 티가 안 나게끔 했지. 배가 안 고팠거든."

"왜?" 그녀가 묻는다.

"아마도 기분이 별로라서." 점심때부터 나를 심란하게 만든 일을 내뱉기 직전이다.

커피 마실래? 쿠키는? 쿠키 반쪽은 어때?

그녀는 내 기분이 언짢다는 걸 알아차리고 과하게 신경 써 준다.

가비가 휴대전화를 들고 문자를 읽으면서 우리에게 다가온다. 담배를 피우려 한다.

"아, 나도 피울래요." 모드가 담배를 청한다.

그가 얇은 악어 가죽 담배 케이스에서 담배 한 개비를 더 꺼내 두 개비를 동시에 입에 문다. 불을 붙이고 하나를 그녀에게 건넨다. "영화에서 봤는데 꼭 한번 해 보고 싶었거든요." 두 사람이 연인이라는 증거가 바로 눈앞에 주어지기는 처음이다. 나에게도 담배를 권해서 끊었다고 말한다. "별로 해롭지 않은데." 그가 언제나처럼 유쾌하게 받아친다.

"아뇨, 해로워요." 모드가 얼른 끼어들어 나를 구해 준다.

우리는 다시 한팀이 된다. 우리 세 사람은 강이 내려다보이는 말굽 모양의 소파에 모드를 가운데 두고 나란히 앉았다. 나머지 손님들은 우리 양쪽에 앉아 있다. 바다에서 불어오는 신선한 저녁 바람을 즐긴다. 나는 모드가 머리를 들고 턱을 올려 첫 담배 연기를 뿜어내는 모습을 항상 좋아한다. 이곳의 모든 것이 아늑하고 포근하게 느껴진다. 가비가 베이비시터 문제로 다툰 부부를 빗대어 농담한다. 남편은 고분고분하지만 자신을 쥐고 흔드는 마누라에 대한 분노로 가득하며, 아내는 삶을 너무 사랑한다고 주장하다니.

"기만 중의 기만이에요. 디에고는 전혀 고분고분하지 않고 타마르는 삶을 사랑하지 않아요." 모드가 냉소적으로 말한다.

"우린 그들을 위기의 부부라고 부르죠." 내가 덧붙인다.

"그녀의 가방이 뭐라고 생각해요? 기차 객실용 슈트케이스죠." 모드는 자신의 말에 가비가 큰 소리로 웃음을 터뜨리자 조용히 시킨다. 핸드백과 그 주인을 비꼬는 걸 즐기는 게 분명하다. "그녀는 베이비시터가 전화할 때를 대비해서 가방에 물티슈와 턱받이, 젖꼭지를 가지고 다닐걸요."

"남편이 샌드위치 달라고 할 때마다 후려칠 밀방망이도!"

우리는 웃고 또 웃는다.

"저 부부가 얼마나 갈까요?" 가비가 본론으로 들어가는 듯 묻는다.

"몇 달 못 갈 겁니다." 내가 대답한다.

"그럴지도. 하지만 남자는 여자를 사랑해요." 모드가 남편을 편들어 준다.

"남자는 여자를 사랑할지 몰라도 여자는 남자를 사랑하지 않는 게 확실해." 내가 단언하듯 말한다.

잠시 침묵이 흐른다.

"사실 난 그 반대라고 생각해요." 가비가 입을 연다.

"여자는 남자가 자신을 사랑하지 않아서 화가 났어요. 그녀는 아직 남자를 사랑하지만 남자의 무기력한 무심함과 무른 성격에 실망한 거죠."

"어떻게 알아요?" 모드가 묻는다.

"알 수 있죠."

그는 혼잣말하듯 이렇게만 말하고 또 담배 연기를 내뿜는다.

"두 사람은 어떻게 아는 사이예요?" 가비가 묻는다.

"테니스 코트에서 만났어요. 급작스러운 만남이었죠." 내가 설명한다.

"두 사람은 서로 사랑하는 사이군요." 가비가 나와 모드를 차례로 바라본다. 질문이 아니지만 질문처럼 들리는 말이다.

"왜 물어요?" 모드가 묻는다.

그가 어깨를 으쓱한다. "그냥요."

가비는 생각보다 술을 많이 마신 모양이다. 하지만 나는 그의 까칠한 위트와 쿡 찌르기, 장난스러운 유머가 좋아지고 있다. 대학 기숙사 파티가 떠오른다. 우리 셋이 남학생 클럽 회관의 푹 꺼진 낡은 소파에 널브러져 드나드는 사람을 보며 거친 농담을 해댄다. 셋 다 초조하고 술에 취해서일 것이다.

망연자실해지는 생각이 문득 떠오른다. 남학생 클럽 회관에서 열리는 파티라면 우리 셋은 좋은 친구 사이일 뿐이겠지. 모드는 아직 내 여자 친구가 아니라 그의 여자 친구일 것이다. 내가 두 사람 사이에 끼어 따라간 것이다. 그가 사랑하는 거라면 사람이건 물건이건 나도 원하니까. 두 사람이 커플이다. 나와 모드가 아니라.

더 무서운 생각도 떠오른다. 오늘 밤 우리 중 한 명이 언제쯤 몰래 자취를 감출까? 오늘 밤이 과연 어떻게 끝날 것인가?

집으로 돌아가는 택시 안의 모드와 나를 상상해 본다. 둘 다 불편하고 지치고 불안하고 무기력하고 말이 없다.

얘기할래?

그녀가 *아니, 그러고 싶지 않아,* 라며 다 안다는 듯한 표정으로 바라본다.

어째서?

말하고 말 것도 없는걸.

나는 고개를 끄덕이며 시선을 돌리고 아무 말도 하지 않는다.

하지만 그녀가 내 손을 잡는다.

있잖아…….

응?

고마워.

나는 몇 초를 기다린다.

천만에.

하지만 친절한 기분이 들지 않는다. 화가 난다. 이제는 이유조차 모르겠다. 그녀에게서 안심되는 아주 작은 신호 하나를 발견하는 순간 이 모든 초조함이 사라져 버릴 걸 알면서도 분노는 한번 품은 이상 폭발하기 전에는 사라지지 않는다는 것도 안다. 그녀에게 잔인해지고 싶은 갑작스러운 충동이 싫지 않다. 그 충동이 느슨해지기를 바라지도 않는다. 화와 분노, 앙심, 증오가 호메로스의 병사들을 더 대담하고 비열하게 만든 것처럼, 그것이 나에게 힘과 명료함을 주니까. 나를 휘감는 분노의 감정이 마음에 든다. 주먹으로 문을 부수며 분노의 감정을 그녀에게 증명하고 싶기도 하다. 폐를 가득 채운 분노가 가슴을 활짝 펴고 남자답게 굴도록 해 주기 때문이다. 할란이 전략상 높이 친 공을 완벽하게 조준된 오버헤드로 때리고 싶어서 만프레드에게 비키라고 남자답게 말한 것처럼. 사실 그것은 올해, 이번 달, 바로 오늘 오후의 가장 자랑스러운 순간이기도 하다. 특히 만프레드가 양손을 허리에 대고 인정한단 의미로 고개를 끄덕이며 "와우!"라고 했을 때는 더더욱 자랑스러웠다. 부드럽고 달콤한 독일식 억양으로 너무도 정중하게 뱉어 낸 그 자연스러운 감탄사가 나를 행복으로 가득 채워서 잠시 후 "맥주 한잔 살게요."라고 해 버렸다.

나는 가비가 좋아졌고 그도 나를 좋아하기를 바란다. 그가 모드의 의자 뒤로 손을 뻗어 올려놓는다면 그 손이 나에게 닿아도 상관없다. 가비가 내 생각을 읽었는지, 아니면 나도 모르게 가비 쪽으로 움직여서인지, 그의 팔이 내 어깨로 떨어지고 그의 손이 무심한 듯 살살 내 목을 매만진다. 처음에는 소파의 가죽 테두리로 착각한 것일 수 있다. 모드에 대한 내 근심을 누그러뜨리려는 동시에 내 안을 휘저어 다른 감정을 일으키려는 듯하다. 그의 손이 멈추지 않았으면 좋겠다. 나에게 기쁨을 주고 모든 매듭을 풀어 주는 그의 손이 내 목을 더욱 세게 만질 수 있도록, 원하는 만큼 오래 머물 수 있도록 머리를 앞으로 숙인다. 눈을 감은 채 마음을 진정시켜 주는 마사지를 즐긴다. 그는 마사지가 아니라고 생각할 것이다. 사실은 그냥 마사지일 수도 있지만. 보지 않았어도 그녀가 알아차렸음을 알 수 있다.

커피를 마시자 다양한 국적의 슈납스가 작은 그라파잔에 담겨 나온다. 플럼 부부가 지난여름 카스텔리나에서 사 온 것이다.

"스물네 병을 부쳤지. 왜 그랬는지 몰라." 파멜라가 설명한다.

의도와 다르게 우리 셋은 술을 하나씩 계속 맛본다. 몰랐는데 가비는 감정가라서 자신이 가장 좋아하는 브랜디를 찾으려고 모든 병의 라벨을 살피지만 찾지 못한다.

"어느 쪽이건 난 내일 대가를 치를 거예요." 모드가 자조적으로 말한다.

"나도요." 가비도 합류한다.

"우리 모두 그럴 겁니다." 나도 같은 생각이다.

모드의 미소는 언제나 앵무새 같긴, 이라고 말하는 듯하다. 가비 옆으로 의자를 옮겨 온 나자가 그의 슈납스를 마셔 봐도 되는지 묻는다. 그의 앞쪽 티테이블에는 작은 유리병 네 개가 놓여 있다. 나자가 슈납스는 처음이라며 그게 뭔지 묻는다. 그녀는 가비의 설명을 귀담아듣고 더 질문한다. 가비가 페어 윌리엄스가 담긴 작은 유리잔을 들어 그녀에게 권한다. 그녀가 주저하며 그의 잔을 잡고 의심스럽게 한 모금 마신다.

"나쁘지 않죠?" 가비가 아이에게 말하듯 묻는다.

"아주 좋은데요. 다 마셔도 될까요?"

"얼마든지요." 그가 일어나 나와 모드에게 몸을 기울이고 말한다. "우리 그만 가야겠어요."

나자가 저녁 내내 그와 대화를 나누려고 애쓰더니 이제 마지막 결정타를 날리려는 모양이다. 그가 낄낄 웃고 모드도 킥킥댄다.

"그녀는 눈치 채지 못한 것 같군." 그가 낮게 속삭이자 모드가 웃음을 터뜨린다.

나자도 그들이 웃는 것을 알아차리곤 간절히 함께 웃고 싶어 한다. 내가 나자에게 내 그라파도 마셔 보겠냐고 하자 자신도 내일 대가를 치르고 싶지 않다며 부드럽게 잔을 밀어낸다. 가비와 모드가 웃은 이유가 내일의 숙취 때문이라고 생각하는 듯하다.

"우린 이제 정말 가 봐야겠어요." 모드가 사과하듯 말한다. 그녀는 테라스의 야경에 나른한 시선을 보내며 작별 인사를 한다. 가비도, 나도 그렇게 한다. 우리는 엘리베이터 안에서 거듭 말한다. "그 야경은 정말."

플럼 부부가 사는 건물 밖으로 나오자 공기가 여전히 습하다. 막 시작된 쌀쌀한 바람과 탁 트인 야경이 있는 테라스가 벌써부터 그리워진다. 한편으로는 너무 일찍 나온 게 후회된다. 소파, 촛불로 밝힌 발코니, 다양한 술, 사람들이 좋았다. 대화가 끊기면 스카이라인을 내다보거나 파멜라가 가끔 던지는 발언을 음미하거나 위기의 부부가 이런저런 일로 티격태격하는 모습을 바라보면 되는 저녁 테이블의 꺼져 가는 대화마저도 좋았다. 가비와 툭 터놓고 대화를 나누려는 나자의 필사적인 시도도 나쁘지 않았다. 괜히 나왔는지도 모르겠다. 이제야 클레어에게 인사도 하지 않고 나왔다는 사실이 생각난다. 테이블을 떠날 때 그녀 가까이 서서 스카이라인을 바라본 순간이 있었다. 둘 다 무슨 말인가 하려고 했지만 할 말을 찾지 못해 가만히 있었다. 바로 그때가 우리의 특별한 순간이 될 수 있었는데. 잠시 후 클레어가 한 말은 "모드가 부르는 것 같은데요." 뿐이었다.

이슬비가 내린다. 만프레드에게 전화해서 테니스 약속을 취소해야 할지도 모른다는 생각부터 든다. 하지만 그가 나와 같다면 그래도 약속 시간에 나타날 것이고, 우리는 테니스 하우스의 캐노피 아래에서 커피를 마시고 뭔가를 먹겠지. 공원에 비가 내리고 단골 몇몇이 즐겁게 어울리는 가운데 아침을 먹는 풍경이 마음에 든다.

만프레드가 나와 같다면 비가 와도 내가 나온다는 걸 알 것이다. 하지만 좋은 비다. 폭풍우 속에서 마구 흔들리는 돛처럼 거리를 후려치는, 마구 쏟아지는 장대비가 아니다. 오늘 밤의 비는 한 손으로 쓸어 주면 멈출 것처럼 온순하고 조용하다. 확신이 없고 활력을 잃은 비. 굳이 우산을 쓸 필요도 없어, 난 곧 멈출 생각이거든, 오늘은 마음이 안 가네, 라고 말하는 듯하다.

거리 모퉁이에서 작별 인사를 하려고 했지만 가비가 택시 잡기 좋은 교차로까지 우리를 데려간다. 그의 목적지는 파이낸셜 디스트릭트에 있는 호텔, 우리는 시 외곽이다. 누가 먼저 택시를 탈지 옥신각신하는 흔한 장면이 펼쳐진다. 우리는 한사코 그에게 양보한다.

"2 대 1이에요, 가비." 모드의 말에 가비가 한풀 꺾인다.

그는 택시 문을 열면서 모드의 양쪽 뺨에 키스하고 나에게는 이탈리아식으로 포옹하고는 전화하는 시늉을 한다. 우리더러 잊지 말고 꼭 전화하라는 경고이거나 자신이 곧 전화하겠다는 약속이다. "오늘도 어김없이 너무 많이 마셨네요." 그가 사과하듯 말한다. 몇 분 후 다른 택시 한 대가 끽 소리를 내며 멈춘다. 모드와 나는 택시를 타고 시 외곽으로 향한다. 오래 가야 하니 안전벨트를 매기로 해서 60센티미터는 떨어져 앉는다. 브루클린다리가 기다려진다. 비가 오니 더더욱. 하지만 다리 생각에 불안감도 꿈틀거린다. 난 항상 다리가 무서웠고 걸어서 건너는 것도 싫어한다. 뭔가 거슬리는데 뭔지 모르겠다. 늙은 그리스인 노점상, 암, 가비, 렌조&루치아, 만프레드, 비 오는 토요일 아침 센트럴파크의 테니스 하우스에 대해 생각한다. 세상이 아늑하고 행복하게 느껴지지만 순간적으로 든 생각일 뿐이고 너무 과음한 탓이다. 텅 빈 거리에 가볍게 쏟아지는 비를 바라본다. 나를 괴롭히는 게 무엇인지 여전히 모르겠다. 다양한 삶과 정체성을 언급한 가비의 말을 떠올리자 내가 또 하나의 시칠리아인 같다. 혼란스럽고 외로운.

오늘은 내 마음이 가지 않아, 모드. 오늘은 내 마음이 가지 않아.

둘 다 아무 말이 없다.

그녀가 내 셔츠 소매를 만진다. "커프스단추 마음에 들어. 역시 내가 사길 잘했다니까."

"나도 마음에 들어."

"당신의 그 금색 커프스단추가 지겨웠거든."

"나도. 그 사람 어떤 것 같아?"

그 사람이 누구인지 둘 다 알고 있다.

"모르겠어. 멋진 사람. 재치 있고 아주 매력적인데 그가 원하는 조건은 못 들어줄 것 같아. 적어도 올해는 그래."

"안 지는 얼마나 됐어?"

"2주. 그가 쓰는 기사가 아주 복잡한 내용이거든. 그가 찾는 정보는 대부분 기밀이라 실험과 FDA 승인 이전에 우리가 밝힐 수 있는 내용이 적어서 만족하지 못할 거야."

"그리고?"

"난 그가 암 연구에 대해 알고 싶어 하는 것보다 그가 아는 시칠리아에 더 관심이 가."

"다시 만날 거야?"

"아마 아닐 거야. 오늘 낮에 그 사람하고 세 시간이나 있었어. 그걸로 충분해. 파멜라 부탁으로 만난 거야."

모드는 그의 존재를 무시하고 싶어 한다. 그가 두렵기 때문이다. 끌리기 때문에 두려운 것이다. 전형적인 증후군이다.

"그래도 두 사람 오늘 저녁에 즐거웠잖아."

"아, 사랑스러운 사람이지. 하지만 술을 너무 마셔. 점심때 봤어야 하는데."

점심때 봤어!

모드의 목소리는 지나치게 무력하고 모호하게 들린다. 이야기하고 싶지 않은 주제에서 방향을 바꿀 때 늘 그러듯 약간 피곤한 기색을 보인다. 그녀에게 피곤함은 항상 좋은 위장술이다. 타마르에게 히스테리 발작이 그런 것처럼. 내가 쿡 찔러 본다는 걸 알기에 그녀는 휙 수그리고 있다.

하지만 쓰러지듯 기대어 앉은 모드는 정말 피곤해 보인다. 짙은 색 립스틱을 바를 때 확 엄습하는, 위험해 보이는 분위기가 옅어졌다.

"어쨌든 커프스단추가 멋져." 그녀가 손을 뻗어 내 손을 잡으며 말한다.

"하루 종일 하고 있었어."

"당신이 마음에 들어 해서 기뻐. 좋아할지 확신도 없으면서 충동적으로 샀거든."

적절한 순간이라는 게 있다면 바로 지금일지도 모른다는 생각이 엄습한다. 어쩌면 얼버무리고 넘어갈 수도 있을 것이다. 그동안 줄곧 다정하게 굴었지만 수문이 터지는 한이 있더라도 이제 문제를 끄집어내야 한다. 안 그러면 오늘 밤새 못 잘 것 같다. 여전히 그녀를 바라본다. 오늘 점심때 레스토랑에서 본 여자와 너무도 달라 보인다. 나와 둘이 있으면 무력하고 피곤한 사람이 되는 걸까? 내가 그녀에게 어울리는 사람일까? 충분한 사람일까?

"하지만 그가 마음에 들지?"

"그럭저럭 괜찮아."

그녀의 대답에 대해 잠시 생각해 본다.

"잠깐이지만 뭔가 있다고 생각했어."

"그 사람하고 나?"

"아, 모르겠어. 어쩌면."

"그건 터무니없는 생각이야. 난 생각조차 해 보지 않은걸. 내가 장담하는데 그 사람도 마찬가지야."

"왜 터무니없다는 거야?"

"왜냐고? 이유를 백 가지는 댈 수 있어."

"하나만 대 봐."

"그를 보고도 짐작 못 했어?"

그녀를 본다. 그녀도 나를 본다. 너무도 당황스럽지만 내가 이제 막 짐작하기 시작한 것, 어쩌면 이미 짐작하면서도 드러내고 싶지 않았던 게 뭔지 드디어 알겠다. 한편으로는 두 사람에 대한 의혹을 너무 성급히 떨쳐 버리고 싶지 않다. 하지만 또 한편으로는 그녀가 알지 못하기를 바란다. 그녀가 암시할 시간도 없었던 사실을 내가 곧바로 직감했다는 것을.

"아, 그거." 무심하게 놀라는 척하면서 그녀의 폭로를 대단치 않은 것으로 만든다.

"아, 그거! 진심이야?" 그녀가 흉내 내듯 묻는다.

잠시 침묵이 흐른다.

"처음엔 두 사람 사이에 뭐가 있다고 생각했어."

"마, 맙소사! 그래서 저녁 내내 심통 낸 거야?"

"내가 그랬어?"

"엄청."

그녀가 뿌루퉁한 내 표정을 흉내 낸다. 둘 다 웃음을 터뜨린다.

"그가 왜 우리 둘이 사랑하는 사이냐고 물은 것 같아?" 모드가 묻는다.

"글쎄, 술을 너무 많이 마셔서? 당신에게 마음이 있어서?"

"아니, 당신에게 마음이 있어서."

놀란 척하려고 하지만 그녀는 분명히 알아차릴 것이다.

"또 새로운 게 뭐 있어?" 내가 묻는다.

"아무것도."

내가 가비나 남자들뿐 아니라 나 자신에 대해 말하고 있음을 문득 깨닫는다. 하지만 나는 차창 밖 도로로 온순하고 고분고분하게 내리는 비를 보면서 말하고 있다. 도로는 경사로로 이어지고 경사로는 다리로 이어지고 다리는 내 이야기가 흘러갈 어디인지 모를 곳으로 이어진다. 그래도 나는 이야기와 함께 가고는 있다. 마침내 그림자 아래에서 교각으로 항구에 둥근 천장을 달아주는 다리가 나온다. 오늘 저녁 내가 정말로 갈망하는 것은 강 이쪽에 있는 것도 반대편 강둑에 있는 것도 아니고 중간 지대를 건너는 일이라는 사실을 나처럼 언제나 알고 있었던, 이해하고 용서하는, 선하고 확고하고 충실한 다리. 가비가 러시아의 백야에 대해 이야기하고 부른 노래가 해 질 녘이나 동틀 녘을 표현한 게 아니라 겨울도 여름도 단순히 봄이라고도 할 수 없는 오늘 저녁, 우리 모두가 자신의 발코니에서 갈망한 황혼과 햇빛 사이 금방 지나가 버리는 시간에 대한 노래였던 것처럼.

곧 택시가 FDR 도로로 올라가고 59번가를 건넌 후 센트럴파크 웨스트로 가서 마침내 그리스인이 매일 핫도그 카트를 펼치는 지점을 지나고 랭엄, 케닐워스, 베레스퍼드, 볼리바를 거쳐 더 멀리 세인트어번과 엘도라도까지 올라가면 브리들패스 입구와 테니스 코트가 나올 것이다. 오늘 오후 만프레드가 내가 날린 직구에 놀라 입이 떡 벌어진 채 내 옆에 서 있던 곳. 그때 내 머릿속은 온통 당신과 함께 레몬이 자라는 섬으로 가서 당신에게 레몬을 짜고 싶다는 생각뿐이었다. 당신의 숨결에서 몸에서 속살에서 레몬 향기가 나도록.

"반했어?" 그녀가 묻는다.

거짓말하고 싶지 않다. "잠깐 동안."

"잠깐 동안이라." 똑같이 따라 말하는 그녀의 목소리에 가벼운 비아냥이 들어 있다. 내 어조에도 불구하고 방금 한 말이 지나가는 말이 아님을 깨달은 것처럼.

또다시 창밖을 본다.

"얼마나 오래됐어?"

지금은 가비가 아니라 만프레드를 생각하고 있지만 상관없다. "얼마 안 됐어." 내가 대답하고 묻는다. "당신은 안 지 얼마나 오래됐어?"

"얼마 안 됐어."

그녀의 목소리에서 미소 지었음을 알 수 있다. 언제, 어떻게 알았는지, 왜 우리가 몇 달 동안 한 번도 이 이야기를 꺼내지 않았는지는 묻지 않는다. 오늘 레스토랑에서 처음부터 알고 있었던 일을 처음 목격한 사람은 내가 아니라 그녀인 듯하다. 제2차 세계대전 당시의 영국처럼 말하지 않는 편이 낫다고 생각한.

"지금까지 난 그 대상이 클레어라고 생각했어." 그녀는 완전히 빗나갔다는 뜻으로 고개를 젓는다.

둘 사이에 침묵이 내려앉는다. 우리는 마침내 서로를 이해하는 듯하다. 희미하지만 고마움이 담긴 말을 내뱉는다. "고마워."

고개를 돌려 보자 그녀는 "천만에."라고만 말한다.

굳이 다른 말을 할 필요는 없지만 택시에 탄 지금 이 순간 나는 알고 있다. 우리 두 사람 중에서 길을 건너 반대편으로 간 사람은 그녀가 아니라 나라는 것을.

"나 당신을 잃게 되는 거야?" 그녀는 내가 더 이상 주의를 기울이지 않는 것 같아 멈췄다가 말끝을 맺었다. "난 당신을 잃고 싶지 않아."

나는 아무 말도 하지 않는다. 곧 하려는 말이 사실인지도 알지 못한다.

만프레드

MANFRED

나는 당신에 대해 아무것도 모릅니다. 이름이 뭔지, 어디에 사는지, 무슨 일을 하는지. 하지만 매일 아침 당신의 벗은 몸을 봅니다. 당신의 성기, 엉덩이 모두 다. 나는 당신이 양치질을 어떻게 하는지 압니다. 면도할 때 어깨 근육이 움직이는 모습도, 면도 후엔 간단하게 샤워하며 샤워 후에는 피부가 반짝인다는 것도, 수건을 어떤 식으로 허리에 두르는지도, 내가 매일 아침 테니스 하우스에서 그 짧은 순간을 갈망한다는 것도, 물기를 닦은 후엔 수건을 벤치에 던지고 알몸으로 서 있는 것도 나는 압니다. 바라보지 않아도 당신이 바로 옆에서 알몸으로 있다는 사실이 좋고, 당신도 자신이 알몸이라는 걸 내가 알았으면 한다고 생각하는 게 좋아요. 내가 당신의 알몸을 갈망하고 매일 밤 당신을 안고 있다는 생각으로 안도감을 느끼며 잠든다는 사실을 당신이 모를 수가 없다는 생각도 좋아요. 당신이 어떤 비누를 쓰는지, 아직 젖은 머리를 빗는 데 얼마나 걸리는지 나는 압니다. 로커에 두는 크림을 팔꿈치와 무릎, 다리, 앙증맞은 발가락 사이에 언제나 넉넉하게,

하지만 절대로 낭비하지 않고 바른다는 것도 나는 압니다. 당신이 거울에 비친 모습을 살피며 팔과 어깨, 가슴, 목의 생김새를 괜찮다고 생각하는 듯한 모습을 보는 게 좋아요. 가끔 당신은 기다란 소변기 옆에서 알몸으로 내 옆에 서 있죠. 보지 않으려고 애쓰는 나를 눈치 채지 못한 채. 난 절대로 보지 않고, 보고 싶지 않고, 보다가 들키고 싶지 않고, 보지 않으려 애쓴다는 것을 들키고 싶지 않아요. 하지만 오줌 줄기가 쏟아지는 소리가 들릴 때마다 나에게 용기만 있다면 한쪽 발을 살짝 움직여 당신의 몸에서 나오는 온기를 알고 싶다는 생각을 잠깐 하기도 하죠.

물론 당신은 절대로 보지 않습니다. 테라스에 앉아 아침 몫으로 프로틴 바의 절반을 먹을 때도. 테니스를 치기 전 난간에 다리를 올리고 스트레칭을 할 때도 당신은 보지 않아요. 나는 스트레칭하는 당신에게 절대로 가까이 가지 않습니다. 기다리거나 다른 곳을 찾아서 스트레칭을 하죠. 하지만 당신은 내 바로 옆으로 와서 난간에 다리를 올리고 양쪽 종아리를 차례대로 스트레칭합니다. 전혀 망설이는 기색이 없죠. 난 당신에게 가까이 가는 것을 피합니다. 더 가까이 가고 싶어지니까요. 당신은 내 발을 거의 스칠 뻔합니다. 예전에 한 번 스쳤지만 당신은 알아차리지 못했죠.

아침에 각자 한 시간 반 동안 테니스를 치고 나면 당신은 샤워하기 전에 셔츠를 벗곤 하죠. 난 땀으로 반짝이는 당신의 등을 보는 게 좋아요. 내 입술은 당신의 온몸으로 가고 싶어 하죠. 당신을 맛보고 싶고 입으로 당신을 알고 싶어요.

당신은 나에 대해 아무것도 모릅니다. 나를 보지만 제대로 보지는 않아요. 다른 사람들 모두가 나를 보지만 내 안에서 점점 세게 휘몰아치는 폭풍을 아주 조금이라도 아는 사람은 없죠. 나만 아는 은밀하고 작은 지옥. 난 그 안에서 살고 그 안에서 잠들 뿐 아무도 모른다는 사실이 좋아요. 당신은 알았으면 좋겠어요. 물론 알까 봐 두려울 때도 있습니다.

당신을 제외한 모든 사람에게 나는 아침마다 테니스 코트를 나서는 쾌활한 사람일지도 모릅니다. 나는 96번가의 지하철역까지 한가롭게 걸어갑니다. 중간에 이웃을 만나 농담을 나누기도 하며 너무 멀리 떨어지지 않은 곳에서 당신이 뒤따라오기를 바라죠. 당신이 뒤에서 따라오지 않더라도 생각만으로 설렙니다. 한편으로는 당신이 내 행복한 모습을 보기를, 나를 행복하게 만드는 것에 질투하기를 바라죠. 그렇게 나만의 행복을 사무실까지 가져갑니다. 큰 소리로 터지기 직전에 맴도는 환한 미소로 사무실 사람들에게 인사하죠. 진짜인지, 억지로 꾸민 것인지 모르겠지만 그 행복은 내 삶의 구석구석으로 흘러 들어갑니다. 어디를 가든 기쁨을 가장합니다. 그 위조된 기쁨은 내가 만나 영향을 주는 사람들뿐만 아니라 나 자신까지도 기운 나게 만드는 기이한 기적을 행하죠. 나를 보는 사람들이 무슨 생각을 하는지 알 수 있어요. 정말 인생을 즐기면서 *사는구나.* 나는 누구에게나 추파를 던집니다. 하지만 내가 정말로 추파를 던지는 상대는 당신이죠.

내가 행복해 보이는 이유를 아는 사람은 없습니다. 매일 활기차게 하루를 보내고 안정된 삶을 사는 듯 보이는 사람이 사실은 지구인들 사이를 성큼성큼 달리는 위장한 외계인일지도 모른다는 것 또한 아무도 모르죠. 나는 혼자이고 행복할 수 없을 때조차 행복해 보입니다. 당신을 원하는 마음이 나를 행복하게 만듭니다. 직장 화장실에서 휘파람을 부는 나를 발견해요. 며칠 전 샐러드 바에서는 참지 못하고 콧노래를 흥얼거리기 시작했죠. 카운터 직원이 "오늘 기분이 무척 좋은가 봐요."라고 하더군요. 결국 그녀까지 덩달아 기분이 좋아졌죠. 난 일이 즐거워요. 가끔씩 미소만 지으면 심장에 다시 시동이 걸리죠. 길고 성가신 회의에서도 우스꽝스러운 발언으로 모두의 기분을 끌어올리는 게 나예요. 가벼운 농담으로 무장한 분위기 메이커!

내가 느끼는 행복이 가짜가 아닐지도 모른다는 생각이 들기까지는 시간이 좀 걸렸습니다. 당신의 힐끗 쳐다보는 시선과 피상적인 인사에도 행복이 솟구쳐 하루 종일 계속되죠. 절대로 당신을 만질 수 없지만 보는 것만으로도 행복해집니다. 당신을 원하는 마음이 날 행복하게 만들어. 1초의 순간을 훔쳐 샤워를 막 끝내고 나온 당신의 촉촉한 가슴에 뺨을 갖다 대는 상상만으로도 내겐 큰 의미가 됩니다. 뭔가를 하거나 원하면서 이렇게 큰 기쁨을 느끼기는 정말 오랜만이에요. 하루 종일 당신의 살갗을 떠올려요.

가끔은 일이 방해되죠. 일이 항상 바빠요. 일은 내 가림막이에요. 인생 전체가 내 가림막이죠. 나 자신도 가림막입니다. 진짜 나는 얼굴도, 목소리도 없고 항상 나와 함께 있지도 않아요. 진짜 나는 번개가 친 뒤에 울리는 천둥처럼 아주 먼 곳에 있기도 해요. 천둥이 없을 때도 있죠. 그저 번개만 치고 침묵이에요. 당신을 볼 때면 번개가 치고 침묵이 흐르죠.

사람들에게 말하고 싶어요. 하지만 말할 사람이 없네요. 딱 한 사람, 아버지가 떠오르지만 이미 돌아가셨어요. 당신도 우리 아버지를 좋아했을 거예요. 아버지도 당신을 마음에 들어 했을 거고요.

나는 마대자루를 뒤집어쓴 거지처럼 침묵에 뒤덮여 지하 저장고에 숨어 있습니다. 나는 지하 저장고예요. 내 열정은 공기를 제외한 모든 것을 먹어치우고 절대 완전히 상하지 않는 상한 우유처럼 응고되죠. 그것이 심장을 하루하루 조금씩 낭비한다고 해도 심장에 닿는 건 뭐든 심장에 유익하고 감정과 같으며 감정이 되지요. 내가 당신에게 말을 걸 수 없으니 당신이 먼저 말 걸어 주기를 바라지만 당신은 절대 그러지 않죠. 우리는 말을 시작하기도 전에 멈춰 버렸으니까요.

당신은 테니스 코트의 그 누구에게도 말을 걸지 않습니다. 좀 더 나이 많은 남자가 당신에게 테니스를 치자고 부탁하는 걸 엿들은 적이 있어요. 당신은 워낙 실력이 출중해서 그런 부탁을 한다는 것 자체가 큰 용기가 필요한 일이죠. 난 그 남자의 용기가 부러웠어요. 남자가 말하자마자 당신은 미소를 지으며 대답했어요. "그거 좋지요." 난 그 남자가 받은 대답이 부러웠어요. *그거 좋지요*가 그런 일은 절대로 없다를 뜻하는 정중한 거짓말이라는 사실을 깨닫기까지 한 달이 걸렸죠.

당신은 항상 조용합니다. 테니스를 치기 전에 스트레칭을 하고 2분간 휴식을 취할 때는 비통할 만큼 멍한 표정으로 나무가 우거진 쪽을 쳐다보며 저 멀리 표류하죠. 잿빛 슬픈 표정. 당신은 행복

하지 않은가요? 나는 당신에게 물어보고 싶어요. 테니스를 좋아하기는 하는 건가요?

하지만 당신은 분명 행복할 거예요. 당신은 누구도 필요하지 않죠. 당신은 총안이 있는 흉벽과 여름 바람에 나부끼는 색깔 깃발을 자랑스러워하는 벽으로 둘러싸인 요새 같아요. 나는 매일 아침 테니스 코트로 걸어가 한 시간 반 동안 테니스를 치고 떠나는 당신을 지켜봅니다. 절대로 음울하지 않고 단지 조용할 뿐인 언제나 똑같은 모습. 어쩌다 내가 앞을 막으면 "실례합니다."라고 말하고, 내가 코트로 굴러온 공을 던져 주면 "고맙습니다."라고 말하죠. 그 몇 마디에서 나는 헛된 희망으로 위안을 얻고 헛된 시작을 희망합니다. 난 그 무엇이든 소중히 여길 거예요. 무에서는 아무것도 나올 수 없다는 생각마저 나에게는 어떤 근거가 되어 주니까요. 한밤중에 잠에서 깨어 내 삶의 정전도, 가림막도, 지하 저장고도, 희망과 헛된 위안마저도 그 무엇도 볼 수 없고 당신의 팔다리가 나에게 닿은 상상이 주는 기쁨만 보일 때 해 볼 수 있는 생각이죠. 나는 확실한 기근보다는 영원히 계속되는 단식이라는 착각이 더 좋거든요. 나에게는 고장 난 심장이라고들 하는 게 있는 것 같아요.

가끔 침실 벽으로 고개를 돌려 이런저런 말을 하고 싶어지죠. 하지만 어둠 속에서 말하는 게 무슨 소용이 있겠어요? 포기해야 하는데 그럴 수가 없어요. 마지막 역을 지나친 기차에서 끝까지 내리지 못한 사람 같네요.

금요일 저녁 사무실을 나와 거리에 급류처럼 쏟아지는 불빛들, 그러니까 자동차와 버스, 자전거, 속력을 내어 빨간불을 뚫고 가는 배달부들, 온통 뭔가를 하고 어디로 가는 사람들의 떠들썩한 광란 속에 갇혀 있을 때면 상쾌한 저녁 공기만 훅 풍겨도 다시금 떠오르는 생각들이 있습니다. 난 인생을 낭비하고 있어. 난 너무 외로워. 갑자기 마음이 한없이 약해집니다. 하지만 난 속지 않아요. 연약함은 가짜 사랑, 쉬운 사랑, 억제되고 정중한 사랑의 얼굴이죠.

그런 저녁이면 퇴근길에 능장을 부리기도 해요. 집에 가 봤자 뭐가 있다고? 인도에서 서성이거나 다음 버스 정류장까지, 또 그 다음 정류장까지 걸어갈 이유를 만들죠. 이런저런 상점으로 들어가 일과 사람 따위는 다 잊고 더욱 깊이 가라앉기도 해요. 괴롭고 싶고 아프고 싶고 뭔가를 느끼고 싶으니까요. 커다란 상점의 냄새와 북새통을 이룬 사람들에게 휩쓸려 당신에 대한 생각이 끊어지고, 다른 것과 다른 얼굴로 표류하고, 당신 얼굴도 기억할 수 없어지지만 말이에요.

바로 그런 저녁에 바니스백화점에서 클레어와 마주쳤습니다.

"넥타이를 사려고 하는데 이 둘 중에서 고를 수가 없네요."

그녀도 넥타이를 사는 중이었죠.

"행운의 주인공이 누구예요?"

그녀는 당신은 항상 그렇게 농담을 해야만 하나요? 라고 말하는 듯한 약간 재미있기도 하다는 원망스러운 미소를 보였죠. "그냥 아버지 드릴 거예요." 그녀는 이미 넥타이를 골랐고 더 사고 싶은 게 있는지 넥타이를 들고 한 바퀴 도는 중이었어요. "당신은요?"

"결정을 못 하겠네요." 내가 한 손에 하나씩 든 넥타이를 서로 저울질하듯 올렸다 내리며 말했죠.

"망설이는 게 꼭 당신답군요?" 여전히 재미있어하지만 꾸짖기도 하는 말투였어요.

난 그 말에 대답하는 대신 넥타이를 사고 나서 뭘 할 건지 물었죠.

"아무것도요."

63번가에서 와인 한잔 할래요? 그녀는 망설였어요. "금요일 밤이잖아요, 클레어."

"약속을……." 그녀는 뭐라고 말하려다가 동의했죠. "좋아요, 딱 한 잔이에요."

우리는 넥타이를 샀습니다.

"가요. 내 집착적인 넥타이 로맨스에 대해 전부 말해 줄게요. 어떻게 구애하고 사랑하고 영원히 서로에게 충실한지." 사실은 당신 이야기를 하고 싶었어요. 그녀가 웃었죠. 그녀는 맞장구를 잘 쳐 줘요. 하지만 동의의 뜻으로 그러는 게 아님을 압니다. 당신에게 줄 넥타이도 사고 싶었지만 결국 겁먹고 사지 않았다는 말을 그녀에게 하진 않았어요. 한 시간 후 나는 또 혼자입니다. 오늘 밤이 어떻게 흘러갈지 난 알아요. 당신 꿈을 꿀 수 있다면 얼마나 좋을까요. 가끔 꿔요. 하지만 성에 찰 만큼 자주는 아니에요. 꿈은 모의시험 같고 미니 리허설 같아요. 마침내 때가 되었을 때, 그런 때가 정말로 온다면, 당신과 내가 무엇을 하고 언제 묻고 어떤 식으로 만질 건지 알려 주죠. 아침에 알몸으로 거울 앞에 설 때 당신이 뒤에 있다고 생각하는 게 좋아요. 뒤에서 역시 알몸인 당신이 다가와 몸을 딱 붙이고 턱을 내 쇄골 가까이 어깨에 대는 거죠. 당신의 뺨이 내 뺨에 붙어 있고 두 팔은 나를 안죠. 내가 당신에게 미소 짓고 당신도 미소를 보내요. 우린 잘 어울려요. 좋은 밤을 보냈죠. 당신이 좋은 밤이었다고 말하는 걸 듣고 싶어요. *정말 좋았어?* 꼭 다시 들어야겠다는 듯이 내가 물어요. 당신 입으로 직접 듣기 전까지는 믿을 수 없으니까요. 당신은 입술을 깨물고 네다섯 번 고개를 흔들어요.

난 고개 흔드는 당신의 모습을 압니다. 테니스 코트에서 여러 번 봤죠. 뭔가를 확고하게 말하고, 테니스공의 움직임을 따라가 겨냥한 곳에 정확하게 착지하는 것을 바라보는 당신만의 조용한 방법이죠. 당신은 득점할 때 팔을 쳐들지도 않고 뭔가를 외치지도 않아요. 완벽한 백핸드를 직구로 날려도 미소조차 짓지 않죠. 그저 몇 번 고개를 흔들 뿐. 아랫입술을 깨물 때도 가끔 있고요. 이것만 봐도 알 수 있잖아요. 당신에게는 꼭 물어봐야 한다는 걸. 로커룸 거울에 비친 모습을, 특히 스스로도 완벽하다고 생각하는 어깨를 살펴볼 때도 마찬가지죠. 가끔은 옆으로 서서 어깨 근육을 보고 한두 번 힘을 주고는 고개를 끄덕이기도 해요. 스스로도 인정하는 거죠. 마음과 의지, 몸, 세상과 시간이 완벽하게 정렬될 때 당신은 고개를 끄덕이는 거예요. 어릴 때 평평한 돌을 수면에 던져서 두 번, 세 번, 네 번, 다섯 번, 여섯 번, 일곱 번 물수

제비 뜨는 모습을 보면서도 고개를 끄덕였을지 모르겠네요. 월요일에 선생님이 나눠 준 과학 시험 점수가 A+인 것을 확인하고도 그랬을지 몰라요. 또 고개를 끄덕였겠죠. 애써서 끝까지 해낸 일이 기쁨을 가져다주었다는 확인이었겠죠. 자주는 아니지만 가끔 당신은 공을 세게 칠 때 신음 소리를 내요. 난 당신의 소리 죽인 신음을 듣는 게 좋아요. 사정할 때도 저런 소리를 내겠구나 싶죠. 사정하는 당신을 상상하는 게 좋아요. 당신이 현실적이고 인간적으로 느껴지는 데다 그냥 지나칠 수도 있는 소리에 힘이 들어가니까요. 당신이 사정하는 얼굴을 보고 싶어요.

우리가 테니스 하우스에서 거의 어깨를 맞대고 면도할 때 거울 속의 나를 보면서 당신이 나에게 고개를 끄덕이는 상상을 해요. 당신으로 산다는 건 어떤 기분일지 궁금해요. 거울을 볼 때마다 두세 번 고개를 끄덕이는 건 어떤 기분일지. 당신의 그 피부와 입술, 손바닥, 성기를 가진다는 건 어떨 기분일지.

당신의 모든 것이 완벽합니다. 의지에 따른 의도적인 완벽이죠. 다리 스트레칭을 하기 전에 우선 절반을 먹는 프로틴 바부터 로커룸을 나가 기차역으로 가면서 먹는 나머지 절반까지 모든 것에 정해진 시간이 있어요. 내가 같이 테니스를 치자고 한 적이 한 번도 없는 이유예요. 변덕스럽고 고르지 않은 내 플레이가 당신을 무척 짜증 나게 할 테니까.

당신은 6시 45분에 와서 8시 20분에 갑니다. 8시 30분에는 왼손에 오늘 자 신문을 들고 96번가 지하철역에 있죠. 시내행 지하철에 올라 34번가까지 가서 R선이나 N선을 타고 퀸스로 가죠. 한 번 당신을 미행한 적이 있어서 아는 거예요. 사실은 두 번이에요. 월요일마다 항상 머리가 조금씩 짧아지는 걸로 보아 당신은 분명 주말마다 머리를 다듬겠죠. 이발소 가는 길이나 돌아오는 길에 지난 토요일에 맡긴 셔츠를 찾고 이번 주 셔츠를 맡길 거고요. 셔츠를 세탁소에 맡기는 걸 아는 이유는 당신이 아침마다 항상 맨 아래쪽 단춧구멍에 스테이플러로 박힌 이름표를 떼어 내기 때문이죠. 분명 잠자리에 들기 전이나 테니스를 치러 나오기 전 아침 일찍 바지를 다림질하겠죠. 한 번씩 다리미를 내려놓고 그릇에 담긴 고단백질 시리얼을 먹는 모습이 상상되네요. 당신은 뭐든지 서두르는 법이 없어요. 로커에 옷을 보관하는 방식까지도 당신의 모든 것은 정해진 시간이 있기 때문이죠. 당신은 목도리를 접은 다음 로커에 늘 놓아두는 옷걸이에 재킷과 바지를 걸고 마지막으로 신문을 접어 로커 안에서 구겨지거나 더럽혀지지 않도록 세워 두죠. 모든 것을 세세하게 처리하고 미리 계획해요. 당신의 직업은 뭘까. 분명히 보험계리사 아니면 회계사일 거예요. 아니면 고객과 만나지 않는 편을 선호하는 까다로운 특허청 직원일 수도.

당신 같은 사람은 혼자 살고, 또 혼자 사는 걸 좋아하죠. 맙소사, 당신은 분명 따분한 사람이겠군요.

어렸을 때도 다르지 않았겠죠. 모두가 대단하게 생각하고 부러워하지만 속으로는 싫어하는 학생. 담임선생님에게 의무적으로 인사하고 이른 오후 집으로 돌아가는 당신의 모습이 보입니다. 행복해 보여요. 혼자 걸어가지만 개의치 않죠. 집 주방에서 뭐가 기다리고 있을까 생각하며 늘어지지도 서두르지도 않습니다. 또래 아이들과 달리 당신은 여전히 반바지를 입고 남들이 뭐라건 신경 쓰지 않아요. 집으로 가는 길에 숙제 계획을 다 세워 두죠. 숙제를 제시간에 끝내면 좋아하는 TV 프로그램을 보고 저녁을 먹은 뒤에는 읽던 책을 이어서 읽을 수 있으니까요. 내 상상 속에서 당신은 형제자매가 둘 있습니다. 당신은 막내고요. 당신과 가장 사이가 좋은 형은 벌써 대학생이라 집을 떠났죠. 당신은 가끔씩 형을 그리워합니다. 특히 일요일 오후 형과 함께 배를 저어 낚시하러 가는 걸 좋아하기 때문이죠. 당신은 뜨끈해진 사초에 서 있는 왜가리들을 보며 형이 들려주는 전혀 모르는 이야기를 듣습니다. 형 없이 혼자 배를 타는 건 부모님이 허락하지 않죠. 당신은 부모님 말도 잘 듣습니다. 언제나 귀 기울이죠.

당신의 삶에는 흐트러짐이나 시험을 앞둔 초조함, 용돈을 주지 않겠다는 협박 같은 것이 존재하지 않습니다. 당신은 항상 해야 할 일과 앞으로 벌어질 일 그리고 덩굴옻나무나 진드기, 주변에서 서성거리지만 제시간에 몸을 수그리기만 하면 문제 되지 않는 불량한 남학생들 따위의 피해야 할 일을 잘 알고 있으니까요. 당신은 깜짝 놀라는 일이 거의 없고 항상 시간 예산을 세워 놓지요. 이때는 아직 시간 예산이라고 부르지 않겠지만 테니스 코트에서 누군가 무슨 일을 하는지 물었을 때 당신이 그 표현을 사용하는 걸 한 번 들었거든요. 상대는 어떻게 시간을 쪼개서 낮에는 고등학교에서 가르치고 밤에는 특수학교에서 가르칠 수 있는지 물었죠. 당신은 웃으며 "시간 예산을 세우나 봅니다."라고 대답했죠.

당신은 학교에 늦은 적도, 숙제를 늦게 제출한 적도 없고 사춘기에 도달하는 것도 결코 늦지 않았을 거예요. 뭐든 시간을 엄수하죠. 그래요, 정말이지 따분한 사람이네요.

당신을 안 지 두 해가 넘었지만 여전히 당신에 대해 아무것도 알지 못합니다. 당신이 몇 살쯤인지도 모르겠어요. 어떤 때는 절대 스물다섯을 넘었을 리 없는 것 같죠. 하지만 미묘하게나마 이제 막 머리가 벗겨지기 시작하는 흔적을 보면 완전히 잘못 짚었다 싶고, 소년 같은 얼굴이나 아이의 얼굴처럼 혈관 윤곽이 선명하게 드러난 대리석같이 탄탄하고 하얀 가슴이 다 거짓 같아지죠. 서른이 넘었을 거라고 최종 결론을 짓긴 했지만 고음의 목소리 때문에 항상 20대 후반으로 돌아가곤 합니다. 며칠 전에 상자속 옛날 사진을 넘겨보다가 열두 살 때 해변에서 찍은 사진을 발견했죠. 너무나 오랜만에 보는 사진이지만 놀랍고도 새로운 의미가 뿜어져 나오네요. 당신에게 이 사진을 보여 주고 내 삶에 끌어들여 지금의 나와 저 소년이 똑같은 사람임을 알려 주고 싶어졌거든요. 당신과 함께 시작점으로 돌아가 내 인생의 이야기를 다시 시작하고 싶어요. 이 사진을 찍었을 때가 정확히 기억납니다. 느지막한 오전이었어요. 수영을 하러 가던 두 형제가 우리 아버지에게 인사하러 다가왔다가 내 사진을 찍는 아버지를 보고 있었죠. 난 그들 앞에서 어색함을 느끼며 자세를 똑바로 하고 햇살에 눈을 찡그리지 않으려 애썼어요. 난 두 형제 중 한 명에게 반해 있었지만 아직 어려서 깨닫지 못했습니다. 내가 지금 당신에게 원하는 걸 당신이 그때의 나에게 말했다면 난 어이없는 웃음을 터뜨렸을 거예요. 몸부림치며 빠져나와 당신의 다리 사이를 무릎으로 치고 온갖 욕설을 퍼부었을 거예요. 지금 당신이 나에게 쏟아 낼까 봐 두려운 욕설을 말이죠. 지금의 내가 원하는 건 당신이 저 바닷가 사진 속의 나에게 그래 주었을 것처럼, 나를 바닥에 쓰러뜨리고 입 안의 모래를 씹어 대는 나를 누른 채 당신과 당신의 입술, 내 삶에 저항하지 마라, 말해 달라고 애원할 용기뿐입니다.

당신을 처음 의식한 후로 일부러 테니스 코트의 모든 사람에게 말을 걸었죠. 그 대화를 엿듣는 식으로라도 당신이 나에 대해 알지 않을까 싶어서. 내가 유쾌한 웃음과 즐거운 분위기를 좋아한다는 것을, 모두에게 친절하지만 바보가 아니라는 것을 당신에게 알려 주고 싶었어요.

다른 상황이라면 의식하지도 않을 사람들에게 말을 거는 게 좋아요. 테니스 하우스의 직원들과도 친해졌어요. 매점의 활기 넘치는 웬디도 그중 한 명인데 중국인인 그녀의 진짜 이름은 웬디가 아니에요. 나는 그녀가 내려 주는 커피에 불평을 늘어놓으면서 매일 아침 그녀와 노닥거리죠. 그리고 잡역부도 있어요. 그는 러시아에서 도망쳐 지금은 도미니카인 아내와 스태튼섬에 사는 인생사를 들려줬는데 테니스 코트에 출근하려면 매일 새벽 4시 30분에 집을 나와서 연락선을 타야 한대요. 그의 딸은 마운트시나이병원에서 간호보조로 일하고 사고당한 처제와 함께 산다는 것도 알고 있죠. 난 어설픈 스페인어로 또 다른 잡역부와도 이야기를 나눴어요. 이젠 그가 이야기하고 싶어 일부러 나를 찾을 정도죠. 지나치게 열성적인 나의 동지애를 우정으로 착각했는지도 모르겠어요.

테니스 코트에서 나는 역시나 영원한 분위기 메이커예요. 모두가 인사를 건네고 테니스 치는 사람들부터 잡역부, 테니스 코치까지 다들 지나가면서 내 어깨에 팔을 두르죠. 이름을 소리쳐 부르는 사람들도 있어요. 당신이 내 이름을 알았으면 좋겠어요. 당신의 로커에서 다섯 칸 건너가 내 로커라는 걸 알아주었으면. 하지만 당신을 보자마자 얼어붙어요. 봐야 하나, 보지 않는 척해야 하나? 말을 걸어야 하나, 말아야 하나? 말하지 않는 편이 낫겠어. 사실은 악몽처럼 모든 게 조금씩 사라져서 당신을 경멸하게 되는 날들이 있거든요. 난 당신을 경멸하는 게 좋아요. 때때로 갈망이 완전히 식어 버리고 그나마 남은 것을 무관심이 식혀 버리는 순간이 나에게는 소중합니다. 그럴 때면 괜히 혀를 놀리지 않도록 도와준 별점에 감사한 마음이 들죠. 그럴 때는 당신의 엉덩이, 성기, 얼굴을 봐도 아무것도 느껴지지 않아요. 항상 주기가 똑같아요. 끌림, 애정, 집착적 갈망, 그다음은 항복과 폐기, 무관심, 마지막으로 경멸. 하지만 샤워장의 젖은 콘크리트 바닥을 걸어오는 당신의 플립플롭 소리만 들어도 무관심이 판결이 아닌 유예였음을 상기하게 됩니다. 테니스를 다 칠 무렵 당신의 축축해진 하얀 티셔츠가 가슴에 달라붙어 가슴 근육과 배가 언뜻 드러나죠. 지방이라고는 1그램도 없고 만천하에 공표하지는 않을지언정 절대로 비밀이 아닌 복근. 경멸이 사라져요. 티셔츠를 벗는 순간 당신의 가슴에 얼굴을 파묻고 그 티셔츠로 내 얼굴을 감싸고 싶어져요. 그래서 나는 바라봅니다. 당신은 옷을 벗어 언제나처럼 애플 비닐 쇼핑백에 넣고 끈을 꼭 조인 후 비싸 보이는 가죽 메신저 백에 넣죠. 참을성이 바닥나 깔끔함을 거부하는 것처럼 땀에 젖은 셔츠와 반바지를 가방에 그냥 던져 넣는 것도 가끔 봤어요. 그런 지저분한 당신도 좋아요. 예산을 세우지 않은 헝클어진 당신을 알고 싶어지거든요. 누군가를 필요로 하고 밤에 누군가의 자리를 만들어 주고 잠자리에 들기 전 이야기를 나눌 때 디저트 먹는 걸 좋아하는 당신을 말이에요.

올해도 같은 일이 일어나고 있습니다. 당신은 여전히 면도와 샤워 전에 내가 면도하는 세면대 가까이 옵니다. 바로 그때 당신이 완전한 알몸으로 내 뒤에 서는, 나의 짧지만 특별한 순간이 만들어지죠. 타이밍을 제대로 맞추면 면도를 계속하면서 거울로 당신을 볼 수 있죠. 하지만 바로 뒤에 있는 당신을 느끼는 것만으로 나는 심장이 곤두박질치고 바보 같은 짓을 하기 직전의 상태가 됩니다. 당신의 가슴에 닿으려고 몸을 뒤로 기울인다거나 몸을 돌려 내가 발기했다는 걸 보여 주는 짓 말이에요. 심장이 빠르게 뛰고 머릿속이 하얘져서 뭐가 어떻든 상관없어지고 그저 당신이 다가오기만 바라게 되는 게 좋아요. 갑자기 당신이 수건과 살짝 까칠한 턱을 내 등에 대고 두 팔로 나를 꽉 안고 성기가 내 엉덩이 사이에 닿은 채로 마치 좋은 밤을 보낸 후처럼 거울에 비친 우리 두 사람을 바라보는 거죠. 다른 생각을 떠올리려 애쓰면서 세면대 테두리에 성기를 대고 억눌러야만 하는 순간이죠.

작년에 그랬던 것처럼 당신이 2~3주간 보이지 않아 당신을 잃어버렸을까 두려워요. 다른 곳으로 이사 갔거나 더 좋은 테니스 코트를 찾은 거겠죠. 전에도 겪은 일이지만 이번에는 이 신호가 두렵습니다. 당신이 학교 근처의 퀸스에서 테니스 치는 모습이 떠올라요. 당신을 잃은 거라는 생각이 퍼뜩 듭니다. 당신은 내 평생의 후회 가운데 하나가 되겠죠. 놓친 기회, 갖지 못한 자식, 할 수 있었거나 더 잘할 수 있었던 일들, 스쳐 간 연인들처럼. 몇 년 후 이 허름한 테니스 하우스와 물웅덩이가 떠오르고 당신의 노란색 플립플롭이 철벅거리는 소리가 생각나겠지요. 늦겨울에는 나이 든 리베르만 씨를 포함한 단골과 독한 사람들만 테니스를 치러 오던 것을 떠올리고 4월의 평일 아침이나 센트럴파크에 라일락이 만개하는 5월의 오후 혹은 동틀 무렵 텅 빈 해변의 정적만큼이나 넋을 빼놓는 아침 8시가 되면 테니스 코트와 공원에 맴돌던 정적을 떠올리겠죠. 당신의 훌륭한 백핸드, 치명타를 내리치기 직전에 무언의 숭배를 하듯이 무릎을 구부리고 공을 친 후에는 그대로 서서 당황한 상대를 쳐다보며 하늘의 말 없는 칭찬을 겸손하게 부인하는 의미로 아랫입술을 깨물던 모습을 기억하겠죠. 고개를 끄덕이던 당신의 모습이 떠오르면 애석할 거예요. 그건 내 성기가 당신의 몸에 들어갔을 때 상상하는 당신의 얼굴이니까요. 처음에는 아주 천천히 넣다가 완전히 들어가면 이것보다 좋은 인생이 있을까 말하고 싶어요. 당신은 또 고개를 끄덕이며 지금의 내가 세상 무엇보다도 깨물고 싶은 그 입술을 깨물면서 내 쪽으로 얼굴을 들어 혀를 깊숙이 집어넣으며 키스하겠죠. 사정하는 당신의 얼굴을 보지 못한 것, 당신의 무릎을 안거나 얼굴을 어루만지지 못한 것, 또 한번의 섹스로 갚아 주게 만드는 섹스가 끝난 후의 실망스러운 표정을 보지 못한 것이 후회로 남겠지요.

평상시보다 일찍 도착한 아침이었습니다. 90번가가 아니라 93번가 입구로 공원에 들어가는 습관이 생겼을 때죠. 우리는 동시에 공원으로 들어갔어요. 몇 주 만에 당신을 처음 보는 거였어요. 다른 때 같으면 서로 말이 오갈 수 있는 상황이었죠. 당신은 나를 쳐다보지 않았어요. 당신에게 말할 기회를 준 뒤 당신을 그만 쳐다보기로 결심했죠. 아주 드문 일이었어요. 당신이 내 쪽을 보면 인사를 건넬 생각으로 몇 번 쳐다보았지만 당신은 줄곧 앞만 보고 있었죠. 걸음걸이와 생각, 시간 예산을 세우면서요. 방해하지 말자, 침범하지 말자, 당신이 보내는 신호는 분명히 꺼져, 니까.

한 시간 후 로커룸에서 오른쪽 허벅지에 큰 붕대가 감긴 걸 보고 기회를 잡아야겠다 싶었습니다. "어쩌다 그랬어요?" *어쩌다 그렇게 멍청하게 다친 거예요?* 라는 말을 친근하게 암시하는 어조로 들리기를 바라며 물었죠. "아, 몇 주 전에 와인을 따다가 병이 깨져서요." "꿰맸어요?" 당신은 미소 지으며 "많이요."라고 대답한 뒤 내가 시선을 돌리지 않은 걸 보고는 덧붙였죠. "이걸 알아차린 사람은 당신이 세 번째예요."

"모르기가 어렵죠. 그런 상태로 테니스 칠 수 있어요?"

"테니스는 쉬워요. 샤워하는 게 어렵지."

우리는 웃음을 터뜨렸죠.

"그래도 요령이 생겼어요."

당신은 이렇게 말하면서 비싸 보이는 가죽 가방에서 사란 브랜드의 랩과 튼튼한 고무 밴드를 잔뜩 꺼냈죠. 우리는 또 함께 웃음을 터뜨렸고요.

"많이 좋아졌습니다. 물어봐 줘서 고마워요."

물어봐 줘서 고마워요. 역시나였죠. 무가치한 것에 가까운, 일축하는 듯한 예의상의 건조하고 형식적인 말. 상투적인 어구 사용의 황제. 놀랍지 않았어요.

그때부터 며칠 후 내가 가방을 열자마자 욕설을 내뱉었죠.

"믿어져요?" 내가 당신을 돌아보며 말했죠. "운동화를 깜빡했어요."

"로커에 놔두지 않아요?" 당신이 물었어요.

"원래는 그러는데 일요일에 리버사이드 드라이브에서 테니스를 치느라 가져갔거든요."

마치 집에 가서 가져올 시간이 되는지 확인하는 듯 시계를 보았죠. 당신도 내 생각을 읽었어요.

"아무리 빨리 다녀와도 코트를 빼앗길 겁니다. 벤치에 앉아 프로틴 바와 신선한 커피를 즐기라고 조언하고 싶네요."

"응축된 우유를 넣건 안 넣건 똑같이 번지르르하고 끈적거리는 타르 같은 커피 말인가요?"

"그렇게 끔찍하진 않아요." 당신이 말했죠.

문득 매점에서 파는 커피에 대한 혐오가 거짓 꾸밈일 뿐 내가 여기서 하는 모든 말이 그렇듯 당신의 관심을 끌려는 과장임이 떠올랐습니다. 당신은 미끼에 걸려들지 않았지만요. 당신은 과장이나 반어법, 건조한 유머를 구사하지 않습니다. 그냥 있는 그대로 말하죠.

난 당신의 조언대로 프로틴 바를 사고 커피 한 잔을 주문하여 당신이 테니스 치는 모습을 보려고 발코니로 갔습니다. 공을 치기 전에 오른팔을 뒤로 끝까지 가져가고 왼손을 쭉 내밀어 공을 보내려는 위치를 조준하는 당신의 모습이 좋았어요. 당신의 움직임에는 품위와 능숙함, 마무리가 있죠. 거짓 꾸밈도 과장도 없고 있는 그대로가 있을 뿐이죠. 난 당신이 부러웠어요.

테니스 치는 당신을 보다가 붕대를 작은 것으로 갈았다는 사실이 눈에 띄었죠. 그것을 언급하고 싶어서 당신을 기다리기로 했습니다. 우리의 대화가 드디어 시작되었다고 판단하면서요.

하지만 왜 나는 자신을 속이려는 걸까요? 우리의 대화는 시작되지 않았는데. 나에게 프로틴 바가 아무것도 아니듯 내 운동화는 당신에게 아무것도 아닌데 말이죠. 결국 난 프로틴 바를 먹고 커피를 한 모금 더 마시고 나머지는 배수로에 쏟아 버린 뒤 당신을 좀 더 보다가 면도와 샤워를 하고 떠났습니다.

그날 아침은 곧바로 출근하지 않았어요. 다시 커피를 사서 계단을 올라 하이라인공원의 조용한 자리를 찾아 앉았어요. 강물과 인적이 드문 통로, 그날따라 유난히 생기 넘치는 초록 식물과 나무, 덤불을 바라보았죠. 당신의 목소리를 떠올리며, 그 목소리가 떠오르지 않을 때는 몇 마디 단어라도 떠올리려 애쓰며 불행을 음미했습니다. 하지만 아무것도 떠오르지 않았어요. 당신 생각을 하고 싶었지만 역시나 아무것도 떠오르지 않았죠. 그저 슬프지만 불쾌하지는 않은 감정뿐. 나 사랑에 빠진 건가? 그런 것 같아. 테니스 하우스에서 커피를 살 때 주머니에 챙긴 종이 냅킨에 적기 시작했습니다. 나는 당신에 대해 아무것도 모릅니다. 이름이 뭔지, 어디에 사는지, 무슨 일을 하는지. 하지만 매일 아침 당신의 벗은 몸을 봅니다. 당신의 성기, 엉덩이 모두 다. 왜 이런 글을 적었는지 모르겠지만 가슴에 자리한 당신을 향한 감정에 말을 입혀서 세상 밖으로 꺼내기는 처음이었습니다. 멈추고 싶지 않았어요. 당신에게 말하는 거나 마찬가지였으니까요. 아니, 당신에게 말하는 것보다 나았죠. 경계를 늦추고 말에서 위안을 느낄 수 있으니까요. 그 무엇도 아닌 나 자신의 말에서 위안이 느껴질 이유가 없음을 알면서도. 냅킨을 접어 지갑에 끼워 넣었어요. 절대로 버리지 않겠죠.

사무실로 걸어가려고 자리에서 일어나려는 순간 가슴에서 통증 같은 것이 느껴졌어요. 그 통증이 좋았어요. 아버지가 살아 계셨으면 하고 또 바랐죠. 아버지는 내 감정의 색조를 이해할 수 있는 유일한 사람이니까. 마치 서로에게 달려드는 쌍둥이 뱀처럼 한 가닥으로 엮인 병과 약. 아버지는 이게 사랑이라고, 다름이 사랑이고 두려움 자체도 사랑이고 네가 느끼는 경멸조차도 사랑이라고 말했을 겁니다. 누구나 잘못된 방식으로 얻는다고. 어떤 이들은 사랑을 곧바로 알아차리고, 또 어떤 이들은 몇 년이 걸리며, 또 어떤 이들은 나중에 뒤돌아보고서야 사랑이었음을 깨닫는다고.

허드슨강 너머 이리래카와나역을 바라보는데 우리가 탄 여객선이 섬을 출발할 때 부두에 서서 손을 흔들며 작별 인사를 하던 아버지가 떠올랐습니다. 슬픈 남자였어, 라고 생각했죠. 그때 아버지는 그해가 사랑의 마지막 여름이 될 줄 꿈에도 몰랐지요. 하지만 아버지를 잘 아는 지금 생각해 보면 아버지는 그때 두려웠을 테고 앞으로 새로운 사랑을 찾을 수 없을지도 모른다는 걸 예견했을 거예요. 삶의 마지막 순간까지 그 사랑을 소중히 한 것도 그 때문이겠죠.

그날 대화를 나누고 3주가 흘렀습니다.

우리는 인사를 합니다. 2~3주 동안 내가 먼저 인사를 건네죠. 그러면 당신도 인사를 하고요. 하지만 테니스 코트로 향하는 동안 절대로 힐끗 보는 일은 없지요. 당신은 하루에 두 번이 아닌 한 번으로 인사 예산을 세웠고 얼마 안 되는 할당량으로는 아예 모르는 사이와 다를 게 없습니다. 몇 마디 오간 후에는 창유리를 천천히 뒤덮는 성에처럼 곧바로 냉기가 퍼지죠. 그러면 또다시 은밀하게 당신을 힐끔거리는 나로 돌아갑니다. 힐끔거리는 것처럼 보이지 않도록 당신에게 닿자마자, 혹은 닿기도 전에 시선을 옮겨 버리죠.

당신이 내 시선을 피할 기회가 있으면 그나마 짧은 인사도 없습니다. 다시 예전으로 돌아간 거죠. 정수기에서 몸을 굽혀 물을 마실 때 나는 역시 물을 마시려고 바로 옆에 서 있는 당신을 미처 보지 못합니다. 둘 다 너무 늦게 서로를 발견하는 거죠. 내가 "아,

안녕하세요!" 하면 당신도 "아, 안녕하세요." 합니다.

돌아갈 때가 되면 당신은 오렌지색 수건을 돌돌 말아 슬램덩크를 하듯 무신경하게 가방에 던져 넣고 지퍼를 잠그고 어깨에 걸칩니다. 누구에게도 작별 인사를 하지 않죠. 항상 테니스 하우스를 지키는 직원에게도, 언젠가 당신의 라켓 줄을 묶어 준 마이크에게도. 물론 나에게도. 지나치게 거만하거나 자기중심적이거나 이루 말할 수 없이 수줍음이 많거나 애초에 작별 인사를 모르는 사람처럼 그냥 슬그머니 나가 버리죠.

그런데 한 달 후 당신이 먼저 나에게 인사를 합니다. 아주 드문 일입니다. 하지만 우쭐한 기분을 느끼기도 전에 그 인사가 진부한 말을 엮은 몇 마디일 뿐임을 깨닫죠. 별로 반가워하지 않는 일그러진 미소, 간결한 단어 선택, 그냥 가 버리고 싶지만 나에게 인사하는 걸 온몸이 의무라고 느끼기라도 하듯 *아, 안녕하세요,* 이후에 불분명해지면서 줄행랑까지 치는 듯한 시선. 내가 제때 몸을 홱 수그려서 시선을 피하지 못했을 때 리베르만 부인에게 건네는 인사 같아요.

그래도 첫 대화를 나누고 3주 후 우리는 하루 한 번의 인사에서 가끔 두 번의 인사도 하는 사이로 발전했습니다. 한 달이 다 되어서는 당신이 *주말 잘 보내세요,* 그다음에는 *주말 잘 보냈어요?* 혹은 *오늘 좀 어떠세요?* 까지 추가했고요. 나는 매번 상투적인 말을 조금씩 바꿔서 사용하죠. *좋아요, 좋죠,* 혹은 *정말 좋아요,* 하다가 가끔은 *불평한들 소용없죠,* 라고 진부하고 단조로워진 대화에 다양성을 더하면서 말 그대로 내 진심임을 전달하려고 하죠. 그리고 내내 생각합니다. 나만큼이나 진부한 표현을 사용하는 사람에게 빠졌구나. 내 잘못이죠. 스스로 계획한 일인데 이렇게 될 줄은 몰랐으니. 당신은 인사말과 미소, 끄덕임의 예산을 모두 책정하지만 혹시라도 더 깊은 의미가 있진 않을까 생각하게 만드는 의도치 않은 작은 무언가를 덧붙이는 일은 한 번도 없죠. 당신의 말은 나의 말처럼 내용물도 의미도 없는, 절뚝거리는 기표(記表)입니다. 차라리 예전의 침묵이 나았어요.

우리는 가끔 테니스 강사가 늙은 리베르만 부인에게 계속 공을 던지듯 말을 주거니 받거니 합니다. 리베르만 부인은 수술 후 포핸드를 연습하는데 열 번에 여덟 번은 놓치죠. 그 2~3분의 어설프고 재미없는 잡담이 내가 사는 이유입니다. 주말을 보낸 이야기, 최신 영화, 절대로 실천하는 법 없는 여름 휴가 계획, 당신의 허벅지, 내 팔꿈치 염증, 또 당신의 허벅지, 내 형제, 당신의 형제. 난 이 순간을 위해 살아요. 그 이상이 될 수 없다면 이걸로도 괜찮습니다.

최악의 상황에 준비된 사람은 없어요. 최악은 희망을 박살 낼 뿐 아니라 모든 것을 뚫고 나가 상처를 주고 벌하고 수치심을 느끼게 만들죠. 아무리 정신 번쩍 차리고 예측했어도 삶은 가장 잔인한 패를 내밀어 모든 걸 무산시킬 수 있습니다. 그것도 당신과 내가 겨우 모래톱을 지나쳐 항해가 시작되었다고 생각한 바로 그 순간에 말이죠. 4월 26일의 일이었습니다. 그 날짜는 잊을 수가 없어요. 아버지 기일이니까요.

우리는 테니스 하우스에 주름 개선이 필요하다는 이야기를 나누고 있었죠. "주름 개선이라고요! 전체적인 리모델링을 말하는 거겠죠." 당신이 뭔가에 대해 비판적으로 말하는 건 처음 들었어요. 곧바로 대화를 끝내 버리지 않는 열린 답변처럼 들리는 말은 더더구나 처음이었죠. 아이러니하게도 나는 낡은 테니스 하우스를 방어하는 쪽에 섰어요. 당신은 내 말을 귀 기울여 듣고 나서 말했죠. "그래요. 하지만 화장실 디스펜서에 손 닦는 화장지가 들어 있던 게 언제죠? 아니, 디스펜서도 없잖아요." 그리고 잠시 후 "화장지는 말할 것도 없고요."라고 했죠.

화장지 부분에서 둘 다 웃음을 터뜨렸죠. 당신의 목소리에서 느껴지는 장난기와 유쾌함이 좋았어요. 난 당신이 고지식한 사람이라고 오해했던 거예요. 갑자기 나를 웃게 만드는 당신. 놀란 나머지 "당신이 그런 걸 알아차렸을지 몰랐어요."라고 말했죠.

"아, 눈에 보이는 건 그 밖에도 많죠."

겁이 났어요. 혹시 내 얘기인가?

"하지만 불평하는 걸 한 번도 못 들었는데."

"당신은 아직 날 몰라요."

좋았어요. 이중의 의미가 있을 수 있는 말, 짓궂은 장난꾸러기 같은 분위기, 서로에 대해 알아 갈 수 있다는 머뭇거리는 약속, 쉽게 멈출 수 있지만 한두 번 쿡 찌르면 내가 바라는 바로 그 방향으로 우리를 데려가 줄 정감 어린 농담. 나는 무서웠어요. 당신이 내가 뭘 잘못 안다고 알려 주는 말을 할까 봐 무서웠고, 내가 절대 당신을 잘못 읽지 않았다는 사실이 무서웠어요.

지금까지 우리의 대화가 어디론가 흘러간 적은 한 번도 없었죠. 난 그저 경찰서의 몽타주 화가들이 하듯 당신의 초상화를 꿰맞추고 싶어 조각조각 정보를 훔칩니다. 나는 당신이 오벌린대학을 나왔다는 걸 알아요. 가끔씩 저녁에 학습 장애가 있는 학생들을 가르치고 늦게 돌아가면 그저 행복을 주고 긴장을 풀어 주는 하이든의 교향곡을 듣고 싶은 생각뿐이라는 것도 압니다. 매일 아침 테니스를 치는 이유도 그거라고 언젠가 그랬죠. 안 그러면 낮에 신경이 날카로워져 학생들을 대할 때 인내심이 없어진다고.

테니스 하우스의 안쓰러운 상태에 대한 우리의 대화는 순조롭게 흘러가고 있었어요. 그렇게 오래 이야기하기는 처음이었어요. 당신의 대학 시절 이야기까지 나누었죠. 크리스마스 연휴마다 써야 할 리포트가 많아 걱정이 한가득인 데다 미국 친구들에게 독일식 과일 케이크를 가져오겠다 약속하고 본가에 가는 것이 힘들었다는 말도 했어요. 스톨렌 말이군요, 내가 말했죠. 오랜만에 말해 보는 단어였어요. 당신이 웃었고 그 웃음이 나도 웃게 만들었죠. 내가 가진 패를 전부 내보인 뒤 언제 한잔 해요, 라고 말할 절호의 기회였죠. 물론 가볍게 지나가는 듯이.

그 비슷한 말을 하려고 준비 운동을 할 때 폭탄이 떨어졌습니다. 당신이 학교와 직장 이야기를 하다가 어떤 이유인지 이렇게 말한 거예요. "내 파트너는 고전문학을 가르치는 교수예요." 나도 학부 때 그리스와 라틴 문학을 전공했으며 《동물 농장》을 고대 그리스어로 번역했다는 말을 하지 않으려고 꾹 참아야만 했어요.

당신의 파트너보다 못나지 않았다는 걸 보여 주려고 애쓰는 얼빠진 소리처럼 들릴 테니까. 그래도 한때 고전문학에 몸담은 이야기를 어떻게든 해 볼 방도를 찾다가 퍼뜩 깨달았어요. 당신이 방금 한 말이 무슨 뜻인지. 테니스 파트너가 아니라 당신의 파트너를 뜻하는 거였어요. "그는 투키디데스에 관한 책을 쓰고 있죠." 내가 가장 좋아하는 저자라는 말을 하고 싶었지만 그러지 않았어요. 투키디데스의 책을 읽은 적이 있느냐고 당신에게 묻는 자신을 발견했죠. 정작 내 마음은 거기에서 멀리 떨어진 곳에 가 있는데. "읽을 수밖에 없었죠. 두 번이나!"

동반자적 관계구나, 생각이 들더군요. 화나고 질투 나고 조소하고 싶은 순간에 나 자신이 뽑아낸 말이 마음에 들더군요. 동반자적. 당신의 충실한 마음이 들리는 듯했죠. 그의 문제가 내 문제고 내 문제가 그의 문제예요. 우린 서로 나누고 서로 돌보죠. 두 사람을 비웃고 싶었어요. 하지만 그날 아침 테니스 코트를 떠나면서 든 생각은 당신이 다 알고 있다는 것뿐이었습니다. 그동안 왜 내가 어떻게든 당신에게 말을 걸어 보려고 했는지 다 알았던 거예요. 그저 당신은 되도록 거슬리지 않게 파트너라는 패를 내놓을 수 있는 순간을 기다리면 되는 거였죠. 내 파트너가 이랬고 내 파트너가 저랬고 아, 내 파트너도 그래요. 말 예산을 짜는 사람이니 당신은 독일과 스톨렌, 하이든 이야기를 꺼내는 순간 대화가 어느 방향으로 나아가는지 다 알았을 겁니다. 당신은 분명 유능한 교사일 거예요. 목적이 없는 말은 하지 않죠.

하지만 그 단순함은 거슬렸어요. 당신이 나에게 '남자 친구' 멘

트를 던졌다는 저속하고 평범하고 뻔하고 어설프고 재미없는 단순함. 마치 *내 남자 친구가 이런 느낌이겠구나*, 라고 말하는 10대 후반의 솔직하지 못한 방백 같은 말이죠.

하루 종일 멍했어요.

파트너. 당신은 그 한마디로 내 조잡하고 비밀스러운 환상을 깨뜨렸고 내가 2년 동안 소중히 해 온 로맨스도 산산조각 냈어요. 이제 내가 할 수 있는 건 환상에 지나지 않았던 것의 잔해를 꽉 붙잡는 일뿐이었죠.

그날이 모든 걸 바꿔 놓았습니다. 나는 조용히 비탄에 빠졌습니다. 야만인들이 나를 제외한 모든 사람을 살육하고 기억을 포함한 모든 걸 제거해 버린 뒤 내 삶을 휩쓸고 지나간 것처럼.

당신에게 뭘 원했는지, 어떻게 매일 밤 당신과 사랑을 나누는 모습이나 입에서 입으로 전하는 사랑을 상상하며 몇 시간 동안 잠 못 이룰 수 있었는지조차도 기억해 낼 수 없었습니다. 그 원초적인 환상을 기억해 내려 했지만 마음을 뒤흔들던 음악이 멈춰 버렸어요. 파트너라는 말을 듣고 나에게 남은 것은 오랜 시간을 들여 만들었지만 이제는 무너져 버린 카드로 만든 집뿐이었죠. 그 집 안에 있던 것들, 내가 그 집을 만든 이유, 그 집이 견뎌야 했던 태풍 혹은 품고 싶어 한 기쁨 모두가 사라졌습니다. 단지 아무것도 아닌 것이 되어 끝장나 버렸습니다.

여기에서 우리의 이야기는 끝납니다.

이제는 느긋할 수 있습니다. 당신에게 내 삶을 이야기하고 마음을 터놓으며 내 세상을 있는 그대로 엿보게 할 수 있습니다. 당신에게 뭔가를 숨기기 위해 곤란해하지도 않고, 완전히 따분해 죽을 것 같은 주말을 보내고도 정말 즐거운 주말이었다며 허세를 부리지도 않죠.

앞으로의 시간을 그려 봅니다. 어느 날 마침내 당신과 파트너가 나를 저녁식사에 초대하여 대화를 나누는 상상이죠. 고전문학, 투키디데스, 너무 잘생기고 매력적이라는 이유로 젊은 알키비아데스를 퇴짜 놓은 소크라테스 이야기. 알키비아데스보다 훌륭한 장군이라는 이유로 처형당했으며 영광을 약속하고 바다 건너로 데려온 아테네 전사들이 오르티지아섬 옆의 시라쿠사 채석장에서 노예로 수치스러운 죽음을 맞이하리라는 걸 아는 채 죽음을 맞이한 니키아스 이야기도 하겠죠.

당신과 당신의 파트너가 모드와 나의 집에 오면 난 두 사람에게 와인을 따라 줄 거예요. 드라이한 화이트 와인을. 그리고 유럽에서 본 그대로 웨이터처럼 평평한 스푼으로 모두의 농어 요리를 갈라 주며 생각하겠죠. *이런 식이라도 좋아. 적어도 그가 내 집에 와 있잖아.*

당신과 모드가 알 수 없는 불길한 예감을 외면하며 서로를 쳐다보다 서서히 깨닫는 모습을 지켜보는 건 정말 이상한 기분일 거예요. 두 사람은 이런저런 이야기를 하다 결국 빈약하나마 공통점을 발견하겠죠. 우리 넷은 아주 즐거운 시간을 보내죠. 테니스 코트에서 만난 인연치고 무척 자연스러워서 왜 진작 2년 전에 이러지 않았을까 의문을 갖는 것조차 잊어버릴 정도로.

하지만 이런 환상도 점점 작아집니다. 지나치게 소박하고 평온해서 내 마음이 오래 견딜 수 없거든요. 난 섹스를 생각하는 게 더 좋아요. 하지만 섹스는 생각하고 싶지 않습니다. 더 이상 당신의 알몸을 보고 싶지도 않고, 쳐다보지도 않을 거고, 굳이 보게 되어 흡족하다가도 밤에 둘이 있을 때 *파트너의 입이 저기로 향하겠지*, 생각하는 것도 싫어요. 하지만 여전히 그 알몸이 마음에 듭니다. 당신이 바로 눈앞에서 매일 벌거벗고 있지만 벌거벗은 당신을 보지 않은 게 몇 달이네요. 난 보지 않아요. 아니, 보긴 하지만 정말로 보진 않아요.

며칠 전 당신의 허벅지에서 푸르스름한 흉터를 봤죠. 전에는 알아차리지 못한 거예요. 붕대를 두른 것도 보고 좀 더 얇은 걸로 바꾼 것도 알아차렸는데 말이에요. 하지만 붕대를 아예 푼 시점부터는 알아차리는 걸 멈췄죠. 흉터를 보니 당신이 안쓰러워서 만지고 언급하고 아직 아픈지 물어보고 싶어졌어요. 하지만 참았죠. 당신의 얼굴을 보니 오른쪽 허벅지 안쪽에 흉터가 있는 사람의 얼굴이더군요. 그 흉터는 당신을 매우 인간적으로 만들었죠. 인간적인 당신이 좋았어요. 당신을 안고 싶었어요.

당신은 나에게 말을 걸 때 미소를 짓습니다. 나도 그러겠죠. 불과 하루 뒤 당신이 뭔가를 주우려고 몸을 숙였을 때 아주 잠깐 동안 당신의 항문을 엿봤어요. 연민에 가까운 감정도 샘솟았는데 쳐다본 것 자체가 잘못이라는 생각 때문이기도 하고, 당신이 친절하며 연약하고 부드럽다는 사실을 처음 알았기 때문이기도 했죠. 보지 말아야 했어요. 다시 생각해 보니 당신의 건전하고 사적이고 순결한 무언가를 내가 침해한 느낌이었습니다. 마치 성스러운 것이 눈앞에서 갑자기 확 타올라 말문을 잃고 한낱 보잘것없는 존재임을 느끼며 몸이 떨리는 것처럼요.

그런데 내가 막 당신을 멀리하려고 애쓸 때 갑자기 당신이 날 깜짝 놀라게 했지요. 늘 그렇듯 나는 14번 코트에서, 당신은 15번 코트에서 테니스를 치고 있을 때 당신의 공이 날아와 내 쪽 네트에 맞았어요. 다른 사람의 코트에 떨어진 공을 보내 달라고 부탁할 때 모두가 으레 그렇듯 당신은 *고마워요!* 라고 소리쳤죠. 위압적인 *고마워요!* 하지만 누구도 불쾌하게 받아들이진 않죠. 내가 듣지 못해서 대답을 안 하자 당신이 한 번 더 소리쳤어요. 그런데 두 번째는 이렇게 소리쳤죠. *고마워요, 폴리.*

폴리! 바로 그 순간 난 깨달았죠. 당신이 처음 말했을 때도 들었는데 자각하지 못했다는 것을.

당신이 그냥 폴리도 아니고 폴리이이, 라고 내 애칭의 맨 마지막 모음을 길게 끌어 아주 다정하고 가깝고 친근하게 들리게끔 발음한 걸 듣자마자 갑자기 센트럴파크의 테니스 코트를 벗어나 어린 시절로 돌아갔습니다. 집에서, 나중에는 고등학교에서 모두가 바로 당신처럼 나를 폴리이이, 라고 불렀어요. 명랑한 분위기와 따뜻함을 강조한 애정이 담긴 별명이었죠. 내가 당신에게 보여 주고 싶었던 사진 속의 소년이 폴리예요. 게다가 당신은 자각하지 못하는 척하지도 않고 그 이름을 소리쳐 불렀어요. 폴리라는 이름이 등장하는 곳은 온라인의 대학 졸업 앨범 사진뿐인데. 혹시 온라인에서 날 찾아봤나요?

그런 식으로 이름이 불리는 걸 들으니 생각보다 훨씬 행복했습니다. 내가 그동안 느낀 모든 감정, 당신에게 원한 유대가 내내 바로 눈앞에 있었던 거예요. 내가 보지 않았을 뿐. 어쩌면 자존심과 두려움, 원초적인 욕망에 가로막혔는지도 몰라요. 그런데 당신의 입을 통해 내 이름은 새로운 음색과 소리, 그 진짜 소리를 얻었습니다. 사람들이 지쳐서 잠시 숨을 돌리려고 할 때처럼 라켓을 떨어뜨리고 코트의 체인 링크 울타리에 기대어 울고 싶었습니다. 테니스를 치다가 멈추고 당신의 공을 보내 주려 했죠. 그때 당신이 웃으며 또 말했습니다. "정말 고마워요, 폴." 내 별명을 부른 게 인정하고 싶지 않은 실수라도 되는 듯이 말이에요.

그래도 나는 나이 많은 선배를 좋아하고 어느 날 쉬는 시간에 동네 잡화점에서 담배를 사 오라는 임무를 받은 소년이 된 기분이었어요. 담배 심부름이 식당 잡일꾼 소년의 일이 아니라 영광스러운 일이 된 거죠. 난 정말로 영광이라고 느꼈어요. 당신은 내 이름을 불러서 나를 새로운 차원에 놓았습니다. 당신이 내 열린 로커에서 내가 항상 놓아두는 사과를 집어 가며 *사과는 내가 먹는다, 넌 내 프로틴 바 먹어,* 라고 말하는 것 같았죠.

그날 아침 테니스를 다 치고 떠오른 한 가지는 내가 당신의 이름을 물어본 적도 알려고 한 적도 없다는 사실이었어요. 당신을 피하려고, 비현실적인 존재로 놓아두려고, 관심을 들키지 않으려고 그랬는지도 몰라요.

샤워를 하고 옷을 입은 뒤 당신을 보면서 어쩌면 불쑥 말했죠. 당신의 이름을 모른다고. 당신이 내 이름을 처음 불렀다는 사실을 완전히 의식하고 있으며, 알아차리지 못한 채 넘어가지 않았다는 걸 보여 주기 위해서였을 거예요. 당신은 곧바로 이름을 말해 주었어요. 생각조차 못 한 이름이었죠. 프리드리히나 하인츠, 하인리히, 오토 같은 이름일 거라고 생각했거든요. 사람들이 통성명을 할 때 으레 그러듯이 손을 내밀어 당신과 악수했죠. 당신의 손에 닿는 감촉이 좋았어요. 일종의 신호 같은 것이 당신한테서 나에게로 빠르게 전해지는 걸 느꼈죠. 아니, 그렇게 생각하고 싶었던 건지도 모르겠네요. 하지만 정말로 뭔가가 느껴졌어요. 당신의 손을 계속 잡을 건 아니었지만 그러고 싶었어요. 너무 일찍 손을 빼지 않는 정중한 모습으로 보아 어쩌면 당신도 뭔가를 느꼈겠죠. 갑자기 난 후배에게 담배를 사 오라고 하는 선배가 되었죠. 좋았어요. 당신의 겁먹은 미소가 마음에 들었어요. 우리가 역할을 바꿀 수 있다는 게 좋았죠. *수줍어하는구나*, 생각했어요.

"언제 술 한잔 해요."

"그러죠. 그거 좋네요."

당신의 손에 입을 맞추고 내 다섯 손가락을 당신의 다섯 손가락에 깍지 껴서 그 손바닥의 부드러움을 느끼고 싶었죠. 물론 그런 일은 일어나지 않았지만. 그래도 눈치 채기를 바라며 당신의 눈을 똑바로 바라보았죠.

행복감에 붕 떠서 출근을 했습니다. 당신이 열 걸음도 채 떨어지지 않은 거리에서 걸어오고 있다는 사실은 알아차리지 못했죠. 내가 그걸 눈치 챈 건 지하철역 계단을 내려갈 때도, 심지어 플랫폼에 이르렀을 때도 아니고 지하철을 타서였어요. 당신은 나와 같은 칸에 다른 문으로 타서 자리에 앉아 있었죠. 난 신문을 읽으며 서 있었고. 당신이 날 봤는지 모르지만 평상시의 침묵과 외면하는 시선으로 돌아가 있었습니다. 우린 테니스 코트 밖에서는 이야기를 나누지 않아요. 강제로 밀어붙이거나 주제넘고 싶지 않아서 신문을 읽으며 골똘히 생각에 잠긴 척했죠. 내 신문이 자리에 앉은 여성의 얼굴에 스쳐서 사과했는데 당신에게도 들릴 정도로 크게 말했어요. 로커룸에서 2년째 해 온 짓이죠. 누구에게나 말을 걸지만 사실은 언제나 당신에게 말하는 거죠. 어쩌면 당신이 말을 걸려는 몸짓을 보일 거라고 기대했나 봐요. 하지만 내가 같은 지하철에 탔다는 걸 알기 위해 당신이 내 목소리를 들을 필요까지는 없었죠. 당신은 이미 알고 있었어요. 내가 알았던 것처럼.

당신은 먼 곳을 보는 듯한 생기 없는 눈으로 앉아 있었죠. 언젠가 한 번 본 적 있는, 테니스 코트에서 차에 탄 이름 모를 사람들을 쳐다보던 멍한 눈길이었어요. 다리는 살짝 벌리고 양손은 손바닥이 위로 가게끔 손등을 허벅지에 올려놓은 너무도 무기력하고 소극적인 몸짓. 체념한 듯한 묵인을 전하는 그 털썩 주저앉은 자세. 운동선수가 저렇게 앉아 있는 모습에 마음이 아플 지경이었죠. 뭐라도 좋으니 말을 걸어 우리 사이의 장애물을 전부 뚫고 나아가 도대체 왜 그러느냐고, 왜 그렇게 쓸쓸하고 멍한 눈으로 주변을 보느냐고 묻고 싶었습니다. 하지만 누가 감히 그렇게 할 수 있을까요? 그래서 계속 신문을 읽는 척했습니다.

당신을 향한 무른 마음이 또 자극받는 것을 느꼈죠. 경계를 늦추지 않았는데도 신문 기사에 완전히 집중하고 있었다는 사실을 깨달았을 때는 당신이 이미 목적지에서 내린 사실도 알아차리지 못한 후였어요. 한마디 말 없이 어쩌면 바로 내 옆을 스쳐서 내렸겠죠.

그날 아침 사무실에 도착했을 때 내 기쁨을 꺼뜨린 건 술 한잔하자는 말에 대한 당신의 대답이었습니다. "그거 좋네요." 당신의 대답은 예스가 아니었던 거예요. 예의를 차린 거짓말이었죠.

그날 밤 컴퓨터로 탐정 짓을 좀 했습니다. 당신의 성을 모르기에 '만프레드'와 언젠가 한 번 따라가서 알게 된, 당신이 근무하는 퀸스 지하철역 근처의 사립학교 이름, '테니스'를 함께 입력했죠. 아무것도 뜨지 않더군요. 다시 수많은 단어를 시도해 보고 몇몇은 지우고 더하고 예전에 스친 예감까지 활용해 독일 주둔 미 육군 기지까지 확인했죠. 역시 아무것도 없었어요. 마지막으로 '오벌린'과 '만프레드', 졸업 추정 연도를 함께 쳤죠. 그러자 너무나 놀랍게도 당신의 사진과 풀네임이 떴습니다.

이렇게 되니 질문을 더 던지고 싶은 유혹을 거부할 수 없더군요. 뉴욕 어디에 사는지, 사람들이 당신에 대해 뭐라고 말하는지, 페이스북 계정은 있는지, 어떤 사람들하고 친한지, 전부 다 읽었어요.

주소와 전화번호뿐만 아니라 소셜미디어에 당신의 파트너로 보이는 사람의 이름까지 나오더군요. 그 사람의 이름을 치자 '투키디데스'가 떴어요. '교수' '고전문학'도. 당신의 말은 거짓이 아니었어요. 이미 그 사람은 투키디데스에 관한 논문을 발표했더군요.

두 사람이 부러웠습니다. 두 사람이 신입생 오리엔테이션 주간에 만나는 모습을 상상했어요. 매일 밤 도서관에서 함께 돌아오는 모습도. 어쩌면 저녁을 먹은 후 도서관에서 만났을지도 모르죠. 그러다 어느 겨울밤 도서관에서 당신의 기숙사로 돌아가는 길에 그가 걸음을 멈추고 얼어붙을 듯 추운데도 벤치에 앉아 말하죠. "꼭 알아야겠어, 만프레드. 날 좋아해?"

신경전 같은 것이 소멸되면서 우리 사이에 변화가 찾아왔습니다. 당신이 먼저 대화를 시작하게 된 거죠. *주말 잘 보냈어요?* 라는 물음에 내가 *괜찮았어요,* 라고 느릿하게 대답하면 당신은 뭘 했고 어딜 가서 뭘 봤는지 장황하게 늘어놓죠. 덕분에 난 골수 이식을 받은 당신의 아버지, 당신이 사는 95번가 아파트의 부실한 중앙 냉난방 시설, 독일로 돌아간 당신의 형, 당신과 파트너가 터너 클래식 무비 방송에서 틀어 주는 흑백영화를 즐겨 본다는 것 등을 알았습니다. 당신은 스포츠 이야기는 하지 않았고 프랑스 오픈 대회를 봤는지도 묻지 않았죠. 이제는 무너져 가는 테니스 하우스의 상태를 그냥 못 본 체하지 않고 우리가 면도하는 더러운 세면대나 옷을 입으러 갈 때 헤치고 걸어가야 하는 물웅덩이, 새벽에 몰래 숨어 들어와 샤워하거나 우리가 방금 면도와 양치질을 한 세면대에서 옷을 빠는 노숙자들에 대한 농담을 했죠. "매일 아침 노숙자들하고 친하게 지낸다는 걸 동료 교사들이 알아야 하는데."

실제로 어느 날 노숙자 한 명이 샤워장에 들어와 더러운 옷을 세면대에 던졌죠. "내가 뭐랬어요."라고 당신이 말했죠. "안녕, 폴." 노숙자의 인사에 나도 "안녕, 베니."라고 인사했어요.

로커로 걸어가면서 당신에게 베니는 슬픈 사연이 있다고 말해 주었습니다. 베니는 바텐더였지만 마약에 빠지면서 이런저런 불운이 겹쳐 노숙자가 되었다고. 주류 판매 허가증도 잃고 집과 아내, 자식도 잃었지만 러시아 문학 작품을 전부 읽었으며 미국에서 탄생한 모든 칵테일 레서피를 술술 읊는다고. "베니는 재기하려고 노력 중이에요." 겉으로는 짓궂고 빈정대지만 속은 선량한 사람임을 보여 주고 싶어서 진지한 표정을 더해 말했지요. 당신은 아무 말도 하지 않았지만 난 우리가 옷을 입으면서 대화하는 게 좋았죠. 당신이 내 쪽을 보느라 몸의 정면과 턱, 가슴 근육, 복근, 눈이 나를 향했기 때문이죠. 시선을 아래로 향하고 싶지는 않아서 계속 당신의 가슴을 쳐다보았는데 가슴을 만지고 싶어져 얼굴로 옮기자 키스하고 싶어졌어요. 얼굴을 계속 바라보다가 시선을 따라잡히기 전에 얼른 허리 아래를 보았죠. 재기를 위해 애쓰는 전직 바텐더 이야기를 나누는 동안.

"폴?" 베니가 깊은 세면대에서 옷을 빨고 로커룸으로 나와 나를 불렀어요.

"왜요?"

베니는 당신 앞에서 말하기 곤란하다는 듯 나더러 가까이 오라는 신호를 보내고 속삭였죠. "좀 도와줄 수 있어요?"

로커로 가서 몰래 지갑을 꺼낸 뒤 옆걸음치듯 화장실로 돌아가 그에게 지폐 몇 장을 건넸어요. 당신에게 보이기 싫었어요. 하지만 가엾은 사람에게 돈 주는 걸 숨기려고 애썼다는 것만은 당신이 알아채기 바랐죠.

"돈을 줬군요." 로커로 돌아오자 당신이 말했죠.

"아니에요."

"줬잖아요."

"좋은 사람이에요." 결국 내가 인정했죠.

그러자 당신이 말했어요. "《메트로폴리탄 다이어리》칼럼에 나오는 풍경이네요."

우린 서로에게 미소 지었죠.

"우리 비긴 거네요."

"무슨 말이에요?" 내가 물었어요.

"나도 그에게 뭘 줬거든요."

알고 보니 당신은 그에게 나보다 훨씬 많은 돈을 주었더군요. 난 웃으며 장난으로 나무라듯 고개를 저었어요.

"왜요?" 당신이 그냥 넘기지 않고 물었어요.

난 우리가 똑같은 생각을 하고 똑같은 것을 좋아하고 닮은 점이 많다는 이야기를 하고 싶었습니다. 하지만 결국 내뱉은 말은 완전히 다른 이야기였죠. "정말 멋진 행동이었어요. 나보다 훨씬 조심스러웠고."

내 입에서 나온 가장 지나치게 달콤한 상투적 표현이었죠. 당신은 아무 말도 하지 않았어요.

"왜요?" 당신을 흉내 내며 물었습니다.

"아니에요." 당신은 잠시 멈추었다 이어서 말했죠. "당신이 이해되기 시작하는 것 같아요."

"아! 더 자세히 말해 봐요. 난 잘 모르겠거든요."

"당신은 쉽지 않아요." 당신이 조심스럽게 말했죠.

"그럴지도요."

우리는 서로를 쳐다보지 않으려고 애쓰면서 말없이 서 있었습니다. 둘 다 옷을 입었고 테니스 하우스를 떠날 준비가 끝났지만 상대방과 함께 나가기 싫어하는 것처럼 보였죠.

내가 소변을 봐야겠다고 했죠. 당신 혼자 로커룸에서 나갈 수 있는 빌미를 준 거였어요. 그래야만 할 것 같았거든요.

다음 날인 토요일 아침, 농산물 직판장으로 향하다 환상에 사로잡힙니다. 해변에 잘 어울리는 맑고 화창한 전형적인 여름 날씨. 당신이 간밤에 뭘 했을지, 주말 여행을 떠났을지 생각합니다. 아직 선선하지만 당신이 친구들과 함께 떠난 여름 별장을 떠올립니다. 모두 간밤에 진탕 마셨을 거라는 상상도 했죠. 하지만 어젯밤 친구들은 아침 일찍 일어나기로 유명한 당신에게 눈을 뜨면 우유와 베이글 같은 아침거리를 사다 달라고 부탁했어요. 간식거리도 잊지 말라는 주문이 있었고요. 당신은 꿈꾸듯 밖으로 나가 멋진 아침을 맞이합니다. 일어난 사람은 당신뿐이고 길에도 당신뿐이죠. 아주 좋아요. 날씨도 좋습니다. 길은 평온하고 침묵도 수그러들지 않습니다. 흙먼지가 이는 평평한 길을 걷는 당신의 플립플롭 소리가 들리네요. 당신은 행복합니다. 어젯밤, 훌륭한 저녁식사, 좋은 친구들, 좋은 대화, 좋은 와인, 멋진 섹스. 당신은 아직 샤워하지 않았고 첫 바다 수영을 하기 전까지 하지 않을 생각입니다. 밖으로 나오기 전에 당신이 한 일은 어젯밤에 입은 반바지와 티셔츠를 입은 것뿐이죠. 속옷은 입지 않았어요. 천국입니다. 당신은 케이크 같은 걸 준비하여 모두를 놀라게 해 줄 생각입니다. 특히 그 지역에서만 구할 수 있는 산딸기와 곡물로 만든 케이크. 뭐 어때. 난 그런 심부름을 하는 당신이 부러워요. 갑자기 나도 그 자리에 당신과 함께 있습니다. 당신과 함께 걸어가고 싶어요. 우린 함께 걸어 본 적이 한 번도 없으니까요. 게다가 토요일 아침 바닷가에서 베이글 따위와 간식거리를 사러 가는 일은 무척이나 쉽고 전혀 복잡하지 않아서 확실하고 소박하고 희석되지 않은 기쁨을 주니까요.

한편으로는 당신이 나더러 우유와 모두의 아침거리를 사 오라고 시켰으면 좋겠어요. 내가 나간 후 당신은 이미 일어나 커피를 마시는 사람들에게 어떻게든 내 이야기를 꺼낼 구실을 찾겠죠. 어젯밤 우리의 신음 소리를 들었을 테니 누군가 분명 무슨 말을 할 거예요. 둘이 완전 뜨겁던데 숨은 쉬고 한 거야? 같은 재미있는 말이겠죠. 다들 웃음을 터뜨려요. 내가 당신 친구들과 처음 어울리는 자리거든요. 당신은 함께 웃다가 갑자기 벌떡 일어나 밖으로 달려 나가죠. 내가 스무 걸음도 채 걷기 전에 당신이 나를 쫓아옵니다. 같이 가고 싶었어. 난 뒤돌아 미소 지어요.

같은 토요일의 다른 시나리오도 있습니다. 당신은 아침거리를 사러 간다며 나에게는 그냥 있으라고 하죠. *에스메랄다랑 커피 마시고 있어. 내가 다녀올게.* 당신이 그물로 만든 문을 열고 나가 자마자 난 에스메랄다와 이야기를 나누기 시작합니다. 이런 자리가 처음인 나에게 그녀가 갓 내린 커피를 건넵니다.

잘해 줘. 상처 주지 마. 그녀가 말하죠.

잘해 주고 있는데.

그를 사랑해?

사랑하느냐고? 난 그에게 미쳐 있어.

하지만 그녀는 대답이 만족스럽지 않은 듯하죠.

그때 방금 일어난 두 사람이 비틀거리며 주방으로 들어와 커피를 마십니다.

그를 진심으로 생각하는 거야? 둘 중 한 명이 묻습니다.

내가 머릿속으로 하루 종일이라도 반복할 수 있는 장면이죠.

모든 것이 당신이 나를 진심으로 생각한다는 걸 말해 줍니다. 하지만 정작 당신은 아무런 신호도 없죠.

그 토요일 저녁 나는 드디어 당신 꿈을 꿉니다. 모드와 함께 링컨광장 주변을 걷고 있습니다. 영화관을 나와 걷는 중인데 같은 인도에서 당신과 당신의 파트너를 마주치죠. 늦여름이고 당신이 일주일 넘게 테니스 코트에 나오지 않은 터라 갑자기 바로 눈앞에 서 있는 당신을 보고 난 깜짝 놀랍니다. 나도 모르게 평상시의 미지근한 인사도 없이 손을 뻗어 당신의 뺨을 만집니다. 감히 엄두 내지 못할 일이지만 한편으로는 꿈이라는 것을 느끼고 꿈에서는 부적절한 일이 아님을 아는 거죠. 일주일 넘게 보지 못했으니까 더더욱. 빛나는 가슴뼈까지 드러난 구릿빛 목이 내 충동을 자극했겠지요.

그런데 꿈속에서 당신은 나보다 더 놀라운 행동을 합니다. 파트너 앞에서의 내 과감한 애무에 놀라지도 않을뿐더러 좋아하며 내 손바닥에 굴복하죠. 내 손이 계속 머물러 있도록 얼굴을 살짝 기대어 옵니다. 어쩌면 방금 일어난 일을 숨기기 위해 우리는 곧바로 악수를 나누고 옆 사람도 소개해 줍니다. 모드와 당신의 파트너는 영화가 정말 좋았다는 대화를 시작하죠. 당신이 나를 가리키며 "저쪽은 영화가 재미없었군요."라고 말하자 모드가 "설마요!"라며 나를 이용해 농담을 합니다. 당신들에게 어느 쪽으로 가는지 물으니 우연히 같은 방향입니다. 모드와 당신 파트너가 앞서 가고 일부러 그 둘과 거리를 두듯 당신과 나는 뒤처집니다. 한 번도 같이 걸어 본 적 없는 우리인데 갑자기 지난 2년을 통틀어 그 어느 때보다 함께군요. 당신은 내 손을 잡고 놓지 않습니다. 꿈이 맞기는 맞는다는 생각을 합니다. "너무 오랫동안 못 봤어. 같이 걷자." 당신이 말합니다.

"저 두 사람은 어쩌고?" 내가 당신의 말뜻을 오해하고 묻지만 오해가 아님을 이내 깨닫죠.

"저들은 견뎌 낼 거야."

당신이 이렇게 말하는 순간 나는 너무도 분명하게 알고 있습니다. 비록 꿈이지만 당신과 손잡고 함께 걷는 몇 분이 그 어떤 현실보다도 좋고 현실적이며 내가 지금까지 지나온 시간을 삶이라고 부른다면 거짓말이 되리라는 것을.

그 꿈에 따라온 행복감은 하루 종일 계속되었죠.

한 가지 결심했어요. 다음에 당신을 보면 꿈에서 한 것처럼 똑같이 하리라고 말이에요. 당신의 뺨을 만질 거예요. 테니스 코트건 테니스 하우스건 로커룸이건 상관없이 꼭.

그러지 않기만 해 보라지.

그러지 않으면? 자살이라도 할 건가? 정말?

꿈 이후로 당신을 보았을 땐 결심을 실행하는 게 불가능했어요. 마치 내 꿈을 몰래 보고 경악해서 거리를 두는 게 최선이라고 결정한 듯이 당신이 또 차가워졌기 때문이죠. 잠의 세계에서는 혹시 꿈이 뛰쳐나가 서로에 대한 꿈을 꾸는 사람들에게 밀고하는 건 아닌지, 밤의 뒷골목에서 첩보영화를 방불케 하는 만남으로 암호화된 메시지를 슬쩍 흘리는 게 아닌지 의아하군요. 용기가 없어서 직접 하지 못하니 상대방이 해 주기를 바라는 일을 꿈이 흘리는 걸까요. 꿈은 얼굴과 미소를 바꾸고 목소리에는 꿈에선 숨기지 않은 욕망의 색조가 남아 있죠. 당신이 나를 다시 한번 보면서 *어젯밤에 내 꿈 꿨죠?* 라고 말하기를 바랐어요.

그리고 다음 날 다시 당신을 만났을 때는 놀라움이 자연스러워 보이는 애정으로 정당화될 수도 있었을 텐데, 당신이 만나자마자 테니스 코트의 열악한 관리에 대해 불평해서 기회가 없었죠. 그리고 목요일에는 당신이 나오지도 않았고요. 월요일까지 영원과도 같은 시간을 기다려야만 했습니다.

하지만 꿈에서 당신과 우연히 마주치는 기쁨은 사라지지 않았고 숨길 수도 없었어요. 그 기쁨이 내 하루의 매시간에 닿았기에 두려워졌어요. 실제 당신이 꿈속의 모습과 다를까 봐 두려운 게 아니라 꿈속에서 당신이 손을 잡고 *함께 걷자*, 말하는 순간에 샘솟는 기쁨이 아무런 경고도 없이 심지어 내가 모르는 사이 서서히 증발할까 봐 두려웠어요. 어떻게 소중히 하고 어떻게 하면 놓치지 않을지…….

　금요일 오후 일찍 테니스 코트에 가기로 했죠. 초봄치고는 드물게 따뜻한 날인데 그날 있었던 일은 전부 잊고 날씨를 즐기고 싶었어요. 로커에 여벌 옷을 넣어 두었으니 집에 가서 옷을 갈아입을 필요도 없었죠. 테니스 하우스로 들어갔는데 거기 당신이 있었어요, 만프레드. 오후 3시. 내가 절대로 테니스 코트에 가지 않는 시간이고 당신 또한 마찬가지였죠. 당신은 학교에서 일찍 퇴근해 코트를 예약하지도 않고 온 거였죠. 당신은 나와 할란에게 한 명을 더 데려오면 2 대 2로 칠 수 있는지 물었어요. 쉽게 찾을 수 있을 거라고 내가 말했죠. 예전에 한 번 당신에게 같이 치자고 했다가 그 뒤로 감히 다시는 묻지 않은 노신사가 마침 당신 눈에 띄었죠. 노신사는 기꺼이 그러마 하고 로커로 달려가 라켓을 가져왔어요. 당신은 남에게 부탁하는 걸 싫어하는 게 분명했어요. 같이 칠 수 있는지 물어보는 당신은 너무 조심스럽고 불안해 보였죠. 어쩌면 부탁할 때 할란도 옆에 있어서 그랬는지 모르지만. 나는 손바닥을 당신의 뺨에 갖다 대고 당연히 괜찮다고 말했어요. 당신은 피하지 않았지만 얼굴을 밀착해 오지도 않았죠. 하지만 당신도 미소 짓고 나도 미소 지었어요. 말은 하지 않았지만.

　"정말 기분 좋네요. 우린 같이 친 적이 없잖아요." 결국 난 이렇게 말했죠.

"그렇죠. 나도요."

둘 다 상대방의 말뜻을 확신하지 못했지만 꿈에서처럼 우리의 말은 여러 가지 뜻으로 받아들여질 수 있었죠. 괜찮았어요. 명백한 의미, 그다지 명백하지 않은 의미, 넌지시 내비친 의미. 하나 이상의 의미가 있다는 게 우린 좋았으니까요. 그것들이 워낙 뒤죽박죽 섞여 있어서 어느 쪽을 움켜잡아야 할지 알 수 없지만 결국 셋이 서로 얽혀서 결국은 하나였으니까요.

"지난번에 말한 한잔, 오늘 하죠." 내가 너무 밀어붙이는 것 같기도 했어요.

"아, 그거요." 언젠가 술 한잔 하기로 모호하게 암시한 적이 있고 완전히 피하지 못했음을 잊어버리지 않았다는 걸 보여 주기라도 하듯 당신이 말했죠. 순간 당신이 술 한잔 하기로 한 거나 그 간접적인 의미를 가벼운 농담처럼 취급하고 있다는 생각이 들었어요. 당신의 공감 어린 비꼼이 날 놀라게 했죠. 과연 당신은 까다롭게 굴다가 결국 거절할까?

"하지만 내가 사는 겁니다." 당신이 흔쾌히 말했어요.

테니스를 치고 우리는 콜럼버스 애비뉴에 있는 바로 갑니다. 오후 4시 15분 너무도 환한 햇살 아래 땀에 젖은 테니스복 차림으로 인도에 자리한 술집 겸 카페에 앉아 있습니다. 서로의 무릎이 닿았지만 누구도 빼지 않죠. 잡담을 나눌 수도 있겠지만 난 어린아이가 아니어서 곧장 본론으로 들어갑니다.

"파트너 얘기를 좀 해 줘요." 당신의 반응을 보니 예상치 못한 말인 척하고 싶어 하는 듯하다가 이내 생각을 바꿉니다. 얼버무리기 작전을 펼칠 때가 아니죠. 서로의 패가 나와 있으니까요.

"말할 게 없어요."

"아무것도?"

"대학 때부터 사귀었어요."

"하지만?"

"하지만은 없어요. 여전히 사귀어요. 당신이 듣고 싶은 말이 아닐 거예요."

"알고 있었군요. 내 마음에 대해서요."

"잘 모르겠어요. 그런 것 같네요."

이 얼마나 섬세한 표현인가.

"그리고?"

"그리고 없어요. 난 당신 생각을 해요." 당신이 곧 덧붙입니다. "사실은 아주 많이."

문득 당신의 카드가 첫 번째 진짜 카드라는 사실을 나는 깨닫습니다. 존경스러워요. 내가 내놓은 건 겨우 조커였는데.

오른손을 의자 팔걸이 아래로 내려, 이미 의자 팔걸이 아래에 내려뜨린 당신의 왼손을 잡습니다. 당신이 예상하지 못한 일이죠. 한편으로는 내가 그러지 않았으면 하는 게 느껴집니다. 하지만 놓고 싶지 않아요. 지금은.

"나도 동거하고 있어요. 하지만 당신이 한 말들, 나도 할 수 있어요."

"그럼 말해 봐요." 당신은 이런 식으로 반격하는군요. 목소리에서 짓궂고 예민한 분위기가 느껴져요. 마음에 들어요. 당신의 손에 힘이 빠졌고 이제는 내 손을 잡고 있습니다. 손을 놓지 않기를 잘했죠.

"그 사람과 사귄 지는 1년 정도 됐어요. 하지만 내가 생각하는 사람은 당신이에요. 사랑을 나눌 때조차도." 이제 그 무엇도 내 입을 다물게 할 수 없습니다. "아니, 특히 사랑을 나눌 때."

"그리고?"

내가 조용해집니다.

"알고 싶어요." 당신은 분명하게 말합니다.

"그리고 아무것도 없어요. 정말 상세하게 듣고 싶어요?"

"아뇨." 당신이 다시 말합니다. "아니, 네, 듣고 싶어요."

난 당신이 이런 식으로 말한 게 좋았어요.

"난 항상 당신을 생각해요. 당신을 보고 있지 않을 때도 항상 함께 있죠. 난 당신의 모든 걸 알아요. 사는 곳, 부모님이 독일 어디에 사는지, 버지니아의 무슨 고등학교를 나왔는지도, 어머니의 결혼 전 성까지도. 계속할까요?"

"나도 똑같아요."

"어째서?"

"당신의 테니스 스케줄이 어떻게 되는지, 테니스를 다 치고 어떤 지하철을 타는지, 어디 사는지 알아요. 계속 말할 수 있어요. 모드에 대해서도 알고요. 모드도 페이스북을 하니까."

우리가 서로의 거울 이미지였다는 사실을 마침내 깨달은 그 순간, 나는 그 순간을 영원히 잊지 못할 겁니다. 그런 것도 모르고…… 우리는 몇 달을, 너무 많은 시간을 낭비했군요.

"또 나에 대해 뭘 알아요?" 당신이 물었죠.

"무슨 옷을 입는지, 어떤 색깔 넥타이가 있는지, 바지를 입기 전이 아니라 입은 후에 양말을 신는다는 것도, 가끔씩 칼라 스테이를 사용하는 것, 셔츠 단추를 맨 아래부터 채운다는 것도 알아요. 내 평생 당신을 알고 싶다는 것도. 매일 밤 당신의 벗은 몸을 보고 싶어요. 양치질하는 모습, 면도하는 모습을 보고 싶고 면도하기 싫을 때 내가 대신 해 주고 싶고 같이 샤워하고 싶고 무릎과 팔, 허벅지 안쪽, 발, 앙증맞은 발가락에 로션을 발라 주고 싶어요. 당신이 책 읽는 모습을 보고 싶고 당신에게 책을 읽어 주고 싶고 같이 영화를 보러 가고 싶고 요리를 해 주고 껴안은 채 TV를 보고 싶어요. 당신이 실내악을 좋아하지 않는다면 채널을 해지할 거고 액션영화를 좋아한다면 같이 액션영화를 볼 거예요. 지금 당신과 알몸으로 나란히 눕고 싶어요. 내가 원하는 건 오직 당신과 함께 있는 것, 당신처럼 되는……."

당신은 내가 말을 끝내도록 두지 않았죠. "오늘 밤 당신에게 전화하고 싶어요."

당신의 그 말이 내 배를 찔렀죠. 우리 오늘 해요, 라고 말했다면 그렇게 놀라지 않았을 겁니다.

"휴대전화를 무음으로 해 둘게요." 내가 약속했죠.

"나도." 당신은 손을 빼서 내 무릎에 올려놓았죠. "다시 생각해 보니 안 되겠어요. 오늘 전화 안 할 거예요."

"왜죠?"

"복잡하잖아요. 누군가에게 상처 주고 싶지 않아요."

침묵의 순간이 방금 우리 사이에 일어난 모든 일을 지워 버리려 위협하고 지난주, 지난달, 지난해의 우리로 돌려보내는 듯합니다. 난 무슨 말이든 해야만 했죠.

"오늘 오후가 아무것도 아니게 되길 바라지 않아요. 당신을 잃고 싶지 않아요." 그리고 당신 마음을 잡아 주는 부적이라도 되는 듯 휴대전화를 꺼내 열두 살의 내 사진을 보여 주었습니다. "지금 당신이 말하는 사람은 이 아이예요. 진심 어리고 발정이 났고 겁먹은 아이."

당신은 사진을 보고 고개를 끄덕였습니다. 내가 우리 사이에 너무도 엉성한 다리나마 만들려고 필사적으로 애쓴다는 걸 당신도 알았겠지요.

"오늘 밤 내 생각을 할 건가요?" 당신이 물었죠.

당연하다는 걸 알려 주려고 피식 웃었어요.

"당신은요?" 내가 물었죠.

"아직 모르겠어요."

순간 혼란스러웠어요.

"장난이에요, 폴리. 그냥 장난이에요. 내일 테니스 칠 거죠?"

"비가 올 것 같은데요."

"알겠지만 그래도 난 나갈 거예요. 알겠지만 난 기다릴 거고요. 그 이유를 당신은 알 거예요."

"왜죠?"

"이미 알잖아요."

도저히 참을 수 없어 한 손으로 당신의 얼굴을 만졌어요. 꿈에서보다 좋았습니다. 당신은 미소를 지었을 뿐만 아니라 내 손바닥 쪽으로 얼굴을 기울여 주었죠. 그리고 손을 들어 내 손을 가만히 감싸 주었어요.

"할 말이 많아요."

"나도."

집으로 돌아가 온라인에서 다시 당신의 사진을 찾아 가만히 바라봅니다. 나를 보는 듯 희미하게 미소 짓는 얼굴. 화면을 닫고 싶지만 시선이 거둬지지 않아요. 난 그저 당신을 보고 얼굴을 만지고 싶어요. 이 얼굴이 내 집에, 내 사무실에, 내 삶에 있었으면 좋겠습니다. 너무도 간절히 원한 나머지 갑자기 끔찍한 공포가 나를 사로잡습니다. 당신이 내일 아침에 나타나지 않을 거라는. 나혼자 오지 않는 당신을 기다리는 것. 당신이 두 시간, 세 시간, 네시간 늦더라도 나는 계속 기다릴 거예요. 오후에도 기다릴 것이고 밤마저도 내 기다림을 멈추지 못할 겁니다. 왜 기다릴 건지, 뭐가 그렇게 못 미덥고 두려운지 모르겠습니다.

파멜라의 집에서 저녁 모임을 하는 내내 당신의 목소리를 생각하지만 절대로 떠오르지 않는다는 생각이 내 머릿속을 가득 채웁니다. 테이블에 앉은 모두가 이야기를 나누고 술도 많이 마십니다. 테이블 아래로 손목의 시곗줄을 문지르며 내 손이 아닌 당신 손을 잡고 있다고 상상하죠. 아니면 당신의 손이 내 손목을 부드럽게 치는 감각을. 손목을 계속 만질수록 당신의 손이 내 성기를 꽉 쥐고 있는 상상을 하고 싶어집니다. 행복하면서도 불행하네요. 와인이 네 잔째가 되었을 때쯤에는 테이블에 앉은 모두에게 말하고 싶은 걸 꾹꾹 억누르는 자신을 발견했죠. 난 여기 앉은 모두보다 운이 좋아요. 난 사랑에, 지독한 사랑에 빠졌거든요. 정말 괴로워 죽겠는데 여기 계신 분들은 도움이 전혀 안 되네요. 얼굴들을 보아하니 사랑의 '사' 자도 모르는 게 분명하니까요. 솔직히 나도 이제야 알았거든요. 난 조용히 있습니다. 하지만 당신이 부활한 예수처럼 테이블로 걸어와 *가자, 함께 걷자, 폴리,* 라고 한다면 벌떡 일어나 냅킨을 의자에 떨어뜨리고 여전히 꽉 찬 와인잔을 그냥 두고 모드와 다른 손님들에게 형식적으로 사과를 하고 당신과 스르르 사라져 버리겠죠. 당신이 *가자, 함께 걷자, 폴리,* 라고 말하는 걸 들으려면 내 목숨을 지불해야 한다고 해도 난 그렇게 할 겁니다.

하지만 당신은 나타나지 않습니다. 당신의 손목을 아무리 꽉 쥐어도 난 당신을 잡아 둘 수 없죠. 내 미소가 희미해지고 말소리가 끊기고 더 이상 분위기 메이커도 아닙니다. 나는 세상에서 가장 불행한 남자입니다. 여기 앉은 사람들 중 누구도 내 고통의 이유가 무엇인지 조금도 알지 못하기에 더더욱. 하지만 이 테이블에 앉아 있는 모두가 폭풍우로 파괴되었지만 최대한 좋은 모습을 보이려 애쓰는 섬이 아닐까요. 코코넛나무가 바람에 휘어지고 끝내 절망에 등이 부러져 쓰러지는 소리가 들리고 단단한 코코넛 열매들이 땅에 내동댕이쳐지는데도 우리는 계속 즐거운 분위기를 유지하며 매일 아침 경쾌한 걸음걸이로 직장에 출근합니다. 여기저기 물집 잡힌 암울한 삶에서 벗어나게 해 줄 날 *따라오*

라, 형제여, 날 따라오라, 자매여, 하는 누군가의 목소리를 기다리기 때문이죠.

고개를 돌려 오른쪽의 파멜라를 보고 왼쪽의 나자도 봅니다. 모드는 오른쪽에 앉은 남자와 이야기를 나누고 있습니다. 모두 다른 곳으로 데려가 자신을 구해 줄 누군가를 찾고 있는 걸까요? 늙어 가는 던컨도 있고 디에고도 있습니다. 내 말에 절대로 웃는 법이 없고 사실은 나를 얼간이라고 생각한다는 사실을 숨기려 애쓰는 듯한 클레어도 있죠. 그녀도 자신의 삶으로 들어와 *따라와, 클레어, 날 따라와,* 라고 말해 줄 사람을 기다릴까요?

당신이 오늘 정말로 나에게 따라오라고 했으며 뺨을 만지는 내 손을 감싸 쥐었다는 사실을 퍼뜩 깨닫습니다. 내일 테니스 코트에 갔을 때 당신이 없는 것보다 더 두려운 일은 그 누구도 아닌 나를 기다리고 있을 만프레드 당신을 발견하는 것임. 당신은 무릎 사이에 라켓 두 개를 쥐고 캐노피 아래 앉아 나를 보고 말하겠죠. 오늘 코트가 젖었어요. 내일은 눈이 올지도 모른대요. 그 말을 내가 먼저 한다면 사실은 이런 뜻이 되겠죠. 어쩌면 당신도 마찬가지겠지만. *오늘 우리에겐 시간이 많아요. 낮부터 밤까지. 가요, 나와 함께 살아요.*

별의 사랑

STAR LOVE

클로이를 정말이지 오랜만에 만났다. 로어이스트사이드에서 열린 파티였다. 대학 졸업 후 쭉 연락해 왔고 아이들이 같은 어린이집에 다니는 동창들 사이에서 우리 두 사람만 미혼이었다. 그런 우리였기에 서로를 보고 당연히 이야기를 나누었다. 우리는 서로 *아직 혼자야? 아직 혼자야?* 하고 자기 처지에 대해 농담한 후 졸업반 이후 전혀 변하지 않은, 그녀의 표현대로 개선되지 않은 사람들에 대해 농담을 했다. 그리고 침실 밖에서 담소를 나누는 우리를 보고 방 안에 잠든 쌍둥이의 부모인지 묻는 노부부와도 농담을 나누었다. 우리는 그 금요일 밤에 뭔가 좋은 일이 있기를 바라며 참석한 파티에서 오래 머무르고 싶은 생각이 없다니 이상한 일이라고 생각했다. 하지만 옆에 있고 싶고 팔을 두르고 싶어지게 만드는 그녀의 명랑쾌활한 이야기 때문에 그녀가 돌아가기 전까지 그대로 기다렸다. 결국 새벽 2시에 파티가 끝날 때까지 머물렀고, 자연스레 예닐곱 블록 떨어진 그녀의 집까지 바래다주게 되었다. 그녀는 파티에 그토록 오래 있었다는 사실이 믿어지지 않는다고 말했다. 왜 그랬냐는 내 질문에 어이가 없다는 미소로 쳐다보았다. *너와 같은 이유 때문이야,* 라는 의미였다. 나는 반박을 하거나 허세 부리며 억지스러운 이유를 지어내서 모르는 척하지 않았다. 그녀도 새삼스럽게 다시 강조하지 않았다. 그녀가 사는 건물 앞에 이르렀을 때 그녀는 날씨도 추운데 잠깐 들렀다 가도 되는지 언제 물어볼 거냐고, 궁금해할까 봐 참고로 알려 주는데 대답은 예스라고 말했다.

기운찬 고양이가 앞발로 찰싹 때리듯 그녀는 대담하고 퉁명스럽고 명쾌했다.

그녀가 문을 열자마자 나는 두 손으로 그녀의 얼굴을 잡고 키스했다. 그녀의 입술과 혀, 치아의 느낌을 잊어버리고 있었다. 하지만 팽팽한 짙은 색 입술과 퉁명스럽게 올라간 입꼬리가 눈에 들어온 것은 기억났다. 그것이 대학 시절에는 항상 성마른 성질을 뜻했지만 지금은 훨씬 유순하고 덜 위압적인 여성이라는 신호였다. 우리는 눈 덮인 텅 빈 거리를 마주 보는 돌출 창문 아래 2인용 안락의자 옆에서 키스하며 옷을 벗었다. 플로리다로 이사 간 그녀의 부모님이 남긴, 보는 각도에 따라 색깔이 변하는 무지갯빛 잔 두 개에 와인을 따랐다. 창턱에 놓인 커다란 검은색 선풍기가 서로의 옷을 벗기는 두 사람을 처음 보고 깜짝 놀라는 까마귀처럼 빤히 쳐다보았다.

"날 봐." 그녀가 침대에서 간절하게 말했다. "내 눈을 보고 절대 놓지 마." 처음에는 *나랑 같이 있어, 그냥 나랑 같이 있어,* 라는 말이 무슨 뜻인지 몰랐는데 그녀는 부드럽고 안심되는 동작으로 계속 정수리를 어루만져 주기를 바라는 멧비둘기의 멍든 관능성을 담아 헐떡거리며 이 말을 뱉어 냈다. "그래, 그렇게 계속 날 봐. 그렇게. 사정할 때 날 봐 줘. 네 눈으로 보고 싶어." 쳐다보지 않는 섹스는 슬픔 없는 사랑이나 수치심 없는 쾌락처럼 시시한 것이라고 말하는 그녀의 눈이 내 눈에 고정되어 있었다. 나도 그녀의 눈으로 보고 싶다고 말했다. 그 누구와도 이런 적이 없다고.

그날 밤을 함께 보내면서 파티가 끝난 뒤 내가 그녀와 함께 가고 싶어 한다는 사실을 어떻게 알았는지 물어보았다.

"간단해. 난 네가 그러길 계속 바랐거든. 우린 항상 생각이 비슷했으니까. 게다가……."

"게다가?"

"게다가 네 온몸에 쓰여 있었거든." 그녀가 잠시 후 덧붙였다.

그녀의 이런 면을 좋아했다는 사실이 떠올랐다. 어두운 장난 공세, 절대로 달갑지 않지 않게 암시하는 위협, 조롱하듯 무시하지만 곧바로 취소하고 상대가 듣고 싶어 하는 말로 사로잡아 버리는 성급한 사과. 그녀는 항상 마음을 읽는 것처럼 상대의 생각을 그대로 이야기했다. 찌르지 않고 사실을 이야기하며 상대가 숨긴 부끄러운 진실을 곧장 겨냥하는 가시 돋친 말이 좋았다. 그녀는 상대가 기억나지 않는다고 주장해도 숨겨 둔 진실을 정확히 찾아냈다. 자신이라면 그곳에 숨길 것을 알기에.

결국 나는 이 말을 할 수밖에 없었다. "졸업반 때 너한테 푹 빠졌잖아."

"아니지."

"어째서?"

"내가 빠졌으니까."

"이제야 말하는 거야?"

"이제야 말하는 거야."

대학 때 날 항상 긴장하게 만든 여학생이 오히려 자신이 상처 받았다는 사실을 가미해서 당돌하게 놀린다. 예전에는 그녀의 미소마저 나를 애먹였다. 비난 섞인 꿈도 꾸지 말라는 은근한 유혹 같았다.

그날 밤 오래전에 포기한 꿈이 이루어졌다. 빌려 준 책이 실수로 잘못 보내져서 이곳저곳을 떠돌다 마침내 돌아온 것처럼. 어쩌면 우리는 자신도 모르게 시계를 되돌릴 날을 기다려 왔는지도 모른다.

우리는 그녀가 부모님의 피터쿠퍼빌리지 아파트에서 가져온 낡은 식탁에 앉아 간단히 아침을 먹은 뒤 또다시 사랑을 나누곤 샤워도 하지 않은 채 토요일 초저녁까지 웨스트빌리지와 로어이스트사이드를 돌아다녔다. 우리는 이틀 밤을 함께 보냈고 맥두걸 스트리트에서 커피와 페이스트리를, 리빙턴의 그녀 집 건너편에 있는 작은 식당 볼로냐에서 저녁을 두 번 사 먹었다. 웨이터가 우리를 꽤 마음에 들어 해서 두 번째 키안티 와인을 서비스로 주었다. 맞은편에 앉은 그녀의 두 손을 잡고 오랜 기다림 끝에 다시 만난 가치가 있다고 말했다. 그녀도 인정했다.

하지만 그 후 그녀는 아무런 말도 없이 전화도 받지 않고 자취를 감춰 버렸다.

"잊고 살았어." 4년이 흘러 로어이스트사이드의 똑같은 아파트에서 열린 파티에서 다시 만났을 때 그녀가 말했다. 둘 다 그날 밤 좋은 일이 생기기를 바라며 참석한 자리였다. 그녀는 자신은 원래 금세 시큰둥해지는 데다 좋지 못한 결과와 사후 검토, 둘 중 한 사람만 너무 열중하는 산패한 나날들이 싫었다고 말했다.

꽃을 피우지도 못했는데 어떻게 산패했다고 할 수 있지? 그녀는 그것은, 아니 우리의 시간은 그 금요일 하룻밤뿐이었다고 말했다. 토요일은 아슬아슬했고 일요일은 실수였다고.

어쨌든 4년이 흘렀지만 그녀는 우리가 그때 무엇을 했는지 정확히 기억하고 있었다.

"하지만 금요일 밤은?" 그 하룻밤에 대해 더 듣고 싶어서 물었다. 그녀가 그날을 좋게 생각한다는 걸 확신하기에 다시 듣고 싶었다.

그녀는 굳이 답을 생각해 볼 필요도 없었다. "그 금요일 밤은 신입생 오리엔테이션 주간 때부터 운명 지어져 있었어. 네가 꼭 알고 싶다면 말이지."

난 정말로 알고 싶다고 말했다. 알 수가 없었다.

"설마!"

하지만 그녀의 목소리에 담긴 비아냥과 암묵적인 가시는 파도처럼 나를 덮쳐서 그녀가 안식처를 찾지 못해 분노의 돌멩이로 굳어져 버린 숨죽인 앙심 혹은 비통한 용서 같은 걸 수년 동안 품어왔음을 말해 주었다.

"내가 알았다면 좋았을 텐데."

"이제 알잖아."

여전히 파티에서 나누는 명랑쾌활한 담소였고 그녀가 우발적으로 찔러 박은 칼을 비틀어 빼내려 하는 것이 보였다. 약삭빠르고 경쾌한 담소 모드로 재빨리 받아치려고 했지만 그 어떤 말로도 과거를 무효로 만들거나 적어도 재구성할 수는 없었다.

"게다가⋯⋯." 정당화로 완전히 오해를 풀 수 있을 것처럼 마침내 그녀가 덧붙였다. "너도 그 주말에 이미 태도를 바꾸려는 조짐을 보였는걸. 우리 둘 다 오래된 연체료를 낸 건지도 몰라."

"나한텐 벌금 같은 게 아니었어." 내가 반박했다.

"나도 마찬가지야. 하지만 바로 눈앞에서 터질 폭탄을 가만히 앉아 보고만 있을 순 없잖아."

나는 깜짝 놀란 표정을 지었다.

"넌 언제든 옆에 있어 줄 남자가 아니었어. 울적하고 뚱해지고 있었다고. 난 남자들이 토요일 오후쯤 되면 태도가 모호하게 바뀌기 시작하고 완전히 시들해져서는 일언반구도 없었던 휴가가 갑자기 끝난 것처럼 혼자만의 시간이 필요하다고 외쳐 대는 게 눈에 뻔히 보이거든. 분명 너도 한편으로는 일이 그렇게 된 게 별로 유감스럽지 않았을 거야."

그러고 나서 그녀는 여전히 내 허를 찌르는 행동을 했다. 방금 전에는 나에게 불리한 상황으로 몰아세우더니 이제는 자신에게 불리한 상황으로 몰아세우는 거였다. "내가 널 위해서 한 일이 아닐지도 몰라. 네가 예상한 일도 아니고 그걸로 충분하지 않았을지도. 아니면 네가 다른 사람이나 다른 관계를 원했을 수도 있고.

서로 잘 맞지 않았던 거야. 난 그런 상황을 많이 겪어 봐서 눈앞의 장애물이 잘 보였어. 아까 말했듯이 금요일 밤의 우린 아주 멋졌어. 그건 확실해."

"어쩌면 금요일 밤이 실수였을지도 몰라." 내가 적극적으로 제 무덤을 파려고 말했다. 그녀 역시 그쪽으로 향하고 있었으니까.

"아니, 절대로 실수가 아니야." 그녀가 바로 잡았다. "단지 미래가 없었을 뿐이지. 우린 과거를 만회한 것뿐이야."

"만회할 게 없었는지도 몰라."

"그럴지도. 그래서 우리가 매번 꽁무니를 뺐나 봐."

나는 그녀를 바라볼 뿐 아무 말도 하지 않았다.

"그랬어." 그녀가 거듭 말했다.

"우리가?"

"아니, 내가." 그녀가 정정했다.

오랜만에 재회한 기쁨과 들뜬 기분을 되살리려 애썼건만 실패로 돌아가고 있었다. 둘 사이의 꺼져 가는 불씨를 되살리려고 첫 데이트를 회상하는 오래된 부부처럼.

나는 특별히 기억에 남는 밤이 있다고 말했다.

"어떤 밤인데?"

하지만 그녀도 기억하고 있음을 알았다.

대학 졸업반 크리스마스 방학 하루 전날, 각자 책을 잔뜩 들고 도서관에서 나와 걸어가는데 그녀가 발을 멈춰 차가운 벤치에 앉더니 나더러 옆에 앉으라고 했다. 도대체 무슨 생각인지 알 수 없었지만 오랫동안 기다려 온 순간이 마침내 다가온 것처럼 느껴졌다. 초조해하면서 옆에 앉았다. 그녀가 한 말이 지금도 분명히 기억난다. "네가 나에게 키스해 줬으면 좋겠어." 그녀는 반응할 시간도, 심지어 준비할 시간도 주지 않고서 곧바로 내 입술에 키스했다. 그녀의 혀가 이미 내 혀를 찾고 있었다. 그리고 말했다. "네 침을 원해." 나도 열정적으로 키스했다. 끝에 가서는 내가 더 열정적이었다. 자제력을 완전히 놓은 데다 생각할 시간도 없었으며 생각하지 않는다는 게 좋았다. *그녀가 내 침을 원해*, 라는 생각뿐이었다.

기숙사까지 바래다주었을 때 그녀가 문을 열더니 룸메이트들이 잔다고 말했다. 나도 모르는 사이 우리는 복도에서 열정적으로 키스하고 있었다. 그녀는 내가 아는 모든 사람과 잤지만 그들을 전부 합친 것보다 나와 보낸 시간이 많았다. 그녀는 내 손을 놓지 않고 방으로 이끌었다. 소파에서 그녀에게 키스하고 벌써부터 한 손이 그녀의 스웨터 안으로 들어가며 쇄골의 체취가 느껴졌을 때 갑자기 뭔가가 확 바뀌었다. 방 안의 조명 혹은 룸메이트들의 숨죽인 웃음소리 때문인지, 아니면 내가 뭘 잘못했거나 알 수 없는 시험에 통과하지 못한 건지, 갑자기 그녀의 몸이 뻣뻣하게 긴장하는 것이 느껴졌다. 바로 그때 그녀가 말했다. "룸메이트들이 깨기 전에 가는 게 좋겠어." 우리가 하려는 일이 잠들었든 깨어 있든 상관없이 우리나 룸메이트들을 곤란하게 할 거라는 듯이. 나는 아무 말도 하지 않았다. 그녀의 기숙사를 나와 텅 빈 사각형 안뜰을 지나고 반짝이는 크리스마스 조명으로 둘러싸인 캠퍼스에서 도서관으로 다시 걸어갔다. 아무리 애써 봐도 그녀의 마음이 갑자기 바뀐 이유를 이해할 수가 없었다. 다음 날 크리스마스 방학을 맞아 각자 캠퍼스를 떠났다. 한 달 후 학교로 돌아갔을 때는 남남이 되어 있었다. 되도록 서로를 피했다. 한 달 동안 그랬다.

"넌 그때 정말 암울했지." 그녀가 옛일을 떠올리며 말했다.

그녀의 놀림이 더 이상 신경 쓰이지 않았다. 오히려 놀림받는게 좋았다. 사회로 나와 오랜 세월을 보내면서 우유부단함이 어느 정도 사라지고 두려움과 장애물도 줄어들었다. 위험 요소들을 걱정하지도 않았다. *데이면 데이는 거지.*

4년 전에 함께 한 이틀 밤을 잊기까지 반년도 넘게 걸렸다는 사실은 그녀에게 말하지 않았다.

이메일 주소를 교환했다. 둘 다 연락할 생각이 없다는 걸 잘 알면서. 하지만 둘 다 계속 파티에 남았고 결국 또 그녀를 집에 바래다주었다. 파티 장소에서 예닐곱 블록 떨어진 거리, 눈 덮인 리빙스턴거리 엘리베이터 없는 아파트의 싸늘한 입구, 새벽 시간에 현관 입구 계단에서 머뭇거리는 그녀, 모두 똑같았다. 4년 전과 똑같은 상황이 되풀이된다는 사실보다 놀란 것은 너무도 침착하고 편안한 가운데 여차저차 또 그렇게 되어 버린 점이었다. 마치 그녀와 나의 머뭇거림이 똑같은 순간은 반복되지 않는 법이라는 옛말을 상기시키려고 바짝 뒤따라온 제3의 관찰자를 위해 연출된 장면에 불과한 것처럼.

그녀의 집은 변한 게 없었다. 지나치게 후끈한 원룸, 어딘가에 숨겨진 고양이 화장실 냄새, 금속이 부딪히는 쨍그랑 소리와 함께 닫히는 현관문, 내가 한때 네버모어('두 번 다시는'이라는 뜻-옮긴이) 라고 이름 붙인 까마귀 봉제 인형처럼 생긴 낡고 흔들거리는 창턱의 검은색 선풍기, 전부 다 그대로였다. 그녀는 목도리와 털모자를 벗지 않고 주방 옆에서 꾸물거리는 나를 보고 말했다. "자고 가."

사랑을 나누는 그녀의 방식도 똑같았다. 그녀는 내가 파티에 늦게까지 남기를 바랐지만 자신과 타협할 마음이 없을까 봐 속마음을 드러내지 않았다고 말했는데 첫날밤에 한 말과 똑같았다. 토요일 오후가 되면 끝날 관계라는 걸 알면서도 나는 지난번과 똑같이 흠뻑 빠져들었다. "날 봐. 날 보고 말해 줘. 아무 말이나. 제발 부탁할게." 그녀가 말했다. 내 모든 것, 내가 줄 수 있는 모든 것은 이미 그녀의 소유였으므로 그녀만 좋다면 그냥 가져가건 몰래 가져가 어딘가에 숨겨 놓건 쓰레기통에 던져 버리건 상관없었다. 그리고 그녀가 말했다. "난 너와 내가 사랑을 나눈다는 게 마음에 들어. 내가 아는 모든 남자 중에서 너라니. 네가 사랑하는 건 나도 사랑해." 나의 체취가 좋고 자기 인생의 매일 아침과 낮에 내가 이랬으면 좋겠다고. 사랑을 나눌 때 그런 식으로 말하는 그녀가 좋았다. 나도 그런 식으로 말하게 만들었다. 자리에서 일어나 그녀를 일으켜 세우고 식탁에 앉혔다. 우린 이 식탁에 *세례를 해 줄 거야*, 라고 말했다. 내가 아는 모든 남자 중에서 너라니. 그녀가 되풀이했다.

섹스 후 내가 "이건 운명이었어."라고 했다.

"좋긴 했지." 그녀는 *과장하진 말자*, 라는 뜻으로 명확하게 상황을 바라보았다. 그러더니 자신도 모르게 날 모욕한 것일지도 모른다는 사실을 깨닫고 덧붙였다. "넌 하나도 안 변했어."

"너도."

"확신해?"

"확신해."

"지난번 이후 힘든 일이 많았어." 예전과 똑같은 2인용 안락의 자에서 알몸으로 바싹 붙어 앉아 그녀가 말했다. 지난번이라는 표현이 마음에 들었다. "안 그래 보여."라는 내 말에 그녀는 "정말이야."라고 했다. 이제 그녀가 달아날 일이 없으며 예전보다 연약하고 유순하고 적극적으로 가까워지려 할 거라는 뜻일까? 크게 상처받은 일이 있었을까?

그녀는 질문이 너무 많다면서 남자 친구가 있다고 고백했다.

"진지한 관계야?"

"그럭저럭."

우리는 어떻게 되는 건지 묻지 않았다. 애초에 우리는 없으니까. 다음 날 아침 내가 옷을 입으려는 기미를 보이자 그녀가 아직은 가지 않아도 된다고 했다. 은연중에 속마음을 드러낸 실언처럼 느껴진 '아직'은 그녀가 정말로 가야 할 때를 상기시켜 주기까지는 그저 시간문제일 뿐이라고 말해 주었다.

우리는 알몸으로 아침을 먹으며 이야기를 나누었다. 그녀는 여전히 매일 아침 요가를 하고 나는 출근 전에 테니스를 친다. 나는 아직 좋은 사람을 만나지 못했고 그녀도 마찬가지라며 남자 친구의 존재를 깎아내린다. 나는 방 안을 둘러보며 식탁이 기억난다고 했다. "기억하고 있었구나." 우리 사이에 시간이 흐르긴 했다는 사실에 놀라면서 그녀가 말했다. 식탁에 앉아 잉글리시 머핀을 먹는 나에게 다가와 발기되는 성기를 보고 그대로 몸을 낮추어 내 무릎에 허벅지를 벌리고 앉아 나를 마주 보았다. 그녀의 움직임이 좋았다.

"난 항상 이게 우리라고 생각했어. 너와 난 잉글리시 머핀 같아."

"왜?" 이번에는 내가 그녀의 말을 똑같이 따라 할 차례라고 생각한 건 아니었다.

"너랑 같이 있으면 있는 그대로의 내 모습과 내가 원하는 것들이 좋아져."

"다른 남자들하고는 안 그랬어?"

"너랑은 달라."

"그 사람은 안 그래?"

"그 사람?"

나는 마침내 우리의 관계가 좋은지 물었다.

"항상 좋았는걸. 자유롭게 노출하고 일시적이고 서둘러 떠나는 우리가."

멍든 것 같은 어두운 입술과 내 눈에 똑바로 고정된 눈을 또다시 바라보자니 부엌칼로 가슴을 열어 심장을 꺼내 그녀의 부모님이 쓰던 식탁에 올려놓고 그녀가 그렇게 속마음을 드러낼 때마다 저 작은 신체 기관이 이리저리 움직이고 떨린다는 걸 보여 주고 싶었다. 알몸인 채로 솔직한 대화를 나누자니 흥분이 되었지만 그녀도 나도 열정적인 키스나 서로의 몸짓에 속지 않았다. 그것은 솔직한 작별의 대화였다. 그녀가 내 성기를 잡고 몸을 살짝 들어 자신의 몸에 집어넣는 순간에도 시계가 돌아가는 걸 알 수 있었다.

"눈 감지 마. 제발 감지 마. 원하면 날 아프게 해도 돼. 괜찮아, 괜찮아." 그녀가 애원했다.

나중에 내가 옷을 입고 문 앞에서 포옹하자 그녀가 물었다. "암울해지지 않을 거지?"

암울해지지 않을 거라고 했다.

계단이 눈에 익었다. 우리 관계가 다시 원점으로 돌아가고 있다는 생각이 들었다. 밤을 함께 보냈어도 변하거나 해결된 일은 없었다. 대학 졸업 후 오랜 시간이 흘렀고 많은 연인을 만났지만 그녀와 화해하고 공동 졸업 논문으로 오웰의 책을 그리스어로 번역하느라 이틀 밤을 새우면서 저 소파에 쓰러져 잤던 까마득한 겨울밤보다 약하지 않은 것도, 단단해진 것도 아니었다. 우리 두 사람 사이에 관한 한 시간은 아무것도 바꿔 놓지 못했다.

그녀가 사는 건물 정문을 열고 인도로 나왔을 때 단 한 가지 바뀐 건 곧장 길 건너 잡화점으로 담배를 사러 가지 않은 것뿐이었다. 다시 담배를 끊은 상태였다. 언젠가 그녀는 내 모든 것에서 담배 냄새가 난다고 불평했다. 그동안 모든 것을 정리하고 새로 시작했다는 걸 보여 주고 싶었다. 하지만 알려 주는 것을 깜빡했다. 더 이상 소용도 없었다.

우리는 그 주말 이후 만나지 않았다. 하지만 이메일만큼은 쉴 새 없이 주고받았다. 나는 거리를 지키는 법을 오래전에 배웠다는 걸 알려 주려고 애썼다. 그녀가 원하는 게 그것이라면. 절대로 침범하지 않을 테고, 단순한 친구인 척할 필요도 없이 열외 취급

되는 친구로 남을 것임을. 그녀가 원한다면 깊은 사이로 발전할 수도 있지만 팔리지 않아 상점에 쌓였다가 결국 할인점이나 태풍 피해자들에게 실려 가는 옷가지처럼 쉽게 치워 버릴 수도 있었다. 나는 그것을 위탁 우정이라고 불렀다. 그녀는 요행을 바라는 우정이겠지, 라고 쏘아붙였다.

하지만 이메일상에서 우리는 열이 온몸으로 퍼진 연인이었다. 컴퓨터 화면에서 그녀의 이름이 보이는 순간 그 무엇도 그 누구도 생각할 수 없는 상태가 되었다. 기다릴 수 있는 척해도 아무 소용이 없었다. 하던 일을 즉각 멈추고 사무실이면 문을 닫아 주위 사람들의 소리를 제거한 뒤 그녀를, 오직 그녀만을 생각했다. 하마터면 그녀의 이름을 읊조릴 뻔했다. 가끔씩은 멈추기도 전에 입에서 한두 마디가 쏟아져 나왔다. 그 말을 이메일에 그대로 적었다. 그 말이 그녀의 화면으로 날아가 심장의 네 개 심실 가운데 작은 하나에 강력한 최신 의약품처럼 약효를 발휘해 그녀를 흔들어 주기 바라며. 우리가 주고받는 것은 이메일이 아니라 헐떡이는 숨소리였다. 말을 육체에서 키보드로 옮기면 더욱 큰 흥분감이 느껴졌고 피와 정액, 와인에 담긴 화살처럼 내 몸을 찢고 나왔다. 그녀의 말이 나에게 닿아 터지듯 내 말도 그녀에게 닿아 터지기를 바랐다. 우리가 무방비 상태일 때 땅에 묻힌 폭탄이 원격으로 터지는 것처럼.

저녁에 집에 돌아오면 그날 받은 이메일을 발기될 때까지 천천히 다시 읽었다. 그녀의 말보다도 나를 자극하는 것은 내장과 사타구니에서 일어나는 흥분감을 드러내야만 한다는 자각이었기 때문이다. 내 마음은 그 말들을 찾으려고 했다. 개가 코를 킁킁거리며 뼈다귀를 찾다가 정말로 발견했거나 발견한 것 같을 때 심지어는 무심코 뼈다귀가 던져졌을 때도 행복감으로 몸을 떠는 것처럼. 그 금요일 파티가 끝난 새벽에 침대에서 우리가 무엇을 좋아했는지 잊지 않았다고, *내가 아는 모든 남자 중에서 너라니,* 라고 말했던 그녀를 떠올리는 것만으로 *사정할 때 날 봐 줘,* 라는 그녀의 말을 듣는 것보다 내 삶에서 의미 있는 일은 없다고 소리치고 싶어졌다. 그녀와 사랑을 나누는 것이 나에게 어떤 의미인지 말해 주었다. 그녀가 내 머릿속을 샅샅이 알거나 이런 식으로 서로를 알기에 서로의 육체가 만나는 생각을 할 때마다 흥분되는 것이 아니라 그녀가 원하는 대로, 나에게도 원하도록 가르쳐 준 대로 서로를 바라보고 있으면 우리는 하나의 삶, 하나의 목소리, 인간이라고 불리는 두 개의 의미 없는 부분으로 나뉜 하나의 거대하고 영원한 존재가 되기 때문이라고. 자연과 갈망, 시간에 의해 접목된 두 그루 나무.

이메일은 사람을 그렇게 만든다. 더 솔직히 드러내고 검열도 적어진다. 섹스 중에 열린 마음과 감언이설로 쏟아 내는 에로틱한 말처럼 불쑥 튀어나오는, 별로 진지하게 여겨지지 않는 말이기 때문이다. 한번은 그녀에게 "넌 내 삶이야."라고 썼다.

"알아." 그녀가 답장을 보냈다.

"정말 알아?"

"알아. 우리가 하루 종일 서로 이메일을 쓰는 이유가 뭐라고 생각해?"

그래서 밤에 혼자 있을 때 그녀의 부모님 식탁에서 잉글리시 머핀을 먹다가 그녀가 나에게 올라온 생각을 하면 단단히 발기가 된다고 고백했다.

인터넷상에서 알려지지 않은 혈청이 우리 사이에 빠르게 흘렀다. 이메일상에는 *우리*가 존재했다.

하지만 이메일은 우리의 악몽이기도 했다.

"계속 이메일을 쓸 순 없어. 내가 가진 다른 모든 걸 망가뜨려." 그녀가 털어놓았다.

그렇다고 내가 왜 참아야 하지? 그녀 인생의 다른 모든 것이 망가지기를 바라는데. 더럽혀지고 파괴되고 훼손되기를. 그녀는 내가 선을 넘어 사생활 안으로 들어가면 화를 냈다. 나는 그녀가 내 사생활로 들어오지 않는다고 화를 냈다. 뜨겁게 흥분한 지 몇 분 만에 상대방과 나란히 정렬되지 않은 잘못된 단어나 어조만으로 갑자기 서로 벌컥 화를 내고 마법의 주문이 깨질 수 있었다. 그녀의 말에 암묵적인 냉소가, 혹은 내 말에 조롱이 담겼다. 둘 다 자신의 분노를 참거나 상대방의 분노를 진압하지 못했다. 흔들린 욕망이 회복되려면 며칠이 걸렸다. "봐, 나 착하게 굴고 있잖아." 그녀는 자신의 말에 담긴 순간적인 반어법을 완전히 의식하며 이메일에 적었다. 신랄하거나 비꼬는 그녀의 말투가 싫었다. 잊고 싶지 않은 하룻밤의 열정을 사그라뜨리니까.

몇 주 후 화해를 했다. 하지만 여기저기에 멍이 가득했다. 유머로 불꽃을 살리려 해 보고 완곡한 추파와 암시적인 사과도 시도했지만 불씨가 꺼져 가는 걸 알 수 있었다. 그동안 우리는 보조 순

양함에 올라타서 애초에 존재하지도 않은 무언가를 따라잡으려 했거나 스스로 만들어 낸 신비로운 지하실에 갇혀 있었다. 그녀는 몇 주 전에 멈췄어야 한다고 적었다. 나는 아예 시작되지 말았어야 한다고 답했다. 시작된 적 없어. 그녀가 곧바로 쏘아붙였다. 가능성이 전혀 없었던 거지? 없었어! 그럴 줄 알았어.

그녀의 입에서 진실은 벨벳 커버가 필요하지 않았다. 톱니 모양의 단검과도 같은 말을 쏟아 냈다. 나도 날 선 말을 토해 내는 법을 배웠다.

그렇게 세 번 벌컥 화를 낸 뒤 더 이상 이메일을 쓰지 않았다. 다시 이메일을 교환하고 싶어 하는 사람도 없었고, 설령 그랬다 해도 앞으로 펼쳐질 실랑이를 피해 갈 방법을 알지 못했다. 사과도 보잘것없고 노골적인 겉치레처럼 느껴졌다. 결국 우리는 그냥 내려놓았다.

"여기서 널 만날 줄 알았어." 4년 후 파크 애비뉴의 출판기념회에서 재회했을 때 그녀가 말했다. 그녀는 나와 마주친 게 기뻐 어찌할 줄 모르는 듯했고, 기쁨을 감추지 않는 그녀에게 나 역시 기쁨을 드러냈다. 그녀는 담당 작가와 함께 왔다. 작가는 어디 있는지 물었다. 그녀가 작가보다 영화배우에 가까워 보이는 40대 초반의 남자를 가리켰다. 그는 세 여자와 이야기하는 중이었다.

"아주 늠름하고 전혀 암울해 보이지 않네." 내가 예전에 쓰던 표현을 소환하여 잊지 않았음을 보여 주었다.

"그래. 그리고 믿기지 않을 정도로 자만심이 강하지." 그녀는 이목구비에서 빈정거림을 뚝뚝 흘리며 응수했다.

우리는 바로 전날 저녁과 그날 아침을 같이 먹은 것처럼 정상 상태로 돌아갔다. 그녀는 파티가 6시부터 8시까지라며 끝까지 있을 건지 물었다. 네가 그런다면. 우리는 함께 웃었다.

"혹시 저 작가와……." 나는 질문을 끝맺지 않았다.

"넌 미쳤어." 그녀는 8시에 작가와 헤어지면 그때 가도 된다고 했다.

"유능한 작가야?" 내가 물었다.

"우리끼리니까 솔직히 말할까?"

그 말로 충분히 설명되었다. 그녀는 컨디션이 매우 좋았다. 반짝였고 예전보다 더욱 활기찬 모습이라 좋았다. 그녀 집 건너편의 작은 식당이 아직 있는지 물었다.

"친절한 웨이터가 있는 이탈리아 식당 말이야?"

"응."

"볼로냐야."

난 왜 이름을 잊어버린 척했을까?

"내가 알기론 아직 있어." 하지만 그녀는 더 이상 시내에 살지 않는다고 했다. 그럼 지금은 어디 살아? 출판기념회장에서 불과 몇 블록 떨어진 렉싱턴 애비뉴라고 말했다. 이 근처에 저녁을 먹을 만한 식당이 있어? 저녁을 사 주겠다는 말이야? 그래. 꽤 많아. "하지만 내가 엄청 빨리 만들어 줄 수 있어." 그녀는 작가에게 꽤 훌륭한 보르도 와인 한 상자를 선물 받았다고 했다. "그러니까 가지 말고 있어." 그래서 나는 가지 않았다.

몇 년이 흘렀지만 우리는 그대로였다. 그녀의 집까지 함께 걸었다. 그녀는 정말로 빠르게 요리를 만들었다. 전에 송아지 고기를 먹을 때 개봉해둔 것이라면서 똑같은 레드 와인을 송아지 요리에 썼다. 그건 범죄라고 말하면서. 우리는 똑같은 소파에 앉았다. 고양이도 와인잔도 부모님이 물려준 식탁도 똑같았다. 부모님이 피터쿠퍼빌리지에 살았지? 피터쿠퍼빌리지에 살았지. 그녀가 똑같이 말했다. 내가 기억한다는 걸 기억하고 있으며 더 이상 감탄스럽지 않음을 보여 주기 위해. 누구 죽은 사람 있어? 무슨 질문이 그래! 아니, 아무도 안 죽었어. 산 채로 붙잡혀서 벗겨지고 박제된 성난 까마귀처럼 생긴 검은색 선풍기는? 걘 버려야만 했어. 남자 친구, 아니 *남자* 친구들은 있어? 내가 정정해서 물었다. 언급할 가치가 있는 사람은 없어. 새로운 일은 또 뭐가 있어? 그녀가 웃어서 나도 웃었다.

"너와 나 사이에서 말이야?" 항상 내가 감히 말할 엄두를 내지 못하는 의도를 바로 잡아내는 그녀가 좋았다. "난 똑같은데…… 너는?" 그녀는 마치 내가 기억하는지 모르는 오래된 지인에 대해 말하듯 물었다.

"하나도 안 변했어. 지금까지도 그랬고 앞으로도."

"그럴 줄 알았어."

"내 외모 말하는 거 아니야."

"무슨 말인지 알아."

나머지는 우리의 어색하고 머뭇거리는 미소가 다 말해 주었다. 그녀는 와인잔을 들고 주방 문가에 서 있었다. 나는 결국 무너졌다. 곧바로 무너지고 싶었다. 완벽한 순간을 기다리지 않고 그녀에게 키스하니 에로틱하고 외설적인 설부른 황홀함이 느껴졌다. 그녀도 나 못지않게 열정적으로 키스했다. 키스가 말보다 쉬워서였는지도 모른다. 몇 년이나 이 순간을 기다려 왔으며 이것이 우리의 마지막이라면 또 4년을 기다릴 순 없다, 말하고 싶었다. 하지만 둘 다 말을 할 수 없을 정도로 행복했다.

이틀을 함께 보냈다. 그러고 나서 싸웠다. 나는 토요일 저녁에 영화를 보러 가고 싶었는데 그녀는 일요일 오후에 가자고 했다. 토요일은 영화관이 너무 붐빈다고. 하지만 그게 내가 토요일 저녁에 영화 보러 가는 걸 좋아하는 이유였다. 나는 북적거리는 인파가 좋다. 일요일 오후에는 암울해진다. 게다가 영화관에서 밖으로 나올 때 흐릿한 황혼에 물든 일요일이 피할 수 없는 죽음에 휘청거리는 모습을 보는 것도 싫었다. 둘 다 양보하지 않았다. 쉽게 져 줄 수 있는데 둘 다 그러지 않았고 서로 강경하게 맞설수록 양보도 더욱 어려워졌다. 내 뜻을 확실히 보여 주기 위해 그날 저녁에 혼자 영화를 보러 갔고, 영화를 본 후에는 그녀에게 전화 한 통 없이 집으로 가 버렸다. 다음 날 그녀도 같은 영화를 보러 갔고 역시나 전화가 없었다. 우리는 월요일에 이메일로 서둘러 해명했지만 그 대화는 2분도 이어지지 않았다. 그리고 이메일이 끊겼다.

다시 연락이 닿았을 때는 4년 전의 그 아득한 주말에 우리가 어떤 영화 때문에 다투었는지 둘 다 기억하지 못했다. 함께 웃음을 터뜨렸다. 확실히 문제가 있었지. 내가 먼저 말했다. 그 사건을 얼버무리고 넘어가면서 우리가, 아니 *내가* 얼마나 터무니없는 행동을 했는지 가볍게 넘기려는 의도였다. 그녀는 '문제'보다 나은 단어가 있다고 지적했다. 어리석음? 물론이지. 너 아니면 나? 그녀가 첫발을 날릴 수 있도록 허락하는 동시에 우리 대화에 짓궂음을 엮으려고 내가 물었다.

"물론 너의 어리석음이지." 그녀가 첫발에 성공하며 덧붙였다. "내 어리석음도 있을 거야." 사소하고 일상적인 말다툼이었거나.

어퍼웨스트사이드 아파트의 방에는 사람들이 잔뜩 모여 있고 매우 시끄러웠다. 그녀는 역시나 북적거리는 다른 방에 있는 남편에게 나를 소개하고 싶어 했다. 넌? 그녀가 물었다. 함께 온 사람이 있냐는 질문이었다. 나는 만프레드와 함께였다. 그도 여기 왔어? 그녀의 미소에 나도 미소 지었다. 그러고 나서 우리는 서로를 바라보았고 정중한 침묵이 맴돌자 둘 다 웃음을 터뜨렸다. 웃음은 어떤 주제를 내놓는 좋은 방법이지만 우리를 웃게 만든 건 나와 만프레드의 관계가 아니었다. 우리가 웃은 이유는 멀리에서 서로의 삶을 계속 주시하고 있었다는 사실이 드러났기 때문이었다. 나는 그녀에게 남편이 있다는 것을, 그녀는 만프레드에 대해 알고 있었다. 어쩌면 마지막으로 그렇게 헤어진 후 오늘 다시 편안하게 서로를 대할 수 있다는 사실에 웃었는지도 모른다.

"네가 여기 있을 줄 알았어." 그녀다운 말이었다.

"어떻게?"

"널 초대하라고 한 게 나거든."

우리는 또 웃었다.

"넌 내가 초대했다는 걸 알았을 거야. 그래서 왔겠지."

또다시 그녀가 내 생각을 읽은 게 좋았다.

"어때?" 마침내 그녀가 물었다. 무슨 뜻인지 정확히 알 수 있었다. 하지만 아무런 대답도 없자 그녀가 덧붙였다. "만프레드하고 말이야."

"평범하고 가정적이지. 일요일에는 빨래를 개." 나는 사람들 사이를 이리저리 헤쳐 나가며 물었다. "넌 남편하고 어때?"

"내가 항상 엮이게 되는 유형의 남자야. 자만심 강하고 큰소리치고. 둘이 있을 땐 견딜 수 없을 만큼 축 처지고 암울해지지. 모든 남자는 암울하다고 결론 내렸어. 너도 알지?"

"난 항상 암울했지. 졸업반부터." 그녀의 가시 돋친 말을 무디게 만들려 애쓰며 말했다.

"처음부터야." 그녀가 정정했다.

"사실 남편은 마초 기질이 심해서 사람들 앞에선 암울해하지 않아." 그녀가 남편 쪽을 보았다. "평탄치 않았어." 마침내 그녀에게서 나온 말에 불안한 무언가가 다가오고 있음을 감지했다. "네가 안 물어봤잖아." 그녀는 상황을 어떻게 이어 가야 할지 모르는 것처럼 말했다.

"하지만……." 분명히 다음에 이 말이 나올 거라는 생각에 내가 먼저 던졌다.

"하지만 그래도 너에게 말할게. 넌 세상에서 유일하게 이해해 줄 사람이니까. 난 어쩌면 그를 사랑할지도 몰라. 하지만 그와 사랑에 빠진 적은 없어. 단 한 번도."

"하지만 완벽한 결혼생활이잖아." 분위기를 가볍게 유지하려고 꺼낸 말이었다. 어쩌면 더 이상 듣고 싶지 않아서, 혹은 그녀가 내 삶을 휘저어 곤란한 상황이 만들어지는 걸 원치 않아서였는지도 모른다. 하지만 그녀는 이 말을 무시했다.

"잔인하게 굴지 마. 내가 너에게 이런 말을 하는 건 너와 내가 정반대이기 때문이야. 우린 치아와 손톱, 머리카락까지 모든 게 썩을 때까지 사랑에 빠져 있을 거야. 하지만 그건 아무런 의미도 없어. 우린 함께 보내는 주말조차 견디지 못했으니까."

"그런 말을 하는 이유는……."

그녀는 아직도 알아채지 못했다니 믿어지지 않는다는 듯 빤히 쳐다보았다.

"내가 항상 널 생각하기 때문이지. 널 매일 매시간 생각하기 때문에. 너도 날 매일 매시간 생각하는 걸 알아. 부인할 생각 마. 난 다 아니까. 오늘 여기서 널 만난 게 행복해. 널 다시 만나 다 털어놓아야만 했기 때문인지도 몰라. 하지만 아이러니하게도……." 그녀는 숨을 돌렸다. "너도 나도 어찌할 수 있는 게 없어. 그러니 됐어. 넌 다른 척하지 마. *너의 만프레드가 있건 없건.*"

나나 남편 혹은 방금 직설적으로 *너의,* 라는 말을 붙여 깎아내린 가엾은 만프레드에 대한 그녀의 감정이 그런 것인 줄 몰랐다. 하지만 나는 귀를 찢는 소음과 거창한 연설, 다가올 일요일 신문에 실릴 평단의 찬사에 대한 난리 법석으로 가득한 출판기념회장에서 밖으로 뛰쳐나가 얼굴에 거센 찬바람을 맞으며 그녀가 방금 토해 낸 모든 말을 묻어버리고 싶을 뿐이었다.

그녀의 말이 맞았다. 그녀와 나, 우리는 항상 사랑에 빠져 있었다. 하지만 그 사랑을 가지고 무엇을 했는가? 아무것도. 그런 사랑의 모델은 존재하지도 않고 두 사람 다 믿음과 용기 혹은 용기를 내보려는 의지가 없었는지도 모른다. 우리는 신념 없이, 목적 없이, 내일 없이 사랑한 거였다. 언젠가 그녀가 한 말처럼 요행을 바라고.

사랑하는 척하기는 쉬웠다. 가장하지 않는 거라고 생각하면 됐다. 그것은 더 쉬운 일이었다. 하지만 그녀도 나도 속아 넘어가지 않았다. 그래서 우리는 서로에 대해 다투듯 우리의 사랑에 대해 다투었다. 하지만 무엇을 희생하고서? 나는 그 사랑을 무효로 만들거나 찢어 버릴 수는 없었지만 죽지 않는 벌레를 치듯 찰싹 때려서 해를 가하고 훼손시켜 우리 사이에 존재하는 모든 것을 혼란스럽게 할 수는 있었다. 무엇도 그것을 죽이지는 못했다. 하지만 우리의 사랑이 살아 있기나 했을까? 가까이 들여다보면 과연 사랑이 맞기는 했을까? 사랑이 아니라면 무엇일까? 추운 골목길에서 주인을 잃고 나쁜 개와 싸움이 붙어 살아남을 가능성이 희박한 반려견처럼 몸을 떠는 부서지고 난타당하고 황폐해진 헛된 사랑, 그것이 정말로 사랑일까? 심장도 친절도 자선도 심지어는 사랑도 없는데. 우리의 사랑은 잠긴 수문 안에 고인 물과 같았다. 그 안에는 아무것도 살지 않았다.

허드슨강이 내다보이는 북적거리는 방에서 깨달은 우리의 사랑이 사산(死産)된 사랑이라는 사실이 내 안에서 경련을 일으켰다. 죽을 정도는 아니었지만 그 커다란 아파트에서 구석진 곳을 찾아 혼자 자신을 증오하고 싶었다. 창문 하나를 열려고 했지만 페인트칠로 막아 놓아 열리지 않았다. 집 안에 신선한 바람이 들어오는 걸 허락하지 않는 사람들을 비판하게 만드는 전형적인 일이었다.

"남편 에릭이야."

우리는 악수를 했다.

"훌륭한 연설이었습니다." 내가 에릭을 향해 말했다.

"정말 그렇게 생각해요?"

"끝내 줬어요!"

파티에 어울리는 대화가 더 오갔다.

파티가 끝나고 모두 돌아간 뒤 주최자에게 감사를 전하고 나온 우리 네 사람은 충동적으로 함께 저녁을 먹기로 했다. 예약하지 않은 터라 추위 속에서 몇 군데 전화한 끝에 만프레드가 트라이베카의 작은 레스토랑에 자리가 있다는 사실을 알아냈다. 택시를 잡았다. 그녀의 남편이 씩씩하게 기사 옆 조수석에 앉겠다고 하자 나머지 셋은 나를 가운데 두고 뒷자리에 바싹 붙어 앉았다. 자리가 꽉 찼다. 웨스트사이드 하이웨이를 달리면서 두 사람의 손을 동시에 잡을 수 있다는 생각을 했다. 그의 손도 잡을 수 있고 그녀의 손도 잡을 수 있다. 손을 놓지만 않는다면 두 사람 모두 내가 다른 사람 손을 잡고 뭘 어떻게 하는지 신경 쓰지 않을 터였다. 그녀도 비슷한 생각을 했는지 뭔가를 해 달라고 부탁하는 듯 신뢰하고 묵인하는 태도로 유순하고 고분고분하게 펼친 손바닥을 무릎에 올려놓았다. 나는 그녀의 장갑 낀 손을 잡고 꾹 눌렀다가 풀어 주었다. 그렇게 빨리 손을 놓은 것은 우정, 오로지 우정을 나타내기 위해서였지만 우정만은 아니었다. 방금 내가 잡은 그대로 여전히 허벅지에 놓인 그녀의 손을 보고 또다시 다가가 손가락을 깍지 꼈다. 그녀는 고마워하는 듯했고 자신도 손에 힘을 주었다. 만프레드의 얼굴은 전혀 움직이지 않았는데 보고도 못 본 척하는 걸 알 수 있었다. 그에게 손을 내밀었다. 그는 내가 손을 잡도록 내버려 두었다. 나에게 맞장구를 쳐 주고 있었다. 그녀의 이야기를 여러 번 들은 터라 당황하지 않으려 애쓰는지도 모른다.

레스토랑에 자리를 잡고 앉자마자 레드 와인 한 병을 주문했다. 고풍스러운 스타일로 파르메산 치즈 덩어리가 함께 나왔다. 난 이 두 가지만 먹고 살 수 있어. 그녀는 와인과 치즈를 말하는 거였다. 빵도 있어야지. 그래, 빵도. 우리는 날씨에 대해 불평했다. 만프레드가 여름 계획이 있는지 물었다. 부부는 여행을 좋아했다. 되도록 먼 곳이 좋다고 남편이 말했다. 우리는 케이프코드가 좋다고 권했다. 그들에게는 두 살 난 딸이, 우리에게는 고양이들이 있었다. 입양도 생각하고 옛날 여자 친구가 대리모를 제안하기도 했지만 결국 고양이가 훨씬 쉬웠다. 우리는 액션영화와 스칸디나비아반도의 TV 드라마를 좋아하고 그들은 스크래블 게임을 즐겨 했다.

"정말 알고 싶어?" 아이를 키우는 삶이 어떤지 묻자 그녀가 되물었다. 그리고 최악의 하루는 47층 사무실의 겨울 오후라고 말문을 열었다. 위기가 연이어 닥쳐 점점 궁지에 몰릴 때 공황 상태에 빠진 베이비시터에게 전화가 온다. 플로리다에 사는 연로한 부모님 일도 있다. 그녀는 더 이상 자신이 자기 것이 아니라고 토로했다. "난 아이, 남편, 집, 일, 베이비시터, 청소부의 소유가 되는 거야. 그런 것들을 다 제하고 남는 시간은 세금을 떼고 난 월급처럼 스카를라티의 2분짜리 교향곡보다도 짧다니까."

"너 스카를라티를 좋아하지도 않잖아."

"어떻게 알아?" 그녀가 물었다.

난 기억하고 있었다.

"밤에는 잠드는 게 아니라 쓰러져 기절해." 그녀가 불평 끝에 미소를 더했다. "영국인 노교수 때문에 밤새 《동물 농장》을 고대 그리스어로 번역하던 시절만 해도 내가 이런 불평을 하며 살 줄은 꿈에도 몰랐지 뭐야." 그리고 긴 브레드 스틱을 만지작거릴 뿐 먹지는 않았다.

"두 사람은 어떻게 아는 사이예요?" 남편이 불쑥 물었다. 그 나름대로 침묵을 깨뜨리려고 한 말이었지만 아내의 말이 갑자기 우울한 쪽으로 흘러가는 걸 막기 위함이기도 했다. 그의 질문은 그녀가 내 이야기를 한 적이 없거나 그가 한 번도 관심을 기울이지 않았음을 의미했다.

"우린 4년마다 만납니다." 내가 설명했다.

"윤년 같죠." 그녀도 덧붙였다. 바로 그때 만프레드가 그 단어를 오해할지도 모른다는 생각에 ['윤년(Bissexile)'의 발음이 '바이섹스타일'이라 오해의 소지가 있을 수 있기 때문-옮긴이] 그녀가 상황을 수습하려는 걸 알 수 있었다. "윤년이 4년에 한 번씩 있잖아요." 그녀의 해결 방식이 마음에 들었다. "우린 이메일을 주고받고 밀린 얘기도 하고 언쟁도 하죠." 그녀는 '언쟁'에 담긴 어두침침한 함축적 의미를 없애려고 그 단어에 좀 더 가벼운 느낌을 불어넣었다.

그러다 연락을 끊어요. 내가 덧붙였다. 그래도 악감정은 없어요. 그녀가 말한다. 절대 악감정이 없죠.

"두 사람은!" 만프레드가 소리쳤다. "둘은 오래전부터 아는 사이예요." 만프레드가 요약해서 다음으로 넘어가게 해 주었다.

그녀의 남편이 참지 못하고 영국 소설가 L. P. 하틀리를 인용했다. "과거는 외국이다. 거기서 사람들은 다르게 산다." 그녀와 나의 짧은 이메일 교환에 대한 작은 빈정거림이자 추신이었다. 그는 우리 사이를 전부 알아차렸거나 알아낼 것도 없다고 생각했거나 둘 중 하나였다. 하지만 그의 말은 우리의 모든 것을 요약해 주었다.

"맞아요, 과거는 다른 나라죠. 일부는 자격을 다 갖춘 시민이고, 어떤 사람들은 가끔 오는 관광객이고, 또 일부는 벗어나고 싶어 하지만 항상 돌아오고 싶어 못 견디는 떠돌이죠." 내가 말을 이었다. "정상적인 시간 속에서 일어나는 삶이 있고 불쑥 들어왔다가 갑자기 쉭익 꺼지는 삶도 있습니다. 그리고 절대로 닿지 못하지만 찾기만 한다면 쉽게 내 것이 될 수 있었던 그런 삶이 있죠. 꼭 이 지구상에서 일어나지 않을 수도 있지만 우리가 살아가는 삶만큼이나 사실적입니다. '별의 삶'이죠. 니체는 멀어진 친구가 공공연한 적이 될 수도 있지만 완전히 다른 영역에서는 신비한 섭리로 인해 계속 친구로 남는다고 했습니다. 그는 '별의 우정'이라고 불렀죠." 이 말을 뱉는 순간 후회했다.

클로이는 내가 의도하지 않게 우리 두 사람의 우정을 가리켰다는 사실을 간파하고 니체의 《즐거운 학문》에 나오는 말이라며 주제를 바꾸었다. 하지만 또 만프레드가 오해할까 봐 걱정스러운 나머지 자신이 그 책을 나에게 사 주고 억지로 읽혔다는 사실을 재빨리 상기해 주었다. 언제? 내가 잊은 척하면서 물었다. 맙소사, 졸업반일 때잖아.

우리는 각자의 대학 시절을 짧게 이야기했다. 그녀의 남편과 만프레드는 대학 때 좋은 추억이 많았다. 클로이가 내 대학 시절을 자세히 요약하다 영국인 노교수 이야기를 꺼내는 바람에 그의 수업으로 이야기가 흘러갔다.

"겨울에 화요일 저녁마다 열린 졸업반 토론식 수업을 잊을 수 없어. 열두 명이라 교수님이 우릴 열두 제자라고 불렀잖아." 그녀가 말을 이어 갔다. "교수님 댁 페르시아산 러그에서 반가부좌를 하고 커피 테이블에 둘러앉아 교수님 부인이 설탕과 향신료를 넣어 담근 사과주를 마셨지. 몇몇은 담배를 피웠고. 난 계피 스틱을 계속 씹어 댔어. 영국인 노교수의 이름이 로 윌킨슨이었는데, 왼손에 든 구부러진 파이프의 끝부분을 움직이면서 말을, 아니 지휘를 했지."

"마법 같은 시간이었어." 나도 그때를 회상하며 맞장구를 쳤다.

"정말 그래." 그녀도 동의했다.

"난 올라갔다 내려갔다 하는 교수님 목소리 때문에 쉼표를 사랑하게 되었지. 소리 내어 글을 읽어 주던 목소리가 잊히지 않아. 4년의 대학 생활에서 가장 큰 수확은 쉼표를 사랑하게 된 거야."

그녀도 쉼표에 대한 생각이 같으리라는 걸 알고 있었다. 수년 전에 그녀가 한 말을 내가 그대로 반복했으니까. 그녀의 견해였다는 사실을 그녀가 잊어버렸다면 쉼표 덕분에 우리가 더욱 가까워지기를 바라며, 그녀가 나와 보낸 하루들을 그리워하고 우린 항상 생각이 같아, 넌 날 계속 사랑한 거야, 라고 생각하기를 바랐다.

오래전 어느 날 밤 우리가 《이선 프롬》에 대해 토론한 이야기도 했다. 노교수는 아내가 큼지막하게 잘라 크렘 앙글레즈 소스를 듬뿍 뿌린 호박파이 두 판을 모두에게 돌린 뒤 그 책의 작가에 대한 이야기를 꺼냈다. 그 책이 처음에는 영어가 아닌 프랑스어로 집필되기 시작했다고. 이유를 아는 사람이 있는지 물었다. 아무도 없었다. 작가가 프랑스어를 완전히 익히고 싶어서였다. 당시 파리에 살았던 그녀는 젊은 프랑스어 개인 교사를 구했다. 페이지에 개인 교사가 표시해 놓은 내용이 아직도 남아 있다. 그렇게 작가는 아내들에게 쉴 새 없는 잔소리를 듣고 동네 술집을 찾아 호밀과 육포로 괴로움을 달래는 담배 씹는 우락부락한 벌목꾼 같은 사내들이 나오는 17세기 프랑스어 이야기를 쓴 것이다.

"줄거리는 잊어버렸어." 내가 덤덤하게 말했다. 하지만 눈, 식탁에 앉아 서로의 손을 만지지 않으려고 애쓰는 이선과 매티의 떨리는 사랑은 기억났다. 특히 금색 볼(bowl)이 기억에 남았다.

"피클 그릇 말이군요." 남편이 바로잡아 주었다.

나는 고맙다는 인사를 하고 말을 이었다. "이디스 워튼은 오랫동안 뉴잉글랜드에 살았지만 마흔여섯에 불륜을 저지르고 일기장에 적었죠. 마침내 삶의 포도주를 마셨다. 영국인 노교수는 그 문장을 사랑했어요. '대부분의 사람들이 삶의 포도주를 마시고 깬 지 오래인 나이에 그런 말을 하려면 얼마나 용기가 필요했을지 생각해 봐. 마침내에 담긴 절망에 대해서도. 그녀가 거의 포기했을 때 앞에 나타나 준 남자가 감사한 것처럼 말이야.' 노교수는 그렇게 말하고 잠시 생각에 잠기더니 우리 중에서 삶의 포도주를 마셔 본 사람이 몇 명이나 되는지 물었죠. 대부분이 손을 들었어요. 삶을 바꿔 주는 행복을 경험한 적이 있다는 확신에 차서. 손들지 않은 사람은 딱 두 명뿐이었죠."

"너하고 나." 그녀가 잠깐의 침묵 후에 말했다. 그것이 모든 것을 말해 준다는 듯, 언제나 그랬다는 듯. 테이블에 침묵이 맴돌았다.

"사실 그날 손들지 않은 사람이 한 명 더 있었어." 내가 침묵을 깨뜨렸다.

"난 기억 안 나는데."

"영국인 노교수. 행복한 결혼생활을 하는 남편, 자식 있는 아버지이고 존경받는 학장에다 학자, 작가, 세계를 여행하는 부자인데도 그는 손을 들지 않았죠. 하지만 자신의 손이 올라가지 않았다는 사실은 언급하지 않았어요. 손든 사람의 숫자를 헤아리지 않는 이유가 너무 뻔해 보이지 않도록 일부러 파이프를 채워 넣느라 바쁜 척했죠. 내 눈에는 띄었어요. 그가 자신의 것이 아닌 잘못된 삶을 살고 있다는 생각이 들었죠. 사라지지 않는 일련의 후회로 짓밟힌 남자가 보였죠. 세상의 모든 영광을 가졌지만 그 포도주만은 가지지 못한. 그가 안타까웠어요. 언젠가 그가 로렌스 더럴에게 빌려 온 말을 사용한 적이 있기 때문에 우린 어느 정도 알아차렸거든요. 그가 '자신의 성에 상처 입은' 사람이라는 것을. 우린 모두 그 표현과 사랑에 빠졌어요. 전부를 뜻하는 동시에 아무런 뜻도 없는 말이었으니까. *나 목요일은 시간이 안 돼. 내 성에 상처 입었거든.* 마거릿은 드디어 자신의 성에 상처 입었다는 사실을 깨달았어. 위원회의 보고서가 그의 성에 상처를 입혔어. 과제물을 제시간에 내지 못했어. 내 성에 상처 입어서. 어느 날 노교수 집에 있는데 정전이 됐어요. 폭풍우 치는 밤에 자주 있는 일인데 그럴 때면 대학가 전체가 정전이 되었죠. 으스스하기도 했지만 포근하기도 했어요. 어둠 속에서는 더욱 바짝 붙어 앉고 결속력도 커졌죠. 정전 상태에서도 우린 얘기를 계속했어요. 늘 그렇듯 몇몇은 러그에 앉고 몇몇은 소파 두 개에 나눠 앉고 노교수는 파이프를 들고 안락의자에 앉았죠. 우린 어둠 속에서 듣는 교수님의 목소리를 좋아했어요. 램프가 꺼지면 교수님 부인이 오래된 등유 램프를 가져왔죠. '찾아봤는데 초가 없네.'라고 미안해하면서요. 교수님은 늘 그렇듯 부인에게 고맙다고 아주 다정하게 말했죠. 결국 여학생 하나가 못 참고 '교수님의 삶은 정말 완벽한 것 같아요. 완벽한 집에 완벽한 아내, 완벽한 가족, 완벽한 자녀들.' 이라고 말했죠. 어떻게 가능했는지 모르지만 교수님은 '잘 보이지 않는 걸 보는 법을 배우면 대단한 사람이 될 수 있을지도 모르지.'라고 여학생을 완패시켰어요. 그 말은 영원히 내 머릿속에 새겨졌죠. 3년 후 모교로 돌아가 그 교수의 집에서 열흘간 머물렀어요. 난 학생이 아니었지만 교수님의 새 제자들과 토론식 저녁 수업에 앉아 똑같은 책을 넘기면서 오래전으로 쉽게 돌아갈 수 있었죠. 다들 돌아간 후 교수님을 도와 접시를 치우고 식기세척기에 넣었어요. 함께 유리잔의 물기를 닦고 있는데 교수님이 자신의 이름은 로 윌킨슨이 아니라 라울 루빈스타인이라고 말했죠. 옥스퍼드대학을 나왔지만 영국인도 아니었어요. 체르노비츠에서 태어나 그 어디도 아닌 페루에서 자랐다고 했어요."

"그분 아직 살아 있나요?" 클로이의 남편이 내 목가적인 이야기를 끊으며 물었다.

"살아 있어요. 그날 3년 전 우리에게 그랬던 것처럼 《이선 프롬》에 대해 토론한 후 교수님은 또 삶의 포도주에 대해 질문했어요. 이번에는 손들지 않은 사람이 두 명이었습니다. 그때 나는 그냥 알 수 있었죠. 교수님도 나를 재빨리 힐끔 보았고 내가 안다는 걸 교수님도 알았죠. 수업이 끝난 후 우리는 와인을 마시면서 삶의 포도주에 대한 농담을 했습니다. 교수님은 마침내 말했죠. '그건 존재하지 않아. 존재하지 않는다고 확신해.' 난 반대하지 않으려 애쓰면서 대답했어요. '교수님은 아직 젊어요. 젊으니까 교수님 말이 맞을 겁니다.' 문득 50대가 넘은 교수님이 어쩌면 나보다 젊을지도 모른다는 생각이 들었죠."

다들 아무런 말이 없었다. 어쩌면 내 대학 시절 이야기가 그들을 지루하게 만들었는지도 모른다. 침묵이 흐르는 동안 나는 그해 겨울밤 영국인 노교수의 집을 나온 뒤 클로이와 함께 사각형 안뜰을 지나고 아홉 개의 가로등을 세면서 장난삼아 가로등에 아홉 명 뮤즈의 이름을 붙여 주던 순간으로 돌아갔다. 탈리아, 우라니아, 멜포메네, 폴리힘니아, 에라토, 클리오, 칼리오페, 에우테르페, 테르프시코레를 연상기호 TUM PECCET로 기억했다. 영국인 교수의 수업은 그해 우리의 삶을 정의했다. 마치 사각형 안뜰 바로 옆 비탈진 도로에 위치한 그의 커다란 집 어스레한 거실이 현실 세계를 차단하고 새로운 세계를 열어 줄 수 있는 것처럼. 갑자기 모든 일이 과거에 머문 것처럼 느껴지면서 그때가 몹시 그리워졌다.

다른 저녁도 떠올랐다. 교수가 바깥 현관에서 인적 없는 사각형 안뜰을 응시하는 모습을 보았다. 막 눈이 내려서 시간이 멈춘 듯 평화로운 뜰이었다. 나는 교수에게 걱정하지 말라고 아침에 눈을 치우겠다고 말했다.

"그것 때문이 아니라네."

물론 나도 알았다. 그는 처음으로 나에게 팔을 둘렀다. 평상시 살갑게 감정 표현을 하는 성격이 아니라 지금껏 한 번도 그런 적이 없었다.

"지금 이 풍경을 보고 있자니 언젠가는 보지 못할 거라는 생각이 들었네. 그리워할 심장 따위는 없겠지만 그리울 거야. 언제가 될지 모를 그날을 위해 지금 그리워하는 걸세. 내가 가 보지 못한 곳, 해 보지 못한 일을 그리워하는 것처럼."

"못 해 본 일이 뭐가 있는데요?"

"젊고 잘생긴 자네가 어떻게 이해할 수 있을까?" 교수는 팔을 내렸다.

그는 자신의 것으로 살지 못할 미래를 살고 있었고 역시 자신의 것이지 못했던 과거를 갈구했다. 돌아갈 수도, 앞질러 갈 수도 없는. 그가 가여웠다.

과거는 외국일 수도 아닐 수도 있다. 변할 수도, 그대로 있을 수도 있지만 그곳의 수도는 언제나 '후회'이고 수도에는 풋내 나는 욕망이라는 거대한 운하가 흐른다. 그 운하는 일어나지 않았지만 그렇다고 비현실적인 것은 아니며, 여전히 일어날 가능성이 있지만 일어나지 않을까 봐 두려운, 만약의 일들로 이루어진 군도로 흘러간다. 영국인 노교수가 너무 많이 망설였다는 생각을 한다. 과거를 돌아보았을 때 그냥 두고 왔거나 가지 않은 길이 거의 사라져 버린 것을 보고 누구나 그러하듯. 후회는 의지와 맹목적인 진취력과 용기를 발견했을 때 진정한 삶으로 다시 돌아가기를, 그냥 주어진 삶과 오로지 나만의 이름을 지닌 삶을 교환하기를 바라는 희망이다. 후회는 오래전에 잃어버렸지만 사실은 애초에 갖지 않았던 것들을 고대하는 것이다. 후회는 확신 없는 희망이죠. 내가 말했다. 우리는 후회 사이에서 괴로워하며, 그것은 하지 않아 회한이 밀려오는 일에 치러야 하는 대가이자 한 일에 대해 치러야 하는 대가라고. 후회 사이에서 시간은 편안하게 농간을 부린다.

"그리스에는 후회의 신이 없지요." 그녀의 남편이 독단적인 어조로 말했다. 과시하기 위해서거나 영국인 노교수가 아닌 다른 주제로 대화를 넘기려고.

"그리스인은 아주 명석했어요. 후회와 회한을 한 단어로 사용했거든요. 마키아벨리도 마찬가지였죠."

"제 핵심이 바로 그거예요."

사실 나는 그의 핵심을 정확히 알지 못했지만, 그는 토론을 마무리하는 마지막 발언을 하는 걸 좋아하는 듯했다.

레스토랑을 나올 때 나와 그녀가 앞서 걷고 만프레드와 남편이 뒤따라왔다.

"행복하긴 한 거야?"

내 물음에 그녀는 어깨를 으쓱했다. 고려할 가치가 없는 질문이거나 무슨 뜻인지 모른다거나 관심 없거나 이야기하고 싶지 않다는 뜻이었다. 행복, *qu'estce que c'est,* 그러면 너는 어떤데? 그녀가 물었다. 그녀는 자연스럽게 '그러면'을 덧붙였는데 자신과는 완전히 다른 대답을 기다린다는 뜻이었다. 하지만 나도 어깨를 으쓱했다. 그녀의 몸짓을 흉내 내는 걸로 더 이상 파고들지 않으려고.

"행복은 외국이야." 내가 그녀의 남편을 놀리는 말을 했다. 그녀는 불쾌해하지 않았다. "만프레드와는 선의가 가득해서 경솔하게 나오는 말이 한마디도 없어. 하지만 행복 그 자체를 보자면……." 나는 고개를 가로 저었다. *말하자면 끝도 없어,* 라는 뜻이었다.

"전화해도 돼?" 그녀가 물었다.

"응." 그녀를 보면서 대답했다.

하지만 우리의 목소리에서 피로하고 초라하고 패잔병 같은 어조가 들렸다. 물어보는 그녀에게도 대답하는 나에게도. 그 어조가 들리자마자 후회가 밀려왔고 또다시 저녁 식사 테이블에서의 활기찬 분위기를 끌어올리려고 애썼다. 어쩌면 내가 무심한 속내를 드러내지 않으려는 사람들의 높고 경쾌한 목소리를 가장하고 있었는지도 모른다. 꼭 전화하기 바란다는 걸 보여 주려고 애썼는지도. 한기가 느껴졌다. 몸을 떠는 게 추위 때문은 아니었다.

그녀와 내가 계속 이렇게 함께 있을 수 있기를, 작별 인사를 앞두고 있지 않기를, 작별이 20~30블록, 30분, 30년 이후이기를 바랐다.

거리 모퉁이에서 헤어질 시간이 되었을 때 내가 말했다. "드문 일이네."

"뭐가 드물어요?" 남편이 물었다.

"맞아, 드물어." 그녀도 내 말을 따라 했다.

서로가 상대의 취지를 제대로 파악했는지 확실하지 않았기에 그녀도 나도 굳이 설명하지 않았다. 모두 악수를 나누었다. 그의 악수는 확고했다. 우리는 조만간 또 저녁을 먹자고 약속했다.

"조만간." 그가 못을 박듯 말했다.

우리는 헤어졌다. 만프레드가 나에게 팔을 두르며 "용기."라고 했다.

그녀가 전화한 건 다음 날도 아니고 다음 주도 아니고 헤어진 바로 그날 밤이었다. 통화할 수 있냐고 해서 할 수 있다고 했다. 내 목소리는 또다시 멍들고 두들겨 맞은 듯했다. 동전 하나를 가지고 싸우다가 무기력하게 *네가 가져*, 라고 말한 것처럼.

"너였으면 좋겠어."

도대체 무슨 말일까?

"알고 있잖아."

뭐?

"말했잖아! 대신 너였으면 좋겠다고."

그녀는 나에게 화가 난 것 같았다. 바로 알아듣지 못하고 다시 말하게 해서. 갑작스러운 폭발음에 깊은 잠에서 깬 사람처럼 제대로 들었는지 확신이 필요했다. 몇 초 동안 생각을 정리할 필요가 있었다.

"뭐야…… 내가 널 그렇게 언짢게 만들었어?" 그녀가 마침내 또 화난 목소리로 물었다.

"그래."

이번에는 그녀가 놀랄 차례였다. "왜 언짢은데?"

언짢은 이유를 알 수 없었다. "지금 내 가슴이 너무 오랜만에 빠르게 뛰어서. 이렇게 긴 세월이 지났는데도 사라지지 않다니." 남편을 사랑하지만 사랑에 빠진 적은 없다는 그녀의 말이 떠올랐다. 그 말의 유혹이 몸 안에서 느껴졌다. 난 그녀를 사랑했다. 비통함과 억울함으로 사랑했다. 우리가 너무도 긴 세월을 낭비했기에, 욕망과 소심함과 패배 없는 사랑은 존재하지 않기에. 생각하면 할수록 갈기갈기 찢어졌다. 우린 오랜 세월을 허비했다고 말하고 싶었다. "우린 삶을 허비했어. 둘 다 잘못된 삶을 살고 있어. 너와 나 우리의 모든 것이 잘못됐어."

"불공평해. 우린 한 번도 잘못된 적이 없어. 우리 삶에서 유일하게 옳은 게 너와 나야. 잘못된 건 그 나머지야."

어떤 감정이 나를 사로잡았는지, 이 상황이 어디로 향하는지 알 수 없었지만, 어린 시절 이후 느껴 보지 못한 슬픔의 풍랑에 어안이 벙벙해졌다. 슬픔이 너무 가까이 있고 너무 압도적이라고 느껴질 즈음 몸에서 그 어떤 경고도 없었는데 어느새 흐느끼고 있었다. 아니, 적어도 만프레드에게 들리지 않도록 애쓰고 있었다.

"너무 오랜만이고……." 목이 메어 말이 잘 나오지 않았다. 그녀에게 말하는 것인지 나에게 말하는 것인지도 알 수 없었다.

"말해, 어서, 뭐든 말해." 그녀가 한 말의 진짜 의미는 이것이었다. *도움이 된다면 울어. 우리 모두에게 이로울지도 몰라.*

하지만 나는 그녀가 한 말을 있는 그대로 받아들였다. "아니, 네가 대신 말해." *네가 먼저 울어,* 라는 뜻이기도 했고 *공감, 연민, 우정마저도 받아들일게, 그러니 다시 떠나가지만 말아 줘, 가지 마,* 라는 말이기도 했다.

누군가에게 그렇듯 솔직한 건 처음이기에 흐느끼면서도 가식적인 행동일지도 모른다는 생각이 들었다. 가식이라고 생각하는 것만이 방금 나를 덮친 압도적인 슬픔의 풍랑을 피할 수 있는 유일한 방법이기에. 어쩌면 이 흐느낌 속에 아주 가느다란 사랑의 증거가 들어 있을 것이다. 그녀가 나보다 나를 잘 알고 내가 느끼는 모든 것의 열쇠를 바로 그녀가 가지고 있다는 희망과 믿음, 확신. 내가 모든 것을 다 알지 않아도 된다. 그녀가 아니까.

"네가 말해." 나는 더 이상 할 말이 없었다.

그녀는 잠시 생각에 잠기다 불쑥 말했다. "난 못 하겠어."

"난 할 수 있고? 우린 뭐가 잘못된 거지?"

"모르겠어."

"우리 다음번 파티까지 또 4년 동안 숨어야 하는 거야, 정말 그런 거야?"

그녀가 망설였다. "모르겠어."

"그럼 전화는 왜 한 건데?"

"우리가 작별 인사를 한 방식을 못 견디겠어서. 우린 계속 파티에서 마주치지만 만났을 때도 서로 잊어버리고 살 때보다 함께라고 할 수 없잖아. 언젠가 내가 죽어도 넌 모를 거잖아. 그럼 어떻게 되는 거지?"

그 말에 목이 메어 잠시 후에야 진정되었다. "너와 헤어질 때마다 변하는 내 모습을 견디기 힘들어." 내가 말을 이었다. "지금 이 순간에도 이 전화를 끊은 후의 내 모습을 생각하면 두려워. 그리고……." 억지스럽게 피식 웃었다. "내가 지금 울고 있다는 것도 안 믿어져. 널 봐야겠어."

"그래서 전화한 거야."

우리는 다음 주에 만나기로 했다.

몇 시간 후 시간과 장소를 제안하는 이메일을 보냈을 때 그녀에게 문자가 왔다. "미안해. 안 되겠어."

"다음 주가 안 된다는 거야, 영원히 안 된다는 거야?" 내가 답장을 보냈다.

"영원히!"

어쩌면 내가 그녀 스스로 찾고 있는 핑곗거리를 준 건지도 모른다.

답장하지 않았다. 하지만 그녀는 알 터였다. 한편으로는 그녀에게서 문자를 받았냐고 확인하는 문자가 오기를 바라면서도 그녀도 나도 서로의 꿍꿍이를 알고 있음을.

적어도 한 가지는 맞았다. 그녀의 문자를 받고 토요일 내내 지독한 기분이었다. *지독하다.* 오로지 이 말만 이치에 맞는 듯했다. 기대에 찬 상태로 잠자리에 들었고 흥분감을 꺾어 줄 온갖 교묘한 방책을 떠올리려고 했다. 내가 열중하지 않았고 그녀가 취소해도 상처받지 않으리라 생각하기 위해서. 만프레드도 떠올렸다. 그의 품에 안기면 그녀 생각이 사라질지도 모른다. 심지어 그녀를 향한 문을 완전히 닫아 버리거나, 나는 살면서 늘 문을 조금 열어 두는 편이니까 약간만 열어 둘 수 있을지도 모른다. 그녀와 내가 항상 서로에게서 두려워한 점도 그거였다. 한 사람이 방에 들어오자마자 상대는 나가 버리는 것. 잠자리에서 가장자리와 옆선 같은 것에 대해 생각하기 시작했다. 그녀가 항상 내 인생에 들어오지 않고 가장자리에만 정박해 있을지, 내 삶은 버려진 부두의 빈 배들처럼 앉아서 기다리는 주변의 존재들로만 채워진 것인지 의아했다. 그러다 은유가 완전히 잘못되었음을 깨달았다. 바로 나 자신이 배 한 척 댄 적 없는 미완의 부두에서 보수도 받지 못하고 시간만 때우는 노동자처럼 주변의 존재들로 이루어진 집합체에 불과하다는 사실을. 나는 미완의 존재였다. 아직 태어나지도 않았는데 시간을 낭비했다. 축제 점포에 게임용으로 쌓아 놓은 아홉 개 우유병처럼 이제 막 만들어진 존재들의 집합체에 불과했다.

그날 밤 내 살에 닿은 만프레드의 살을 느끼고 그녀를 안는 꿈을 꾸면서 그에게 몸을 밀어붙였다. 그가 "멈추지 마."라고 했다.

잠에서 깼지만 그가 눈치 채지 못하도록 시작한 일을 계속했다. 잠결의 그는 나와 함께 쾌락을 느꼈고 돌아누우며 사랑한다, 말하곤 내 얼굴을 잡아 키스했다.

다음 날 아침 그녀가 보낸 문자 소리에 잠에서 깼다.

나는 토요일 내내 인사불성 상태로 보냈다. 전날의 저녁식사에 대해 만프레드가 아무 말도 안 해 준 것이 고마웠다. 점심때 그가 내 서재로 햄치즈 샌드위치와 감자칩이 담긴 접시를 가져왔다. 아이스티 줄까, 다이어트 콜라 줄까? 다이어트 콜라. 다이어트 콜라로. 그러곤 방을 나갔다. 문을 아주 살짝 닫았다. 그는 알고 있었다.

그가 돌아와서 등을 문질러 줄까 물었다. 괜찮다고 했다. "밤에 영화 보러 가자. 기분 전환이 될 거야." 그래서 영화를 보러 갔다. 또 덴마크 영화였다. 영화를 보고 나와서 링컨센터 앞쪽을 걸었다. 나는 언제나 한밤의 링컨센터 앞이 좋았다. 특히 그곳에 우리와 똑같은 시간을 보내고 있는 사람들이 가득할 때가 좋았다. 늦은 시간에 간신히 요기하거나 술 한잔 할 곳을 찾고 누구든 아는 사람을 마주치기 바라며 별것 하지 않는 사람들. 집에 돌아가고 싶지 않았다. 하지만 주변을 돌아다니면 그 두 사람을 마주치리라는 걸 알고 있었다. 그냥 알 수 있었다. 삶은 원래 그런 식으로 돌아가니까. 내가 피곤하다고 둘러대서 우리는 버스에 탔다.

몇 해 전 토요일 밤에 그와 영화 보러 가기를 간절히 바랐다. 함께 잘 수 없다면 토요일 밤의 영화 관람으로 만족할 거라고 생각했다. 저녁식사, 술, 영화. 영화관에서 그의 손을 잡고 싶었다. 무엇보다 그와 함께 있는 모습을 세상에 보이고 싶었다. 그와 함께 있는 모습을 보이는 것이 왜 그렇게 큰 의미였는지 모르겠지만 그를 더욱 갈망하게 만들었다. 그런데 막상 영화관 밖으로 나오니 그 두 사람을 마주칠까 봐 두려워졌다.

버스에 오르기 전 광장을 둘러보며 그녀와의 늦은 점심을 계획하던 일이 떠올랐다. 둘 다 어디로 가야 할지 몰라서 뻔하고 어설픈 선택을 하는 것이다. 지금까지 살면서 한 번도 해 본 적 없는 일. 호텔룸을 빌리는 것. 호텔룸은 이미 생각해 두었다. 공교롭게도 오늘 간 영화관에서 가까운 호텔. 늦은 점심, 호텔, 섹스. 샴페인도? 샴페인은 전이 좋을까 후가 좋을까? 앞서 가지 말자. 가상의 데이트에 냉철한 현실 감각을 집어넣으며 생각했다. 우리 두 사람, 하트 잭과 스페이드 퀸이 침대에 걸터앉아 신발을 도로 신으며 더 이상 존재하지 않는 우리의 사랑에 대해 이야기하는 모습이 보였다.

하지만 만프레드와 그 호텔을 마주 보고 있으니 또 다른 의미에서 지독한 기분이 느껴졌다. 그날 하루가 그렇게 된 것에 대한 실망감이나 만프레드에게 상처를 준 것보다 더 지독한 기분이었다. 나 자신에게 실망했다. 내가 항상 보아 왔고 절대로 변하지 않을 그 사람에게. 그녀를 갈망하고 수년 전 부모님의 식탁에 앉은 내 무릎에 알몸으로 올라와 자신을 보라고, 놓지 말라고 하던 그녀의 허벅지를 떠올렸지만 나에게서 무언가 암울하고 추악한 것이 보여 수치스러웠다. 밤새 간청했지만 막상 초라하게 포장된 선물을 보니 유감스러웠다. 그것은 다름 아닌 안도감이었다. 그리고 갈망하는 것을 향해 손을 뻗기도 전에 포기하고 싶어지는 충동인 끔찍한 동업자, 무관심도 함께였다.

그녀의 토라진 듯한 '영원히'가 나에게 안도감을 주었다. 무언가를 계획할 필요도, 열정을 시험할 필요도, 만남이나 그날 오후의 행방을 숨길 필요도 없어졌다. 호텔, 샴페인, 벗었다 다시 입는 옷, 해명 요구에 대한 거짓말도 다 사라졌다. 얼마나 다행스러운가! 어쩌면 그녀와 자고 싶지 않은 것인지도 모른다. 그녀가 나와 자고 싶어 하는 만큼은 아닐지도.

이 모든 생각은 머릿속에 자리했다. 마땅히 있어야 할 곳에.

몇 달 후 지속적인 어깨 통증 때문에 병원을 찾았다. 테니스를 칠 때의 나쁜 습관 때문에 생긴 급성 점액낭염이 틀림없었다. 하지만 두 차례 방문 후 만약을 위해 CT 촬영을 해 보자는 말을 들었다. 의사는 불안을 아예 무시해 버리는 의사 특유의 급하고 무뚝뚝한 말투로 권했다.

짧은 침묵 후 내가 본론으로 들어가고 있음을 보여 주려고 말했다. "시간이 얼마나 남았죠?"

"그 정도는 아닙니다." 의사가 나더러 앉으라고 하기도 전에 또다시 질문에 대한 언급을 피하려 한다는 걸 알 수 있었다.

머릿속이 핑핑 돌기 시작했다. 종양이라면 그해가 끝나기 전에 죽을 것이고 죽으면 새로운 기회도, 4년에 한 번 하는 파티도 아무것도 남지 않는다. 지금까지 때를 기다린 일도 아무것도 아니게 된다. 잘못된 삶을 살다가 죽을 것이다. 아니, 살지 않고 기다린 삶. 다행히 2주 후에 나온 검사 결과가 두려움을 없애 주었다. 점액낭염이었다.

죽음의 문턱에 이른 경험이 인생의 교훈을 준 거라고 확신했다. 행동할 때라고.

죽지 않는다는 사실을 알고 한 시간도 채 안 되어 절대로 해 본 적 없는 일을 했다. 그녀에게 전화한 것이다. 할 말은 전부 연습했다. 어디 조용하고 평범한 곳에서 점심만 먹자고. 좋은 곳을 안다고. 아니, 그런 말은 하지 말자! 그녀는 그토록 불평하던 오후 회의 때문에 사무실로 돌아갔을 터다. 왜 이제 와서 이러냐고 묻는다면 무슨 일인가 생길 뻔하다가 생기지 않았다고, 그녀에게 들려주고 싶다고만 말할 것이다. 하지만 전화벨이 한 번 울리고 그녀가 사무실에서 전화를 받았을 때 최악의 타이밍이라는 것을 느꼈다. 결국 잠깐 시간을 낼 수 있냐고만 물었다.

"물론. 하지만 바로 회의가 있어." 그녀는 나중에 다시 걸겠다고 하자 명령하듯 말했다. "아니, 지금 바로 말해."

그녀가 기다리고 싶지 않으며 바로 알고 싶어 한다는 게 좋았다. 내가 그녀라도 그랬을 것이다. 하지만 다급함이 묻어 나오는 어조에 심란해진 나머지 구석진 곳에 있는 작고 아늑한 식당에서 점심을 먹자고 미리 연습해 둔 미지근한 연설을 잊어버리고 말았다. 대신 완전히 다른 말을 해 버렸다.

"지금 널 봐야겠어."

거절이나 적대적인 반응이 나오면 방금 병원에서 청천벽력 같은 말을 들었다고, 당장 만나자고 거짓말을 할 참이었다.

그녀도 내 목소리에 다급함이 묻어 있는 걸 알아차린 모양이었다. "어디야?"

"걷고 있어."

"거기가 어딘데?"

"매디슨 애비뉴야."

"매디슨 어디?"

"63번지."

방금 지나친 가게 이름을 댔다.

그녀가 어시스턴트에게 차를 준비하라고 외치는 목소리가 들렸다. *지금 바로!*

"거기 그대로 있어. 움직이지 말고." 그녀가 소리쳤다.

나도 모르게 두 가지 음역으로 말했다. 두 시간 전에 지나온 삶을 돌아보고 사방이 말라비틀어진 분화구라는 사실을 깨닫게 만든 죽음이 아직 다 사라지지 않고 내 전화 목소리에 다급함을 집어넣은 것이다.

그녀는 10분도 되지 않아 검은색 SUV에서 내렸다. "우선 먹자. 나 배고파. 그 전에…… 도대체 무슨 일이야?"

우리는 렌조&루치아로 들어갔다. 오후 중반으로 접어드는 찬란한 햇살에 휩싸인 노천 테이블에 앉았다. 옆의 두 테이블은 비었고 태양 가득한 인도는 평상시와 달리 조용했다.

"왜?" 그녀가 다시 물었다.

그 말이 무슨 뜻인지 나는 정확히 알았다. "몇 시간 전까지만 해도 살 날이 몇 달밖에 안 남은 줄 알았어."

"그리고?"

"아무것도 아니었어. 오보였지. 하지만 덕분에 생각을 했어."

"그랬겠지." 그녀는 평상시의 빈정거리는 태도를 더하려 했다.

"내 말은 너에 대해서 생각했다는 거야."

"왜 나야?"

"주제넘게 들리지 않았으면 좋겠는데, 내가 죽으면 네가 어떻게 될지 궁금했어."

그녀로서는 전혀 짐작하지 못한 일이었다. 턱이 떨리기 시작하고 두 눈이 반짝였다. "네가 나보다 먼저 죽으면?"

내가 고개를 끄덕였다.

"네가 죽으면 아무것도 남지 않겠지, 아무것도. 그건 너도 알잖아." 그녀는 말을 멈췄다가 잠시 후 덧붙였다. "네가 없어지면 아주 커다란 무(無)가 나에게 떨어진 느낌일 거야."

"하지만 애초에 우리는 서로에게 존재하지도 않았는걸."

"그건 아무 의미도 없어. 넌 항상 그 자리에 있어." 잠시 후 그녀가 물었다. "만약 내가 죽으면?"

"네가 죽으면 역시 무가 남겠지, 무만."

"우린 거의 만나지도 않는데?"

"네 말대로 그런다고 달라지지 않아. 이제 우린 알잖아."

"이제 우린 알지."

나는 그녀의 눈을 피하려고 시선을 아래로 향한 채 육각형 소금통과 후추통을 머리부터 발끝까지 닿도록 나란히 붙였다. *이게 너고 이게 나야,* 라고 말하고 싶었다. 유리병의 비스듬한 면이 서로 완벽하게 정렬하는 것을 보며 생각했다. *얼마나 잘 맞는지 봐봐.*

"누구와도 너만큼 가깝지 않았어."

그녀는 운명적이지만 비극적인 사랑에 대한 슬픔과 연민에 가까운 표정으로 소금통과 후추통을 바라보았다. 결국은 떨어져 깨지거나 옮겨져 계속 다른 통과 짝지어진다. 머리에 구멍이 뚫린 대체 가능한 유리병이기에 결국 소금통인지 후추통인지는 중요하지 않다.

그녀가 또 말없이 나를 바라보다 조용히 물었다. "그래서 다음은 뭐지?"

그녀도 나만큼이나 무력한 듯했다. 우리는 모든 걸 이야기했으면서 아무것도 이야기하지 않았다. 손을 내밀어 그녀의 얼굴을 만지고 싶었지만 이 상황에 어울리지 않았다. 이미 나는 충동을 신뢰하지 않기로 했다. 죽음이라는 간접적인 언급만으로 사랑을 이야기할 수 있다면 과연 또다시 사랑을 나눌 수 있을까, 생각했다. 서로의 눈을 바라보지도 못하고 하물며 알몸이 될 수는 더더욱 없다. 우리 어떻게 된 거지? 수년 전에는 알몸으로 함께 아침을 먹었고, 그 도중에도 발기되어 그녀가 나에게 올라와 둘 다 절정을 느낄 때까지 잉글리시 머핀처럼 하나가 되었는데. 이제는 무엇 하나 자연스럽게 느껴지지 않았다. 내가 열정 혹은 친절을 보이거나 나 자신과 자제력을 잃는다면 그녀는 면전에 대고 비웃을 것이다.

"하고 싶은 말이 있어. 웃지 않는다고 약속해."

"약속해." 하지만 그녀는 벌써부터 웃고 있었다.

"모든 것, 모든 사람에게서 떨어져 너와 시간을 보내고 싶어. 며칠 동안 어디 다녀오자."

도대체 이걸 언제 결심했지?

바로 지금이다. 멀리 떨어진 방에 놓인 샴페인을 상상할 때 내가 정말로 원하는 것은 그녀가 알몸으로 내 옆에 무릎 꿇은 채 손을 뻗어 샴페인잔을 잡고는 갑자기 침대 옆 탁자에 대고 깨뜨려서 단호하게 유리 조각을 잡고 아주 천천히 내 왼팔을 긋는 것이다. 손바닥으로 상처의 피를 묻혀서 내 얼굴과 자신의 몸에 문지르고 자기에게도 똑같이 해 달라고 애원하는 것. 그것이 우리 두 사람이 다다른 모습이기에. 우리의 사랑에 친절과 자선이 존재했다면 그것은 훈족의 친절과 자선이었다. 우리는 온몸의 기관으로 사랑했을 뿐 심장은 없었다. 그래서 서로에게 떨어져 있었다. 그녀를 얼마나 사랑하는지 말할 수 있는 심장을 내 안에서 찾을 수조차 없었다. 내 사랑이 얼마나 빈약하고 부족하고 메마른지. 반응을 하기 위해 이제 우리는 피를 흘리지 않으면 안 된다. 네 피와 내 피를 섞고 네 체액과 내 체액을 섞고 네 배설물도 내 것이다. 너를 문 뱀이 나도 물게 하리라. 그것이 내 입술을 물어 우리가 함께 죽도록.

"왜 전화했는지 알아." 그녀가 진지하게 말했다. "말해 줘. 난 아직도 모르겠고 알고 싶어 죽겠거든." 솔직하기 짝이 없는 말이었다. "넌 내가 모든 걸 버리고 너와 함께 할 마음이 있는지 보려고 전화한 거야. 그럴 마음이 있건 없건 난 망하는 거야. 너와 함께 하기로 결심한다면 내가 평생 널 용서하지 않을까 봐 네가 거절하겠지. 만약 내가 거절하면 네가 날 원망하며 영원히 용서하지 않을 테고. 그러니까 내가 어떻게 해야 하는지 일생에 단 한 번, 네가 말해 줘. 난 정말 모르겠으니까."

"내가 요구하는 건 단 한 번의 주말이야." 마침내 내가 말했다. 우린 주말보다 긴 시간은 버티지 못할 것이다. 어쩌면 주말조차 버티지 못할지도 모른다. 평일 이틀이어야 하는지도. 쥐꼬리만 한 월요일과 화요일의 시간이야말로 가장 소박하지 않을까?

그녀는 재미있는 생각이라는 듯 미소 지었다. 하지만 소리 내어 웃지는 않았다. 내 제안을 받아들이는 중이었다.

"어디로?" 그녀가 대답을 기다리지 않고 말했다. "우리 돌아가자."

무슨 뜻인지 알 수 있었다. "돌아가는 사람은 없어."

"우린 사람이 아니야. 다른 종이야."

몸을 숙여 그녀의 입술에 키스했다. 그녀는 두 손으로 내 얼굴을 감싸고 키스에 답했다. 우리는 손을 꼭 잡고 레스토랑을 나와 매디슨 애비뉴를 나란히 걸었다. 둘 다 입을 열지 않았다. 상관없었다. 내 삶에서 가장 아름다운 순간이었다.

"만프레드한테는 뭐라고 말할 거야?" 그녀가 그의 이름을 비꼬는 기색 없이 독일식으로 발음하며 물었다.

"만프레드는 만프레드야." 내가 다시 생각해 보고 덧붙였다. "이미 알고 있어. 항상 알았어. 네 남편은?"

"우리가 어린애래." 잠시 후 그녀가 말을 이었다. "맞는 말인지도 모르지. 어쨌든 그 사람은 견딜 거야."

그냥 간단하게 말할 작정이었다. 나는 지루한 강연을 하게 되었다고, 그녀는 사고로 외출이 불가능한 작가를 만나러 보스턴 교외에 가야 한다고. 하지만 서로의 상대가 끈질기게 물어오면 사실대로 말할 참이었다.

그날 오후를 보내고 너무 행복해서 다음 날 즉흥적으로 그녀에게 전화를 걸었다. 같은 시간, 같은 곳에서 볼까? 좋지. 같은 레스토랑에서 만나 같은 메뉴를 주문했다. 그날의 점심도 똑같이 행복하게 끝나서 다음 날 또 만났다.

"사흘 연속으로 만났네. 오늘이 끝일까?" 내가 물었다.

그녀는 내가 얼간이처럼 군다고 했다. 내 손을 잡고 놓지 않았다. 걸어서 그녀의 사무실까지 데려다 주었다.

"만프레드한테 말했어?"

"오늘도 안 했고 어제도 안 했어." 그녀가 궁금해한다니 흥분되었다. "넌?"

"아직 아무 말도 안 했어."

"원한다면 평생 이럴 수 있을 것 같아."

"우리만의 의식." 그녀가 그래, 그럴 수 있지, 라는 뜻으로 말했다.

"의식이 아냐. 의식은 이미 일어난 일을 되풀이하는 거고 리허설은 아직 일어나지 않은 일을 되풀이하는 거지. 우린 어느 쪽이 맞을까?"

어느 쪽도 아니라고 덧붙였어야 했다. 그녀도 동의했을 텐데.

"별의 시간이지, 내 사랑."

"그래, 정말 별의 시간이야." 나도 동의했다.

몇 달 후 우리는 기차가 아니라 비행기로 그곳에 도착했다. 기차는 다섯 시간이 걸리는데 그 다섯 시간 동안 여행을 망치는 무슨 일이 생길지 모르는 일이었다. 비행기는 한 시간이 조금 안 걸렸다. 비행기에서도 여행 이야기를 하지 않았고 보스턴공항에서 우리가 나온 대학이 있는 소도시까지 오래 택시를 타고 가면서도 가볍게 몇 마디 나누었을 뿐이다. 우리는 말실수를 할까 봐 두려워서 흥분도 우려도 드러내지 않았다. 설령 가벼운 농담으로 던졌더라도 잘못된 두 마디가 여행을 망칠 수 있고, 감상에 젖은 발언이 폭설로 갇힌 고속도로에서 차 안에 켜 놓은 촛불처럼 우리가 필사적으로 애지중지하는 자그마한 불꽃을 훅 꺼 버릴 수 있었다.

택시 안에서 우리가 왜 떠나왔는지 기억나지 않았다. 일상으로부터 도망쳐 나와 아는 이 하나 없는 도시에서 함께 지내기 위해? 시간을 돌리려고? 어쩌면 더 진실할지도 모르는 우리 삶의 쓰지 않은 또 다른 여정을 회복하려고?

대학에 가까워질수록 우리는 더욱 조용해졌다. 발을 헛디뎌 분위기를 망칠까 봐, 느닷없이 상대방을 곤란하게 만들까 봐 두려워서. 하지만 회정(回程)에 대한 유치한 흥분감을 대단치 않게 생각하는 것은 둘 다 똑같았다. 우리는 되도록 평범하고 소박하게 도착하고 싶었다. 택시 안에서 그녀는 계속 호수를 바라보았고 나는 반대편의 스쳐 가는 대저택들을 살폈다. 둘 다 조용하고 약간 자각이 없는 상태였다. 오랜 세월이 흘러 돌아온 것이 아무 생각 없고 독창적이지도 못한 볼일인 듯이. 택시 기사에게 우리는 새벽에 크게 다퉈서 입을 꽉 다문 채 한시라도 빨리 떨어지고 싶어 하는 뉴욕의 커플일 뿐이었다. 조금만 건드리면 둘 중 한 명이 택시를 돌려 공항으로 돌아가 달라고 했을 것이다.

우리는 일부러 월요일 아침 일찍 도착하도록 계획했다. 수업이 시작하기 직전에 도착하고 싶어서였다. 시간을 거슬러 올라가 첫날 첫 수업을 듣기 위해 그 자갈길 골목을 지나고 싶었는지도 모른다. 그녀는 다시 돌아가고 싶은 자기만의 습관과 장소가 있었다. 어쩌면 내가 들어 있지 않은 그녀의 소중한 시간들. 나는 의미 있는 시점에 우리의 길이 겹치기를 바랐다. 그래서 도착하고 처음 몇 시간 동안 산책을 했지만 공통의 추억이 있는 길은 피하려고 했다. 우리는 시차 때문에 피곤한 관광객들처럼 기억도 기대도 없이 캠퍼스를 돌아다녔다. *이거 기억나? 무엇무엇이 있던 곳에 지금은 크고 흉물스러운 건물이 생겼네!* 같은 말이 몇 번 오갔을 뿐 무언의 순간이었다. 어느 시점에서 그녀가 내 손을 잡았고 나도 그녀의 손을 잡았다. 우리는 스마트폰으로 사진을 찍었다. 그녀 사진, 내 사진, 둘의 셀카. 그녀가 그 자리에서 바로 사진을 전송해 주었다. 우리 뒤에는 흔한 첨탑이 솟아 있었다. 저 멀리 야로우교회와 밴스피어천문대가 보이자 비로소 우리가 정말로 돌아왔고, 이곳에 함께 있으며, 이 모든 것이 현실이고, 사진 속 표정으로 보아 둘 다 행복하다는 사실을 깨달았다.

오후 중반에야 산책을 멈췄다. 사각형 안뜰에서 좌회전하여 그 집이 보일 때까지 비탈길을 내려갔다. 창문에 달린 커다란 초록색 간판이 영국인 노교수의 집에서 무엇이 우리를 기다리는지 냉혹하게 경고해 주었다. 그의 집은 스타벅스로 변해 있었다. 이러쿵저러쿵할 필요도 없다는 생각이 들었다. 안으로 들어가 한때 현관이었던 곳을 둘러보고 흩어져 앉은 학생들이 노트북을 두드리는 안쪽을 엿보았다. 우리가 빛바랜 페르시아 러그에 앉아 설탕과 향신료를 넣은 사과주를 마시던 방이었다. 바뀐 구조는 시간여행을 잘못해서 집에 돌아온 것처럼 이상한 기분이 들게 했다. 2층 침실로 올라가는 계단은 아예 사라져 버렸다. 안에 앉아 있거나 문가에서 담소를 나누거나 수업을 들으러 가는 도중에 급하게 들락날락하는 학생들을 보자니 우리가 저들 중 한 명이 아니라는 사실이 너무도 실감 났다.

커피 두 잔을 주문했다. 내가 스마트 앱으로 계산하자 그녀가 감탄했다.

"시대를 따라가야지." 우리가 이 집에 얼마나 철저하게 어울리지 않는가를 깨달으며 내가 반어적으로 말했다.

"늙은 기분이야?" 그녀가 물었다.

"아니. 그래야 하나?"

"난 그래."

그 순간 그녀가 영국인 노교수가 이디스 워튼에 대해 한 말을 떠올렸다. "그녀는 지금의 나보다 열 살도 많지 않았어. 삶의 포도주를 맛보기에는 좀 늦은 것 같지?"

"벌써 마셔 본 거 아니었어?"

뜻밖에 그녀가 깜짝 놀랐다. "칭찬해 달라는 말이지? 넌 마셔

봤어?"

"어쩌면. 그렇게 생각하고 싶은지도. 하지만 더 이상 잘 모르겠어. 어쩌면 마셔 보지 않았을 수도."

그녀는 커피에 설탕을 넣는 나를 바라보았다. 그리고 내 신경을 거슬리게 하는 것을 자백하는 예의 그 태도로 말했다. "나도 확실하지 않아. 어쩌면 여기저기서 그냥 몇 모금 홀짝거렸을 수도 있고."

"어쩌면과 홀짝거리기는 삶의 포도주를 마시는 방법이 아니지."

"정곡을 찔렀네."

우리는 매티에 대한 이선 프롬의 사랑을 이야기하며 그런 순수한 사랑이 요즘 세상에도 존재할 수 있을까 의문을 제기했다.

"요즘 그렇게 참는 사람은 아무도 없어."

"확신해?" 그녀가 또다시 내 신경을 건드렸다.

나는 거짓말을 하다 들킨 것처럼 그녀를 보며 작은 소리로 말했다. "정곡을 찔렀네."

시내로 내려가는 비탈길의 쓰레기통에 빈 종이컵을 버렸을 때는 이미 땅거미가 내려앉았다. 나는 황혼 무렵의 이 도시가 좋았다. 저녁 시간에 맞춰 학교 구내식당을 찾았다. 추운 바깥에서 학생들이 몰려와 줄을 섰다. 우리를 제지하는 사람도, 학생들과 함께 줄을 설 뻔했다는 걸 알아차리는 사람도 없었다. 우리는 뒤쪽에 서서 어떤 음식이 나오는지 지켜보았다. 우리 때보다 확실히 고급이었다. 채식 메뉴까지 있네. 그녀가 메뉴판을 가리키며 말했다. 하지만 예전의 나무 테이블은 그대로였다. 의자도, 식당 냄새도 똑같았다. 눈가리개를 하고 제자리에서 빙빙 돈 다음 몽골에 떨어진다 해도 금방 알 수 있었다. 더럽고 쾌쾌하고 변함없이 사랑스러운 나무 냄새.

우리는 캠퍼스의 사각형 안뜰로 돌아가 마침내 차마 언급하지 못한 일을 했다. 위층을 보았다. 불을 밝힌 그녀의 창문은 3층이었다. 밤까지 도서관에서 공부하고 그녀를 기숙사 입구까지 데려다 준 뒤 내 기숙사로 돌아가곤 했다. 1~2분 후 고개를 돌려 그녀의 방에 불이 켜지는 걸 보았다.

우리는 한마디도 하지 않았다. 움직이지 않고 그냥 서 있었다. 그녀는 전부 기억했다.

"넌 1~2분 만에 정문을 열고 3층으로 올라와 내 방문을 두드리며 저녁 먹을 시간이라고 하지. 네가 올라오는 시간을 어떻게 셌는지 알아? 난 네 발자국 소리를 알아차렸어. 방문에 도착한 순간 네 기분이 어떤지까지도."

"몰랐어."

"넌 아무것도 몰랐지."

텅 빈 안뜰에서 우리는 계속 그녀의 창문을 올려다보았다. 아무 말도 하지 않았지만 우리 관계가 다르게 흘러갔다면 어떻게 되었을지 각자 그려 보고 있었다. 우리는 어디에 있을까? 어떤 모습일까? 하지만 아무것도 달라지지 않았을 거라는 사실을 둘 다 알기에 그 창문을 더욱 오랫동안 바라보았다. 어쩌면 왜 계속 보게 되는지 알아내려고 보았는지도 모른다.

"책을 덮자마자 아래층에서 네가 문 닫는 소리가 들려올 때의 기쁨이란……. 지금도 느낄 수 있어. 오늘처럼 저녁 먹기 직전에 이렇게 추울 때는 더더욱."

할 말이 없어서 잠자코 있었다. 우리는 그냥 서로를 쳐다볼 뿐이었다. 오웰의 책 마지막 부분을 밤새워 번역하다가 그녀의 소파에서 잠든 일을 둘 다 기억했다.

"서로 웅크린 채 엉켜서 깨어났지. 두 마리 도마뱀처럼." 그녀가 떠올렸다.

"인간 프레첼처럼."

"내가 견딜 수 없는 건 이거야." 발걸음을 옮기기 시작했을 때 그녀가 말했다. 아직 떠나기 싫은 듯 그녀의 발걸음이 느려졌다. 그렇게 수심 어리고 망설이고 겸허해 보이는 모습은 처음이었다. "오랜 세월이 지났지만 지금 너와 함께 이 안뜰로 돌아와 보니 그동안 내가 단 한 발자국도 움직이지 않았다는 생각이 나를 너무 혼란스럽게 만들어. 저녁이면 네가 올라오기를 기다리던 스무 살 여학생이 터무니없는 인생사를 잔뜩 겪고 다시 스무 살 그때로 돌아가기를 간절히 바라듯 결국 이렇게 원점으로 돌아온다는 사실을 모를 수만 있다면 뭐든지 하고 싶어. 마치 내 일부가 고집스레 떠나지 않고 남아 내가 돌아오기를 기다린 것처럼."

우리는 몇 걸음을 옮겼다. "난 결혼도 하지 않았고 엄마도 아닌 거야. 내가 아는 한 여전히 오웰의 책을 그리스어로 번역하는 학생이야."

나는 그녀에게 정말로 그렇지는 않을 거라고 말했다. 남편, 딸, 집, 네가 책을 내 주고 유명하게 만들어 준 훌륭한 작가들이 정녕 아무것도 아닌 건 아니잖아.

"그것들은 한 여정에 속하고 난 다른 여정을 얘기하는 거야. 우리가 4년마다 발을 헛디며 들어갔다가 나오는 인생. 주변이 온통 어두울 때 너와 내가 멀리서 엿보는 흐릿한 불이 켜진 삶. 우리의 것이 아니지만 그림자보다도 우리에게 가까운 삶. 별의 삶. 내 삶과 함께인 너의 삶. 누군가 저녁 테이블에서 한 말인데 모든 사람에게는 아홉 가지 버전의 삶이 주어진대. 그중에 진탕 마시는 삶도 있고, 살짝 맛만 보는 삶도 있고, 또 입도 대지 않는 삶도 있대."

우리의 삶은 무엇인지 아무도 묻지 않았다. 알고 싶지 않았다.

양자 이론은 그보다 더 탄력적이라는 생각이 들었다. 어떤 삶을 살든 손댈 수 없고 더더욱 알지도 못하는 삶이 최소한 여덟 개가 있다. 진정한 삶도 거짓된 삶도 없고, 운 좋게 맡을 리 없는 배역의 예행연습만 존재하는지도 모른다.

사각형 안뜰을 지나다 우리의 벤치를 발견했다. 우리는 멈춰 서서 벤치를 바라보았다.

"저게 말을 할 수 있다면." 그녀가 먼저 입을 열었다.

"너 내 침을 원했잖아."

그녀는 기억나지 않는 척하려다가 "그래, 그랬지."라고 말했다. 내 진짜 삶은 여기에서 멈췄다.

"그러고 보니 생각나는데." 그녀가 안뜰에서 나와 그날 미리 예약해 둔 레스토랑에 앉았을 때 말했다. "우리 오늘 한침대에서 자는 거야?"

이상한 표현이었다.

"그거야말로 주된 목적인 줄 알았는데."

"주된 목적이라." 그녀가 약간 비꼬는 어조로 따라 했다. "그래, 물론 주된 목적이지." 유머를 정당화해 줄 정도로만 모호한 표현을 찾았다는 말투였다.

우리는 변함없이 이 도시에서 가장 좋은 레스토랑에 앉아 있었다. 아들이나 딸을 보러 온 부모들이 데려가는 레스토랑이었다. 나는 아버지와 한 번, 그녀는 부모님과 와 본 적이 있었다. 나는 그녀가 언젠가 이곳에서 딸하고 저녁을 먹을 거라고 말했다. 그녀는 감상적인 소리라고 일축하려는 듯한 몸짓을 보였다.

"그래, 언젠가 여기서 같이 저녁을 먹을지도 모르지." 하지만 그녀는 그 말이 자아낸 감성을 떨쳐 버리고 싶지 않은 듯 덧붙였다. "그날은 우리 셋이었으면 좋겠어."

그녀는 왜 그 말을 했을까?

"사실이니까."

나는 그럴싸한 가벼운 말로 방향을 돌리려고 했다. "네 딸이 이상하다고 생각하지 않을까?"

"그 애는 그럴지도. 하지만 너는 안 그럴 거고 나도 안 그럴 거잖아."

손을 내밀어 그녀의 얼굴을 만졌다. 둘 다 말은 하지 않았다. 그녀는 내 손바닥이 얼굴에 머물렀다가 입술을 만지도록 내버려 두었다. 두 손으로는 테이블에 놓인 내 한 손을 잡았다.

"이틀." 내가 강조하듯 말했다.

"이틀."

둘 다 말하지 않았지만 이틀 속에 평생이 들어 있다는 뜻이었다.

음식은 별로였지만 우리는 개의치 않았다. 창밖을 내다보며 디저트도 먹었다. 커피는 생략하고 꾸물거렸다. 비록 언제든 그럴 수 있기에 두려웠지만 조금의 긴장감도 솟아나지 않는 걸 느끼며 우리의 자그만 호텔로 시간을 거슬러 걸어가자고 제안했다. 도중에 우리는 작고 그림 같은 술집으로 변한 예전의 식품점 자리에서 멈추었다. 바가 꽉 차지는 않았다. 대학가라서 월요일 밤에 술 마시는 사람이 많지 않으니까. 우리는 달빛을 받은 호수가 내다보이는 창가 자리에 앉았다. 하지만 주문하기 전에 그냥 나가기로 했다. 그녀가 꽁꽁 언 호숫가 제방을 따라 걷고 싶다고 했다. 그러지 뭐. 날쌔게 움직이는 대학생들과 저 멀리에서 스케이트를 타는 여학생 둘이 보였다. 그녀는 스케이트를 가져오지 않은 걸 아쉬워하며 밴스피어까지 걸어가 한번 살펴보겠냐고 물었다. 괜찮다고 대답했다. 그녀는 시간을 거슬러 올라가려는 걸까? 아니면 방에 둘만 있는 시간을 미루는 걸까?

호숫가를 따라 걷다가 얼음 위를 지날 때 살짝 곡선을 이룬 그녀의 뒷모습이 눈에 들어왔고 갑자기 격렬한 감정이 솟구쳤다. 그녀를 세워 꽉 안고 키스했다. 처음 간 호텔에서 주인이 방을 보여 주던 순간을 떠올렸다. 우리는 그때 어색해하지 않았다. 지금도 어색하지 않았다. 하지만 그럴지도 모를까 봐 여전히 두려웠다. 우리는 과거를 찾아 이곳에 왔고, 호수에 선 지금 나는 과거에 무심할 수가 없었다. 지금은 현재였다.

그녀는 여기에 와서 행복할까?

"무척. 이틀." 그녀가 주문이라도 외우듯, 우리가 우리에게 주는 선물인 듯 반복했다. "우린 여기에 속해." 그녀가 꽁꽁 언 호수를 둘러보며 말했다.

"얼음에?" 내가 농담을 강조하지 않으려고 조심하면서 물었다.

"이 모든 게 우리야." 그녀는 못 들은 척하며 말했다.

맞는 말이었다. 이곳은 우리였다. 다른 우리는 뉴욕에 있었다. 만프레드와 나는 TV를 보고 있다. 그녀와 남편은 뭔가를 하고 있다. 잘 모르겠지만 스크래블을.

지금이 우리의 특별한 순간이다. 지난 세월 우리가 한 일들은 이 순간을 위한 예행연습이었다. 오디세우스를 기다린 충견 아르고스만큼이나 충직하게 이 순간을 기다려 왔다. 우리는 두 세대, 세 세대, 네 세대가 지나 조상의 집이었던 곳으로 돌아가서 오래된 열쇠를 넣자 문이 열리고 그 집이 자신들의 것이며 가구에 아직 증조부와 증조모의 냄새가 배어 있음을 발견하는 사람들 같았다. 시간은 그 무엇도 뒤집어 헤쳐 놓지 않았다. 우리가 함께 오웰의 책을 번역하느라 많은 시간을 보낸 밴스피어천문대는 우리를 기억하고 환영해 주는 듯했다.

그녀에게 영국인 노교수 이야기를 해 주었다. 그는 옥스퍼드 입학을 앞둔 쌍둥이 아들과 함께 페루에서 영국으로 돌아갔다. 옥스퍼드 재학생 시절에서 40년이 흐른 후였다. 아들들에게 자신이 예전에 살았던 셋방을 보여 주고 좁은 길을 내려오다 예전의 구둣가게가 아직 영업 중인 걸 발견했다. 하지만 가게는 완전히 바뀌었고 오래전의 젊은 점원도 사라진 지 오래였다. 그가 수십 년 전 구두를 주문했다고 말하자 점원이 이름을 묻고 아래층으로 사라졌다. 그리고 5분 후 생생히 기억나는 자주색 글씨로 라울 루빈스타인이라는 이름이 새겨진 나무 구두골 한 쌍을 들고 왔다.

"예, 다 보관합니다. 이 구두골은 우리 할아버지가 만들었는데 3년 전에 돌아가셨어요."

그 말에 페루 출신의 노신사는 눈물을 터뜨리고 말았다.

호텔로 가는 길에 그녀가 손을 잡았다.

"행복해." 그녀는 무척 놀라운 사실이라는 듯이 말했다. 나는 그녀의 입으로 직접 말하는 걸 꼭 들어야 했다.

나는 우리에 대해 잘못 생각했다. 우리는 혼족이 아니었다. 확신이 없어서 충분히 멀리 가지 못하거나 얼마만큼이 충분한지 알지 못한 두 사람일 뿐이었다. 다시 멈추고 키스했다. 예전에 가졌던 환상을 떠올렸다. 함께 알몸이 된 그녀가 머리카락을 내 얼굴에 가져오면서 몸을 기울여 내 위에 올라앉은 허벅지를 보고 싶었다. 나에게 들어온 상태에서 무릎으로 내 두 팔을 고정한 뒤 한 손으로 샴페인잔을 깨뜨리고 또 다른 손으론 유리 조각을 쥐고 나를 긋는다. 내 피가 얼음과 눈에 번지는 모습이 그려졌다. 마음에 들었다.

"내일이 우리의 마지막 날이 될 순 없어." 그녀가 확인하듯 말했다.

"그래. 하지만 오늘 밤이 지나면 네가 날 어떻게 생각할지 두려워."

"네가 나에 대해 하는 말부터 들어 봐야 할걸!"

"무슨 뜻이야?"

그녀는 어깨를 한 번 으쓱했다 내리더니 잠시 후 뒤늦게 생각난 듯 힘을 주었다. 등으로도 같은 동작을 했고, 또 내 마음이 철렁했다. 더 일찍 알아챘어야 한다. 그녀는 호수를 떠나온 이후 불안해하고 있었다. 호텔에 가까워진 지금은 걸음을 멈추고 싶어 하지 않는 게 느껴졌다. 나 자신은 전혀 불안하지 않다는 사실이 나를 불안하게 했다. 호수에서부터 솟구친 그녀를 향한 욕망을 잃고 싶지 않았다. 유리 조각, 맨살을 드러낸 무릎, 삽입 상태에서 미소 짓는 듯한 멍 빛깔의 심술궂은 입술에 대한 상념이 나를 만족시켰다. *내가 아는 모든 남자 중에서 너라니*, 라고 한 말을 그녀는 기억할까? 내 위에 걸터앉아 자신의 눈을 보라고 애원하며 함께 절정에 이를까?

"사실 나 연습 부족이야." 내 생각이 어디로 향하는지 알아챈 듯 그녀가 말했다. 우리는 옷을 입은 채 침대 한쪽 끝에 앉아 있었다. 그녀는 카디건 소매 아래로 튀어나온 셔츠의 소맷동을 만지작거렸다. 옷을 벗고 싶어 하는 기미가 전혀 보이지 않았다.

"연습 부족이라니?" 무슨 뜻으로 받아들여야 할지 확신이 서지 않아 물었다.

그녀가 어깨를 으쓱했다. "우리 같이 안 자거든. 물론 같이 자기는 하는데……. 그건……."

"아무것도 안 해?"

"음, 한 적이 있긴 하지만 안 해." 그녀는 얼굴을 들어 나를 보았다. "가끔은 어떻게 하는 거였는지도 잊어버린다니까. 왜 하는지도. 그리고 내가 너랑 할지도 잘 모르겠어."

나도 모르게 그녀의 머리를 안고 정수리에 몇 번이고 키스했다. 그녀를, 알몸의 그녀를 껴안고 싶었다. 더 이상 바라지 않았다. 침대에서 그녀를 안고 키스하고 그러다 사랑을 나누든 그냥 잠들어 버리든 계속 키스하고 싶었다.

그녀는 잠자코 있다가 불쑥 말했다. "소녀 때처럼 긴장돼. 다른 사람도 아니고 너잖아."

"네가 소녀면 난 뭐야?" 나도 불안해할 이유가 있다는 것을 보여 주려고 되물었다.

"우린 우리의 성에 크게 상처 입은 걸까?" 그녀는 만프레드, 남편과 함께 한 저녁 테이블에서 모두 웃음을 터뜨렸던 그 말을 내가 기억하리라는 걸 알고 말했다. 이제 갑자기 더 어두운 의미가 생겨 버렸다는 것도 알았다.

"누구나 자기 성에 상처 입었다고 생각해. 그렇지 않은 사람은 한 명도 없을걸." 내가 맞장구를 쳐 주었다.

"어쩌면. 하지만 나처럼은 아닐 거야."

자리에서 일어나 사각형 안뜰이 더 잘 보이도록 블라인드를 활짝 걷었다. 호텔에서는 손님들이 밤이면 무조건 창문을 가리고 싶어 하는 줄 안다. 전망이 마음에 들었다. 더 잘 보기 위해 침대 옆에 놓인 전등 두 개를 껐다. 사방이 하얗고 하얀색 너머로 박공

지붕을 얹은 집들의 잿빛 윤곽이 보였다. 호수와 캠퍼스의 사각형 안뜰, 스타벅스가 되어 버린 추억의 옛집으로 이어지는 비탈길, 브랜디 두 잔을 주문하려다 그냥 나온 바가 있고, 더 멀리에는 수년 전처럼 오늘 밤도 불을 밝힌 24시간 개방하는 도서관이 딸린 밴스피어천문대가 있었다. 우리는 함께 한 마지막 겨울을 그 도서관에서 보냈다. 저녁을 먹고 천문대로 달려갔다가 자정이 한참 지나서 나왔다. 그녀의 기숙사가 가까워지면 우리는 항상 머뭇거렸다. 사각형 안뜰을 지날 때면 발걸음이 느려지고 아홉 개 가로등에 뮤즈의 이름을 붙였다.

고요한 안뜰을 바라보며 문득 우리가 시간을 너무 오래전으로 돌렸는지도 모른다는 생각이 들었다. 이렇듯 서로에게, 서로의 몸에 예전보다 더 겁을 내고 미숙한 것을 보면. 우리는 소년 소녀가 된 것일까? 제 명보다 일찍 죽어 작은 신에게 새로운 기회를 받았지만 너무 많은 조건이 따라와 새로운 삶이 유예 중인 죽음처럼 느껴지는 사람들일까?

"이리 와서 봐봐." 내가 그녀를 부추겼다.

그녀가 창가 내 옆으로 다가왔다. 달빛 아래 넓게 트인 눈 덮인 풍경을 내다보면서 그녀가 같은 말을 되풀이했다. "놀라워, 놀라워, 놀라워." 전망이 숨 멎을 듯 놀라워서가 아니라 그 반짝이는 이선 프롬의 세계가 백 년이 넘도록 변하지 않았기 때문이었다. 그녀도 나도 이곳에 마지막으로 있을 때하고 달라진 게 없는 것처럼. "안아 줘, 그냥 안아 줘."

두 팔로 그녀를 안았다. 우리는 그렇게 가만히 서 있었고 그녀가 한 팔로 내 허리를 감쌌다. 그녀를 더욱 세게 안으며 그녀의 피부를 느끼고 싶어 나도 모르게 내 셔츠 단추를 풀기 시작했다. 그녀는 나를 거들지도 자신의 셔츠를 벗고 싶어 하지도 않는 듯했다. "항상 네 냄새가 좋았어."라고만 말할 뿐이었다. 내가 셔츠를 다 벗고 그녀가 옷 벗는 걸 도와주려 하자 그녀는 "긴장감을 잊게 해 줘."라고 말했다. "봐봐, 온몸을 떨고 있잖아." 그녀는 방 안의 불과 작은 야간등도 꺼 달라고 부탁했다. 피임에 대해 묻자 두 해 전쯤 수술을 받아서 더 이상 아이를 낳을 수 없다고 했다. 나에게 귀띔조차 해 주지 않은 일이었다. 그녀가 죽을 수도 있었지만 나는 끝끝내 몰랐을 것이다. 우리가 절대로 가질 수 없는 아이를 생각하면서 그녀와 사랑을 나누기 시작했다. 그녀는 자신을 보라고 하지도, 함께 있어 달라고 부탁하지도 않았지만 우리가 사랑을 나누고 있다는 사실을 믿으려고 필사적으로 노력하는 듯 내 얼굴을 잡으며 눈이 서로에게 고정되기를 기다렸다. 자신을 놓아 버리고 다른 사람과의 사이에서 생긴 버릇을 떨쳐 버릴 수 있도록. "나 어색하지? 알아. 시간이 좀 필요해, 내 사랑." 끝나고 나서도 우리는 졸리지 않았다. 둘 다 옷을 전부 벗어던지지 않았다는 사실을 깨닫고 웃음을 터뜨릴 뻔했다. 그녀의 알몸을 보기 위해 창가에서 옷을 벗길 때 여자가 아니라 자고 싶지 않은 어린아이의 옷을 벗기는 느낌이 들었다. 동화책을 한 권 더 읽어주겠다는 약속을 받아 내서 더 이상 고집부리지 않는 아이.

"남자가 옷을 벗긴 게 정말 오랜만이야."

"여자를 만진 게 무척 오랜만이야."

"마지막이 언제였어?" 그녀가 일어서며 물었다. 욕실로 들어가 목욕가운의 끈을 묶으면서 나왔다.

"클레어일 거야."

"말 한마디 없는 그 클레어?" 그녀가 깜짝 놀라면서 소리쳤다. "어쩌다 클레어하고?"

"어쩌다 보니 그랬어."

흐트러진 침대에 알몸으로 앉아 바닥에서 스웨터를 주워 입었다. 어느새 그녀는 반가부좌를 하고 침대에 앉아 있었다. 나도 똑같은 자세로 앉았다. 이렇게 어느 정도 벗은 채 이야기를 나누는 것이 좋았다.

"뭐 하나만 물어볼게." 그녀는 아직 질문에 대해 곰곰이 생각하는 것처럼 말했다. 흥분되었다. *뭐 하나만 물어볼게,* 라는 말이 질문을 던지기 아주 오래전부터 그녀가 이미 답을 읽었음을 경고해 주었기 때문이다. 한편으로는 온몸에 흥분감이 퍼져 나갔다. 얼마나 좋은지. 그녀가 나에게서 진실을 원하고 그 진실이 흥분과 함께 나온다는 것이.

"아까 바에서 그냥 술 마실걸 그랬나 봐." 내가 아쉽다는 듯 말했다.

"냉장고 열어 봐."

일어나 냉장고를 열어 보니 내가 원하는 것이 있었다.

"털이 긴 카펫은 찝찝하다니까." 내가 침대로 다시 올라오며 말했다.

"정말 그래."

"분명 뭔가가 묻어 있을 거야. 깎은 손톱, 온갖 부스러기."

우리는 지저분한 빨간색 카펫을 만회하기라도 하듯 항균 비닐 봉투에 하나씩 밀봉된 플라스틱 컵을 발견하자마자 얼굴을 찡그렸다. 내가 컵에 브랜디를 한 모금씩 따른 후 말랑말랑하고 흔들리는 플라스틱 컵을 서로 부딪쳐 건배했다.

"왜 그날 나랑 하지 않은 거야? 밴스피어에서 돌아와 소파에서 잠든 다음 날 밤 말이야."

그 질문일 줄 알고 있었다.

"다른 사람이 있어서? 매력을 못 느껴서? 사랑하지 않아서?" 그녀가 계속 물었다.

"아니야, 항상 너뿐이었어. 내가 너에게 매력을 느꼈다는 건 하늘도 알 거야. 밤에 혼자 침대에 누워 너에게 이야기했지만 직접 고백할 용기는 없었던 말들, 너와 알몸으로 함께 있다는 생각만으로도 몇 번이나 딱딱해졌는지 넌 몰라. 하지만 가까워질수록 초조하고 소심해지고 속마음을 드러내기가 어려워졌어. 하지만……." 나는 잠시 멈췄다가 말을 맺었다. "뭔가가 있었지."

그녀가 놀라면서도 재미있다는 표정으로 쳐다보았다. "뭔가가?"

"내 몸에는 두 개의 의제가 있었어. 넌 항상 첫 번째였지. 하지만 바로 그날 밤 네가 날 내보낸 후에 밴스피어로 돌아가 두 번째를 발견했지. 도서관의 남자 화장실 밖이었어. 밤에 거기에서 무슨 일이 벌어지는지 누구나 알았잖아. 난 내가 오랫동안 원했던 것과 의절하기 위해 계속 노력했고, 지금까지도 먼저 의절하려고 해야만 내가 원하는 게 뭔지 알아볼 수 있어. 만프레드는 그걸 감수하는 법을 배웠지만 그가 부럽지는 않아. 너에게 향하기 전에 확실히 알고 싶었어. 하지만 내가 나를 잘 몰랐기에 너에게 향할 수가 없었어."

그녀는 아무 말도 하지 않았다. 하지만 나는 그녀가 할 말을 찾기 전에 한 걸음 더 나아가기로 했다. "상대는 화학과 학생이었어. 신입생. 2층 서고에서 만났지. 아니, 부딪혔다는 표현이 맞겠네. 그날 난 흥분을 넘어선 상태였어. 너랑 그렇게 오래도록 키스를 했으니 더더욱. 한편으로는 도서관의 우리 테이블로 돌아가 네가 있나 보고 싶었어. 함께 책을 덮고 다시 네 기숙사까지 걸어갈 수 있을지도 모르니까. 하지만 내가 원하는 게 뭔지도 알고 있었어. 난 온기를 원했어. 그것도 당장. 명확하고 강렬하고 더러운 온기를. 그하고는 한마디 말도 필요 없이 그냥 흘낏 보는 걸로 그 자리에서 빠져들었지. 우연인 듯하지만 우연은 아니었어. 불 꺼진 서고에서 우리의 몸이 휘청하며 서로에게로 기울어졌어. 어느샌가 손이 서로의 벨트를 풀고 있었어. 수치심도 죄책감도 없었어. 너무 순식간에 일어난 일이라 그렇게 쉽고 자연스러울 수가 없었거든. 너랑 나와 달리 망설임도 미룸도 아무 생각도 없었지. 끝났을 때 그는 다시 볼까?라고만 물었어. 난 고개를 끄덕였지만 당연히 서고를 떠나면서 다시는 하지 않겠다고 다짐했어. 그와 그런 일이 있고 난 후에 너를 향한 갈망이 더욱 커졌으니까. 내가 한 일을 너에게 말하고 싶었지만 왠지 회복된 느낌이 들었어. 죄가 깨끗하게 씻겨 나가 혐의가 벗겨진 것처럼. 심지어 행복하기까지 했지. 크리스마스가 지나자 그는 다시 서고에 나타났고 나도 그랬어. 그때는 너와 화해도 했고 번역을 하느라 정신이 없었지. 결국은 화장실 다녀온다면서 2층으로 올라갔고. 아래층에서 기다리는 널 생각하면 뭔가 멋지고 새로운 기분이 들었어. 하지만 네가 수많은 남자와 잤듯이 너랑 자도 나나 우리의 문제가 전혀 해결되지 않는다는 걸 알고 있었어. 너와 한침대에서 깨어나 도서관 서고에서 묻고 싶었던 질문을 떠올리고 싶지는 않았어. 우리 사이가 해결되지 않은 채 남는다면 아직 내가 누구이고 무엇을 원하는지 찾는 중이라고 주장할 수 있다는 것도 알았지. 난 두 개의 초점이 대립하지만 중심점은 없는 타원 같았어. 어느 시인의 표현대로 심장은 너와 동쪽에, 육체는 서쪽에 있었지."

침묵이 흘렀다.

"이제 알겠지." 마침내 내가 덧붙였다.

"이제 뭘 알아? 네가 남자를 좋아했다는 거? 다들 알았어."

난 그녀가 "참 잘했네! 그렇게 오랜 시간 심장은 나한테 있었으면서 물건은 남한테 가 있었던 거야?" 같은 말로 쏘아붙일 줄 알았다. 하지만 그녀는 훨씬 통찰력이 있었고, 그래서 더욱 관대했다.

"난 네 위장이었을 뿐이야."

"아니야, 그렇지 않아. 아래층으로 내려갔을 때 기숙사까지 함께 걸어가려고 기다리는 널 보면 그렇게 행복할 수 없었어. 방 안으로 들어서지 못하는 나에게 네가 급하게 뺨에 입을 맞춰 작별인사를 하고 문을 닫아 버릴 때보다 끔찍한 것도 없었고."

하지만 나는 여전히 진실을 가리고 있었다. 그녀가 안다는 것을 나도 알았다. 또 다른 속임수로 굳어지기 전에 내 궤변을 일축

할 만큼 그녀가 솔직하다는 것도. 그 시절에 클로이는 내 가림막이자 알리바이가 맞았다. 그녀를 생각하고 함께 보내는 시간은 매일 밤 도서관 서고에서 불붙는 불씨 같은 욕망을 하루 종일 깜빡이게 만드는 확실한 방법이었다. 낮 동안 그를 생각하지 않고 뱅스피어에 가는 걸 자제하기도 했지만 갈망을 부인하는 것이 아닌 만찬 이전의 단식이었다. 그녀는 계속 자신을 억눌렀다. 그녀가 도서관에 올 수 없었던 어느 날 밤 나는 서고에서 나의 신입생을 만나기 위해 서둘러 2층으로 달려갔을 뿐만 아니라 한 시간도 채 되지 않아 남자 화장실 옆 그 구석 자리로 다시 올라가서 다른 상대를 찾았다. 상대가 누구인지는 상관없었다.

하지만 그녀는 내가 생각한 만큼 가림막이 아니었는지도 모른다. 오히려 그를 가림막으로 사용했을 수도 있다. 그와 함께 할 때는 방향키 없이 협곡을 빠르게 내려가는 듯한 관계를 마주하지 않기 위해 나 자신을 가볍고 쉽게 받아들였다. 그 때문에 그녀를 향한 욕망이 줄어들기는커녕 더욱 원하게 되었다. 그가 한 일이라고는 내 급박함을 누그러뜨린 것뿐이지만.

하지만 그런 생각 또한 가면에 불과할 수 있었다. 결국 나는 스스로 인정하지 않은 채 두 명의 주인을 섬기는 데 만족했다. 어쩌면 그 어느 쪽에도 제대로 답하지 않기 위해.

더 이상은 말하지 않았다.

"오늘 뱅스피어에 들렀을 때 그를 생각했어?" 그녀로서는 꼭 물어야 하는 말이었다.

"그래."

"내가 없었다면 넌 2층에도 올라가 봤을까?"

"아마도. 하지만 오늘 그와 같이 와서 밴스피어를 둘러봤다면 난 너를 생각했을 거야. 두툼한 그리스어 사전도 꺼내 보고 우리가 늘 앉던 책상에도 앉아 봤겠지." 이어서 고백했다. "난 너에게 진실을 말하는 게 좋아. 흥분되거든. 몸은 거짓말을 하지 않아."

"나도 알아."

밴스피어에서 보낸 밤들에 대한 기억이 나를 흥분시키는 거라고 생각했다. 하지만 아니었다. 고백 그리고 모든 고백에 감도는 외설이 나를 흥분시키고 흔들고 다시 발기시켰다.

"나랑 같이 있어. 그리고 놓지 마." 그녀가 관대한 어조로 말했다.

밖에 눈이 내리기 시작했고 또다시 이선 프롬을 떠올렸다. 숨 막히는 시골 스타크필드를 떠날 용기가 없었기에 눈썰매로 자살하려다 영원히 장애를 안고 살게 된 두 연인을. 우리 두 사람을 떠올렸다. 우리에게 바꿀 용기가 있을까? 그때는 있었을까? 지금은 있을까? 평일 이틀간의 도망으로 우리가 과연 용감한 축에 들 수 있을까? 아니면 우리의 사랑에는 후회 없는 삶을 생각할 수 없을 만큼 너무도 많은 후회가 끼어들어 있을까? 우리는 다음 단계로 나아가지 않았다. 다음 단계가 무엇인지도 몰랐다.

눈, 언제나처럼 고요한 눈. 꼼짝 못 하게 둘러싸서 기운을 북돋우고 잠깐 동안은 붕 뜨게 하다가도 아무런 의미 없는 창백한 가루에 불과하여 다시 현실로 돌아오게 만든다. 그렇다면 이것은 환상일까? 내일을 계획하지 않아도 되도록 눈에 갇혀 죽어 가는 남자와 여자?

"아직 내 질문에 대답 안 했어. 그날 왜 나랑 하지 않았어?"그
녀는 그냥 넘길 마음이 없었다.

"네가 무서워서. 너와 사랑을 나누고 싶었지만 네가 날 확실하
게 넘어올 대상으로만 생각할까 봐 두려웠어. 난 널 영원히 원했
으니까. 말하면 네가 웃으리라는 걸 알았고. 너도 나도 남자를 쉽
고 짧게 만났잖아. 하지만 절대로 너랑은 그러고 싶지 않았어. 그
래서 기다렸어. 그러다 기다림에 익숙해졌나 봐. 결국 우리의 관
계보다 기다림이 더 현실이 되었지."

"행복해?"그녀가 물었다.

"응, 무척."

"나도야. 삶의 포도주는?"그녀가 벌써 반어법을 취하며 물었다.

"삶의 밀주라면, 음……."

"바로 그거야!"우리의 섹스를 미화하려는 내 미미한 시도를
그녀가 일축하며 외쳤다. 그러고 나서 전혀 예상하지 못한 말을
했다. "난 네가 만프레드에게 돌아갈 거라고 생각해. 그게 네가
원하는 거야. 그게 너야."

"정말 그렇게 생각해?"

"그렇게 생각해. 하지만 네 일을 누가 알까? 우린 오늘을 함께
보냈고 지금까지 너무 많은 감정을 느꼈지만 내가 아는 건 딱 하
나야. 넌 날 원하고 내가 널 사랑하듯 날 사랑하지만 본능으로 나
를 갈망한 적은 없어. 넌 나에게 원하는 게 있지만 그게 뭔지 몰
라. 어쩌면 너에게 나는 그저 육체를 가진 어떤 관념인지도. 항상

뭔가는 빠져 있었지. 만프레드와 있을 때조차도 넌 또다시 나와 함께 있고 싶어 하겠지. 그건 내 지옥이기도 한 네 지옥이야. 너와 난 사랑하는 방식이 다른 사람들과 달라. 우린 연료가 고갈된 상태로 달리지." 그녀가 내 얼굴과 이마를 만졌다. "난 너에게 그가 있으니 행복해하라고 말할 수도 있겠지만 소용없을 거야. 우리에게 이틀의 시간이 있으니 행복해하라는 말도 할 수 있겠지만 그것 역시 소용없겠지. 넌 외롭고 나도 외로워. 서로를 만나 *함께 외롭자*, 말하지만 아무 문제도 해결되지 않는 것만큼 잔인한 일은 없어."

그 어느 때보다 그녀를 향한 사랑이 커졌다. "넌 어쩜 그렇게 나를 잘 알지?"

"너하고 나는 한 사람이니까. 내가 너에 대해 하는 말은 나에게도 해당돼. 지금은 아니지만 한 달 후 우리는 문득 잠에서 깨어나 바로 이 순간이 삶의 포도주였다는 걸 깨달을 거야."

우리는 캠퍼스의 사각형 안뜰과 비탈진 언덕, 흰 눈에 반짝이는 빛 웅덩이를 만들면서 드문드문 서 있는 가로등을 바라보았다. "탈리아, 우라니아, 멜포메네." 사각형 안뜰의 X자 패턴이 우리가 오래전에 새긴 발자국을 잊지 않았다는 사실에 행복해하며 마주 보고 미소 지을 때 그녀가 말했다. 그녀를 안고 있어 좋았다.

"또 무슨 생각해?" 그녀가 물었다.

"영국인 노교수. 두 아들의 호텔룸을 떠나 옥스퍼드의 호텔 창가에 이렇게 서서 홀로 낡은 첨탑과 중세의 사각형 안뜰을 바라보며 시간의 장난을 이해하려고 애썼겠지. 그는 한때 옥스퍼드의 젊은 구두장이와 사랑에 빠졌어. 구두장이가 계속 암시를 주고 호감을 보였지만 그에게는 감정에 충실할 용기가 없었어. 몇 달 동안 구둣방에 들러 계속 구두를 맞췄고 구두장이의 맨손이 발목에 닿거나 딱 한 번 그가 발가락을 잡았을 때 강렬한 감정을 느꼈지. 하지만 둘의 관계는 조금도 진전되지 않았어. 그렇다고 사라지지도 않았지만. 과거도 아니고 미래도 아닌 채, 마치 잔을 꽉 채웠지만 마시지 않는 와인처럼 그냥 그 자리에 있을 뿐이었지. 저축해 놓은 돈을 다 잡아먹어 절대로 갚지 못하리라는 사실을 문득 깨닫게 되는 점점 불어나기만 하는 빚 같았지. 마침내 죽을 때가 되어 이승의 시간을 30분 남겨 놓고 평안을 얻으려 하지만 끝도 구원도 없다는 사실을 깨달은 거야. 재로 변하기 오래전부터 이미 그는 조각조각 나 버렸기 때문에. 난 평생 잘못된 삶을 살았다는 사실을 깨닫는 페루인 노신사처럼 되고 싶지 않아."

"언제 들은 이야기야?"

그녀를 바라보며 망설임 없이 말했다. "졸업하고 3년 후 교수님 댁 손님으로 묵었을 때. 토론식 수업이 끝나고 집에 둘만 남은 날 밤에. 학생들은 돌아갔고 부인은 도시에 가고 없어서 아래층에 앉아 위스키를 마셨지. 설거지를 막 끝낸 참이었어. 교수님이 소파로 다가와 내 옆에 앉았는데 어딘가 심난해 보였지만 무슨 일인지 추측하기는 꺼려졌어. 그런데 갑자기 묻는 거야. '자네 운명을 믿나?' '워튼의 작품에 대한 토론의 연속인가요?' 내가 좀 건방진 말투로 되물었어. 불편한 침묵 속에서 두 사람의 머릿속에 떠오르는 생각을 딴 데로 돌리려는 시도임을 다 안다는 듯이. 어쩌면 교수님을 곤혹스럽게 만들려고 했는지도 몰라. '아직도 작품 토론인가요?' '자네가 원하면 그래도 되고.' 얼버무리는 듯 다정한 말투였어. 그때 나도 모르게 교수님의 손을 잡았지. 와인도 마셨겠다 분위기를 누그러뜨리고 싶어서 '저랑 자야겠어요.'라고 했지. 놀라면서도 잔잔한 목소리로 '그거 괜찮은 생각이군.' 하며 평상시처럼 익살을 더해 '언제가 좋을까?' 묻더군. 하지만 난 이 곤혹스러운 상황에서 순순히 풀어 줄 수 없었지. '오늘요.' 그렇게 확실하고 강압적으로 말해 본 건 처음이었어. '확신하나?' 교수님은 또 나를 항복시키려고 했지. 난 확실한 믿음을 줄 만한 표현을 찾아냈어. '예, 오늘요. 제가 다 알아서 할게요. 약속해요.' 침묵이 흘러서 약속해요를 한 번 더 말한 기억이 나. 교수님이 두 손으로 내 얼굴을 감싸고 가까이 당기더니 '널 처음 만난 순간부터 이런 생각을 했다, 폴.'이라고 하는 거야. 난 '몰랐어요.'라고 했지. 내가 한 말보다 교수님이 순순히 인정했단 사실이 무척 당황스러웠어. '마음이 바뀌었니?' 교수님이 미소 지으며 물었어. '전혀요.' 말은 그렇게 했지만 생각보다 겁이 났어. 서둘러 하는 자유로운 섹스는 해 봤지만 남자와 사랑을 나눠 본 적은 없다는 사실을 문득 깨달은 거야. 지금 교수님이 제안하는 게 그거였으니까. 내가 2층 내 방으로 이끌었지만 처음에는 바로 들어오지 않았어. 긴장해서 그러는 줄 알았는데 지금 생각해 보니 나에게 마음을 바꿀 기회를 주려고 그런 것 같아. 난 불을 켜지 않고 스웨터를 벗기 시작했어. 교수님은 나보다 먼저 옷을 다 벗었지. 나를 포옹한 뒤 남은 옷을 벗겨 주기 시작했어. 난 내내 정신이 없었어. 내가 훨씬 더 긴장했거든. 결국은 교수님이 알아서 다 한 거지. 다음 날 아침 테이블의 내 자리에 교수님이 남긴 봉투가 있었어. *하늘이 널 나에게 보내 주었구나. 영원한 너의 라울.* 누구도 해 준 적 없는 말이었어. 내가 그에게 보내진 사람이라니. 그날 오후 교수님 부인이 도시에서 돌아왔어. 저녁 테이블에서 교수님은 내 눈을 쳐다보지도 못했지만 자리 들어가는 나를 2층에서 잡고 작은 포장 꾸러미를 내밀었지. '나도 똑같은 걸 가지고 있다. 너도 같은 펜을 가지고 있었으면 해서.'"

그날 밤 우리는 두툼한 퀼트 이불을 같이 덮고 캠퍼스의 텅 빈 사각형 안뜰에 드문드문 서 있는 눈부신 가로등을 내다보았다. 그 고요한 밤, 아홉 개 가로등이 하나로 모여 창문 밖에 서 있는 것처럼 보였다. 어쩌면 그 가로등들은 내가 헤아리지 못할 정도로 나에 대해 많은 것을 알고 있었다. 그것들이 가로등이 아니라 추위 속에서 변하는 한 무더기 불꽃 같은 자아들이라는 생각이 잠시 들었다. 머리에 불을 밝힌 아홉 개 볼링핀, 내 아홉 개 삶, 자신도 초대받을지, 자신을 위한 시간이 오지 않으면 어떻게 해야 하는지 묻는, 태어나지도 않고 살지도 않은 아홉 개 미완의 자아와 다르지 않았다.

"왜 우린 그토록 오래 기다렸을까?" 나는 그 답을 알지 못했다. "우리가 원하는 게 아직 만들어지지 않아서인지도."

"그런 게 존재하지 않아서인지도."

"그래서 어떻게 끝날지 두렵다."

"잘 자."

나는 등을 돌리며 말하는 그녀를 껴안았다.

"하지만 이건 알아." 그녀가 등을 돌린 채 말했다.

"뭐?"

"우린 절대 끝나지 않아. 무슨 일이 있어도. 절대, 절대 끝나지 않아." 그녀를 더욱 세게 안았다. "별의 사랑, 내 사랑, 별의 사랑. 살지는 않을지라도 절대로 죽지 않아. 세상을 떠날 때 내가 가져갈 유일한 것. 너도 그렇겠지."

애빙던광장

ABINGDON SQUARE

돌이켜 보면 모든 것이 얼마나 연약했는지 그녀의 이메일에서 보인다. 짧고 가볍게 적은 그녀의 이메일은 다른 이들의 이메일과 다르지 않았다. 화면에 나타날 때마다 나를 발기시킨 지나치게 과장된 그 한마디. *가장 친애하는 당신.* 그녀는 나를 그렇게 불렀다. 모든 이메일을 그 말로 시작했다. 잘 자라는 인사도 마찬가지였다. *가장 친애하는 당신.*

그 표현은 그녀의 이메일이 실망스러울 정도로 짧으며 가감 없는 말조차 기만적일 수 있다는 사실을 잠시 잊게 만들었다. 그녀는 먼저 다가와 속마음에 가까운 말을 하려고 할 때 내가 가장 듣고 싶어 하는 한마디를 생략했다. 그녀는 퉁명스럽거나 뭔가를 감추는 듯하거나 수다스럽지 않았다. 그런 것들은 그녀의 스타일이 아니었다. 또한 그녀의 이메일은 전혀 단조롭거나 고분고분하지도 않았다. 그녀의 스타일은 대담했다. 하지만 그녀가 쓴 글에는 숙고나 분석을 요구하는 징후, 숨은 의미, 암시, 은연중에 드러내는 속마음이 결코 없었다. 판돈을 걸라고 테이블에 일부러 동전을 떨어뜨려서 서로가 주고받는 이메일을 지루한 포커 게임처럼 만드는 일도 없었다. 어쩌면 그녀의 어조가 불안하거나 절박하거나 어설프지 않았는지도 모른다. 어쩌면 그녀는 남의 인생으로 쉽게 들어갔다가 짐도 약속도 악감정도 없이 쉽게 나가 버리는 정말로 행복하고 자유로운 영혼이었는지도 모른다. 어쩌면 새로운 사람을 만날 때 보통 사람들이 발을 헛디디게 되는 불안과 아이러니의 정상적 조합이 에어브러시로 완전히 수정되어 있어서 그녀의 이메일은 경쾌하고 아이가 여름 캠프에서 먼 친척들에게 보내는 편지처럼 기분 좋은 분위기를 풍겼는지도 모른다. 하지만 친척들은 편지를 받는 것만 좋아하지 제대로 읽지는 않아서 유난히 큰 글씨가 자신들의 침침해지는 눈을 고려한 게 아니라 사실은 형식적인 공고판에 불과한 편지지의 여유로운 공간을 채우기 위한 것임을 알아차리지 못한다.

그녀의 이메일은 편지처럼 보였지만 사실은 숨을 헐떡거리는 문자 메시지였다. 그녀는 대문자 사용을 준수했고 야단스러울 정도로 문장이 정확했으며 절대로 줄임말을 쓰지 않았다. 하지만 항상 서두름을 억누르는 분위기가 확실히 있었다. *훨씬 더 많이 말할 수 있으나 자세히 말해서 지루하게 만들 필요 없지,* 라는 뜻이지만 그 뒷면을 보면 *그만 가 봐야 하지만 당신을 위해서라면 언제든 시간을 낼 거예요,* 라는 말이 있었다. *가장 친애하는 당신,* 이라는 말은 시작부터 내용을 부풀려 놓아 이번에도 내가 기다리는 *다른 무언가*가 오지 않는다는 사실을 보지 못하도록 만들었다. 다른 아무것도 없었으니까.

그녀가 쓴 기사를 읽고 그녀의 머릿속이 얼마나 복잡한지 알 수 있었다. 그녀의 복잡한 마음이 좋았다. 그녀의 산문체는 갑작스러운 커브가 나오고 영원히 앞서서 달리는 신비롭고 산발적인 길로 이루어진, 건물이 빽빽이 들어선 웨스트빌리지를 떠올렸다. 하지만 이메일에서는 파리의 그랑불바르처럼 숨은 모퉁이나 틀린 길, 막다른 골목이 없는 명료하고 투명한 세 줄의 세련된 언어로 말했다. 명료함이 강하면 의미를 과하게 해석해도 되지만, 그러면 그녀의 맥박이 아니라 자신의 맥박을 읽는 것이다.

　나는 그녀 안의 로어맨해튼이 좋았다. 그녀가 나와 커피를 마시며 자기 삶의 복잡한 패턴에 대해 털어놓다가 충동적으로 마음을 바꿔 자신에게 유리하게 판을 뒤집고 패턴은 좋은 이야깃거리가 되지만 아무런 의미가 없다고 말하는 것이 좋았다. 패턴 같은 것은 없으며, 우리는 패턴을 찾아서는 안 되고, 패턴은 우리가 아닌 평범한 이들을 위한 것이라고. 당신과 나, 우리는 다르지 않으냐고. 그러고 나서 골목길을 잘못 들어서기라도 한 듯 뒤로 물러나 애널리스트는 자신과 의견이 다르다고 말한다. 어쩌면 그가 자신보다 훨씬 일찍 자신을 간파한 것 같다고. 난 내 궤도에서 완전히 벗어난 것 같아요. 그녀가 예상치 못한 자기 비하의 말을 덧붙인다. 자신을 깎아내릴 때마다 연약함이 드러나는 그녀가 더욱 좋아졌다. 나는 그녀가 어떤 말을 했다가 정반대 쪽으로 옆걸음치는 것이 좋았다. 부끄러움 없이 자신을 이리 던졌다 또 저리 방향을 틀었다 하는 모습 덕분에 언제나 사랑스럽고 편안한 우리만의 모퉁이에서 매혹적인 담소를 나눌 수 있었다.

우리는 세상을 두 진영으로 나누었다. 격자 모양의 거리뿐인 시내 사람들, 인도와 경쾌한 통로가 있는 우리 같은 미트패킹지구 사람들. 우리는 발터 베냐민이고 나머지 사람들은 모두 로버트 모지스였다. 우리가 세상 모두와 대항하는 셈이었다.

몇 달 전 하이디라는 젊은 자유기고가의 오페라 관련 기사를 퇴짜 놓은 적이 있었다. 하지만 그녀의 풍자적이고 암울한 문체가 곧바로 눈에 띄어 행간 여백 없이 두 페이지를 꽉꽉 채운 거절 통지서에 그녀 글의 강점과 약점을 요약해 주었다. 그녀는 곧바로 이메일을 보내와서 나를 당장 만나야겠다고 했다. 나도 바로 회신을 보냈다. 퇴짜 놓은 자유기고가들을 만나는 습관도 없으며 통지서에 다 적어서 더 이상 해 줄 말도 없다고. 알겠습니다, 고맙습니다. 행운을 빌어요, 고맙습니다. 이런 식으로 우리의 주거니 받거니 하는 대화는 눈 깜짝할 사이에 끝났다.

두 달 후 그녀는 대형 잡지사에서 자신의 기사를 채택했다며 다시 이메일을 보내왔다. 내가 말해 준 그대로 편집했다고. 이제는 만나 줄 건가요? 그래요, 이번 주에 볼래요? 그러죠. 그녀는 애빙던광장의 카페에서 커피를 사겠다고 했다. 작은 공원 *바로 건너고 당신의 사무실에서도 멀지 않아요*, 라면서. 우리는 둘 다 겨울 외투를 입은 채 자리에 앉았다. 비가 오기 시작했고 계획보다 훨씬 오래 머물렀다. 두 시간 가까이 19세기의 메조소프라노 가수 마리아 말리브랑에 대해 이야기했다. 작별 인사를 할 때 그녀는 담뱃불 붙일 준비를 하면서 꼭 다시 보자고 했다. 어쩌면 빠른 시일에.

그날 집으로 돌아가는 지하철에서 꼭 다시 봐요, 어쩌면 빠른 시일에, 라는 말이 계속 떠올랐다. 대담하고 거침없지만 모호하지 않게 달콤했다. 그녀는 어쩌면 빠른 시일에? 라고 나에게 물었던 걸까? 아니면 다음번에 커피 한잔 하는데 두 달이나 더 기다릴 필요는 없죠? 라고 능수능란하게 에두른 걸까? 6월부터 크리스마스 선물을 약속받은 기분이었다.

어쩌면 빠른 시일에, 라는 그녀의 말을 떠올릴 때마다 기쁨이 밀려왔다. 하지만 다시 만날 이유가 없다는 사실을 잘 아는 사람들이 어색한 작별을 감추기 위해 던지는 개방형 보류일 거라고 생각하며 그 기쁨을 잘라내려 했다.

내 생각보다 교묘한 말이었을까? 그녀가 말한 다음번이 조심스러움을 가장한 암시였을까? 그녀는 내가 곧바로 물론이지! 라고 대답할 거라 추측했으면서도 확신하지 못하는 것처럼 보이고 싶었을까?

지하철에서 그녀의 표현을 왜 그리 숙고했는지는 생각하지 않았다. 다음 날 출근하자마자 그녀가 쓴 기사를 다시 읽어 본 이유도, 그날 밤 계속 마리아 말리브랑을 떠올린 이유도 자문하지 않았다. 하지만 그녀에 관한 한 내가 전적으로 옳다는 것을 알았다. 그렇게 기백 넘치는 동시에 침울한 문체를 가진 여성은 무척 아름다울 수밖에 없다는 것. 이 느낌이 무엇인지 알고 있었다. 카페에서 그녀를 발견한 순간부터.

그녀를 만난 날 저녁 이메일이 왔다. 친애하는 당신, 이 아니라

가장 친애하는 당신, 으로 시작했다. 오랫동안 나를 그렇게 부른 사람은 아무도 없었다. 내가 그녀의 *가장 친애하는 사람*은 아니겠지만 그래도 좋았다. 분명 그녀에게는 나보다 그 호칭에 어울릴 또래나 몇 살밖에 많지 않은 남자들이 넘쳐날 터였다. 그녀 자신도 잘 아는 사실임을 그녀의 모든 것이 말해 주었다. *가장 친애하는 사람*은, 급하게 만나자고 했는데도 응해 줘서, 편집을 도와줘서, 커피를 마셔 줘서, 말리브랑을 다룬 다음 기사에 대해 이야기를 나눠 줘서 고맙다고 말하는 그녀의 방식이었다. 친애로 대해 줘서 고맙다고. 그녀의 감사는 너무도 노련하고 간단하고 확실해서 지금까지 많은 사람이 나와 똑같이 도움을 주고 *가장 친애하는 당신*이 되었을 거라는 생각을 떨쳐 버릴 수 없었다. 그들은 사심 없이 주었을 것이다. 처음에는 그녀와 가까워지기 위해, 나중에 우정이 쌓였을 때는 물러나지 않고 그 이상을 요구하기 위해. *가장 친애하는 당신*은 그녀가 상대방을 끌어들이는 조건을 기술하는 방법이자 상대를 묶어 두는 방식이었다.

그날 밤에 도착한 이메일에서 그녀는 마리아 말리브랑을 아는 인류의 0.0000001퍼센트 중에서 우리 두 사람이 그 어느 곳도 아닌 애빙던광장의 카페에서 만났다는 사실을 생각하면 짜릿하다고 말했다. 그것도 두 시간 내내 코트도 벗지 않고.

나는 그녀에게 빠졌다. *그것도 두 시간 내내 코트도 벗지 않고서,* 라는 표현이 나중에 생각난 듯 추가한 것도 좋았다. 그녀 역시 어색한 세부 세항을 알아차린 것이다. 어쩌면 우리는 커피를 마시는 시간이 15분보다 길었으면 하는 마음을 드러내고 싶지 않아서 코트를 벗지 않았는지도 모른다. 시간이 너무 빨리 흐른다는 사실을 상대에게 상기시킬까 봐 두렵고 감히 아무것도 바꿀 엄두가 나지 않아서, 만남을 즐기고 있다는 사실을 보여 주고 싶지 않아서, 혹은 서로의 행동으로 미루어 금방이라도 끝나 버릴 그 시간이 조금이라도 오래 계속되기를 바랐기에 둘 다 코트를 입고 있었는지도 모른다. 아니면 그녀는 우리가 똑같은 사실을 알아차렸다고 말하는 걸까? 우리가 커피 두 잔을 모두 리필했고 둘 다 겨울 코트를 벗지 않았기에 예상보다 오래 머무를 경우 빠져나갈 구실이 될 수 있었다고?

가장 친애하는 당신. 그 호칭이 보이는 순간 작은 카페에서 다른 것은 전혀 중요하지 않은 것처럼 나를 바라보고 내 시선에 화답하던 그녀가 떠올랐다. *가장 친애하는 당신.* 나라는 사람에 대해 많이 연구했다는 사실을 숨기지 않은 그녀. *가장 친애하는 당신.* 내 기분을 으쓱하게 만드는 질문 공세를 퍼부은 그녀. 지금 무슨 작업을 하는 중이고 희망 사항은 무엇이고 5년 후에는 어떤 모습일지 같은, 다음은, 왜, 어떻게, 언제부터, 어째서로 시작하는 나 자신이 오래전 스스로 묻는 걸 멈춰 버린 질문들이 무모하고 탐구심 많고 엉뚱한 젊음의 망치로 탕탕 두드리듯 쏟아졌다. 진실에 가까이 다가갈 때마다 뱃속이 꼬이는 것 같은 결코 싫지 않은 느낌을 준 그녀. 그리고 그녀의 미소, 입술, 피부. 초저녁 불빛에 반짝이는 그녀의 손목과 손결이 떠올랐다. 손가락도 빛이 났다. 내가 관심 있는 이야기를 하고 내 말에도 관심을 보이는 그렇게 아름다운 사람과 커피를 마셔 본 게 언제인가? 그 답이 나를

무섭게 했다. 수년 만에 처음이었다.

너무 쉽게 빠져들지 않기 위해 가장 친애하는 당신, 이라는 표현을 재고해 보려고 애썼다. 어쩌면 관심이 하나도 없음을 나타내는지도 모른다. 그녀가 또래에게는 한 번도 사용하지 않았고, 하물며 첫 만남 이후에 곧바로 사용한 적은 더더욱 없는 과장된 공식인지도. 친척 아저씨 같은 부모의 친구나 친구의 부모에게 사용하는, 유혹이 아닌 애정의 표현일 것이다.

다음 날 아침 일찍 독일에서 만프레드가 이메일을 보냈다. *그만 해. 보이는 그대로 받아들이는 법을 배워 봐. 넌 항상 그 자리에 없는 걸 찾으려고 해.* 그는 나를 너무 잘 알았다. *가장 친애하는 당신*이 무슨 의미인지 온갖 뒤틀린 의미를 다 짜낸 내 이메일에 대한 답장이었다. 털어놓을 사람이 없었기에 여전히 친밀하지만 멀리 떨어져 있어서 나 스스로 떠올리는 것 이상의 질문을 하지 않을 사람에게 연락했던 것이다.

그날 아침 그녀에게 이메일로 정확히 일주일 후에 만나자고 했다.

장소는요? 그녀가 빠르게 답장을 보냈다. 같은 곳에서. 같은 곳에서, 같은 시간이면 애빙던광장이군요. 애빙던광장에서.

이번에도 그녀가 먼저 와서 자기 몫의 홍차와 지난번에 내가 마신 더블카푸치노를 미리 주문해 놓았다. 나는 같은 창가 테이블의 내 자리에 놓인 커피잔을 바라보았다. 내가 늦게 오거나 약속을 취소하면 어쩌려고?

"안 그랬잖아요. 안 그랬을 거고요."

"어떻게 알지?"

"이렇게 보니 정말 반가워요." 그녀가 일어나 내 양쪽 뺨에 키스하며 내가 던진 무의미한 말을 잘라냈다.

만남은 생각보다 오래 이어졌다. 카페를 나오자 그녀가 담배를 꺼냈다. 두 시간 넘게 담배를 참느라 힘들었을 것이다. 지난번에 헤어진 장소로 향하는 중에 워키토키에 대고 말하는 두 사람을 마주쳤다. 영화 촬영 스태프였다. 그들은 우리가 걷는 인도 쪽 사람들에게 잠깐 조용히 기다려 달라고 부탁했다. 그녀와 좀 더 오래 있어도 되는 구실이 생겨서 좋았다. 우리가 영화의 한 장면처럼 함께 걷는 게 꿈같이 느껴졌다. 스태프에게 무슨 영화냐고 물으니 1940년대 소설을 원작으로 한 작품이란다. 오래된 미라마 호텔 간판이 깜빡거리고, 중년 커플이 텅 빈 인도에서 말다툼을 하고, 빈티지 시트로엥 자동차가 빛나는 점판암 연석에 비스듬히 세워져 있었다. 신호와 함께 갑자기 폭우가 쏟아졌다. 행인들이 뒤로 물러났다. 박수갈채가 필요한 듯했지만 감히 아무도 엄두를 내지 못했다.

감독은 불만스러운 모습이었다. 처음부터 다시 찍어야 했다. *협조해 주셔서 감사합니다.* 행인들에게 가던 길을 계속 가도 된다는 허락이 떨어졌다.

그녀가 가고 싶은지 물었다. 난 그렇지 않은데, 당신은? 그녀도 아직 가고 싶지 않다고 대답했다. 다시 촬영하는 모습을 구경하면 좀 더 오래 함께 할 수 있었다. 그래서 우리는 카메라맨이 다시 촬영할 때까지 기다렸다. 황혼을 배경으로 깜빡이는 미라마 호텔 간판, 말다툼하는 중년 커플, 조수석 문이 활짝 열린 검은색 빈티지 시트로엥, 갑자기 폭우가 쏟아지기를 기다리는 구경꾼들. 존 슬론의 그리니치빌리지 그림 속으로 들어온 기분이었다. 우리의 만남은 부수적이고 우연한 만남이 아니었다. 각본에 따라 상황이 전개되고 있었다. 방향을 읽는 게 어렵지 않았다.

우리는 8시가 다 되어 헤어졌다. 다음번에는 술을 마시지. 내가 말했다. 그래요, 커피를 마시기에는 너무 늦은 시간이에요. 작별 키스를 하고 그녀가 돌아서며 말했다. "포옹은 안 해 줄 건가요?"

가장 친애하는 당신, 이라고 그녀는 적었다. 말리브랑에 대한 에세이를 쓰기 위한 연구를 시작했단다. 나는 젊은 말리브랑에게 보낸 다 폰테의 편지가 수록된 오래전에 절판된 책을 본 적이 있는데 한번 찾아보라고 말했다. 모차르트가 사랑한 오페라 대본 작가이자 훨씬 연상이었던 다 폰테는 19세기 초 뉴욕에 살았는데, 젊은 마리아 가르시아가 오페라 가수 생활을 시작할 수 있도록 도와주었다. 뉴욕에서 마리아는 자신보다 스물여덟 살 많은 은행가 프랑수아 외젠 말리브랑과 결혼했다. 남편의 성을 계속 사용했지만 파리에서 성공하기 위해 그와 헤어졌다. 내 눈에는 유사점이 보여서 흥분되었다.

우리의 세 번째 만남도 다르지 않았다. 그녀는 내 더블카푸치노를 주문해 놓고 똑같은 창가 테이블에서 기다리고 있었다. 술은 마시지 않겠군, 하고 생각했다.

"난 반복을 좋아하거든요. 당신도 그렇잖아요." 그녀가 내 마음을 읽은 듯 말했다.

우리는 애빙던광장에 내리기 시작하는 눈을 바라보았다. 이건 선물이라고 계속 되뇌었다. *감사하게 생각하고 너무 많은 질문은 피하자.* 하지만 한편으로는 바로 앞에서 뭐가 기다리는지 살짝 엿볼 수밖에 없었다.

"날씨가 좋아지면 언제 날을 잡아서 퀸스의 다 폰테 무덤에 가보지." 마침내 내가 말을 꺼냈다.

모차르트의 오페라 대본 작가가 퀸스에 묻혀 있다니. 그녀가 말했다. 그것도 기독교 공동묘지에. 내가 덧붙였다. 다 폰테는 유대교도로 태어났지만 나중에 개종했다. 마리아 가르시아의 가족도 집시 혈통이 아니고 기독교로 개종한 유대인일 가능성이 크다고 내가 말했다.

그녀는 기독교로 개종한 유대인 혈통이라고 주장하는 여자를 안다고 했다. 그러면서 늙고 독실한 가톨릭교도 여성의 이야기를 들려주었다. 매년 유대교의 대축제일마다 집 안의 기독교 그림과 성상을 벽 쪽으로 돌려 둔다고.

"그럼 언제 갈까요?"

"어디?" 내가 되물었다.

"묘지요!" *거기 말고 또 있어요?* 라는 뜻이었다.

일이 쉽게 풀리는 걸까, 아니면 내가 뭔가를 놓치고 있을까?

나중에 알려 주겠다고 대답했다. *누구나 프리랜서는 아니니까,* 라고 말하려다 참았다. *아마 다음 주 초에.* 하지만 이 말도 하지 않았다. 휴대전화 달력을 확인해 볼 필요가 있었지만 그런 격식 차린 행동을 하여 자연스럽게 퀸스 매스페스로 나들이 갈 상황에 찬물을 끼얹고 싶지 않았다.

하지만 잠시 침묵했다가 *나중에 알려 줄게*, 라고 대답하는 바람에 찬물을 끼얹은 셈이 되었다. 초대하지도 않고 입 밖으로 내지도 않은 것들이 우리 사이에 앉아 버렸다. 그녀의 당황한 표정이 질문이고 내 침묵이 답이었다.

마치 다 드러내고 싶지 않은 따뜻함이 가슴에 자리하는 것처럼 그녀가 대담하고 호기심 많은 시선으로 계속 쳐다볼 때 나는 알았다. 우리 사이에 잔물결을 일으킨 것은 어색함과 놓쳐 버린 기회로 인한 불안한 순간이라는 것을. 어쩌면 바로 그 자리에서 짚고 넘어가야 했다. 어쩌면 끄집어낼 필요가 있었다. 하지만 둘 다 아무 말도 하지 않았다.

헤어질 때 그녀에게 키스하고 포옹했다. 그녀가 걸어가다 돌아섰다.

"난 진짜 포옹을 원해요."

이미 세 번이나 만났지만 우리는 상대방의 삶을 언급하거나 물어본 적이 없었다. 우리의 만남은 자갈길이었다. 우리는 대로를 피해 갔다. 카페에서 눈 쌓이는 애빙던광장을 보며 한없이 앉아 있고 싶다는 생각이 들었다. 마법의 주문이 풀리지 않도록 상대가 조금이라도 움직이지 않기를 바라며 그저 앉아서. 계속 그 자리에 가만히 있고 눈이 내린다면, 우리는 다음 주에도 그다음 주에도 그다음 주에도 만날 수 있을 것이다. 세 번째 의자에 서로의 코트를 올려놓고 똑같은 창가 구석 자리에서.

조용히 걷자. 아무것도 하지 말자. 망치지 말자.

이틀 후 조금 밀어붙이기로 했다. 술 한잔 하겠냐고 물었다.

내 가장 친애하는 당신, 좋죠. 몇 가지만 처리하고요. 나중에 알려 줄게요.

다음 날 아침 일찍 연락이 왔다. *나 오늘 저녁에 시간 돼요.*

오늘 저녁은 내가 안 되겠는데. 답장을 보냈다. 술 한잔 할 수 있지만 저녁 약속이 있어서 가 봐야 해. 6시 어때?

5시 30분으로 하죠. 좀 더 같이 있게.

좋아. 애빙턴 근처 우리의 카페에서 멀지 않은 곳에 적당한 술집이 있어.

우리의 카페가 된 건가요?

베툰에서. 괜찮아? 그녀의 유머를 그냥 지나치며 내가 말했다. 하지만 '우리의'라고 말하는 듣기 좋은 억양을 놓치지 않았고, 기쁨을 느낀다는 걸 성급한 답장이 말해 주기를 바랐다.

베툰에서 봐요.

고집이 있으면서 순순히 받아들이는 사람은 흔치 않다. 신호일까, 아니면 원래 상대에게 잘 맞춰 주는 성격일까?

일주일 후 다시 만난 우리는 헨드릭스 진 두 잔을 주문했다.

"내 남은 이번 주는 별로일 거예요. 사실은 아주 끔찍할 거예요." 그녀가 말문을 열었다.

마침내 뭔가 나오기 시작하는구나 싶었다.

나에게도 별로 좋을 것 없는 한 주라고 받아 주었다. 브루클린에서 고통스러울 정도로 지루하게 어중간한 지인들과 저녁을 먹고 칵테일을 마셔야 한다고.

"어중간한 지인들요?"

어깨를 으쓱했다. 놀리는 건가? 당신의 한 주는 왜 끔찍할 예정이지?

"남자 친구한테 헤어지자고 할 거거든요."

깜짝 놀란 티를 내지 않으려 애쓰면서 그녀를 보았다. 보통은 연인이 있다는 사실을 알리기 위해 남자 친구를 언급하니까.

그녀에게 남자 친구가 있는 줄 몰랐다. 그렇게 형편없는 사람이야?

"아뇨, 형편없지 않아요. 이젠 서로에게 맞지 않는 옷이 되어 버렸을 뿐." 그녀가 설명했다. "지난여름에 같은 입주 작가로 만났어요. 그땐 보통 연인과 똑같았는데 도시로 돌아와서 시들시들해지더니 틀에 박힌 관계가 되어 버렸죠."

"전혀 가망이 없나?" 내가 물었다.

내가 왜 연애상담가 친구를 자청하고 있을까? 마음 아픈 소식이라는 듯 '가망 없다'는 단어에 담긴 실망스러운 기색은 뭐란 말인가?

"나만 그렇게 생각하는 것 같아요. 게다가……." 그녀가 망설였다.

게다가?

"게다가 내가 다른 사람을 만났거든요."

잠시 생각에 잠겼다.

"그렇다면 이별을 고하고 빨리 그런 기분에서 벗어나는 게 좋 겠네. 남자 친구도 알고 있어?"

"사실은 두 남자 모두 몰라요."

그녀는 내 눈을 바라보며 은밀하고 유감스러운 듯이 어깨를 으 쓱했다. *사는 게 원래 그렇잖아요*, 라고 말하는 듯했다.

나는 왜 좀 더 자세히 묻지 않을까? 암시를 알아차리는 걸 왜 거부하고 있을까? 무슨 암시? 그녀가 폭탄을 떨어뜨리게 해 놓고 는 왜 당황하지 않는 척할까? 나는 겨우 "저절로 풀리겠지."라고 말했을 뿐이다.

"알아요. 늘 그러니까." 그녀가 대답했다. 내 모호한 반응이 고마 우면서도 너무 일찍 그 이야기를 마무리 지어 유감스럽다는 듯이.

7시경 그녀가 어중간한 친구들과의 브루클린 디너 파티에 가 야 한다는 사실을 상기해 주었다. 그녀가 내 표현을 기억한 것이 좋았다.

그런 파티에 그녀와 함께 갈 수 있다면 좋겠다. 그녀라면 여자 들을 비롯해 모든 파티 참가자를 장악할 수 있을 텐데. 술집 밖 에 섰을 때 일찍 헤어져야 해서 미안해한다는 걸 알아줬으면 하 여 그녀를 쳐다보았다. 그녀가 늘 그러듯 양쪽 뺨에 키스했다. 나 도 모르게 그녀의 이마에 키스하고 포옹했다. 갑자기 욕망이 솟 구쳤다. 머릿속으로만 그런 게 아니었다. 그녀도 나를 꼭 안았다.

어느새 우리가 헤어지는 장소가 되어 버린 곳으로 함께 걸어가 면서 그녀가 디너 파티에 대해 물어보지 않았다는 사실이 떠올랐 다. 내가 너무 불평해서 그녀가 지나가는 말로도 언급하지 않은 것이다. 그녀는 파티 장소가 어디인지 물어보려는 관심조차 내비치지 않았다. 어쩌면 내가 새로운 남자에 대해 묻지 않은 것과 같은 이유에서. 어쩌면 그녀는 나와 마찬가지로 관심 있는 모습을 보이고 싶지 않았을 것이다. 우리는 애빙던 광장에서 우리의 나머지 삶과 관련 있는 모든 것을 죽여 버렸다. 내 삶, 그녀의 삶, 우리가 계속 이곳에서 만나는 이유와 관련 없는 모든 것과 마찬가지로 우리는 피하고 절대로 끄집어내지 않고 자물쇠를 달았다. 애빙던광장에서 우리는 여분의, 가상의 삶을 영위했다. 허드슨강과 블리커 사이, 5시 30분과 7시 사이의 서로 떨어진 삶.

헤어진 후 시내를 걸어가는 그녀를 바라보며 광장에 남아 있다가 잠시 이런 생각이 들었다. 더 이상 기차를 타지 않고 여기에서 그리 멀지 않은 곳으로 이사해 술집 바로 옆에서 새 삶을 시작하고 평일 저녁에 그녀와 영화관에 가고 또 함께 할 일을 찾는 거다. 잘되면 그녀가 유명해지고 더 아름다워지고 아이를 낳는 것까지 지켜보겠지. 그리고 어느 날 그녀가 내 서재로 들어와 우리가 서로에게 맞지 않는 옷이 되어 버렸고 매너리즘에 빠졌다고 말한다. 어쩔 수 없지, 사는 게 다 그렇지, 라고. 참, 나 파리로 떠나요. 하지만 나는 두려워하지 않는다. 그녀와 내가 몇 시간은 더 수월하게 앉아 있을 수 있는 술집의 커다란 유리창에 그 대체 현실의 윤곽이 그려졌다. 그녀가 길을 건너고 뒤돌아보았을 때 아직 그 자리에 서서 바라보는 모습을 보인 것이 좋았다. 뒤돌아본 그녀가 내가 유도하지 않아도 손을 흔든 게 좋았다. 그녀를 포옹했을 때 욕망이 솟구친 게 좋았다. 만난 후 처음으로 그녀의 알몸을 상상했다. 나도 모르게 그랬다.

　그 토요일 저녁 북적거리는 영화관에서 젊은 커플이 같은 줄에 앉은 사람들에게 한 자리씩 옮겨 달라고 부탁하는 모습을 보았다. 소심하게 자리에 앉거나 팝콘을 어떤 식으로 함께 먹어야 할지 망설이는 모습을 보니 첫 데이트가 분명했다. 부러웠다. 어색한 분위기나 오가는 질문과 대답이 부러웠다. 이 영화관에 그녀와 함께라면 좋겠다고 생각했다. 팝콘을 들고서. 아니면 영화를 빨리 보고 싶어 하며 코트를 입은 채 줄 서서 기다리거나. 그녀와 함께 《지난해 마리앙바드에서》를 보고 싶었다. 〈푸가의 기법〉을 듣고, 쇼스타코비치의 피아노와 트럼펫 협주곡을 함께 들으며 우리 둘 중 누가 피아노이고 누가 트럼펫일까 이야기하고, 고요한 일요일에 마리 드 프랑스의 시를 읽으며 그녀가 들려주는 마리아 말리브랑에 대한 새로운 사실에 귀 기울이다 즉흥적으로 옷을 걸치고 바보 같은 영화를 보러 나가는 거다. 칙칙한 일요일 저녁에 보는 바보 같은 특수효과가 들어간 바보 같은 영화는 기적을 낳는 법이니까. 상상이 커져서 내 삶의 다른 모퉁이에도 닿기 시작했다. 새로운 친구들, 새로운 장소, 새로운 의식, 윤곽선이 거의 손에 닿을 듯한 새로운 삶.

　그녀가 코트 입는 걸 도와주면서 뭐라고 말할 수 있는 순간이 있었다. 입 밖에 내지도 않고 부탁받지도 않은 몇 마디. 그 몇 마디를 했더라면 모든 것이 연기처럼 사라졌으리라. 인파를 헤치고 사라지는 그녀를 보며 알 수 있었다. 내가 그녀의 침묵에 감사하듯 그녀도 내 침묵에 감사하고 있음을. 언젠가 쇼스타코비치의 협주곡에서 피아노와 트럼펫 중 무엇이 되고 싶은지 물었을 때 그녀가 대답했다. 피아노는 태평하고 기운 넘치죠. 트럼펫은 통곡해요. 나는 스스로 어느 쪽이라고 생각했던가?

독일에서 만프레드가 짧은 이메일을 보내왔다. *또다시 스토킹을 하고 있구나. 넌 회의는 조금, 용기는 더 많이 필요해.* 만프레드는 용기는 우리가 원하는 데서 나오기 때문에 취하는 것이고, 회의는 우리가 치러야 할 대가에서 나오기 때문에 실패의 원인이 되는 거라고 했다. *넌 그녀와 함께 시간을 보낼 필요가 있어. 카페나 술집, 영화관 말고. 그녀는 열여섯 살이 아니야. 잘 안 되면 실망스럽겠지만 극복할 거야. 그럼 그만인 거지.* 나는 그녀가 이미 누군가가 생겼다고 말한 터라 내 회의가 잘못된 것 같지는 않다고 했다. 이에 대한 만프레드의 답장은 더욱 감동적이었다. *그 누군가가 너일 수도 있지. 만약 아니더라도 너일지 모른다는 생각이 불가능한 일을 현실로 만들 수 있어. 그 여자는 진짜고 너도 진짜야.*

우리 사이의 장애물을 제거할 방법을 찾으려 했다. 하지만 그녀에 대한 간절한 마음을 깨달을수록 새로운 남자의 존재가 떠올라 머릿속이 복잡해지고 감언이설 같은 *가장 친애하는 당신*, 이라는 말이 짜증 났다. 마음에 드는 그녀의 모든 부분, 그녀가 말하고 적은 모든 것이 공허한 회유의 고리처럼 둘러서서 가까이 다가가지 못하게 만들었다. 그녀에게는 공공연한 것이 하나도 없었다. 나는 에두르고 조심스러워졌다.

진을 마시고 24시간 후 이메일을 보내 바보 같은 디너 파티에 가는 대신 그녀와 더 있다가 우리 동네에서 같이 저녁 먹을걸 그랬다고 불평했다.

가장 친애하는 당신, 그렇게 끔찍한 시간이었어요? 어중간한 친구들을 그렇게 좋아할 때는 언제고?

비아냥거림이 좋았다. *당신을 데려갔으면 좋았을 텐데. 분위기에 생기가 돌고 겨울이 녹고 던컨이 죽은 후에도 그대로인 오래된 책장의 먼지를 털어 냈을 텐데. 그리고 나도 무척 행복했을 거야.*

그렇게나 행복했을까요?

무척.

로어맨해튼의 스카이라인이 내다보이고 이스트강의 그림 같은 야경이 펼쳐진 친구 집, 카펫 깔린 다이닝룸의 저녁 테이블에 대해 말해 주고 싶었다. 타마르를 두고 여전히 바람을 피우지만 그녀 없는 삶을 생각할 수 없어 헤어지지 않는 디에고와 *새로운 시작*을 원한다며 모드를 버리고 훨씬 젊은 여자에게 간 마크의 이야기를 했다고. 그녀가 그 자리에 있었다면 테이블 맞은편에서 공모하는 듯한 시선을 주고받았을 테고, 애빙던광장으로 돌아가는 인도에서 *새로운 시작* 이야기를 다시 꺼내며 웃음을 터뜨렸을 것이다.

우리는 친구도 아니고 이방인도, 연인도 아니고 망설일 뿐이었다. 망설이는 나는 그녀도 망설인다 생각하고 싶었다. 서로의 침묵에 감사하며 허드슨도 블리커도 8번 애비뉴도 아닌 세 장소의 접경에 있는 작은 공원에 앉아 저녁에서 밤으로 접어드는 광경을 바라보았다. 어쩌면 우리 자신도 서로의 삶에서 접경에 불과하기에. 폭설에 우리는 가장 먼저 떠나지만 갈 곳이 없을 것이다. 우리의 각본에 배역이 없는 것 같아서 두려워지기 시작했다.

이틀 후 자정이 지나서 이메일이 왔다. *가장 친애하는 당신, 이번 주에는 단 한 번도 행복하지 않았어요. 아주 힘든 시간이었죠. 최악은 아직 끝나지도 않았어요. 당신이 내 생각을 해 주었으면 해요.*

네 생각? 난 항상 너를 생각해. 다음 날 아침 5시 30분에 일어나자마자 답장을 보냈다. 내가 왜 일찍 일어난다고 생각해?

같은 날. *가장 친애하는 당신, 곧 술 한잔 해요.*

됐다.

"내가 도와줄 수 있으면 좋겠는데. 그 사람은 어떤 마음인지 얘기해 봤어?" 나는 겨우 이 말로 소심하게 한 발을 내밀었다.

"그 사람에게 전부 다 말했어요. 난 사람들에게 진실을 말하는 게 두렵지 않거든요."

나도 진실을 말하는 방법을 알았으면 좋겠다.

나는 그녀가 이런 말을 했으면 했다. 하지만 난 당신이 진실을 말했다고 생각했어요. 내 기사가 마음에 안 들어서 거절했잖아요. 당신은 항상 나에게 진실을 말했어요.

그런 종류의 진실을 말하는 게 아니야.

그럼 어떤? 그녀가 묻고 나는 답할 것이다. 그저 기회가 필요할 뿐.

만프레드의 목소리가 들리는 듯했다. *기회를 찾아. 기회를 만*

들어. 네가 보지 못할 뿐 삶은 수없이 많은 기회를 던져. 나하고도
2년이 걸렸잖아. 같은 실수를 하지 마.

"진실은 가끔 어려워요. 그래서 항상 솔직하고 싶지는 않지만
중요할 때는 항상 진실을 말하죠." 그녀는 내 조잡한 덫을 교묘히
피해 갔다.

며칠 후 그녀는 집에 급한 일이 생겨서 DC에 간다는 이메일을
보냈다. 말리브랑에 관한 글을 다 썼다고도 했다.

분량이 얼마나 돼?

너무 많아요.

읽어 보고 싶다.

당신을 통해 발표할 수 없다는 거 알잖아요.

알아. 그 글이 어디에 실리는지는 관심 없어. 하지만 당신이 무
엇을 하고 무엇을 쓰고 무엇을 생각하고 무엇을 말하고 무엇을
먹고 마시는지는 관심 있지. 전부 다. 모르겠어?

나로서는 가장 솔직하게 말한 거였다. 의미가 분명하지 않다면
그녀가 알고 싶어 하지 않는 것이리라.

가장 친애하는 당신, 나를 향한 당신의 감정이 큰 감동으로 다
가오네요. 나도 당신 말에 전부 귀 기울여요. 당연히 알고 있겠죠.
그저 내가 당신에게 가치 있는 사람이기를 바라요. 몇 번째인지
도 모를 수정이 끝나면 원고를 이메일로 보낼게요. 당신의 충직
하고 헌신적인 나로부터.

만프레드는 이런 이메일을 보냈다. 그녀와 일 얘기는 그만 해.
이건 일이 아니잖아.

하지만 만프레드는 그녀와 이메일을 주고받을수록 내 이메일이 점점 수수께끼 같아지고 있다는 사실을 몰랐다. 신호가 너무 많고 무엇을 줄곧 암시하는지 나조차도 모를 정도로 암시가 넘쳐 났다. 내 암시를 그녀가 알아내는 것이 중요하고 암시만이 내 유일한 언어가 되었으며 해야 할 말을 하지 않고 있다는 것을.

그녀가 나보다 에두르지 않는 태도로 답장하지 않는 게 약이 올라서 사흘 동안 이메일을 보내지 않았다.

가장 친애하는 당신, 왜 그래요?

상처받은 것처럼 보이려는 성질 고약한 할아버지를 껴안고 달래 주는 느낌이었다.

만프레드가 이메일로 충고했다. *자주 만났으니 그녀도 분명 알고 있을 거야. 같은 것을 원하지 않았다면 두 번째는 물론이고 세 번째로 너를 만나지 않았을 테니까. 너를 포함해 내가 아는 남자 중에서 상대의 마음도 똑같다는 것을 모른 채 1분 이상 함께 보내는 남자는 아무도 없거든. 그녀는 널 좋아해. 주변에 가득한 20대, 30대 멍청이들이 아니라. 그녀도 너만큼이나 혼란스럽고 답답할 거야. 이제 커피 마시면서 하는 인터뷰는 그만두고 그녀랑 자. 필요하다면 술기운을 빌려서 네가 나에게 처음 했던 말을 그녀에게 해.*

우리는 다음 금요일에 저녁을 먹기로 했다. 나는 웨스트4번가에 있는 레스토랑을 알아보고 6시 30분으로 예약해 놓았다. 그렇게 일찍요? 그녀가 농담을 했다. 그녀가 왜 웃는지 무엇을 묻는 것인지 알았다. 손님이 너무 많이 몰리거든. 내가 설명했다. 너무 많이 몰리는군요, 그녀가 알겠어요, 라는 의미로 내 말을 따라 했다. 톡 쏘는 신랄함. 적어도 우리 사이가 그 정도는 명확하다는 생각이 들었다. 그녀가 모든 것을 꿰뚫어 본다는 사실은 거부할 수 없는 유혹이었다. 내 생각을 아는 여자라면 분명히 나와 같은 생각을 할 테니까.

날씨가 바뀌지 않는다면 또 눈이 내려 갑자기 시간이 느려지면서 평범한 저녁식사 데이트에 후광을 씌워 우리의 저녁이 빛과 마법으로 물들 것이다. 눈은 이 도시의 칙칙한 저녁을 그렇게 만들어 준다.

웨스트4번가를 천천히 걸으며 레스토랑으로 향할 때부터 이미 알 수 있었다. 이 거리의 순서를 절대로 잊지 못할 것임을. 처음에는 호레이쇼, 다음은 제인, 웨스트12번가, 베툰, 뱅크 스트리트, 웨스트11번가, 페리, 찰스, 웨스트10번가. 그림 같은 고급 상점이 들어선 그림 같은 빌딩들, 추운 날씨에 집으로 향하는 사람들, 반짝이는 점판암 인도에서 희미한 빛을 내보내는 차가운 가로등. 이곳의 손바닥만 한 아파트에 사는 연인들을 부러워하며 스스로 상기했다. *내가 뭘 하는지 잘 알아. 오늘 밤이 어떻게 흘러갈지 잘 알잖아.* 그곳까지 걸어가는 모든 순간이 좋았다. 만프레드가 한마디로 정리해 주었다. *그녀도 너와의 관계가 뭔지 알고 있어. 자기가 안다는 걸 알리는 거야.* 지금 시점에서 앞으로 일어날 수 있는 최악의 상황은 저녁식사 후 그녀를 따라 아파트에 올라가서 함께 시간을 보낼 수는 있지만 자고 가지는 못한다고 말하는 것이다. 아니, 정정했다. 그녀와 사랑을 나누고 몇 시간 후 이 거리를 다시 걸으면서 그녀를 두고 찰스와 페리, 뱅크거리를 거꾸로 돌아가며 저녁식사 전보다 과연 행복한지 의아해하는 것이야말로 최악의 상황이리라.

그때 퍼뜩 떠올랐다. 진짜 최악은 고백하지 않고 그 비슷한 것도 하지 않은 채 똑같은 거리를 다시 걸어가는 것이다. 아무것도 변하지 않은 게 최악이다. 그녀와 사랑은 나누되 자고 가지는 않을 수 있는 영리한 대사를 연습하던 일이 떠오르면서 지체 중이던 아이러니가 잔혹하게 나를 찔렀다. 연습한 것처럼 보이면 안 된다. 어색함을 누그러뜨리기 위해서는 약간 더듬거릴 필요도 있다. 내 안의 만프레드가 말했다. *필요하다면 더듬거리면서 말해.*

그녀는 검은색 미니 드레스에 하이힐 부츠를 신어 평상시보다 커 보였다. 신경 써서 차려입은 데다 액세서리까지 했다. 북적거리는 바 쪽을 지나 테이블로 걸어온 그녀에게 매혹적이라고 칭찬했다. 그녀는 내 양쪽 뺨에, 나는 언제나처럼 그녀의 이마에 키스했다. 서로의 의도가 다를까 봐 의심스러웠던 마음이 한순간에 사라졌다. 나의 새로운 삶에 갑자기 명확한 순간이 펼쳐지자 흥분되고 모든 거리낌이 사라져 버렸다. 이곳으로 오는 길조차 되도록 늦게 걸어온 내가 어리석었다.

헨드릭스 마티니 두 잔을 주문했다. 레스토랑이 마음에 드는지 물었다.

"퇴폐적이지만 꽤 근사하네요."

그녀가 어깨에 걸친 숄을 벗었다. 처음으로 그녀의 팔을 보았다. 손과 똑같은 색으로 빛나는 피부에 가느다랗지만 연약하지 않았다. 살짝 드러나는 겨드랑이가 내 마음을 흔들며 일깨워 주었다. 이것은 절대 실수가 아니고 내 착각도 아니며 내 안에 그녀를 유혹할 용기가 없더라도 저렇듯 테이블에 앉아 나를 쳐다보는 그녀의 겨드랑이를 보는 것만으로 망설임이 사라질 것임을.

그녀는 메뉴판이 혼란스러운지 스스로 주문하고 싶어 하지 않았다. "대신 주문해 주세요."

일부러 그러는 것처럼 보였지만 그녀의 행동이 마음에 들었고 거부할 수 없었다. "뭘 좋아할지 알고 있지."

그녀는 안심하는 듯했다. 곧바로 메뉴판을 내려놓고 계속 나를 바라보았다. 그녀가 나를 바라보는 게 좋았다. 손을 내밀어 그녀의 손을 잡았다.

그녀는 와인도 내가 알아서 주문하게 해 주었다.

그녀가 굴을 뗄 때는 모습을 보면서 천천히 먹었으면, 영원히 음식이 바닥나지 않았으면, 했다. 그녀가 날 보고 있네요, 라고 해서 널 보고 있어, 라고 했다. 그녀가 미소 지었고 나도 미소 지었다.

물론 마리아 말리브랑의 이야기를 빠뜨릴 수는 없었다. 나는 그녀에게 역시 오페라 가수였던 마리아의 여동생 폴랭 비아르도를 아는지 물었다. 그녀는 마리아의 여동생이 오페라 가수였다는 사실은 안다고 대답했다. 왜 그런지 그녀는 그 주제에 더 이상 흥미를 느끼지 않는 듯했다. 이번에는 투르게네프가 마리아의 여동생을 오랫동안 열렬히 사랑했다는 사실을 아느냐고 물었다. 그녀는 안다고, 오랫동안이 아니라 평생의 사랑이라고 말했다.

"당신의 이야기를 해 주세요. 자신의 이야기는 안 하잖아요."

사실이었다. 내 이야기는 별로 하지 않았다. "나에 대해 할 말은 이미 밖에 나와 있는걸." 잠시 침묵이 흐른 뒤 그녀가 가슴을 가리키며 말했다.

"그럼 안에 있는 이야기를 해 줘요."

"지금 꼭 답해야겠어?" 애석해하거나 아리송하게 말하려는 건 아니었다. 사실은 이런 뜻이었다. 나중에, 레스토랑을 나가 그녀의 집으로 향할 때 답해 주겠다고. 영화 촬영 팀을 지나칠 때 그녀가 내 안에 있는 이야기를 다시 물어봐 주면 좋겠다고. 오늘 밤에도 영화를 찍고 있었으면 좋겠다고. 스태프가 길을 건너지 못하게 막고 가짜 빗줄기가 쏟아지기를 바란다고. 스태프들이 휴대전화를 만지작거리고 도넛을 먹으며 우리에게 조용히 하라고 할 것이다. 내가 분명 말하고 싶어 할 테니까. 조용히 걷다가 그녀의 집에 도착하면 그녀가 함께 들어가자고 할 것이다. 함께 2층으로 올라가면 그녀가 문을 열며 여기가 내 집이에요, 한다. 그녀가 사는 모습이, 옷을 벗는 모습이 궁금하다. 고양이가 그녀에게 달려들어 맨팔에 안기는 모습을 보고 싶다. 그녀가 앉아서 글을 쓰는 테이블을 보고 싶고, 지금 자신의 소유가 된 것들을 어떻게 얻었는지도 듣고 싶다. 전부 다 알고 싶다. 그게 바로 내 안에 들어 있는 이야기라고. 하지만 그냥 이렇게 말하고 말았다. "레스토랑에서 할 말은 아닌 것 같아."

마리아 말리브랑에 대한 글을 썼고 수세기 동안 정체성을 숨기고 살아온 크립토 유대인에 대해 박식하며 내 비밀스러운 사랑의 언어도 분명히 다 읽었을 여자. 그녀가 이해했다는 건 무슨 메시지를 보내고 있다는 뜻이야. 네 말을 그냥 흘려보낸다면 그것도 메시지를 보내고 있다는 뜻이고.

만프레드: 넌 그녀에게 빠져나갈 구실을 주고 있어.
나: 맞아.
만프레드: 공정하지 않아. 너에게도 그녀에게도.

이메일로 오늘의 저녁식사에 대해 알렸을 때 만프레드가 보내 온 답장이 떠올랐다. 그녀가 집에 들어오라고 하면 망설이지 마. 절대로 거절하는 느낌을 주면 안 돼. 오늘 저녁 만나러 가기 전에 미리 꽃을 보내 놓고. 네 문제는 신호를 잘못 읽는 게 아니라 오로지 신호만 본다는 거야. 넌 눈이 멀었다네, 친구.

언제 행동을 개시해야 하는지는 나도 알아. 엄청 고맙네.

만프레드는 잘 모르는 것 같은데, 라고 답했다.

하지만 그의 조언대로 꽃은 보냈다.

꽃을 받자마자 그녀가 이메일을 보낸다. 나 백합 좋아해요.

하지만 저녁식사 도중에 우리는 침묵에 빠졌고 섹스와는 아주 멀어지는 듯했다. 그녀를 확 비틀어 억지로 이 자리를 얻어 낸 것처럼 느껴지기 시작했다. 침묵에는 팽팽한 긴장감마저 맴돌았다. 이 상태가 1분이라도 더 계속되었다가는 그녀와 내가 완벽한 조화를 이룬다는 착각마저도 떨쳐 낼 말을 그녀가 할 것만 같았다. 그녀가 하려는 말은 내가 원하는 말이 아니며 그 말이 입 밖으로 나오는 순간, 테이블 맞은편에서 다시 한번 손 내밀어 만져 달라고 애원하는 듯했던 그녀의 팔과 손, 손가락이 돌처럼 굳어서 꿈과 뜻밖의 행운이 사라져 버릴 것임을 알 수 있었다. 하지만 그녀는 침묵을 선택했다.

"언제 다 폰테 무덤에 갈지 날짜 잡지." 마침내 내가 말했다. 아무 말도 하지 않느니 일 이야기라도 하는 편이 나았다.

"이번 주말도 괜찮아요."

진심이라고 하기에는 너무 성급하게 나온 대답이었다.

"이번 주말은 어려운데."

그녀가 나를 빤히 쳐다보았다. "갔다가 저녁식사 등등 하죠?"

그녀는 참으로 예리하고 마음이 꼬였다.

"저녁식사 등등 하지." 내가 대답했다.

다른 여자라면 저녁식사 등등, 이라는 표현을 경멸하고 나를 나쁘게 보았을 것이다. 하지만 그녀는 그냥 넘겼다. 다른 사람에게는 이 침묵이 복잡하게 만들기 싫어, 라는 의미였겠지만 그녀에게는 달랐다. 저녁식사 등등이 그녀에게도 좋은 것이었다. 갑자기 속에서 분노 비슷한 감정이 솟아오르기 시작했다. 절망이나 더 나쁘게는 슬픔일 수도 있었다. 도저히 구분할 수 없었다.

일 이야기가 이어졌다. "폴랭 비아르도는 대단한 인물들과 전부 친분을 맺었지. 쇼팽, 차이콥스키, 리스트, 상드, 구노, 베를리오즈, 생상스 등." 그 뒤에 무슨 말을 보태야 할지 알 수 없어서 나도 모르게 말했다. "새 남자 이야기를 해 봐." 질투였을까? 아니면 질투하지 않는다는 걸 보여 주려고? 아니면 그 남자가 바로 나라고 말할 기회를 미묘하게 준 것일까?

"새 남자요?" 그녀가 잠시 생각에 잠겼다. "아직은 그에 대해 말하고 싶지 않아요."

"그에 대해 말하고 싶지 않다." 내가 유쾌한 척 애쓰는 어조로 따라 말했다.

"네."

그녀의 분위기가 바뀌었다. 이유는 알 수 없었다. 우리의 대화는 설 자리를 잃어 갔다. 둘 다 잡을 곳을 더듬거리고 있었다.

저녁식사가 거의 끝나 갈 무렵 근처에 커피와 디저트 가게가 있다고 말했다. 그녀가 커피는 자기 집에서 마시자고 하기를 바라면서.

"좋은 생각 같네요."

우리는 밖으로 나갔다. 수년 전이라면 바로 지금 이 순간 레스토랑 손님들이 보이는 거리에서 그녀의 뺨에 손을 대고 키스할 것임을 알 수 있었다. 나는 천천히 코트를 입고 그녀는 담배를 꺼냈다. 그녀는 주머니에서 담배 한 개비를 꺼냈다가 구부러진 모양을 보고 불구라고 했다. 나는 예전에 하루에 두 갑씩 피웠다고 말했다. 그녀는 끊은 지 얼마나 되었느냐고 물었다.

"대답하지 않을 거야."

"왜요? 가끔 피우기도 해서 정말로 끊었다고 할 수 없으니까?"

"정말 답을 듣고 싶어?"

"내가 물었잖아요. 어쨌든 당신은 대답하고 싶어 못 견디고 있어요." 그녀는 활기찬 어조를 되찾은 듯했다.

망설이다 답하면 어두운 그림자가 드리워지고 망설인 이유가 드러날 터였다. 그래서 사실대로 이야기했다. "네가 태어난 해에 끊었어. 충분한 답이 되었나?"

그녀는 부츠를 살피는 듯이 땅바닥을 보았다. 담뱃불은 이미 붙였고 깊은 생각에 잠기거나 두 시간 만에 처음으로 숨을 들이마시고 있었다.

"아직 그리워요?"

"담배? 아직 담배 이야기를 하는 건가?"

"그런 줄 알았는데……." 그녀가 잠시 입을 다물었다. "아닌 것 같아요."

"담배는 그립지 않지만 끊기 전의 나는 그립지." 타협이자 회피로 한 말이었다.

그녀는 내가 분명한 태도를 보이지 못하는 이유를 내 궁핍한 고백으로 감지한 듯했다. "신경 쓰였나요?"

담배에 대한 말일까, 아니면 우리에 대한 말일까?

소리치고 싶었다. 너하고 있으면 남들이 내 삶이라고 부르는 걸 죽음에서 끌어낼 수 있을 것 같다고. 너와 있을 때를 제외하고 내 삶은 늘 죽음을 향한다고. 내 삶을 보노라면 모든 실수와 기만을 없었던 일로 한 뒤 다시 시작해서 모든 것을 새로이 하고 시계를 되돌리고 싶어진다고. 처음부터 그랬던 것처럼 칙칙한 외양이 아니라 내 삶에 진짜 얼굴을 주고 싶다고. 그런데 왜 나는 지금 너에게 말하지 못하는가?

나는 고작 시간의 흐름을 바라보는 걸 좋아하는 사람은 없다고 말했을 뿐이다. 적당히 모호하고 안전한 말이었다. 그녀나 만프레드 같은 사람에게는 너무 모호하고 안전하겠지만.

그녀는 가볍게 반응했다. "내가 엄마 뱃속에서 발길질하고 있을 때 당신은 파리의 이름 없는 카페에서 담배를 피우며 시간을 때우고 있었군요. 그동안 그게 마음에 걸렸나요?"

"그렇게 간단한 게 아니야. 너도 알겠지만."

"물론 알아요." 그녀는 그렇게만 말했다가 잠시 후 다시 입을 열었다. "가장 친애하는 당신." 그녀의 입에서 *가장 친애하는 당신*, 이라는 말이 나올 줄은 예상했다. 하지만 다음 말은 나를 놀라게 했다. "자신을 싫어하지 마세요."

나는 대답하지도 항의하지도 않았다. 그녀는 다시 땅바닥을 보았고 가볍게 고개를 흔들기 시작했다. *난 그런 걸 한 번도 의식한 적이 없는데 당신은 절대로 떨쳐 내지 못할 테니 참으로 유감스럽네요*, 라는 뜻이라고 생각했다. 하지만 좀 더 희망적이고 심지어 격분에 찬 반응이라는 생각이 들었다. 이를테면 *폴, 내가 당신을 어떻게 하면 좋을까요?* 같은. 마침내 그녀가 무슨 이유로 고개를 흔드는지 알 수 있었다. *당신을 아프게 하고 싶지 않아요.*

"왜?" 내가 물었다.

그녀는 나를 부른 뒤 계속 말없이 고개를 흔들고 있었다. 그리고 고개를 들었다. 관자놀이가 터질 듯한 긴장감이 느껴졌다.

"집까지 바래다줄래요?" 그녀가 물었다.

"집까지 바래다줄게."

커피와 디저트는 취소된 거라고 생각했다. 좋은 신호였다. 아니면 아주 나쁜 신호거나. 나는 아무 말도 하지 않았다. 블리커를 걸으며 그녀와 속도를 맞추려고 노력했다. 왜 그녀는 빨리 걷고, 왜 갑자기 우리 사이에 찬바람이 불고, 왜 그녀의 아파트가 가까워질수록 그냥 이렇게 헤어지리라는 두려움이 커지는 걸까?

어느 순간 도착해 버렸다. 그녀는 현관 입구의 계단도 아니고 거리 모퉁이에서 멈춰 섰다. 그녀는 이대로 헤어질 작정이었다. 그녀가 내 한쪽 뺨에 키스하고 나도 키스했다. 그녀는 뒤돌아 가다가 다시 돌아와 나를 포옹했다. 나에게 함께 포옹할 시간도, 우리만의 의식이 되어 버린 이마 키스를 할 시간도 주지 않았다. 그녀가 집으로 걸어가는 걸 바라보았다. 그녀는 기운이 없는 듯 깊은 생각에 잠긴 모습이었다. 낙담한 듯 보였다. 이번에는 뒤돌아보지 않았다.

왜 우리는 말하지 않았을까? 만프레드의 조언이 있었음에도 불구하고 어쩌면 내가 그녀를 거절한 것일까? 내 신호를 내가 놓쳤을까?

신호가 있지도 않았다.

웨스트4번가역까지 걸어가면서 그녀가 아파트로 들어가 테이블에 열쇠를 던지고 안도하며 짧은 비명을 지르는 모습을 떠올렸다. 저녁 약속을 해치웠고 아직 9시도 안 된 시간이니 자유를 만끽할 수 있다. 편하게 청바지로 갈아입고 연인에게 전화를 건다. 응, 집이야. 휴, 그 사람 겨우 갔어. 주말이니까 신나게 놀아 보자!

피아노처럼 대담하고 멋들어지게. 트럼펫인 나는 구슬프고 막막하다.

저녁식사가 끝나고 그녀를 내가 가장 좋아하는 페이스트리 가게에 데려갈 생각이었다. 내가 한차례 행복을 맛보았던 곳. 아니, 행복이 아니라 그 환영이었는지도. 한번 가서 그곳이 바뀌었는지, 아니면 내가 바뀌었는지 알아보고 싶었다. 충분히 가까워졌으나 대담하지 못해서 끝내 놓쳐 버린 옛사랑들이 그녀와 함께 앉아 있는 것만으로 보상될 수 있는지 알고 싶었다. 바로 눈앞에 있었지만 결정적인 순간에는 항상 돌아섰던 사랑들. 만프레드와는 특히 영화를 본 후에 그 집에서 여러 번 디저트를 먹었다. 만프레드 이전에는 모드와. 더운 여름날이면 밤마다 탄산 레모네이드를 마시러 자주 들렀는데 술을 마시지 않고도 함께여서 행복했다. 물론 클로이와는 수년 전 리빙턴거리에서 추운 겨울날 오후에. 내 삶, 내 진짜 삶은 아직 시작되지 않았고 이 모든 것은 그저 리허설이었다. 오늘 밤에는 조이스의 말을 즐기며 나 자신에게 격렬한 연민을 느낀다. 나에게도 서쪽으로의 여정을 시작해야 할 시간이 왔다. 그러다 문득 생 어거스틴의 말이 떠올랐다. "Sero te amavi, 뒤늦게야 당신을 사랑했습니다!"

불과 몇 시간 전에 두려워한 것처럼 거리들을 다시 지나서 돌아갔다. 자고 가지 않을 구실을 미리 연습했다는 사실이 떠올라 잔인하게 껄껄 웃었다. 문득 이렇게 집으로 돌아가는 데 익숙하다는 걸 깨달았다. 처음이 아니었다. 내 기억은 어린 시절로 돌아갔다. 옷을 벗고 한 남자의 팔에 안기기를 간절히 원했던 어느 저녁, 집으로 가라는 말을 들었다. 얌전히 굴고 집으로 가라고 그가 말했다. 나는 여기가, 당신이 내 집이라고, 당신과 함께 어른이 되고 늙고 싶다고 생각했다. *당신과 살고 싶어.* 내가 오래전에 해야 했던 말이다. 오늘 내가 해야 했던 말도 그거였다.

서재로 들어서자마자 이메일을 열고 짧은 글을 입력했다. *디저트는 나중에 먹기로 하지.* 보내기를 누르자마자 그녀에게 이메일이 왔다. *가장 친애하는 당신, 멋진 대화와 맛있는 식사, 정말로 멋진 저녁에 감사하는 걸 잊었네요.* 그리고 몇 초 후 또 이메일이 도착했다. *좋아요.*

그녀가 내 생각을 하고 있다.

아니, 그저 예의 차린 몇 마디를 재빨리 떠올린 것뿐이다.

아니, 그녀는 내 생각을 하고 있다. 계속 연락을 이어 가고 그날 저녁의 마법을 깨뜨리지 않으려고. 아니면 그녀는 나에게서 뭔가를 알아내려고, 무슨 말을 더 하게 만들려고 하는지도 모른다. 내가 그녀를 구슬려서 고백하게 만들려고 했던 말, 말하지 않는 그녀를 혹은 그녀가 털어놓도록 돕지 못하는 나를 자주 원망하게 만들었던 말을. 어쩌면 아까 작별 인사를 하면서 닫혔다고 생각한 창문을 그녀가 다시 열고 있는지도 모른다.

그래서 가벼운 시도를 했다. *내일 커피 마시자.*

그녀는 답장을 하지 않았다.

월요일에 답장이 왔다. 토요일과 일요일에 친구들과 놀러 갔다고, 일요일 밤은 말로 형언하기엔 너무 끔찍했다고. *곧 커피 마셔요.*

월요일 저녁 견디지 못하고 마리아 말리브랑과 여동생에 관한

'다층적인' 이메일을 써 보냈다. *카사노바가 베니스에서 다 폰테를 알았는데 다 폰테도 마리아의 아버지처럼 집시 혈통이었대. 어쩌면 카사노바도 그럴 가능성이 있지 않을까?* 그리고 갑자기 생각났다는 듯이 덧붙였다. *다음에 저녁식사 또 하지. 너와의 시간이 좋았어. 하지만 괜히 분주하게 만들고 싶진 않아. 네 결정에 맡길게.*

분주하게 만드는 거 아니에요. 그녀가 답장을 보냈다.

그 이후 그녀에게 절박하거나 성내는 것처럼 보이지 않고는 다가갈 수 없는 듯했다. 마리아의 여동생 폴랭을 향한 투르게네프의 속절없는 사랑에 대해 논할 때 결국 자신을 놓아 버리고 말았다. *난 전적으로 그를 이해할 수 있어. 나도 같은 입장이거든.* 나는 잃을 것이 없었다. 이미 다 잃었음을 아는 이들처럼 나는 탄약도, 지원군도, 수통에 물도 없이 마지막 공격을 가하는 거였다. 무기력하게 더듬거리는 문장은 내 밑천이 전부 바닥났음을 말해 주었다.

그 후에 이어진 침묵은 단순한 무응답이 아니었다. 장갑 낀 질책보다 잔인했다. 그녀는 흥미를 잃었고 나는 그녀를 잃었다.

반나절을 더, 어쩌면 하루 이틀은 기다릴 수 있지만 이 일에 잠식당하지 않도록 발버둥 쳐야만 할 터였다. 그녀 때문에 너무 깊이 침몰하지는 않을 것이다. 그녀를 좋아하지만, 무척 좋아하지만. 그녀가 내 커피를 주문해 준 날도 그녀가 좋았다. 빼곡하게 채운 두 장의 거절 편지를 보낼 때도 그녀가 좋았다. 그녀의 피부에 깃든 윤기가 좋았다. 그날 레스토랑에서 그녀가 숄을 벗은 후에 보여 준 오른쪽 팔꿈치 아래 습진 자국까지도 좋았다. 내가 그녀의 구석구석 전부에 감탄하고 있음을 알았다. 그녀는 팔꿈치를 가리키며 "이거 보이죠?"라고 했다. "생긴 지 얼마 안 된 거예요. 암일 수도 있을까요? 난 항상 피부가 좋았는데."

"알아." 그녀도 내가, 모든 남자가 안다는 것을 안다. "습진일 거야. 피부가 건조해진 거야. 담당 피부과 의사 있나?"

"아뇨." *내가 이 나이에 왜?* 라고 묻는 듯했다.

"추천해 줄까?"

"아뇨, 의사는 싫어요."

"같이 가 줄까?"

"그러든지요. 싫어요. 좋아요."

"그러든지. 싫어. 좋아?" 내가 물었다.

"좋아요." 그녀가 대답했다.

그 순간 그녀를 껴안거나 손을 잡고 너무도 간절히 말하고 싶었다. "코트 입어. 피부과 의사한테 데려다 줄게. 어중간한…… 친구라고 할 수 있지. 내가 부탁하면 봐 줄 거야." 그리고 레스토랑 밖으로 나가 연석에 서자마자 더 이상 숨지 않기로 결심하고 말했을 것이다. "병원 말고 네 집에 가자."

서재 창문을 열어 찬 공기가 들어오게 했다. *네 집에 가자.* 입 밖으로 내지 않은 이 말이 거의 뱉을 뻔한 행복의 약속처럼 울려 퍼졌다. 잠에서 깨어 커피를 마신 후에도 오래도록 기분 좋은 꿈처럼 하루 종일 울려 퍼졌다.

시원한 공기가 좋았다. 며칠 전 밤에 똑같은 거리와 똑같은 정경, 아파트 맞은편 이웃들의 불빛을 보면서 새로운 삶으로 떠난 후에 이 거리가 그리울지 생각해 보았다. 한 달 전에 영화관에서 본 젊은 커플이 떠올랐다. 그들은 팝콘도 같이 먹지 않았다. 그러면서도 함께 영화를 보고 아이를 낳고 비 오는 일요일에 시간을 보내고 쇼스타코비치를 듣고 대담한 피아노와 애잔한 트럼펫이 오래된 슬픔과 새로운 희망을 서로 노래할 때 숨죽이겠지. 나중에는 근처로 나가 식사를 하고 어슬렁거리다 생각도 없던 책을 사게 만드는 대형 서점으로 들어간다. 어느 토요일 밤에 영화관에서 나와 내가 그녀에게 책을 사주었을 것이다. 나를 위해 샀는지 그녀를 위한 것인지 알 수 없었지만 그녀에게 주면 분명히 좋아할 것 같아서. 그녀는 "난 포옹이 필요해."라고 말할 것이다. 이제 애빙던광장이 얼마나 멀게 느껴지는가. 광장과 그녀, 레스토랑, 마리아 말리브란, 미라마 호텔 간판의 깜빡이는 불빛이 만드는 가짜 빗줄기가 다른 삶에 속하는 것처럼. 살지 않은 삶, 나에게서 등 돌리고 벽에 못을 박은 삶.

당연히 나는 이 일을 쉽게 이겨 내고 무심해질 것이다. 후회에 대한 모든 접근을 차단하는 법을 곧 배울 것이다. 아픈 마음은 사랑처럼 미열처럼 테이블 건너편의 손을 만지고 싶은 갈망처럼 쉽게 이겨 낼 수 있다. 확신하건대 *가장 친애하는 당신,* 으로 시작하는 이메일이 앞으로 계속 올 것이고 그녀의 이름이 화면에 뜰 때마다 심장이 철렁하면서 희망을 품겠지. 나는 여전히 약할 테고 여전히 똑같은 감정을 느낄 거라는 뜻이다. 좋은 일이다. 상실과 아픔마저도.

하지만 슬프게도 그녀는 앞으로 나에게 또 다른 *시작*은 절대 없을 거라는 사실을 상기시키는 마지막 기회일 가능성이 컸다. 우리는 계속 연락을 주고받고 만나서 커피를 마실지도 모르지만 꿈도, 테이블 맞은편의 손도, 광장 자체도 사라졌다. 나는 알 수 있었다. 창을 닫고 컴퓨터를 끈 뒤 거실로 나가서 처음으로 아내에게 마리아 말리브랑이라는 19세기 디바에 관한 훌륭한 책이 곧 출간될 거라고 말했기 때문이다. 혹시 마리아 말리브랑을 알아? 내가 물었다. 아내는 모른다고 했다.

"하지만 얘기해 주고 싶어서 못 견디는 것 같네." 클레어가 말했다.

감사의 말

자애롭고 넉넉한 마음으로 이 작품을 환대해 준 코퍼레이션 오브 야도(Corporation of Yaddo)와 로마의 미국아카데미(American Academy)에 감사를 전합니다. 세상의 문을 열어 준 에이전트 린 네스빗(Lynn Nesbit), 편집자이자 소중한 친구인 조너선 갈라시 (Jonathan Galassi)도 전부 다 고맙습니다.

수수께끼 변주곡

초판 2쇄 발행 | 2019년 8월 12일

지은이 | 안드레 애치먼
옮긴이 | 정지현
펴낸이 | 이정헌, 손형석
편집 | 이정헌
교정 | 노경수
디자인 | 이정헌
인쇄 | 공간코퍼레이션

펴낸곳 | 도서출판 잔
출판등록 | 2017년 3월 22일 · 제409-251002017000113호
주소 | 경기도 김포시 김포한강3로 432 502호
팩스 | 070-7611-2413
전자우편 | zhanpublishing@gmail.com
홈페이지 | www.zhanpublishing.com

ISBN 979-11-965176-9-4 03840

일러스트 ⓒ 박지영

이 도서의 국립중앙도서관 출판예정도서목록(CIP)은 서지정보유통시스템 홈페이지
(http://seoji.nl.go.kr)와 국가자료공동목록시스템(http://www.nl.go.kr/kolisnet)에서
이용하실 수 있습니다(CIP제어번호: CIP2019025283).